Anna Karolina Larsson
Unersättlich

W0389826

PIPER

Zu diesem Buch

Polizistin Amanda Paller ist erschüttert, als sie von den neusten Vorfällen in Stockholms Innenstadt erfährt: Völlig unbescholtene Menschen fallen im Drogenrausch über ihre Angehörigen her und beginnen sie zu verspeisen. Drei solcher »Kannibalenmorde« muss Amanda aufklären. Einen davon hat Nina Liljedahl zu verantworten – in ihrem Haus sieht es aus wie in einem Schlachthof. Bei der Befragung ist Nina völlig außer sich und behauptet, sich an nichts mehr erinnern zu können. Wenig später wird sie tot in ihrer Zelle aufgefunden. Als Amanda während ihrer Ermittlungen auf einmal Adnan, den Vater ihrer Kinder, trifft, ist sie fassungslos. Steht er mit den schrecklichen Vorfällen etwa in Verbindung?

Anna Karolina Larsson wuchs in Finspång auf. Sie arbeitete viele Jahre in Stockholm bei der städtischen Polizei, bevor sie nach Malmö zog. Dort lebt die Polizistin mit ihrem Mann und den zwei Kindern und widmet sich in ihrer Freizeit dem Schreiben von Thrillern.

Anna Karolina Larsson

UNERSÄTTLICH

Thriller

Aus dem Schwedischen
von Max Stadler

PIPER

Mehr über unsere Autoren und Bücher:
www.piper.de

FSC
www.fsc.org
MIX
Papier aus verantwortungsvollen Quellen
FSC® C083411

Deutsche Erstausgabe
ISBN 978-3-492-31166-3
Dezember 2017
© Anna Karolina Larsson 2015
Titel der schwedischen Originalausgabe:
»Står dig ingen åter«, Norstedts 2015
Published by arrangement with Nordin Agency, Sweden
© der deutschsprachigen Ausgabe:
Piper Verlag GmbH, München 2017
Umschlaggestaltung: zero-media.net, München
Umschlagabbildung: FinePic®, München
Satz: Satz für Satz, Wangen im Allgäu
Gesetzt aus der Adobe Garamond Pro
Druck und Bindung: CPI books GmbH, Leck
Printed in the EU

Sie nahm das oberste Messer aus der Besteckschublade. Legte es beiseite und suchte nach einem anderen. Größeren. Schärferen. Gabeln, Löffel und Käsehobel schwebten an ihr vorüber. Sie befand sich in einer anderen Welt, obwohl sie wusste, dass sie im Haus in Duvbo war. Sie stützte sich mit beiden Händen auf der Arbeitsplatte ab und versuchte, einen klaren Gedanken zu fassen. Schließlich fand sie das größte Messer. Sie fuhr mit dem Daumen über die Klinge. Die Haut entfaltete sich wie eine Blume. Entblößte das Fleisch. Blut. Leben. Sie leckte und saugte es auf. Der Eisengeschmack war himmlisch. Wenn sie nicht bald mehr davon bekam, würde sie verhungern. Sie machte die Schublade zu und hörte die Kindersicherung einrasten. Die Uhr an der Wand tickte zu laut, zu schnell. Sie konnte nicht erkennen, wie spät es war. Die Zeiger bogen sich und lebten ihr eigenes Leben. Ihr blieb keine Zeit mehr. Sie verließ die Küche und ging ins Wohnzimmer.

Das Mädchen hockte mit angezogenen Knien auf dem Sofa, den Blick auf einen Zeichentrickfilm geheftet, während seine Hand rasch zwischen der Schale mit Popcorn und dem Mund hin- und herwanderte.

Süßes Kind. Die Kleine hatte noch immer die Zöpfe, die sie am Vormittag gemacht hatten.

Morgen würden sie zusammen zum See gehen und die Vögel mit den Brotresten füttern, die sie gesammelt hatten. Morgen.

Vorher musste sie nur essen.

Das Messer sauste herab. Ein Mal. Zwei Mal. Unzählige Male.

Das Blut erbot so viel Gutes. Sie schleckte. Kaute. Riss.

Doch irgendetwas war komisch.

Ein Gefühl. Intuition.

Und die Stimme. Die seltsame Stimme im Hintergrund, die ihr ruhig und bestimmt sagte, dass alles in Ordnung sei, und sie leitete.

Sie schluckte etwas Zähes, bevor sie das verschmierte Messer beiseitelegte. Warme Flüssigkeit rann aus ihren Mundwinkeln, und sie wischte sie mit dem Handrücken weg.

Merkwürdig. Die Gestalten im Fernsehen tanzten und lachten höhnisch.

Sie schaltete das Gerät aus und hob ein Stück Popcorn vom Boden auf.

Schlampiges Kind. Morgen würden sie zusammen die Vögel füttern. Sie lächelte bei dem Gedanken. Schön.

Die Stimme sprach sanft zu ihr.

Verlierst du erst einen, dann bleibt dir niemand mehr.

1

»Hast du gehört, was passiert ist?«

Amanda war noch nicht einmal ganz aus dem Aufzug getreten, als Crippe ihr die Frage schon aus dem Flur entgegenrief. Sie ahnte, dass er unterwegs zum Pausenraum war. Der Kaffeeduft erfüllte das halbe Treppenhaus.

»Guten Morgen.«

Crippe schüttelte den Kopf. »So etwas Krankes. Wir beide sollen das Verhör übernehmen. Komm.« Er ging weiter, und sie folgte ihm. Es musste etwas Außergewöhnliches geschehen sein. Crippe regte sich nicht so leicht auf. Er hatte schon einiges miterlebt. Genauso wie sie und alle anderen im fünften Stock des Polizeigebäudes von Västerort.

Crippe hatte sich bereits Kaffee eingegossen. Amanda öffnete einen Schrank und holte ihre eigene Tasse hervor, auf der zwei lächelnde Gesichter prangten, deren gute Laune sogleich auf sie abfärbte. Ihr wurde ganz warm innerlich, als sie ihre Zwillinge erblickte. Die beiden fehlten ihr schon, obwohl sie die Kleinen erst vor einer Viertelstunde in der Krippe abgegeben hatte.

»Erzähl«, sagte sie.

»Sie haben heute Nacht eine Frau verhaftet. Sie hat ihre sechsjährige Tochter verspeist.«

»Was hat sie getan?!«

»Der Nachbar hat es gemeldet. Er hat die Frau blutüberströmt aufgefunden und Alarm geschlagen. Dachte, dass sie die Verletzte sei. Als die Streife ankam, stießen sie auf ein Mädchen im Wohnzimmer. Es sah aus wie in einem Schlachthaus. Die Jungs sind noch in der Station, falls wir mit ihnen reden wollen. Sie haben eine Nachbesprechung mit den Sanitätern. Aber ich hab alles schriftlich. Das kannst du lesen«, sagte Crippe.

Sie blätterte den Stapel durch. Festnahmeprotokoll, Anzeige, Vernehmung der Nachbarn, die Liste der beschlagnahmten Gegenstände.

»Die Techniker sind im Moment dort«, fuhr Crippe fort, »und die Kripo hat schon die Nachbarn vernommen, aber das scheint nichts gebracht zu haben.«

Amanda blickte wieder auf das Protokoll: Nina Liljedahl. Fünfunddreißig Jahre alt. »Woher wissen sie, dass sie es war? Hat sie gestanden?«

»Bis jetzt konnte sie noch nicht vernommen werden. Offenbar war sie völlig zugedröhnt. Aber sie kaute an einem Ohr, als die Streife eintraf.« Crippe verzog das Gesicht. »Wir sollen es jetzt probieren, der Wärter meinte, dass sie wieder halbwegs zu sich gekommen ist und die ganze Zeit fragt, was passiert ist.«

»Weiß sie das nicht?«

Crippe zuckte die Achseln. »Wir werden sehen, was sie uns erzählt. Was sie mit ihrer Tochter getan hat, ist doch vollkommen krank. Die Drogen müssen ihr den Verstand geraubt haben.«

Amanda ging in den Umkleideraum, um ihre Sachen zu holen. Eigentlich war es ein Büro, in dem provisorisch einige alte Holzschränke untergebracht waren, in denen sie ihre persönliche Ausrüstung aufbewahrten. Sie zog ihre schwarze hüftlange Lederjacke und den Schal mit dem Leopardenmuster aus und fädelte einen schwarzen Gürtel mit dem Aufdruck POLIZEI durch die Ösen ihrer Jeans. Daran hingen die Handschellen und ein Holster. Mehr konnte sie nicht tragen, ohne dass es zu sehr auffiel. Sie ging zu ihrem Schreibtisch, der an einer Wand in der Bürolandschaft stand, und loggte sich in ihren Computer ein. Während er hochfuhr, zog sie die Gardinen ein wenig zur Seite, um etwas von dem grauen Tageslicht hereinzulassen. Crippe wartete ungeduldig. Amanda hatte bemerkt, dass er sich seit einiger Zeit bewusster kleidete. Heute trug er ein armeegrünes T-Shirt, das sich über seinen Brustkorb spannte. Er befand sich in einem Scheidungsverfahren und hatte plötzlich rund zehn Kilo abgenommen. Jeden Tag ging er in den Kraftraum und achtete sehr auf seine Ernährung. Oft aß er Thunfisch oder Hühnchen. Amanda holte erneut das Festnahmeprotokoll hervor und suchte nach Nina Liljedahls Personennummer in der Datenbank. Sie stockte, als sie das Ergebnis las.

Sie schnappte sich die Ermittlungsakte und ging zu Crippe. Im Aufzug auf dem Weg ins Erdgeschoss vereinbarten sie, dass Amanda die Gesprächsführung übernehmen sollte. Micke, der Wärter, wirkte erleichtert, als sie zu ihm kamen. Offenbar schlug Nina seit einer Stunde ununterbrochen gegen die Tür und schrie hysterisch. Micke wollte eine Pause einlegen und frühstücken. Doch nun führte er sie erst einmal durch den langen Korridor. Schon von Weitem hörten sie Nina schreien, und als sie die Tür öffneten, sank eine zierliche Frau zu Boden. Sie weinte und fragte immer wieder, warum man sie eingeschlossen habe. Amanda und Crippe versuchten, sie auf dem Weg zum Vernehmungsraum zu beruhigen. Sie nahmen Platz. Ein Schreibtisch stand zwischen ihnen und Nina. Amanda verzichtete auf Notizblock und Stift. Sie wollte erst einmal so mit der Frau sprechen, ohne den Eindruck zu erwecken, dass sie ein reguläres Verhör führten.

»Wissen Sie, warum Sie hier sind?«

Nina sah auf und schüttelte den Kopf. Schluchzend sagte

sie: »Als ich aufgewacht bin, war ich hier eingeschlossen. Ich habe Panik bekommen. Warum will mir niemand sagen, warum ich hier bin? Und wo ist Olivia? Um Himmels willen! Johan ist ja weg. Wer kümmert sich um Olivia?«

»Wir haben Johan erreicht, und er ist auf dem Nachhauseweg.«

Ninas Unterlippe zitterte. »Aber warum bin ich hier? Ich kann mich an nichts erinnern. Ich habe einen totalen Blackout.«

»Nina, sehen Sie mich an.« Amanda blickte ihr in die Augen und erkannte Verzweiflung und Angst. Sie würde gezwungen sein, das alles noch schlimmer zu machen. »Ich werde Sie jetzt vernehmen.« Sie schluckte. »Sie werden verdächtigt, Ihre Tochter umgebracht zu haben.«

Stille. Der Stuhl, auf dem Nina saß, bebte.

Tränen stiegen Amanda in die Augen, und mühsam hielt sie sie zurück. Sie starrte auf eine Büroklammer, die auf dem Schreibtisch lag, und dachte, welch schöne Form sie doch hatte. Welch eine intensive blaue Farbe. Sie versuchte, sich abzulenken, nur damit sie nicht losweinte.

Dann nahm sie all ihre Kraft zusammen und blickte wieder in Ninas Gesicht. »Der Mord geschah in Ihrem Haus in der Nacht von gestern auf heute, also zwischen dem fünften und sechsten April. Sie sollen wissen, dass Sie ein Recht auf einen Verteidiger während der weiteren Vernehmung haben. Möchten Sie das?«

Nina umklammerte die Tischkante und sah aus, als könnte sie jeden Augenblick in Ohnmacht fallen. »Das muss ein Irrtum sein«, stammelte sie.

»Sollen wir warten, bis ein Verteidiger da ist, bevor wir weitermachen?«

»Nein! Ich will wissen, was passiert ist!« Nina schlug mit

den Fäusten auf den Tisch. »Was ist passiert? Was ist passiert?«, schrie sie. Das braune Haar blieb an den mit Tränen überströmten Wangen kleben.

»Ganz ruhig. Bleiben Sie ruhig.« Es kam nicht infrage, jetzt irgendwo einen Anwalt aufzutreiben, der erst noch aus Stockholms Innenstadt zum Polizeirevier von Solna fahren musste. Sie würde es kurz machen. Es war ja trotz allem nur eine einleitende Vernehmung. »Können Sie uns sagen, was Sie gestern Abend gemacht haben?«

»Ich weiß es nicht! Ich erinnere mich an nichts!« Dann, plötzlich, verstummte Nina mit angsterfülltem Blick. Sie schob die Ärmel ihres viel zu großen Pullovers hoch und betrachtete ihren Arm. »Ich hatte Blut an den Armen. Oh Gott, ich hatte Blut an den Armen! Und in den Haaren!« Sie packte eine tränendurchnässte Strähne. Ihre Finger nahmen ein schwaches Rosa an. »Ich habe noch immer Blut in den Haaren! Was ist bloß passiert?! Wo ist Olivia?!« Sie sprang voller Entsetzen auf, und der Stuhl fiel um.

Crippe legte ihr den Arm um die Schultern. »Wie wir Ihnen schon gesagt haben: Ihre Tochter wurde ermordet. Es tut uns schrecklich leid.«

Nina sackte in sich zusammen. Sie zitterte und gab jammernde unkontrollierte Laute von sich, die Amanda erschaudern ließen. Crippes beruhigende Worte erreichten sie nicht.

»Wir beenden die Vernehmung an dieser Stelle«, sagte er schließlich.

Amanda wollte sich wieder auf die Büroklammer konzentrieren, um sich selbst zu beruhigen. Aber ihre Sicht verschwamm. Mit dem Zeigefinger fuhr sie über ihre Lider, atmete tief durch. Sie versuchte, die Mascara nicht zu verschmieren. Dann erst folgte sie Crippe und Nina in Richtung Zelle.

Nina protestierte nicht. Sie war verstummt. Ihr Körper glich einem ausgewrungenen Lappen. Sie ging in die Zelle und setzte sich auf das Bett mit der Gummimatratze.

Crippe schloss hinter ihr die Tür ab. Er drehte sich zu Amanda und stieß schließlich einen gequälten Seufzer aus. »Was denkst du?«

»Sie sagt die Wahrheit.« Amanda räusperte sich, um ihre Stimme zu festigen. »Sie erinnert sich wirklich an nichts.«

»Ich habe gespürt, dass wir nicht weiterkommen würden. Deshalb habe ich abgebrochen. Wie geht es dir?«

»Alles okay. Doch man sollte sie in die Psychiatrische bringen.«

Crippe nickte. »Ich bespreche das mit der Einsatzleitung.«

Sie gingen durch den Korridor zurück, in dem nun vollkommene Stille herrschte. Niemand schrie mehr. Der Wärter befand sich vermutlich noch immer im Pausenraum. Amanda dachte nach. Ja, das war das Angenehme an der Arbeit mit Crippe, sie schuldete ihm nie eine Entschuldigung oder Erklärung. Seit sie selbst Kinder hatte, war sie dünnhäutiger geworden. Der Hebamme zufolge lag das an einem Hormonschub, der sie ihr restliches Leben begleiten würde. Das hatte etwas Gutes und Schlechtes, fand Amanda. Sie hasste es allerdings, in Situationen zu geraten, in denen sie unprofessionell reagierte. Aber Nina Liljedahl war keine gewöhnliche Verdächtige. Sie hatte ihre Tochter verspeist. Und sie erinnerte sich an nichts, weil sie unter starkem Drogeneinfluss stand. Seltsam war auch, dass sie im Polizeiregister nicht im Zusammenhang mit Drogendelikten auftauchte. Nina Liljedahl war ein unbeschriebenes Blatt. Dasselbe galt für ihren Mann Johan. Warum rutschte eine Frau mit einem scheinbar normalen Familienleben auf einmal ins Drogenmilieu ab? Amanda würde sie das bei der nächsten Vernehmung fragen müssen.

Amanda drehte den Wasserhahn zu, und das donnernde Geräusch im Badezimmer verstummte. Zu hören waren nur noch das Planschen und die fröhlichen Ausrufe, wenn Charlie und Greta Boote ineinanderkrachen ließen und Springbrunnen spielten. Ihre Kinder waren ihr Ein und Alles. Und so unschuldig. Sie wurden noch von der Wirklichkeit da draußen verschont.

Doch wie hatte alles nur so schiefgehen können? Hätte sie etwas anders machen sollen? Ihre Gedanken waren unsortiert und schwer zu greifen.

Nach der Vernehmung von Nina Liljedahl hatten Amanda und Crippe mit der Streife und den Sanitätern gesprochen, die als Erste am Tatort eingetroffen waren. Sie berichteten, dass Nina nicht ansprechbar gewesen sei. Sie sei wie in Trance umhergewandert und habe unzusammenhängende Dinge gemurmelt. Überall sei Blut gewesen. Auf ihrer Kleidung, an den Händen, im Gesicht. Erst hätten sie gedacht, sie kaue auf einem Kaugummi herum. Dann hätten sie das Ohr in ihrem Mund entdeckt. Sie fanden den Körper des toten Mädchens auf dem Sofa im Wohnzimmer. Für die Helfer gab es nichts mehr zu tun. Der Kopf war abgetrennt und das halbe Gesicht zerstört. Doch mitten im Gespräch heulte der interne Alarm los, und die blaue Lampe an der Decke rotierte. Jemand auf dem Revier hatte den Überfallalarm ausgelöst. Amanda wusste instinktiv, dass er von den Arrestzellen kam, und rannte zur Tür. Mehrere Kollegen eilten hinterher, da sie erwarteten, dass Micke allein war und Hilfe brauchte. Amanda hingegen dachte nur an Nina Liljedahl und ahnte das Schlimmste. Sie hielt ihre Karte über das Lesegerät und lief zu Ninas Zelle. Micke stand da und deutete ins Innere, ohne etwas zu sagen. Unfähig, sich vom Fleck zu bewegen.

Nina hockte am Boden, schräg nach vorn gelehnt. Das eine

Hosenbein war um den Hals geknotet, das andere an einem Wasserrohr befestigt. Mehr brauchte es nicht, um sich zu erhängen. Den Rest erledigte das Körpergewicht.

Amanda hielt sie fest, während Crippe versuchte, den Knoten um den Hals aufzukriegen. Jemand gab ihm ein Messer, und er schnitt die Hose durch. Der Notarzt wurde gerufen.

Schließlich lag sie auf dem kalten Betonboden. Nina Liljedahl, fünfunddreißig Jahre. Bleich und tot. Noch ein Selbstmord in polizeilichem Gewahrsam, der geklärt werden musste.

Amanda zuckte zusammen, als sie Wasserspritzer ins Gesicht bekam. Charlie krümmte sich vor Lachen. Ganz im Gegensatz zu Greta, der ihr Bruder eine ganze Kanne über den Kopf geschüttet hatte.

»Raus, Mama. Will raus, Mama.« Greta streckte die Arme nach Amanda aus, die ihr über den Rand der Badewanne half. Sie trocknete die Kleine mit einem Handtuch ab, auf dem Pippi Langstrumpf abgebildet war. Wickelte das dunkelbraune Haar darin ein und formte damit einen Turban auf dem Kopf. Greta liebte das. Sie wollte immer alles so machen wie ihre Mutter. Sie kicherte entzückt, verstummte aber sogleich und blickte Amanda mit großen Augen an.

»Warum hast du eine andere Farbe, Mama?« Greta vergrub die Finger in Amandas blondem Haar.

Amanda lächelte. »Weil das manchmal so ist. Ich habe helle Haare, und euer Papa hat dunkle, wie du und Charlie.«

»Aber wir haben keinen Papa. Wo ist sie?«

»Er. Papa ist ein Er. Und ihr habt natürlich einen Papa. Alle haben einen Papa.«

»Aber wo ist sie?«

Amanda gab ihr einen Kuss auf die weiche, runde Wange. »Das erzähle ich euch irgendwann mal, wenn ihr ein bisschen größer seid.«

»Ich bin ein großes Mädchen.«

»Ja, das bist du. Wie alt bist du?«

Greta verzog den Mund, während sie nachdachte. »Eins, zwei, vier.«

»Du bist bald drei Jahre alt. Das weißt du doch, oder?«

Greta schien mit der Unterhaltung zufrieden zu sein und lief hinaus, um ihren Schlafanzug zu holen. Unter wildem Protest holte Amanda Charlie aus der Wanne und zog den Stöpsel heraus. Das Wasser rann gurgelnd den Abfluss hinab. Die beiden waren sehr unterschiedlich. Greta war schüchtern und nachdenklich. Charlie ein Wirbelwind, der mit allem Möglichen kollidierte. Mehr wie sein Vater, nahm Amanda an. Schwer zu sagen, nachdem sie nur sehr kurze Zeit zusammen gewesen waren.

Aber sie hatte das Beste bekommen. Etwas, das sie sich nie erträumt hätte.

Zwillinge.

Greta und Charlie.

Ihr Ein und Alles.

2

Adnan goss Tequila in fünf Gläser und stellte Salz und einen Teller mit Zitronenscheiben hin. Die Typen an der Bar johlten begeistert und schleckten sich übers Daumengelenk. Sie schütteten Salz darauf und leckten es ab. Kippten ihren Tequila hinunter und schmatzten stolz. Die Zitronen ließen sie links liegen. Wollten sich wohl gegenseitig beeindrucken. Adnan hatte die Schnauze voll von trinkfreudigen Touristen, aber mit dem Mixen von Drinks hielt er sich immerhin gut über Wasser. Seit einem Jahr etwa arbeitete er für Ragnar Johnsson, einen Schweden, der mit seiner kambodschanischen Frau in Sihanoukville ein Restaurant und eine Bar betrieb. Sie waren sich in der Wildweststadt über den Weg gelaufen, wie Ragnar den Ort nannte. Ein Loch, in dem man landete, wenn man mit dem Boot aus Thailand nach Kambodscha reiste. Und Adnan sah das ähnlich, es war eine gesetzlose Gemeinschaft. Bärtige Europäer, die sich hier zur Ruhe gesetzt hatten und das Geschäft mit Bestechung und Versprechen von einem besseren Leben am Laufen hielten. Nur die Tatsache, dass statt Pferden Mopeds umherrasten, verhinderte das Aufkommen eines wahrhaftigen Clint-Eastwood-Feelings. Nachdem sie ein paar Biere getrunken hatten, während sie auf das Boot nach Sihanoukville warteten, hatte Ragnar Adnan einen Job angeboten. Adnan war baff gewesen. Ein Job! Auch wenn es erst einmal nur auf Probe war. Für solche wie ihn gab es keinen Zugang zum Arbeitsmarkt, zumindest nicht in Schweden. Aber nach nur wenigen Stunden in dem neuen Land hatte er sich eine Einkommensquelle verschafft. Eigentlich waren feste Arbeitszeiten und ein regelmäßiges Gehalt nicht Adnans Ding. Aber für eine Weile war es ganz nett, sich an einem Ort niederzulassen. In Sihanoukville. Dass er den Namen nicht aussprechen konnte, machte nichts.

Die Küstenstadt hatte ihn beeindruckt. Vielleicht lag es auch daran, dass er so fulminant im Wilden Westen durchgestartet war. Sihanoukville verfügte über das meiste: Bistros, Fitnessstudios, asphaltierte Wege. Luxuriöse Hotels konkurrierten mit einfacheren Bungalows, und die Touristen fuhren mit Mopedtaxis, ganz egal, wie viel Gepäck sie dabeihatten.

Morgens joggte Adnan am Strand, abends stemmte er Gewichte. Er aß Currygerichte und fuhr Moped. Jobbte in der Bar. Das war es auch schon.

»Fünf Angkor bitte.« Einer der Typen wedelte mit einem Geldschein.

Er holte die Flaschen aus dem Kühlschrank und öffnete sie. Stellte sie in wattierte Halterungen, die das Kondenswasser auffingen. Die Kerle becherten um ihr Leben, prosteten einander zu und johlten. Einer von ihnen hatte erzählt, dass sie aus Nordschweden kämen. Aus Lule. Adnan hatte nie kapiert, weshalb man bei jedem zweiten Wort unbedingt den letzten Buchstaben weglassen musste. Aber sonst waren sie in Ordnung. Redeten ziemlich viel, wenn sie tranken.

Er schaute auf seine Uhr, eine falsche Rolex, die er auf dem örtlichen Markt erstanden hatte. Noch eine Stunde bis zum Feierabend. Er stellte noch ein paar Bier in den Kühlschrank. Wischte die Spüle trocken und knotete einen Müllbeutel zu.

Da sah er ihn. Den Rollstuhl vor der Bar. Er schaute genauer hin. Fuhr sich mit einem Handtuch über die verschwitzte Stirn. Das konnte nicht sein! Zwei Gäste versperrten ihm einen Augenblick die Sicht, als sie dem Mann im Rollstuhl über die Schwelle halfen.

Ein Schauer lief ihm über den Rücken. Er war es: Hajir. Adnan konnte sich ein Lächeln nicht verkneifen. Zugleich: Furcht. Die Erinnerungen, vor denen er geflohen war, übermannten ihn. Warum war er hier? Hajir El-Batal. Sein bester Kumpel von früher.

Ihre Blicke kreuzten sich. Ein Billardtisch zwischen ihnen. Zwei Tussis und zwei Typen lieferten sich ein Match. Die Nordschweden johlten und versuchten, ein paar Amerikanern beizubringen, »Skål« zu sagen. Hajir rollte um den Billardtisch herum und musste sich wegen eines Billardqueues wegducken. Als er ihn packte, blickte die junge Frau irritiert auf und wollte sich schon beschweren, doch dann sah sie den Behinderten. Oder war es Hajirs Blick, der sie verstummen ließ? Das Irre, das stets in seinen Augen leuchtete, das hinter der ruhigen Fassade zu erahnen war?

Hajir ließ den Queue los und rollte weiter. Er hatte ordentlich zugelegt und sah viel lebendiger aus als bei ihrer letzten Begegnung. Starke Arme, vermutlich, weil er den Rollstuhl bewegen musste. Der Bauch ragte ein bisschen zu sehr unter dem hellblauen Polohemd hervor. Die Beine hingen herab.

»Was empfiehlt der Barkeeper?« Die vertraute Stimme. Tief. Rau.

»Ein Angkor vielleicht?«

»Dann nehme ich das.«

Adnan öffnete zwei Flaschen. Das Wiedersehen musste gefeiert werden, selbst während der Arbeitszeit.

»Verdammt.« Er schüttelte den Kopf. Streckte die geballte Faust aus. Hajir schlug dagegen. »Schön, dich zu sehen, Mann.«

»Dito.«

Sie nahmen ein paar Schlucke von dem eiskalten Bier. Es schmeckte schwindelerregend gut. Adnan hatte seit mehreren Wochen keinen Alkohol getrunken, weil er sich voll aufs Training konzentrieren wollte. Sein Bizeps war größer als je zuvor. Der Sixpack steinhart. Die Kondition top.

»Wie hast du hergefunden?«

»Wie viele Ragnar gibt es in Sihanoukville?«

Adnan lachte über die Aussprache. »Sag das noch mal.«

Hajir übertrieb: »Si…ha…nouk…ville.«

Sie lachten noch lauter.

Das erste Mal seit drei Jahren fühlte sich Adnan wieder wie er selbst. Sie prosteten einander erneut zu und tranken. Zwischendurch bediente Adnan Gäste. Hajir machte Bekanntschaft mit Ragnar und seiner Frau Arun. Ragnar wirkte erstaunt, ihn zu sehen, schien sich aber für Adnan zu freuen. Adnan hatte Ragnar viel erzählt. Auch, wie Hajir im Rollstuhl gelandet und es in gewisser Weise Adnans Schuld gewesen war. Dass er selbst nur noch mit Hajir in seiner Heimat Kontakt hatte, nach allem, was passiert war. Er hatte Ragnar mehr anvertraut als beabsichtigt. Aber natürlich hatte er ihm nicht alles verraten. Wie erzählte man Dinge, die man jeden Tag verzweifelt zu vergessen suchte? Er war froh, überhaupt am Leben zu sein. Obwohl alles so gründlich in die Hose gegangen war.

Eine Stunde später hatte Adnan die letzten Gäste nach draußen gescheucht, und Hajir und er waren allein. Sie saßen an einem Holztisch, an dem Adnan einen Stuhl entfernt hatte, um Platz für Hajir zu schaffen.

»Ist es nicht Zeit für dich, nach Hause zu gehen?« Hajir sah ernst drein.

Adnan wand sich und nahm noch einen Schluck von seinem Bier.

»Gefällt es dir hier?«, fragte Hajir weiter.

Adnan nickte. »Ich hab mich dran gewöhnt. Ragnar ist ein feiner Kerl. Klar ist es …«

»Ich hätte einen Job für dich, falls du interessiert bist.«

Adnan horchte auf. Zugleich mahnte er sich, keine zu großen Hoffnungen zu hegen. »Was für einen Job?«

»Kein Drogenmist wie früher«, antwortete Hajir. »Damit hab ich nichts mehr zu tun, das weißt du. Ich handle jetzt mit Autos. Luxuskarossen. Hab eine eigene Firma.« Hajir berichtete.

Die Nachfrage nach den Wagen war riesig. Sie klauten die Fahrzeuge mit Schlüsseln und waren schon über die Öresundbrücke, bevor die Besitzer überhaupt checkten, dass ihre Karre weg war. Werkstätten in Europa besorgten neue Nummernschilder und änderten die Fahrgestellnummer. Hajir hatte ein kleines Imperium aufgebaut. Fünfzehn Angestellte, musste aber noch weiter expandieren. Er brauchte Leute, auf die er sich verlassen konnte. Ein Nullachtfünfzehn-Normaloleben sei nicht drin, meinte er. Nicht, wenn man so sei wie sie. Wie er und Adnan. Ihre Herkunft verhindere das.

Adnan kam das alles sehr bekannt vor. Die Action lockte. Die Kohle. Die Freiheit. Das war nichts Neues. Er hatte das alte Leben nur eine Weile lang beiseitegeschoben und war eigentlich davon ausgegangen, dass Hajir es ebenso gemacht hatte, nachdem man ihm in den Rücken geschossen hatte und er fast gestorben wäre. Nachdem er mit Isabella eine Familie gegründet und zwei Kinder und einen Nachzügler als Extrazugabe bekommen hatte. Aber Hajir hatte es sich anders überlegt. Er hatte begriffen, dass die schwedische Gesellschaft niemanden begnadigte. Im Gegenteil, sie zwang jeden verurteilten Menschen zurück in die Kriminalität. Ob dieser wollte oder nicht. Einmal Ganove, immer Ganove. Aber im Laufe der Jahre wurde man klüger. Warum Koks verticken, wenn man viel Moos mit schnellen Karossen verdienen konnte? Es gab weniger Risiken und höhere Summen für alle Beteiligten.

Adnan lauschte. Zermarterte sich das Hirn. Diskutierte mit Hajir. Öffnete sein sechstes Bier.

Dann kam die unausweichliche Frage, die Adnan stellen musste: »Was ist mit Miran?«

»Er ist stinksauer«, gab Hajir brüsk zurück. »Du bist mit der Kohle verschwunden. Was glaubst du denn?«

Adnan begriff. Er hatte selbst viele Nächte schlaflos dagelegen und sich gefragt, wo die Beute abgeblieben war. In seinen Augen kamen nur die Bullen infrage. Aber warum logen die Schweine und erzählten den Journalisten, dass das Geld weg war? Er ahnte, was passiert war. Erst wollte er es nicht glauben. Aber je mehr er grübelte, desto schärfer wurde das Bild. Er war schlimmer übers Ohr gehauen worden, als er sich je hätte vorstellen können. Er war verraten und ausgenutzt worden. Aber das konnte er Miran nicht sagen. Kein Wunder, dass er wütend war.

»Wie geht es ihm?«, fragte Adnan.

Hajir schnaubte. »Ich hab ihn schon länger nicht gesehen. Das Letzte, was ich gehört habe, war, dass er jemanden kennengelernt hat. Ich hoffe, sie hat einen guten Einfluss.«

»Arbeitet er nicht für dich?«

»Nein, Mann.«

Hajir brauchte nicht mehr zu sagen. Miran hing noch immer an der Nadel. Adnan fragte sich, wie tief er wohl in der Scheiße steckte. War es Kokain? Heroin? Spice? Was nahm man heutzutage? Ihm ging auf, dass er in den vergangenen Monaten in einer geschützten Blase gelebt hatte. Er hatte den Bezug zur Wirklichkeit verloren. Das war gut und schlecht zugleich. Doch die Sehnsucht nach etwas anderem juckte unter der Haut.

Aus der Nacht wurde früher Morgen, und Adnan besorgte eine Mitfahrgelegenheit für Hajir in Richtung des Sokha Beach Resort. Ein Fünfsternehotel mit Privatstrand. Isabella und die

Kinder seien auch dort, hatte Hajir erzählt. Adnan fuhr mit dem Moped nach Hause. Es war still, und die Sonne ging gerade auf. Sonst joggte er jeden Tag um diese Zeit. Aber das würde er heute mal ausfallen lassen. Der Alkohol gab ihm trainingsfrei.

Sein Bungalow war einfach, enthielt aber das Nötigste. Ein Bett mit Mückennetz, eine Toilette und eine Dusche. Er aß entweder in Ragnars Restaurant, oder er besorgte sich etwas an einem Straßenstand. Zu Hause machte er sich höchstens mal einen Kaffee. Den Wasserkocher hatte er von Arun geschenkt bekommen.

Adnan duschte, bevor er sich ins Bett legte. Nach einem Abend in der Bar roch er nach Schweiß und Rauch. Er trocknete sich mit einem weißen Handtuch ab und kroch nackt unter die Decke. Seine Gedanken überschlugen sich. Alles war so plötzlich und unerwartet gekommen. Natürlich hatten sie ihn ständig im Hinterkopf begleitet. Die Fragen. Die unendlichen Fragen. Was sollte er mit seinem Leben anstellen? Konnte er eines Tages wieder nach Hause zurück? Wollte er das? Wurde noch nach ihm wegen des Raubüberfalls gefahndet? Vermutlich nicht. Und wegen des Polizistenmords?

Er schlief ein, während um ihn herum eine Mücke surrte, die ein Loch im Netz gefunden hatte.

Das Laken klebte ihm am Leib, als er um die Mittagszeit aufwachte. Sein Mund war wie ausgedörrt, und er stand auf, um eine Flasche Wasser aus dem Kühlschrank zu holen. Er sah nach, ob es auch etwas zu essen gab. Leider nicht. Adnan zog Badeshorts und ein weißes T-Shirt an, nahm ein Handtuch und fuhr mit dem Moped zum Strand. Er sollte sich dort mit Hajir und seiner Familie treffen. Isabella und den Kindern. Ob Isabella immer noch sauer auf ihn war?

Er hielt am Straßenrand und kaufte gegrillte Hühnchenspieße. Er bekam sie in einer Plastiktüte serviert, in der die Soße schwamm. Die Verkäuferin winkte fröhlich, als er davonfuhr, und entblößte eine lückenhafte Zahnreihe.

Schon lange war Adnan nicht mehr tagsüber am Strand gewesen. Die Leute lagen auf Liegestühlen unter farbenfrohen Sonnenschirmen, die im Wind flatterten. Er erblickte die Familie unter einem großen Baum, dessen dichtes Laubwerk Schatten spendete. Hajir lag auf einem Handtuch und stützte sich auf die Ellbogen. Isabella fütterte ihren Jüngsten mit einer Banane.

Adnan streckte ihr die Hand hin. »Wir haben uns schon einmal getroffen, leider unter keinen besonders schönen Umständen.«

»Ich weiß.« Sie lächelte. Ein gutes Zeichen?

»Wo sind die anderen?«, fragte Adnan und blickte sich um.

»Sie sind am Wasser«, sagte Hajir.

Adnan schaute zum Ufer. Ein Mädchen in einem rosafarbenen Bikini baute zusammen mit einem kleinen Jungen ein Sandschloss. Das mussten sie sein. Sandra und Marco. Adnan hatte sie noch nie getroffen. Isabella war schwanger gewesen, als Adnan Schweden verlassen hatte, Marco müsste also ungefähr drei Jahre alt sein. Sandra war älter.

Adnan breitete sein Handtuch aus und setzte sich so, dass nur die Beine in der Sonne waren.

»Hier versteckst du dich also«, sagte Isabella.

Die Bemerkung fühlte sich an wie ein Schlag ins Gesicht. So hatte Adnan noch nie darüber gedacht. Er war auf der Flucht vor den Bullen, vor der Rechtsprechung, vor sich selbst. Aber sich zu verstecken war gleichzusetzen mit feige. Er hatte seinen besten Kumpel, der nun im Rollstuhl hockte, im Stich gelassen. Er hatte sich geweigert, vor Gericht gegen denjenigen auszusagen, der Hajir bei einem schiefgegangenen Drogendeal in den

Rücken geschossen hatte. Aber Adnan hatte ihm versprochen, dass er sich auf andere Weise darum kümmern werde. Auf die übliche Weise. Niemand kooperierte mit den Bullen. Das wussten Adnan und Hajir. Ganz egal, was geschah.

»Ich bin ein bisschen umhergereist«, antwortete er.

»Aha, wie schön.«

»Aber jetzt ist es an der Zeit, dass du wieder nach Hause kommst«, warf Hajir ein.

»Vielleicht.«

»Was willst du denn hier?«, fragte Isabella. »Kann mir schon vorstellen, dass es eine Weile ganz nett ist, so als Urlaub. Aber auf Dauer … Vor wem versteckst du dich? Kannst du nicht für das geradestehen, was du getan hast?«

»Es reicht.« Hajir klang ruhig, aber er duldete keinen Widerspruch. Er wandte sich an Adnan. »Mir ist klar, was du gedacht hast. Damals war ich zu sehr Opfer. Aber das bin ich nicht mehr. Wir regeln die Dinge auf unsere Weise. Wie wir es immer getan haben.«

Isabella stand auf, den Kleinsten im Arm, und ging zu Sandra und Marco hinüber, die ins Wasser wateten. Marco mit orangefarbenen Schwimmflügeln.

»Du bist jetzt Vater.« Adnan kniff die Augen zusammen. Merkte, dass er seine Sonnenbrille vergessen hatte.

Hajir nickte stolz. »Drei Kinder. Wer hätte das gedacht?«

Sie schwiegen eine Weile. Ein Junge mit missgebildeten Beinen und zerrissenem Hemd schleppte sich durch den Sand und hielt ihnen auffordernd eine Plastiktüte voller Geld entgegen. Als Hajir ein paar Geldscheine hineinwarf, entblößte der Junge einen einzelnen braunen Schneidezahn. Dann kroch er weiter zur nächsten Gruppe. Adnan wunderte sich über die neue Seite von Hajir. Vielleicht empfand er Sympathie für den Jungen, der nicht gehen konnte. Er selbst gab nie etwas. Er wusste, wie das

Ganze funktionierte. Verkrüppelte Kinder waren in diesen Ländern eine harte Währung und wurden benutzt, um den reichen Touristen Geld abzuknöpfen.

Er blickte zum Uferbereich, wo Isabella Marco immer wieder hochhob, wenn eine Welle kam, die leicht schäumend ans Land schlug. Sandra hielt derweil den Kleinsten fest. Adnan ging zu ihnen, um zu helfen. Das letzte Stück rannte er, um sich die Fußsohlen in dem heißen Sand nicht zu verbrennen. Er packte Marco und schwang ihn durch die Luft. Der Junge jauchzte vor Vergnügen.

»Noch mal, noch mal!«, rief er.

Adnan schwang ihn vor und zurück. Das Wasser spritzte, als die kleinen Füße die türkisfarbene Oberfläche streiften.

Isabella und Sandra lachten und sahen zu, wie Marco sich an Adnan festklammerte und bettelte: »Noch mal!«

»Hast du Kinder?«, fragte Sandra neugierig.

Adnan zögerte. »Nicht dass ich wüsste.«

Sie runzelte die Stirn.

Adnan mied Isabellas misstrauischen Blick und schaute hinüber zu Hajir, der sie aus seiner halb liegenden Position unter dem Baum beobachtete. Hajir war nicht in der Lage, seine Kinder durch die Luft zu werfen. Er lächelte ihnen zu. Aber seine Körperhaltung verriet etwas anderes.

3

Pia zog den Sattelgurt fest und setzte einen Fuß in den Steigbügel. Dann schwang sie sich auf den Pferderücken, der eine stattliche Widerristhöhe von hundertdreiundsiebzig Zentimetern aufwies. Sie beugte sich nach vorn und sagte, dass sie heute nur einen kleinen Spazierritt mit ihm machen werde, und versprach, morgen länger auszureiten. Das Pferd schien sie zu verstehen und gab ein Schnauben zur Antwort. Wie gewöhnlich trabte es in Richtung des Waldpfads. Pia merkte einmal mehr, wie sehr sie das Reiten liebte. Eins zu sein mit dem Pferd. Eins mit der Natur. Nach einem harten Tag im Büro der Staatsanwaltschaft war das eine Therapie für die Seele. Sie war Björn dankbar, dass er sie überredet hatte, ihr altes Hobby wiederaufzunehmen. Sie hatte Itex von der Polizeireiterstaffel gekauft. Dort fand man, dass er zu viel Temperament hatte. Er gebärdete sich wild, wenn er nicht jeden Tag bewegt wurde. Außerdem hatte er manchmal Rückenprobleme. Das hieß, dass er entweder geschlachtet oder verkauft werden würde, und da hatte Pia zugeschlagen. Schon nach dem ersten Proberitt hatte sie sich verliebt. Vielleicht lag es an all den positiven Erinnerungen. Pferde waren einst ihr Leben gewesen, aber ihr Exmann hatte gefunden, dass Reiten zu viel Zeit in Anspruch nehme und ein unnützes Hobby sei, das nur Geld koste. Deshalb hatte sie die Reitstiefel an den Nagel gehängt. Im Nachhinein verstand sie, um was es dabei eigentlich gegangen war.

Sie duckte den Kopf, um einem Zweig auszuweichen, der über den Pfad hing, und machte sich darauf gefasst, die Zügel kürzer zu nehmen, falls Itex bockte. Ein kleiner Ausrutscher reichte manchmal schon, und er explodierte. Dann musste man blitzschnell parieren. Normalerweise dachte sie möglichst nicht an die Arbeit, aber heute fiel es ihr schwer, die Gedanken fernzuhalten. Thomas Kallin hatte sich über eine Ermittlung beschwert und angedeutet, dass er nur damit betraut worden sei, weil sie ihr Revier markieren wolle. Sie fragte sich, wer hier sein Revier markieren wollte. Thomas zeigte sich von einer ganz neuen Seite, seitdem sie den Posten als stellvertretende Staatsanwältin bei der Stockholmer Staatsanwaltschaft bekommen hatte. Sie wusste, dass er ebenfalls auf diesen Posten spekuliert hatte und der Meinung war, dass er die bessere Qualifikation besaß. Darüber hatte er sich lang und breit mit seinen Kollegen ausgelassen. Pia sah das völlig entspannt. Aber wenn er nicht bald mit den Sticheleien über ihr Privatleben aufhörte, würde er zu spüren kriegen, wo sein Platz war. Er wollte nur ihre Schwachpunkte ausnutzen. Ihre früheren Schwachpunkte. Inzwischen lebte sie ein anderes Leben. Mit einem anderen Mann. Sie hatte eine neue Stelle, und eine vielversprechende Zukunft lag vor ihr.

Die Sonne neigte sich dem Horizont zu, als sie zum Stall zurückkam. Pia sprang ab und hielt die Zügel fest. Sie strich über den Hals des braunen Pferdes und gab ihm ein paar Karottenstücke, die es gierig verschlang. Sie nahm Itex den Sattel und das Zaumzeug ab. Küsste ihn auf die weißen Nüstern, bevor sie ihn in die Box führte.

Als sie davonfuhr, winkte sie den Hofbesitzern Siv und Bengt zu, die drüben an der Schafkoppel standen. Pia hatte in ihrer Nachbarschaft gewohnt, bevor sie in die Stadt an den Odenplan gezogen war. Eigentlich gehörte Ekerö noch zu Stockholm, aber für sie war es das platte Land. Unweit der City, aber völlig anders. Hier gab es Wald, offene Felder und wenig Bebauung.

Als sie auf die breite Straße bog, erblickte sie den dunklen BMW wieder im Rückspiegel. Sie zählte vier Wagen zwischen sich und dem BMW. In der vergangenen Woche war er ihr mehrmals gefolgt. Oder hatte sie sich das nur eingebildet? Sie blickte erneut in den Rückspiegel, war aber nicht sicher, ob er noch hinter ihr herfuhr. Sie beschleunigte und überholte das Auto vor sich. Umklammerte das Lenkrad. Woher war der Verfolger gekommen? Hatte er an der Kreuzung auf sie gewartet? Am Stall? Sie schaute wieder nach hinten, konnte ihn aber nicht sehen. Eine Radarkamera blitzte kurz vor Brommaplan. Sie fluchte innerlich und parkte in einer Kellergarage in der Döbelnsgatan, wo sie vor einigen Monaten einen Platz ergattert hatte. Obwohl die Wohnung ein Stück weg lag, war sie froh, einen festen Parkplatz zu haben. Sonst musste man abends oftmals stundenlang suchen, um eine freie Lücke in der Nähe zu finden. Die Neonröhre an der Decke flackerte, als sie zum Ausgang eilte. Sie blickte sich um. Was war das für ein Geräusch? Sie ging noch schneller, riss die Tür auf und gelangte auf die Straße. Zwei Scheinwerfer näherten sich und blendeten sie. Schützend hielt sie die Hand über die Augen und versuchte, zu erkennen, was für ein Auto es war. Es fuhr an ihr vorbei. Ein dunkelgrauer Audi. Sie atmete auf und hastete nach Hause, wobei sie den Kragen hochstellte, um sich gegen die Kälte zu schützen.

Björn ging ihr im Flur entgegen, als sie hereinkam. Sie atmete schwer und versuchte, sich nichts anmerken zu lassen.

»Wie geht es dir, Liebling? Bist du gelaufen?«

Sie stützte sich gegen die Wand und zog die Reitstiefel aus. »Dieser Wagen fuhr wieder hinter mir her. Der BMW.«

»Bist du sicher?«

»Ich weiß nicht.«

Er trat zu ihr und legte ihr die Hände auf die Schultern. Als er sie an sich zog, entspannte sie sich, und ihr Puls wurde langsamer. Sie sog seinen Geruch ein. Kein Parfum. Nichts Besonderes. Nur er.

»Ich komme mir so dumm vor. Ich bilde mir das bestimmt nur ein«, sagte Pia.

Er hob ihr Kinn an. »Das denke ich auch, zumindest hoffe ich es sehr. Aber wenn es wieder vorkommt, musst du Anzeige erstatten. Stell dir vor, womöglich ist es irgendein gefährlicher Kerl, mit dem du bei der Arbeit zu tun hattest.«

»Ich bilde mir das bestimmt nur ein«, wiederholte sie.

Er sah sie ernst an. »Ist wirklich alles okay?«

Sie nickte.

»Ich mache uns eine Flasche Wein auf.«

»Ich dusche noch kurz.«

Pia ging ins Bad. Sie setzte sich auf den Toilettendeckel und stützte den Kopf in die Hände. Sicherlich bildete sie sich das alles nur ein. Magnus, ihr Exmann, saß noch immer im Gefängnis. Das hatte sie in der vergangenen Woche überprüft. Und er hatte keinen Ausgang.

Nachdem sie geduscht und sich abgetrocknet hatte, zog sie einen kurzen Seidenmorgenmantel an. Mit liebevollem Blick sah Björn sie an, als sie sich neben ihn aufs Sofa setzte. Er hatte Kerzen angezündet und zwei Gläser Rotwein eingeschenkt, von denen er ihr eines reichte. Sie unterhielten sich über den Tag, und er wollte wissen, wie es im Büro gelaufen sei. Sie erzählte von Thomas Kallin, und Björn lachte und antwortete, dass Thomas ein Problem mit Frauen habe. Sie sah das genauso. Björn war so mitfühlend. Er kümmerte sich und war anders, als sie es gewohnt war. Er hatte sie dazu gebracht, wieder an die Liebe zu glauben. Zu glauben, dass es noch gute Männer gab. Dass es einen Mann gab, der sie so haben wollte, wie sie war. Keine Konkurrenz. Keine Eifersucht. Sie kuschelte sich an ihn, und er stellte die beiden Weingläser weg. Ihre Lippen berührten sich. Zögernd, zärtlich, dann immer fordernder.

»Gehen wir ins Schlafzimmer.« Seine Stimme klang rau.

Sie legten sich auf die Überdecke. Er unten. Sie rittlings auf ihm. Seine Hände tasteten ihren Rücken ab. Sie zog den Morgenmantel aus, und er lächelte, als ihm klar wurde, dass sie keinen BH trug. Er legte die Hände auf ihre Brüste und streichelte sie. Richtete sich ein wenig auf und leckte über ihre Brustwarze. Sie knöpfte seinen Hosenschlitz auf, und sie kicherten wie Teenager, als sein enges Hosenbein an der Ferse hängen blieb. Sie half ihm beim Ausziehen und warf die Hose zu Boden. Dann arbeitete sie sich wieder nach oben. Sie küsste die Innenseite des Oberschenkels und wanderte in Richtung Leiste.

»Papa, ich kann nicht schlafen.«

Björn schob Pia zur Seite und breitete die Decke über sie.

Gertrud stand in der Türöffnung und rieb sich die Augen.

Björn sprang auf. »Aber mein Liebes, kannst du nicht schlafen? Komm, Papa bringt dich ins Bett.«

»Nein, ich will hier schlafen«, jammerte Gertrud.

»Aber es ist besser, wenn du in deinem eigenen Bett schläfst.«

Gertrud griff zu ihrer stärksten Waffe und gab ein leises Wimmern von sich mit den dazugehörigen Krokodilstränen.

Björn kapitulierte. »Na, dann komm. Hier, mein Liebes. Du kannst dich zwischen mich und Pia legen. Da hast du eine Decke, Schatz.«

Gertrud kroch ins Bett, und Björn küsste sie auf die Stirn. »Schlaf gut, Prinzessin.«

Er sah Pia mit einem Ausdruck an, der sagte: Typisch, wir müssen es auf ein anderes Mal verschieben.

Pia lächelte, als fände sie das total süß. Drehte ihm den Rücken zu und machte das Licht aus. Zog ihre Decke zu sich, auf die Gertrud sich gelegt hatte. Sie starrte in das finstere Schlafzimmer, bis die Augen sich an die Dunkelheit gewöhnt hatten und die Umrisse der Möbel und des Fensters klarer hervortraten. Zusammen mit Björn hatte sie ein neues Bett gekauft und zwei alte Stühle schwarz angemalt, um sie zu Nachttischen umzufunktionieren. Die Blumen am Fenster hatte sie aus der alten Wohnung mitgebracht, und die Lampe an der Decke gehörte auch ursprünglich ihr. Sie und Björn hatten miteinander ein gemeinsames Zuhause eingerichtet. Sie hatte jetzt eine Familie. Sie war Stiefmutter, oder wie man das auch nennen wollte. Zweite Mama. Dritter Elternteil.

Selbst zog sie es vor, einfach nur Pia zu sein.

4

»Und warum sollten wir Ihrer Meinung nach in einem Fall weiterermitteln, der längst geklärt ist?« Die Chefin blickte Amanda an, während sie mit einer Gabel in ihrer Brotbüchse herumstocherte und eine Cocktailtomate aufspießte. Gunilla Håkansson sah deutlich härter aus, seit sie sich vor ein paar Tagen die Haare hatte kurz schneiden lassen.

»Irgendwas stimmt da nicht«, sagte Amanda. »Nina Liljedahl konsumierte keine Drogen. Die drei führten ein vollkommen normales Familienleben …«

»Und sie kaute am Ohr des Mädchens, als wir hinkamen. Ist das auch normal?«, warf Stefan Brimark ein – der Besserwisser der Truppe. Er war kleiner als Amanda und versuchte, seine Größe mit intelligenten Sprüchen zu kompensieren.

Amanda ignorierte Stefan und fuhr, an Gunilla gewandt, fort: »Ich behaupte nicht, dass sie es nicht getan hat. Ich frage mich nur, warum sie auf einmal beschlossen hat, Drogen zu nehmen.«

»Darauf bekommen wir vermutlich niemals eine Antwort«, sagte Gunilla. »Das Ganze ist ein tragisches Ereignis für alle Beteiligten, aber wir werden dafür nicht noch unnötig Ressourcen verschwenden. Nina Liljedahl hat ihre Tochter umgebracht, und jetzt hat sie sich selbst das Leben genommen. Der Fall ist abgeschlossen, für uns gibt es nichts mehr zu tun.« Sie stopfte sich Rucola in den Mund.

Stefan mischte sich wieder ein: »Und woher wissen wir, dass sie nicht schon vorher Drogen genommen hat? Vielleicht steht sie in keinem Register, weil sie einfach nie erwischt worden ist. Vielleicht haben sie bei sich zu Hause üble Junkiepartys gefeiert.«

»Darauf deutet überhaupt nichts hin«, meldete Crippe sich zu Wort. »Aber ich bin auch der Meinung, dass wir im Moment nichts weiter tun können.« Er verzog das Gesicht. »Scheiße, ich möchte nicht in der Haut des Ehemannes stecken. Die reinste Hölle!«

Amanda und Crippe hatten sich mit Johan Liljedahl am Morgen getroffen. Er wohnte bei seinen Eltern, da er noch nicht nach Hause zurückwollte. Johans Mutter, die Großmutter des Opfers, hatte die Tür geöffnet. Den Schmerz in ihren Augen würde Amanda nicht so schnell vergessen. Sie bat sie herein und ging mit gesenktem Kopf voran ins Wohnzimmer. Johan lag auf dem Sofa, und die Mutter erklärte ihnen, dass er Beruhigungstabletten eingenommen habe. Langsam setzte er sich auf und begrüßte sie mit einem stummen Nicken. Seine Augen waren gerötet und glänzten, seine Haare standen in alle Richtungen ab.

Nach ein paar einleitenden Phrasen kam Amanda zur Sache und fragte: »Nahm Nina öfter Drogen, und bei wem hat sie sie gekauft?«

Johan starrte sie mit stumpfem Blick an. »Sie hat nie Drogen genommen. Wir beide hatten mit so etwas nichts am Hut. Ich kapiere das einfach nicht.«

»Könnte sie etwas genommen haben, ohne dass Sie etwas bemerkten?«

»Auf keinen Fall. So jemand war sie nicht.«

»Wie war sie denn? Können Sie sie für uns beschreiben?«

Kurzes Schweigen. »Sie war meine Frau. Sie war die Mutter meiner Tochter. Sie liebte ihre Familie, ihre Arbeit. Sie hat Freunde und ist beliebt. Was soll ich sonst sagen?« Er schlug die Hände vors Gesicht und schluchzte leise.

Amanda und Crippe sahen sich an. Sie unternahm einen weiteren Versuch: »Was glauben Sie? Wie erklären Sie es sich, dass Ihre Frau Drogen genommen hat?«

Johan hob den Kopf ein wenig und schüttelte ihn leicht. Rotz lief ihm aus der Nase und tropfte auf den Pullover.

»Es muss etwas passiert sein. Ich weiß es nicht. Sie hatte keine derartigen Kontakte. Ich habe keine Ahnung.«

»Was haben Sie an dem Abend gemacht?«, fragte Crippe.

»Ich war in einem Hotel in Gävle. Ich bin beruflich viel unterwegs.«

»Sie verkaufen Medikamente, wenn ich das richtig verstanden habe.«

Johan nickte.

»Bewahren Sie welche bei sich zu Hause auf?«, übernahm Amanda wieder die Gesprächsführung.

»Nein, gar nichts. Das ist alles im Lager eingeschlossen.«

»Nahm Nina irgendwelche Medikamente?«

»Nein. Aber das müssten Sie inzwischen doch schon wissen, oder?«

In der Tat. Die Drogentests bei Nina wiesen auf Methylendioxypyrovaleron, kurz genannt MDPV, im Blut hin. Die Kannibalendroge. Den Namen hatte sie erhalten, nachdem ein nackter Mann in den USA das halbe Gesicht eines Obdachlosen verspeist hatte, der sich gegen die aggressive Attacke nicht wehren konnte. Das bizarre Ereignis wurde von einer Überwachungskamera an einer Autobahn gefilmt und landete anschließend auf Youtube, wo es millionenfach angeklickt wurde. In Schweden hatte man bislang eine Handvoll von MDPV-Fällen registriert, aber man befürchtete, dass sich die Droge auf dem Vormarsch befand. Die Junkies auf der Straße redeten davon.

Ein weiterer Punkt, der Amanda zu denken gab, war, dass Nina auch einen niedrigen Kortisolwert hatte. Der Gerichtsmediziner hatte ihr am Telefon eine nachvollziehbare Erklärung geliefert: »Jemand, der Kortison zu sich nimmt, erleidet eine Hemmung der Nebennierenrinde. Damit geht die körpereigene Produktion von Kortisol zurück, was bei Nina eindeutig der Fall war. Allerdings nahm sie Kortison nicht über einen längeren Zeitraum, was man sonst durch das sogenannte Moon Face oder Buffalo Neck sehen würde. Sie wissen doch, wie man anschwellt, wenn man Kortison zu sich nimmt?«

Amanda nickte in den Hörer. »Sie hat also vor Kurzem Kortison genommen und vielleicht eine zu hohe Dosis abbekommen? Kann das sein?«, fragte sie.

»Das ist sehr wahrscheinlich, ja.«

»Ist es rezeptpflichtig, oder kommt man da leicht ran?«

»Das ist relativ einfach, man nimmt Kortison beispielsweise bei einer ganz normalen Entzündung oder bei Asthmabeschwerden ein. Ich würde behaupten, dass jeder an ein Rezept gelangen kann, wenn er will.«

»Gibt es auch noch andere Symptome außer den Schwellungen?«

»Viele werden depressiv und manisch, und die meisten verspüren ein sehr starkes Hungergefühl«, hatte der Gerichtsmediziner geantwortet.

Die Vernehmung von Johan Liljedahl und die Entdeckung des Gerichtsmediziners lieferten ein übereinstimmendes Bild von Nina Liljedahl. Sie war eine Frau mit einer intakten Familie und einem Job gewesen. Es gab keine Hinweise auf langjährigen Drogenkonsum. Warum hatte sie dann Drogen genommen? War sie wegen etwas bedrückt gewesen, das Johan nicht zugeben wollte oder wovon er vielleicht gar nichts wusste? Aber der Fall war abgeschlossen. Niemand wollte Ressourcen in einen Fall stecken, bei dem die Mörderin tot war. Nina Liljedahl hatte ihre Strafe bereits bekommen.

Am Nachmittag setzte sich Amanda an ihren Schreibtisch und las die aktuellen Untersuchungsberichte des Drogendezernats. Einem Beobachter war aufgefallen, dass in einem Treppenhaus im Spångavägen ungewöhnlich viel Betrieb herrschte. Ein anderer hatte gehört, dass Ali Resa Haschisch an Minderjährige verkaufte. Ein Dritter wusste, dass am ersten April über Frihamnen eine große Lieferung ankommen sollte. Das Datum war bereits verstrichen. Amanda seufzte. Da stand nichts von MDPV.

Sie rief ihre Freundin Vicky an und fragte, ob sie mit ihr und den Kindern auf den Friedhof kommen wolle. Vicky sagte zu. Nicht, weil sie unbedingt darauf erpicht war, auf den Friedhof zu gehen, sondern weil sie Greta und Charlie sehen wollte.

Amanda ging zu Gunilla und wartete, bis diese den Satz in einem Vernehmungsprotokoll beendet hatte. Gunilla blickte auf.

»Ich gehe jetzt«, sagte Amanda. Sie hatte schon gefragt, ob sie ein wenig früher gehen könne, da Charlie und Greta zum Zahnarzt müssten.

»Alles klar. Bis morgen.«

»Kann denn nicht auch mal der Vater der Kinder einspringen?« Stefan sprach ins Leere, während er in einem Ordner blätterte. Er hatte schon immer eine Vorliebe für Sticheleien.

Amanda drehte sich um und machte ein paar Schritte zurück. »Wenn du ein Problem hast, sprich es offen aus.«

»Wir haben hier ein ziemlich großes Problem. Oder siehst du das nicht so?« Er starrte sie an.

»Doch, nämlich dass du das Arbeitsklima mit deiner Gegenwart verpestest«, gab Amanda zurück.

»Ich bin nicht der Einzige, der denkt, dass du hier nichts zu suchen hast.«

»Nicht der Einzige? Verkrieche dich nicht hinter anderen.«

Die Kollegen an den anderen Schreibtischen spitzten neugierig die Ohren.

»Warum sagst du nicht, wer der Vater ist?«, höhnte Stefan. »Oder hat der Storch die beiden gebracht?«

»Jetzt reicht es!«, rief Gunilla scharf.

»Ich sehe das wie Stefan. Wir sollten das vielleicht ein für alle Mal klären«, mischte Lasse Sandén sich ein. Er lehnte mit überkreuzten Beinen an seinem Schreibtisch.

Amanda grinste ihn an. »Dann sollten wir wohl auch klären, mit wem du auf der Weihnachtsfeier rumgemacht hast. Das könnte Åsa durchaus interessieren.«

Lasse lief hochrot an.

Gunilla versuchte zu schlichten. »Niemand muss irgendetwas aus seinem Privatleben erzählen, wenn er das nicht möchte …«

»Nein, nein! Ist schon gut.« Amanda ging zu Crippe und legte ihm den Arm um die Schultern. Sie gab ihm einen Kuss auf die Wange. »Wenn es euch so viel bedeutet, können wir es gern öffentlich machen. Oder was meinst du, Crippe?«

Er fühlte sich überrumpelt, spielte das Spiel aber mit und nickte. »Wir sind mal zusammen in der Kiste gelandet. Wann war das noch mal?« Er blickte Amanda fragend an.

»Das muss vor ungefähr drei Jahren und sechs Monaten gewesen sein«, sagte sie. »Im Klappbett in der vierten Etage.« Sie blickte zu Stefan. »Schläfst du da nicht ziemlich oft?«

Ein paar lachten. Stefan und Lasse sahen grimmig drein. Gunilla schien sowohl froh als auch beunruhigt über den Ausgang des Streits.

Mal wieder hatte Amanda eine von Stefans Attacken abgewehrt, aber sie wusste, dass er nie aufstecken würde. Ihr war es egal. Sie brauchte nicht die Zuneigung jedes Einzelnen in dieser Behörde, um zurechtzukommen.

Charlie und Greta stritten sich um die Zahnbürsten. Sie hatten beim Zahnarzt zwei bekommen und wollten nun beide die rote haben. Der Disput wurde abrupt beendet, als Vicky in den Wagen stieg. Sie holten sie im Zentrum in Solna ab. Die Kinder blickten ihre Taufpatin neugierig an, obwohl sie sich oft trafen.

»Hallo, ihr Zwerge«, sagte sie.

Charlie grüßte fröhlich zurück, während Greta sich hinter ihrem Pony verschanzte. Charlie antwortete, so gut er konnte, auf Vickys Fragen über den Besuch beim Zahnarzt, während Greta abwartend zuhörte. Erst als sie am Friedhof ankamen, schien sich Greta daran zu erinnern, dass sie Vicky als Freundin betrachten konnte. Vicky nahm die beiden Kinder an der Hand, und sie hopsten neben ihr den geharkten Kiesweg entlang. Amanda trug Blumen und Kerzen. Als sie sich dem Grabstein näherten, schlug ihr das Herz bis zum Hals. Sie hockte sich hin, während Vicky und die Kinder um sie herumstanden.

»Wollt ihr mir helfen, die Kerzen anzuzünden?«, fragte Amanda.

»Jaa!«, riefen die Kinder im Chor. Sie brauchten mehrere Versuche, bis sie die Dochte zum Brennen brachten. Amanda stellte die Kerzen vor das Grab, sie leuchteten schön in verschiedenen Farben. Rosa. Blau. Grün. Orange.

»Mama.« Greta stupste Amanda an. »Mama! Schläft Sanna hier?«

Erstaunt über das Gedächtnis ihres Kindes, gab Amanda ihr einen Kuss auf die Nase. »Ja, genau. Aber sie wird nicht mehr aufwachen. Sie wird immer hier schlafen.«

Greta machte große Augen. »Wie Simbas Papa?«

»Wer ist Sanna?«, fragte Charlie.

»Sie war Mamas Schwester.«

Charlie hob einen Ast auf und zeichnete damit Striche in den Kies. Greta folgte seinem Beispiel.

»Wie fühlt es sich an?« Vicky kniete sich neben Amanda hin.

Die zuckte mit den Schultern. »Es ist so schade. So fühlt es sich an. Einfach nur schade!«

Sie saßen eine Weile schweigend da. Amanda dachte nach. Es war schade. Ja, das stimmte. Aber da war auch noch etwas anderes. Das Gefühl von Machtlosigkeit. Dass sie selbst nicht mehr hatte tun können. Weder vorher noch nachher.

Vicky räusperte sich. »Wir haben wieder sehr viele Informationen über Milorad Kraljevic bekommen, und wir werden ihn in der nächsten Zeit genauer überwachen, um zu sehen, ob wir damit weiterkommen.«

Amanda schluckte.

»Ich dachte mir, dass du das wissen möchtest«, sagte Vicky.

Milorad Kraljevic: der Mann, der so unendlich viel zerstört hatte. Persönlich war sie ihm nie begegnet, aber er hatte in allem, was geschehen war, seine Finger gehabt.

»Vieles deutet darauf hin, dass er eine neue Droge aus Mexiko ins Land schmuggelt. Es ist sehr leicht, sie zu überdosieren, und in anderen Ländern gab es schon eine Reihe von Todesfällen. Amanda, hörst du mir überhaupt zu?«

Amanda sah auf. »Erzähl weiter.«

»Heute hab ich etwas erfahren«, fuhr Vicky fort. »Diese Nina Liljedahl, mit der du zu tun hattest. Sie hatte dieselbe Droge im Körper, die unseren Informationen zufolge Kraljevic importiert.«

»Du machst Witze!«

Vicky schüttelte den Kopf.

»Was werdet ihr unternehmen?«, fragte Amanda.

»Wir lassen ein paar Leute beschatten, von denen wir annehmen, dass sie seine Unterlieferanten sind. Aber das ist schwer, die sind ja schon eine Weile im Geschäft und wissen, wie der Hase läuft. Das Abhören der Telefone hat nichts gebracht.«

»Habt ihr ein paar Informanten?«

»Keine Ahnung. So etwas kriegt man nie gesagt, das weißt du ja.«

Über Informanten redete man nicht laut, nicht einmal mit den engsten Mitarbeitern. Wenn ein Tipp hereinkam, ging man dem nach, ohne die Glaubwürdigkeit oder die Relevanz zu kennen. Das konnte nur der Verbindungsmann einschätzen.

»Und Undercoverleute sieht man heutzutage nur noch in Filmen.«

Vicky lachte. »Ja, schon. Die Leitung ist nicht sonderlich begeistert davon. Nicht einmal auf unserem Level.«

Vicky arbeitete in der Sondergruppe der Polizei, die an der Bekämpfung des organisierten Verbrechens mitwirkte. Mehrere Behörden hatten sich in diesem Kampf zusammengeschlossen. Staatsanwaltschaft, Finanzamt, Vollzugsbehörde, Sozialversicherungskasse, Dezernat für Wirtschaftskriminalität und so fort. Zusammen versuchten sie, die Antriebskraft der Täter in Fesseln zu legen: das Geld.

Und nun war die Sondergruppe Milorad Kraljevic auf der Spur, der weiterhin mit Drogen handelte. Er nahm keine Rücksicht darauf, dass Menschen starben, kümmerte sich nicht um die Folgen.

Amanda fuhr mit der Hand über die Gravur des Steines. Sanna war eines der – indirekten – Opfer. Jung und naiv, fasziniert vom Glitzern und Glamour des Stureplan-Milieus, war sie in falsche Gesellschaft geraten. Hatte Dinge erfahren, die sie nicht hätte wissen dürfen, und das hatte sie das Leben gekostet. Ein paar Leute hatten für den Mord an Sanna bezahlen müssen, dafür hatte Amanda gesorgt. Aber Milorad Kraljevic war noch immer auf freiem Fuß.

Vielleicht konnte sie noch etwas tun.
Ein Gedanke nahm Form an.
Sie war nicht machtlos. Ganz und gar nicht.

5

Adnan hatte sich mit Hajir und dessen Familie in der vergangenen Woche jeden Tag getroffen. Baden im Meer, eine Menge Fruchtshakes und Biere. Er hatte mit den Kindern herumgetobt und ihnen geflochtene Armbänder gekauft, auf denen ihre Namen standen. Sie waren zum Markt gegangen und hatten frittierte Kakerlaken gegessen, Seidenstoffe und scharfe Gewürze erstanden. Sie hatten mehrere Restaurants ausprobiert und abends in Strandbars gechillt. Ragnar war cool und gab ihm frei.

Jetzt war er wieder allein, und die Tage folgten ihrer normalen Routine. Lauftraining am Morgen. Essen. Schlafen. Kraftraum am Abend. Essen. Ausruhen. Drinks mixen in der Bar. Bierflaschen öffnen. Die Wochen verstrichen. Der Mond änderte seine Form, und irgendetwas nagte an ihm. Es fiel ihm schwer einzuschlafen, er lag da und starrte das Mückennetz an. Fand jeden Tag neue Löcher. Er dachte an alles Mögliche. Die Sonne war zu heiß. Die Touristen waren zu fröhlich. Die Stadt zu klein. Die europäischen Männer affig. Sie benahmen sich wie Könige mit ihren jungen, gekauften Frauen. Er hatte sich schon oft gefragt, wie das bei Ragnar und Arun war. Führten sie eine ernsthafte Beziehung? Er hoffte es für Ragnar. Arun und er waren schon lange zusammen und verheiratet. Und er sah es in ihren Augen. Dasselbe Leuchten wie bei Hajir und Isabella, wenn sie sich anblickten.

Die Romantikfalle. Er war selbst schon einmal hineingetappt.

Das würde ihm nicht mehr passieren!

Leichtfüßig stieß er sich von der Gummimatte ab, drehte sich und traf den Sack mit dem Schienbein. Ging zurück in die Ausgangsposition. Stieß sich wieder ab, die Fäuste vor dem Gesicht geballt. Setzte zu einem neuen, diesmal doppelten Tritt an. Rechter Haken. Linker Haken. Uppercut. Verpasste dem Gegner einen Knietritt mitten auf den Solarplexus. Adnan hatte nur Shorts an und Verbände um die Hände. Der Schweiß rann über seinen muskulösen Körper. Über die Tattoos, die glänzten. Ein Drache. Ein Totenkopf. Tribals. Er mochte seine Tattoos, nur eines bereute er. Die schwarzen Buchstaben seitlich am Rücken. *FTP. Fuck the police.* Das war bescheuert. Unklug. Symbolisierte einen Jungen aus dem Vorort mit großer Klappe, der die Welt außerhalb der Betonmauern kaum kannte. Aber es war nicht nur das. Die Tätowierung verhöhnte ihn. Jedes Mal, wenn er die Buchstaben sah, erinnerten sie ihn daran, wie sehr er getäuscht worden war. Er hatte keinen blassen Schimmer gehabt. Sie hatte ihn zu ihren Zwecken ausgenutzt, und er hatte Riesenprobleme bekommen.

Er schmiss sich zu Boden und machte zwanzig Liegestütze mit Klatschen. Attackierte den Sack mit neuen Tritten und mit den Ellbogen. Ein Roundkick.

Der Typ am Sack daneben wich ein wenig zurück und schien verunsichert. Er war halb so groß wie Adnan und hatte nur halb so viele Tätowierungen.

Adnan funkelte das Leichtgewicht an, während er sich auf die nächste Runde vorbereitete. Drehte den Kopf, bis es knackte. Ließ die Schultern kreisen und brachte sich in die richtige Position. Dann ging er zu einer weiteren Attacke über. Brüllte den Sack an.

Das Leichtgewicht nahm sein Handtuch und schlurfte davon.

Adnan keuchte.

Was zum Teufel hatte sie mit der Kohle gemacht?

Zehn gerade Hiebe. Aggressive Stärke. Sie nahm sie für sich. Fotze!

Zehn Hock-Streck-Sprünge. Oder spielten die Bullen ein doppeltes Spiel?

Zehn gerade Hiebe. Warum?

Zehn Hock-Streck-Sprünge. Seine Muskeln waren kurz davor zu streiken. Das würden sie nie tun, oder?

Zehn gerade Hiebe. Es gab nur eine Möglichkeit!

Zehn Hock-Streck-Sprünge. Er sackte zusammen. Legte sich auf den Rücken und streckte die Arme über den Kopf. Schnappte nach Luft.

Er musste das Moos zurückholen! Wenn schon nicht für sich, dann für Miran. Adnan verriet keine Freunde. Er versteckte sich nicht.

Er war Adnan Nasimi!

6

Pia ließ sich am Tisch nieder und grüßte die anderen aus der Einsatzgruppe. Göran Anderzon, Teamleiter bei der Polizei, sah aus, als wollte er schon wieder gehen. Er hatte seine Jacke an und saß auf der vorderen Stuhlkante, die Ellbogen auf den Tisch gestützt. Sten Nilsson vom Finanzamt wirkte ruhiger und stapelte Akten vor sich; er legte sie so, dass sie akkurat übereinanderlagen. Die Vollzugsbehörde hatte Kurt Spångberg geschickt, er vertrat seinen Chef, der mit einer Grippe zu Hause lag. Da Kurt seine eigene Stimme gern hörte, befürchtete Pia, dass die Besprechung länger dauern könnte. Sie und Göran warfen sich vielsagende Blicke zu, als Kurt erzählte, wie sie vor ein paar Tagen ein millionenschweres Boot beschlagnahmt hatten. Als er einmal Luft holen musste, ergriff Pia das Wort und wechselte das Thema. Welche Fälle sollten oberste Priorität haben? Was war los? Was war seit der letzten Besprechung passiert? Göran berichtete von einem geplanten Schlag gegen illegale Spielhöllen in verschiedenen Teilen des Landes. Sten wünschte sich intensivere Ermittlungen zu den florierenden Rechnungsfälschungen. Kurt konnte mit zahlreichen Details zu zwei beschlagnahmten Villen aufwarten. Der interessanteste Punkt kam zum Schluss – Milorad Kraljevic, der Boss der jugoslawischen Mafia in der Stockholmer Region. Göran erklärte, dass die Spekulationen, wonach Kraljevic sich zurückgezogen habe, sich als falsch erwiesen hatten. Im Gegenteil, er schien seine Organisation im Verborgenen ausgeweitet zu haben. Er hatte dafür gesorgt, dass seine Mitarbeiter, die das Geschäft am Laufen hielten, ihm treu ergeben waren, wobei seine Nichte Helena Kraljevic die Fäden zog. Die größten Einnahmequellen derzeit: Drogenhandel, Waffen- und Menschenschmuggel. Einige im unteren Bereich der Hierarchie hatten in letzter Zeit ein wenig geschlampt. Man hatte herausgefunden, dass sie Wagen und Hütten besaßen, die sie sich laut Steuern niemals leisten konnten. Die Typen wurden nun rund um die Uhr überwacht. Vieles deutete auch darauf hin, dass Kraljevic hinter der Einführung einer extrem gefährlichen Droge steckte, die bereits einigen Junkies und Jugendlichen das Leben gekostet hatte. MDPV. Die Kannibalendroge. Hier mussten sie die größten Ressourcen einsetzen.

Pia lauschte. Es war lange her, dass Milorad Kraljevic im Rahmen eines Falls aufgetaucht war. Sie erinnerte sich an die Explosion ihres Hauses, als wäre es gestern geschehen. Wie sie durch den lauten Knall aufgewacht war. An den brennenden Wagen. Den Rauch. Aber vor allem: an Magnus, der stumm am Fenster stand und durch die Gardinen hinausblickte. Sie hatte ihn noch nie so bleich gesehen. Er zitterte. Sonst tat sie das immer. Im Nachhinein hatte sie verstanden, dass Magnus nicht nur als Polizist in die Affären von Kraljevic verwickelt war. Er hatte krumme Dinger gemacht, in die eigene Tasche gewirtschaftet. Sie fragte sich noch immer, wie es hatte so schiefgehen können. Bei ihr und Magnus.

Pia wandte sich an Göran. »Warum nennt man sie die Kannibalendroge?«

Göran erzählte von dem Fall in Västerort und Nina Liljedahl. Wusste sie denn nichts davon? Pia erinnerte sich, dass Thomas vor ein paar Tagen irgendetwas erwähnt hatte. Er habe die Voruntersuchung eingestellt, obwohl einer der Ermittler protestiert habe. Wenn sie sich nicht täuschte, hatte er sich sehr darüber aufgeregt, dass die Kripochefin Anfänger mit einem Mordfall betraut hatte. Früher sei alles besser gewesen, denn die erfahrenen Kriminalkommissare hätten sich auf ihre Arbeit verstanden. Na logisch!

»Wer hat den Fall bei euch bearbeitet?«, fragte Pia und sah Göran an.

»Christian Nilsson und Amanda Paller. Zuständig ist weiterhin Västerort. Wir sind nur dabei, weil die Droge sehr wahrscheinlich über Kraljevic ins Land kommt. Aber weil Nina Liljedahl sich umgebracht hat, wird es schwer sein, herauszufinden, wo sie das Zeug gekauft hat. Sie taucht in keinem einzigen Register auf, und die technische Untersuchung hat nichts ergeben.«

Pias Wangen brannten, und sie wusste, dass sie dabei war, rot anzulaufen. Schnell blickte sie auf ihre Notizen. Ihr Magen krampfte sich auf einmal zusammen. Zwei Namen in ein- und derselben Besprechung, und all ihre verdrängten Gefühle kamen plötzlich wieder hoch. Milorad Kraljevic und Amanda Paller. Beide involviert in das Aus ihrer Ehe. Auf ganz unterschiedliche Weise. Aber dennoch. Sie sah Magnus vor ihrem inneren Auge. Wie er mit gesenktem Kopf den Gerichtssaal verließ. Die Hände hinter dem Rücken gefesselt. Zwei Polizeikollegen, die ihn hinausführten. Die Erniedrigung war im ganzen Raum zu spüren gewesen.

»Pia, hast du sonst noch etwas?« Göran blickte sie an.

Sie schüttelte den Kopf.

»Dann mache ich los, es ist viel zu tun.« Göran stand auf.

Kurt kniff den Mund zusammen und stieß die Luft durch die Nase aus. »Aha, dann erzähle ich den Rest beim nächsten Mal.«

Obwohl es Freitag war, kam Pia erst sehr spät von der Arbeit weg. Sie hatte sich nicht von einem Fall von häuslicher Gewalt losreißen können, der bei ihr auf dem Schreibtisch lag und den sie am Montag vor Gericht vertreten würde. Eigentlich kannte sie alles in- und auswendig. Sie war den Fall viele Male durchgegangen. Aber irgendwie war es tröstend, von jemandem zu lesen, dem ähnliche Sachen zugestoßen waren wie ihr selbst. Zu wissen, dass sie nicht allein war. Zugleich frustrierte es sie, zu erkennen, dass die Alarmsignale für die Umgebung so offensichtlich gewesen waren. Menschen wurden in ihren eigenen Beziehungen blind.

Sie fuhr mit dem Fahrrad nach Hause. Von Kungsholmen zum Odenplan. Sie trat langsam in die Pedale, ihre Beine hatten keine Lust, sich zu bewegen. Am Abend würden sie Gäste haben. Claes und Lena, Freunde von Björn und seiner Exfrau. Sie waren nett und hatten Pia mit offenen Armen empfangen, obwohl Björn sich entschieden hatte, seine Frau für sie zu verlassen. Pia, der große Sündenbock. So fühlte sie sich, obwohl sie nichts Schlimmes getan hatte. Schließlich war Björn ja verheiratet gewesen und hatte das Treuheitsgelübde abgelegt: bis dass der Tod uns scheidet. Aber das schien die Exfrau nicht zu begreifen. In ihren Augen war alles Pias Schuld.

Warum hatte sie es dann nicht so eilig, nach Hause zu kommen? Eigentlich wusste sie es. Bereits vor ein paar Tagen hatte sie eine schleichende Furcht überkommen, weil sich der Freitag näherte. Björns wunderbare Vaterwoche. Pia strampelte weiter. Sie war ein schlechter Mensch. Nur sie fand offenbar, dass die Kinder anderer Leute anstrengend waren. In allen anderen Familien funktionierte das. Sie war nur egoistisch und wollte Björn für sich haben. Sie wollte ein Leben mit ihm, ohne Einmischung einer Ex und ihrer Kinder. Korrektur: der Kinder von ihr und Björn. Ihre Lieblinge. Björn liebte sie! Natürlich musste auch Pia es schön finden, wenn sie kamen. Sie beschloss, sich diese Woche Mühe zu geben. Vielleicht selbst etwas mit Gertrud zu unternehmen.

Sie hörte sie schon, als sie das Treppenhaus betrat. Hjalmars Geschrei drang durch die Wände. Gertrud kreischte, als hätte sie sich auf eine Wespe gesetzt.

Das würde ein total schönes Wochenende werden. Ruhig und angenehm.

Ihre Beine schleppten sich mühsam die Treppe hoch. Sie holte den Schlüssel hervor und steckte ihn ins Schloss. Zwang sich zu einem Lächeln. Sie zog ihre Peak-Performance-Windjacke und ihre flachen Schuhe aus. Legte den Fahrradhelm auf die Hutablage und ging auf das Geschrei im Wohnzimmer zu. Björn und die Kinder spielten ein Spiel, das sie nicht kannte.

»Ich bin dran!« Gertrud schlug ihren brüllenden Bruder.

Björn versuchte, sich Gehör zu verschaffen. »Jetzt ist es aber mal gut, Kinder. Seht ihr, wer gerade gekommen ist?«

Pia winkte in der Türöffnung. Gertrud und Hjalmar stierten sie an.

»Was sagt man, wenn jemand kommt?«, sagte Björn.

»Hallo«, sagten Gertrud und Hjalmar kurz nacheinander.

Pia ging zu ihnen und umarmte sie steif und pflichtschuldig, während sie versuchte, sich einzureden, dass es eine schöne Woche werden würde.

»Toll«, sagte sie, »dass ihr da seid. Nun würde ich gern wissen, was ihr alles gemacht habt, seit wir uns das letzte Mal gesehen haben.«

»Nichts«, antworteten sie im Chor.

»Aber irgendetwas Tolles habt ihr doch gemacht, oder?«

Gertrud schien zu überlegen, ob sie es gut finden sollte, dass Pia nach Hause gekommen war. »Ich habe Kastanien gesammelt. Willst du mal sehen?« Sie lief hinaus und kam mit einer Schachtel zurück. Schüttete einen Haufen auf den Tisch, holte Zahnstocher und wollte mit Pia Figuren basteln. Pia wollte lieber das Essen zubereiten, mahnte sich aber zur Geduld. Sie bastelte mit den Kindern Hunde, Kühe und Tiere, die nicht existierten. Eigentlich waren sie ja doch ganz süß. Leicht zu unterhalten.

»Mama macht viel schönere Tiere als du«, sagte Gertrud. »Sie macht ihnen auch Augen und Münder.« Während sie das sagte, entglitt ihr ein Zahnstocher, der sich unter ihren Fingernagel bohrte. Die Unterlippe bebte ein paar Sekunden, bevor der Todesschrei folgte.

Pia erschauderte und konnte fast spüren, wie weh es tat. Manche straft Gott … Reiß dich zusammen! Es sind nur Kinder.

Björn eilte herbei und tröstete sie. Trug die kleine Gertrud umher. Holte Hello-Kitty-Pflaster.

Pia ging in die Küche und machte belegte Brote, die sie zum Willkommenstrunk servierten. Sie hörte, dass Björn und die Kinder ein neues Spiel begannen. Gertrud schien ihren verletzten Finger vergessen zu haben.

Pia entkorkte eine Flasche Amarone und holte ein paar Weingläser aus dem Schrank. Sie hatten ein Blumenmuster, und sie strich mit dem Zeigefinger darüber. Sie liebte die Gläser, die sie von ihrer Großmutter geerbt hatte. Deshalb kamen sie nur selten zum Einsatz, aber es war ein besonderer Abend. Sie ging ins Wohnzimmer, und Björn strahlte, als sie mit ihm anstieß. Pia genoss den vollen Geschmack auf der Zunge, bevor sie den ersten Schluck trank. Sie ertappte sich dabei, wie sie an Magnus dachte. Das war sein Lieblingswein.

Sie lächelte Björn an. Einen besseren Mann als ihn würde sie niemals finden.

»Auf Björn und Pia!« Lena hob das Glas, und ihre unzähligen Armbänder schlugen klirrend gegeneinander. »Ich finde es so unglaublich toll, dass ihr euch getroffen habt.«

»Das finde ich auch«, sagte Pia.

Sie hatten ein Drei-Gänge-Menü gegessen, das Pia selbst zubereitet hatte. Björn hatte beim Zwiebelbrot geholfen, damit Pia noch Zeit hatte, zu duschen, bevor die Gäste kamen. Er entschuldigte sich, dass die Kinder so sehr an ihm hingen, wenn sie ihn eine Woche lang nicht gesehen hatten. Als Claes und Lena eintrafen, konnte Pia noch einmal ins Bad gehen und sich zurechtmachen. Ein hastiges Make-up und ein einfacher Zopf. Aber sie war mit dem Ergebnis zufrieden, und Lena wollte lernen, wie man solch eine schöne Frisur machte.

Björn erhob sich und füllte die Gläser nach, während Claes nachsah, was die Kinder trieben.

»Sie schauen einen Film an, ich dachte, dass sie schon eingeschlafen sind«, sagte Claes, als er sich wieder hinsetzte.

Claes und Lena hatten auch zwei Kinder. Ein Mädchen und einen Jungen im selben Alter wie Gertrud und Hjalmar. Sie hatten Würstchen mit Pommes frites bekommen statt Rinderfilets und Kartoffelbrei wie die Erwachsenen.

»Ach, es ist so toll, dass wir Kinder haben, die sich so gut verstehen«, sagte Lena.

Pia nickte, obwohl sie nicht sicher war, ob sie in diesem Wir mit eingeschlossen war. Sie brach ein Stück Schokolade mit Meersalz ab und steckte es sich in den Mund. Hörte, dass Björns Handy klingelte, und wusste, wer es war. Es war ja Freitagabend!

»Hallo. Nein, passt schon. Warte kurz.« Björn entschuldigte sich. »Ich rede nur kurz mit Maria.«

»Richte ihr einen schönen Gruß von mir aus«, sagte Lena.

»Ja, von mir auch«, meinte Claes.

Björn verschwand. Pia nahm ein paar Schlucke von dem Rotwein. Große Schlucke.

»Wie schön, dass sie sich trotz allem noch ganz gut zu verstehen scheinen.« Lena blickte Pia an.

»Absolut. Will noch jemand Kaffee?«

Claes und Lena verneinten.

»Wolltest du nie selbst Kinder?«, fragte Lena.

»Das wollte ich, seit ich zwanzig war.« Pia lachte, um den Ernst zu übertünchen.

»Oh. Aber dann ist es ja fantastisch, dass du jetzt durch Björn zwei Kinder bekommen hast. Das könnte ja nicht besser sein.« Lena schien es aufrichtig zu meinen.

»Das ist echt super.« Claes nickte zustimmend.

»Ich hoffe natürlich, eines Tages auch selbst welche zu kriegen«, sagte Pia.

»Ach! Aber bist du nicht in meinem Alter? Also, ich meine das nicht böse, ich dachte nur …«

»Ich bin einundvierzig, die Uhr tickt in der Tat. Aber noch gibt es Hoffnung.«

Lena und Claes wechselten einen Blick.

Dachten die beiden, dass sie das nicht bemerkte?

»Echt toll, dass Björn wieder etwas Neues aufbauen will«, sagte Lena. »Die Jahre, in denen die Kinder noch klein sind, zehren ganz schön an den Kräften, weißt du. Das hinterlässt Spuren in der Beziehung, schau dir nur Björn und Maria an.«

Pia bewahrte die Ruhe, obwohl sie innerlich schrie. »Ich nehme an, dass es das wert ist, wo doch die meisten Kinder bekommen. Und nicht nur eins, sondern mehrere.« Sie versuchte, die Diskussion zu beenden. »Nein, Björn hatte das sicherlich nicht vor. Aber Dinge verändern sich manchmal, wenn man sich trennt und mit einem neuen Partner sein Leben fortsetzt.«

»Ich würde niemals weitere Kinder kriegen, wenn ich und Claes uns trennen sollten.« Lena sah Claes an. »Das würdest du auch nicht.«

Claes schüttelte den Kopf. »Ganz sicher nicht. Aber nun wollen wir uns ja auch nicht trennen …«

Pia schaltete auf Durchzug. Eigentlich mochte sie Lena und Claes. Störend war nur ihre klare Meinung, dass Stiefkinder das Beste sein mussten, was einer kinderlosen Frau passieren konnte. Begriffen die Leute denn nicht, dass man eigene Kinder haben wollte? Hatten sie denn keine Vorstellung von dem innerlichen Stress, der mit jedem Tag, der verstrich, größer wurde? Ticktack, ticktack. Vermutlich nicht, sie hatten Glück gehabt und einander kennengelernt, als sie noch jung gewesen waren, und sie hatten zwei Kinder bekommen mit zwei Jahren Altersunterschied, wie alle anderen perfekten Paare. Noch dazu einen Jungen und ein Mädchen. Und natürlich würden sie sich niemals scheiden lassen.

Warum war sie so gereizt? Pia lenkte das Gespräch auf Claes' Beruf und fragte ihn, auf welche Aktien man derzeit setzen sollte. Das interessierte sie kein bisschen, aber alles war besser als das naive Beziehungsgequatsche der beiden.

Björn kam nach einer Dreiviertelstunde mit Gertrud im Schlepptau zurück. Sie hing in seinen Armen und verlangte quengelnd nach Süßigkeiten.

»Entschuldigt, dass es so lange gedauert hat. Es gibt viel zu planen mit der Schule und allem.«

Lena und Claes blickten ihn verständnisvoll an.

Pia lächelte mit zusammengepressten Lippen. Natürlich musste man Schule und Kindergarten an einem Freitagabend planen. Wann denn sonst?

Gertrud sprang auf einen Stuhl und streckte den Arm nach der Schale mit Bonbons auf dem Tisch aus. Pia sah das Weinglas mit dem Blumenmuster wie in Zeitlupe fallen. Es traf auf einen Teller und zersprang in zwei große und mehrere kleine Scherben. Rotwein ergoss sich über das Tischtuch.

Ihr stand eine lange Woche bevor.

7

Charlie und Greta saßen auf der Rückbank des Lexus RX, den Amanda vor sechs Monaten gekauft hatte. Sie hatte die Nase vollgehabt von ihrem alten Hyundai, der viel zu oft gestreikt hatte. Und damit hatte sie nun auch ein unfallsichereres Auto. Früher, als sie noch keine Kinder gehabt hatte, war ihr das nicht wichtig gewesen.

Sie hatte ein Stück entfernt von einer Reihenhaussiedlung in Bergshamra geparkt und ließ das dritte Haus von rechts nicht aus den Augen. Büsche versperrten die Sicht auf das Grundstück, aber das hatte auch einen Vorteil: Denn dadurch sah man sie auch nicht vom Haus aus.

Hier wohnte Jovan Blaku, einer von Milorad Kraljevics Zuarbeitern. Blaku war dafür verantwortlich, dass die Lieferungen zwischen den Bossen und den Verkäufern auf der untersten Ebene klappten. Er wohnte mit seiner Freundin Josefin Arapovic zusammen.

Amanda hatte die Info von Vicky. Die Sondergruppe war schon seit einer Weile hinter Blaku her, hatte aber noch nichts erreicht. Es war schwer, an Kraljevic heranzukommen. Und die Leitung wollte Ergebnisse sehen, am liebsten gestern. Man wollte keine Ressourcen für unsichere Optionen verschwenden.

Heute hatte Amanda dasselbe getan wie am Vortag. Sie hatte ein paar Runden in der Gegend gedreht, um sich zu vergewissern, dass keine zivilen Fahnder sich dort herumtrieben. Sie hoffte, bald einen Treffer zu landen, die Kinder hockten nicht gern lange im Wagen. Was sie aber mochten, war, ein Picknick auf der Rückbank zu veranstalten. Charlie hatte belegte Brote, Reiskuchen und Äpfel vertilgt. Die Krümel, die er zu Boden fallen ließ, sammelte Greta in einer Plastiktüte.

Gegen halb sieben kam eine Frau mit blondem Pferdeschwanz aus dem Haus und fuhr in einem silberfarbenen BMW davon. Es war noch hell draußen, aber aus der Entfernung war das Gesicht schwer zu erkennen. Amanda musste einfach hoffen, dass es Josefin war, die Größe der Frau stimmte mit den Angaben überein, die sie im Polizeiregister gefunden hatte. Eins zweiundsechzig groß, schlanker Körperbau. Sie drehte sich zu den Kindern um. Charlie war eingeschlafen, sein Kopf hing herab, und aus einem Mundwinkel rann Speichel. Greta fuhr mit dem Finger über ihr Spiele-Tablet, und es hörte sich so an, als backte sie Pfannkuchen mit Pippi Langstrumpf. Amanda fuhr dem BMW hinterher. Die Fahrt ging in Richtung Stadtmitte. Sie ließ ein paar Wagen dazwischen. Amanda wusste nicht, wie sehr Josefin auf Sicherheit achtete, da ihr Partner ja sein Geld mit kriminellen Machenschaften verdiente. Selbst tauchte Josefin im Register im Zusammenhang mit mehreren Drogendelikten und Betrugsfällen auf. Am Sveavägen musste Amanda über eine rote Ampel fahren, um nicht abgehängt zu werden.

Der BMW hielt schließlich am Odenplan. Amanda rollte langsam vorbei und schielte zu der Frau, die aus dem Wagen stieg. Es war zweifelsfrei Josefin Arapovic. Sie trug eine enge Trainingshose mit schwarz-weißem Leopardenmuster und einen lose sitzenden Pullover. In der Hand hielt sie ein Paar Turnschuhe und eine Wasserflasche. Amanda tat, als suchte sie eine Parklücke, und fuhr langsam weiter. Sie sah, wie Josefin das Fitnessstudio SATS betrat. Amanda stellte den Wagen halb auf den Bürgersteig und nahm Greta in den Arm. Charlie schlief noch immer und atmete tief. Es fühlte sich nicht gut an, aber was sollte sie tun: Sie ließ ihn auf der Rückbank zurück und schloss den Wagen ab. Es würde nicht lange dauern.

Im Fitnessstudio herrschte rege Aktivität. Leute stellten ihre Straßenschuhe in hohe Regale am Eingang und registrierten sich mit ihren Mitgliedskarten. Andere kamen verschwitzt oder frisch geduscht heraus, zogen ihre Schuhe an und verließen das Studio. Musik und das Geräusch von schweren Gewichten, die fallen gelassen wurden, waren aus dem Trainingsraum zu hören. Amanda sah Josefin in einem der Räume verschwinden. Sie hatte ihren Pullover ausgezogen und trug darunter ein kirschrotes Top.

»Kann ich dir helfen?«, fragte ein junger Mann. Ein eng anliegendes T-Shirt spannte sich um seinen bulligen Bizeps. Das Namensschild verriet, dass er hier arbeitete.

»Ich wollte nur einen Kursplan holen.« Amanda packte Greta, die ihr aus den Armen zu gleiten drohte.

»Bin gleich wieder da.« Der Mann ging zur Rezeption und kam mit einem Blatt zurück. »Bist du Mitglied, oder bist du zum ersten Mal hier?«

»Das ist das erste Mal. Kann man ein Probetraining machen, bevor man einen Vertrag abschließt?«

»Klar, für was interessierst du dich?«

Amanda deutete auf den Raum, in den Josefin gegangen war. »Was machen die dort gerade?«

»Hm, ich glaube, das ist Zirkeltraining.« Er fuhr mit dem Finger über den Kursplan. »Ja, Zirkeltraining.«

»Dann kannst du mich gern für nächste Woche eintragen. Gleiche Zeit.«

Der Typ notierte Amandas Name und Telefonnummer, und sie hastete wieder zurück zu ihrem Auto. Ein Mann vom Ordnungsamt näherte sich mit bestimmten Schritten. Amanda gurtete Greta an und sprang hinters Steuer. Charlie zuckte zusammen, als sie die Tür zuknallte, schlief aber sogleich wieder ein. Der Ordnungshüter blieb stehen und hängte das elektronische Notizbuch zurück an seinen Gürtel.

Eine Woche später war sie wieder dort. Diesmal hatte sie den Wagen da abgestellt, wo es erlaubt war. Sie hatte einen Parkschein gekauft und ihn hinter die Frontscheibe gelegt. Und sie hatte keine Kinder dabei, die sie stressten. Elsa hatte sich wie so oft zur Verfügung gestellt und hütete die Kleinen. Die Nachbarin von gegenüber war letztes Jahr in Rente gegangen und kurz darauf Witwe geworden. Amanda und Elsa hatten sich unten im Hof angefreundet, wo Elsa oft auf einer Bank saß und den Kindern beim Spielen zusah. Weder Elsa noch Amanda hatten ein soziales Netzwerk in der Großstadt. Elsas Kinder und Enkel waren erwachsen und lebten verstreut im ganzen Land, Amandas Eltern waren in Östergötland. Sie brauchten einander, und Amanda merkte, dass Elsa richtig auflebte, wenn sie auf die Kinder aufpasste.

Amanda meldete sich eine Viertelstunde vor Beginn des Trainings an der Rezeption. Sie blickte sich um. Noch war Josefin nicht da. Sie ging in den Raum und half, die Ausrüstung herbeizuschaffen. Langhanteln, Kettle Bells, Medizinbälle. Sie zupfte ihren toupierten Pferdeschwanz zurecht. Sie wollte Josefins Stil kopieren, gestylte Haare, viel Schminke, neustes Outfit. Sie hatte das kleinste Stück Stoff angezogen, das sie in ihrer Garderobe gefunden hatte, es war weiß und bauchfrei. Damit fühlte sie sich nicht besonders wohl, aber es musste reichen.

Immer mehr Teilnehmer kamen herein und verteilten sich auf die zehn Stationen. Amanda wanderte ziellos herum, trank aus ihrer Wasserflasche, setzte sich und band ihre Schuhe zu. Schließlich kam sie. Josefin Arapovic. An diesem Tag war das Oberteil knallgelb. Die blondierten Haare zu einem langen, dicken Zopf geflochten. Dunkler Haaransatz. Selbst für eine Party wäre sie zu stark geschminkt gewesen. Aufgepolsterte Botox-Lippen. Mit anderen Worten: Sie passte gut hierher. Amanda beobachtete sie und ging dann zur selben Station. Die Kursleiterin zählte, ob die Teilnehmer gleichmäßig verteilt waren, und ging die Übungen durch. Nach einer zehnminütigen Aufwärmphase mit Musik startete die erste von drei Runden. Amanda musterte die anderen in der Gruppe. Ihr fiel eine junge Frau auf, die auch zum ersten Mal dabei zu sein schien. Dafür sprachen ihr unförmiges T-Shirt und ihre technisch schlecht ausgeführten Bewegungen. Sie machten Ausfallschritte, Liegestütze auf einem Brett, Armstützen auf einem Medizinball. Die Neue keuchte und musste kämpfen, um bei der letzten Runde überhaupt alle Stationen zu schaffen. Sie hob eine Langhantel hoch und versuchte, sie mit gestreckten Armen über den Kopf zu halten, während sie auf eine hohe Box hinauf- und von ihr wieder heruntersteig. Sie schwankte. Josefin stand neben ihr. Amanda dahinter. Sie blickte sich um. Alle waren beschäftigt, niemand merkte, was sie tat. Sie stieß eine Stange an, die auf dem Boden lag. Die Anfängerin machte gerade einen Schritt von der Box herunter. Landete mit dem Fuß auf der Stange. Wankte und konnte die Hantel nicht mehr halten, sodass diese auf Josefins Bein fiel. Beide stürzten zu Boden. Josefin schrie auf und umklammerte ihren Fuß. Amanda lief herbei und kniete sich neben sie.

»Alles okay?«

Josefin hatte Tränen in den Augen und stöhnte.

Amanda drehte sich zu der anderen Teilnehmerin um. »Hast du sie noch alle! Was machst du denn, verdammt noch mal!« Die Neue war völlig fertig mit den Nerven. Sie brach zusammen und schluchzte.

Amanda bekam ein schlechtes Gewissen, aber jetzt oder nie.

»Du musst ins Krankenhaus und den Fuß röntgen lassen«, sagte Amanda. Sie waren an der Rezeption, und Josefin lag auf dem Boden, während ihr Bein auf einer Bank hochgelagert war. Amanda half ihr, Kühlpakete gegen die Schwellung drauf zu drücken.

Josefin seufzte. »Wie soll ich denn damit Auto fahren? Mein Freund ist auch nicht zu Hause.«

»Ich kann dich zum Sankt Göran fahren, von dort kann ich ja dann die U-Bahn nach Hause nehmen.«

»Würdest du das echt machen? Ach, das ist lieb!«

»Wenn du mir die Schlüssel gibst, hole ich den Wagen. Wo steht er?«

Josefin schien zu zögern.

»Oder willst du nicht, dass ich dich fahre?«

»Doch, doch, klar.« Sie gab Amanda die Schlüssel. »Er steht in der Upplandsgatan, ein grauer BMW.«

Amanda ging zur Upplandsgatan und öffnete die Fahrertür. Die Sitzverkleidung war aus schwarzem Leder, und es roch nach kaltem Zigarettenrauch.

Es war ein merkwürdiges Gefühl, so einfach Zugang zu Jovan Blakus Auto zu bekommen. Klar, es hatte einiges an Vorarbeit gebraucht, aber jetzt standen ihr alle Türen offen. Sie öffnete das Handschuhfach, suchte zwischen den Sitzen und an anderen denkbaren Stellen. Fand eine Pistole unter dem Fahrersitz. Hielt sie mit einem Taschentuch fest und notierte die Seriennummer. Dann legte sie sie wieder zurück. Hatte Josefin deshalb gezögert?

Sie musste sich mit diesem Resultat zufriedengeben, sie konnte nicht ewig fortbleiben. Es dauerte lange, einen Wagen zu durchsuchen, wenn man es genau machte. Und es war nicht Amandas Hauptinteresse. Ihr Interesse galt Josefin. Jovan Blakus Freundin. Die erste Verbindung zu Milorad Kraljevic.

Amanda blickte auf die Uhr im Wartezimmer. Zehn vor zehn. Sie hatte Elsa angerufen und ihr gesagt, dass sie später kommen werde. Josefin hatte Jovan nicht erreicht, also war Amanda im Krankenhaus geblieben und hatte ihr Gesellschaft geleistet. Sie hatten sich länger unterhalten, Josefin hatte einen eigenen Schönheitssalon, und Jovan war Unternehmer. Wenn Jovan Unternehmer war, dann war Amanda Stewardess. Diese Geschichte hatte sie schon einmal benutzt, und sie wusste, welche Ziele die verschiedenen Fluglinien anflogen. Noch ein wenig Kaffee? Tee? Es war ihr sogar schon passiert, dass sie davon träumte, eine Stewardess zu sein.

Jovan und Josefin waren seit acht Jahren zusammen. Amanda brauchte nicht zu lügen, sie war Single. Dass sie Kinder hatte, behielt sie hingegen für sich. Josefin schlug vor, dass Amanda ein paar von Jovans Freunden treffen sollte. Die sind total nett! Amanda lachte und stimmte zu. Nicht, weil sie scharf darauf gewesen wäre, mit einem Gangster verkuppelt zu werden. Aber es konnte sehr hilfreich sein. Außerdem liebte Josefin es zu shoppen, sie liebte es zu trainieren, sie liebte Partys. Amanda mochte all das auch, aber sie nahm an, dass Josefin extremer war. Amanda konnte die Male an einer Hand abzählen, die sie seit der Geburt ihrer Kinder ausgegangen war. Sie verfolgte andere Ziele im Leben. Andere Ziele bei der Arbeit.

Gegen halb elf bekam Josefin endlich beim Arzt einen Stützverband und Krücken. Laut der Röntgenaufnahme hatte sie sich nichts gebrochen, nur eine kräftige Prellung und einen verstauchten Knöchel.

Geistesabwesend blättert Amanda in einem Einrichtungsmagazin.

Aus den Augenwinkeln sah sie jemanden näher kommen und schielte über den Rand der Zeitschrift. Jovan Blaku. Er sah sich im Wartezimmer um. Harter Blick. Verbissene Miene.

Übertrieben muskulöser Oberkörper. Weniger beeindruckende Beine.

Sollte sie sich als Josefins Freundin zu erkennen geben? Diese Entscheidung blieb ihr erspart, da Josefin in diesem Augenblick auf Krücken den Flur entlanghumpelte. Jovan ging ihr mit kraftvollen Schritten entgegen. Umfasste ihr Gesicht mit beiden Händen. Ein Kuss auf den Mund. Jovans Züge wurden weicher.

»Was ist passiert?« Er klang besorgt.

»Hast du meine SMS gekriegt? Du hast nicht geantwortet.«

»Ich war beschäftigt. Erzähl!«

Josefin berichtete von der tölpelhaften Frau, die nichts im Fitnessstudio zu suchen hatte. Ihre Stimme nahm einen herablassenden Ton an. Dann drehte sie sich zu Amanda um.

»Sie hat den Wagen gefahren.«

Jovan musterte sie misstrauisch und streckte die Hand aus. »Jovan. Danke, dass du meiner Freundin geholfen hast.«

Amanda nickte. »Elin, war mir ein Vergnügen. Wir haben ein bisschen geplaudert.«

Josefin kicherte. Abschätzend blickte Jovan zwischen ihnen hin und her. Dann sagte er zu Josefin: »Elin könnte ja in deinen Schönheitssalon kommen.«

»Klar!« Josefin sah Amanda an. »Möchtest du? Du kriegst eine Gesichtsmassage, Pediküre, Maniküre. Was du willst!«

»Warum nicht.«

Zum Abschied umarmten sie sich.

Elin konnte wieder zu Amanda werden und nach Hause zu den Kindern fahren.

Ihre Erwartungen waren übertroffen worden.

Amanda hatte vor, sich noch oft in Elin zu verwandeln.

8

Die weißhaarige Dame, die neben Adnan saß, beugte sich über ihn, um durch die kleine Fensterscheibe zu blicken. Ihre Haut war sonnenverbrannt und faltig, und sie roch nach verschiedenen Parfums, die sie wohl im Tax-free-Shop ausprobiert hatte. Drei Wochen lang hatte sie mit ihrem Mann Urlaub in Kambodscha gemacht. Hatte vor allem in der Sonne gelegen und gebadet, aber auch Phnom Penh und die Tempelstadt Angkor Wat besucht. An ihrer Nase pellte sich die Haut und glänzte rosa. So gut es ging, streckte Adnan die Beine in dem engen Fußraum aus. Bewegte die Zehen, um die Blutzirkulation anzukurbeln. Sie befanden sich im Landeanflug, und das Flugzeug kippte leicht zur Seite und beschrieb einen Bogen. Die Landschaft unter ihnen war beeindruckend. Rechteckige Felder. Vereinzelte Gehöfte. Eine Straße mit Spielzeugfahrzeugen. Alles sah anders aus von oben, wie eine andere Welt. Und für Adnan war es eine andere Welt. Drei Jahre in Asiens feuchter Hitze bildeten einen großen Kontrast zu der schwedischen Landschaft unter ihm. Obwohl er das wärmere Klima vorzog, spürte er eine Sehnsucht nach seinem früheren Leben. Danach, wieder der alte Adnan sein zu können. Er lächelte innerlich. Zugleich hatte er eine Höllenangst. Er hatte keine Ahnung, was ihn erwartete. Würde er es bereuen, dass er sein sicheres Leben bei Ragnar, seinen Bungalow, seinen dortigen Alltag aufgegeben hatte? Vielleicht! Aber er wollte nicht mehr auf der Flucht sein. Es gab Dinge, die er in Angriff nehmen musste. Es war an der Zeit.

Das Flugzeug schwankte, als die Reifen auf den Boden trafen, und raste die Landebahn entlang.

»Oh, jetzt landen wir!« Die Dame klatschte begeistert in die Hände. Ein paar andere taten es ihr gleich. Wie peinliche Charterreisende. Es war doch verdammt noch mal der Job des Piloten, das Flugzeug ohne Zwischenfälle herunterzukriegen! Wer klatschte denn bitte für einen Buschauffeur, bevor man ausstieg?

Adnan bewegte die Kiefermuskeln, um den Druck in den Ohren loszuwerden.

»Das muss sich ja herrlich für Sie anfühlen nach so langer Zeit«, meinte die Dame zu Adnan, noch immer halb über seinem Schoß hängend.

»Ja, ich freu mich drauf.« Adnan löste den Sicherheitsgurt, obwohl die Anzeige über ihm noch leuchtete. Aber es war wohl kaum ein Verbrechen.

Als das Flugzeug zum Stillstand kam, standen alle auf. Öffneten die Fächer und zerrten Koffer und Taschen heraus. Jemand bekam einen Ellbogen ins Gesicht, eine etwa fünfzigjährige Frau drängte sich vor und schrie, dass sie unter einer Phobie leide. Adnan blieb hocken. Konnte nicht fassen, wieso die Leute sich so stressten. Warum aufstehen und drängeln? Wenn man einen halben Tag dagesessen hatte, kam es doch wohl auf ein paar Minuten mehr oder weniger auch nicht an. Typisch Schweden!

In der Gangway zum Terminal blies kalte Luft durch die Ritzen. Es war früher Morgen, und Adnan zitterte. Die Müdigkeit trug sicherlich ihren Teil dazu bei, er war während der Reise nur hin und wieder mal kurz eingenickt. Er zog einen weißen Kapuzenpullover an und setzte die Kapuze auf. Das geschah ganz automatisch. Seltsam war, dass er sich nicht erinnern konnte, wann er das zum letzten Mal getan hatte. Aber jetzt war er zurück in einem Land, in dem man ihn womöglich erkannte. In dem ihm die falschen Leute über den Weg liefen. Der Selbsterhaltungstrieb schaltete sich ein. Er beobachtete die Menschen, denen er begegnete. Sahen sie ihn heimlich von der Seite an? Hatten sie Kopfhörer im Ohr? Hatte er sie schon einmal gesehen? Er folgte dem Strom und stellte sich in die Schlange vor der Passkontrolle. Schaute zu der Frau in der Kabine. Sie musterte die Leute offenbar sehr genau, ihr Blick wanderte mehrmals zwischen dem Foto und demjenigen, der vor ihr stand, hin und her. Ihm brach der Schweiß aus. Bald war er dran. Der Mann vor ihm war fertig und ging weiter. Es gab kein Zurück. Mit zitternder Hand legte Adnan den Pass hin. Die Frau in der Kabine sagte knapp Hallo. Blätterte im Pass. Starrte ihn durch ihre Brille hindurch an. Blickte auf das Foto. Starrte ihn wieder an.

»Sie waren lange weg«, sagte sie.

Adnan nickte. Warum dauerte das so lange? Zwei Leute in der anderen Schlange durften schon weiter.

»Stimmt etwas nicht?«, fragte er.

»Wir müssen nur eine Sache kontrollieren.«

»Was denn?«

Sie setzte zu einer Antwort an, als er bemerkte, dass sie auf etwas hinter seinem Rücken schielte. Zwei Bullen tauchten auf, ein Mann und eine Frau. Sie blickten ernst.

»Er steht auf der Fahndungsliste«, sagte die Frau.

Die Polizisten packten ihn links und rechts an den Armen. Nicht fest. Trotzdem: Erniedrigung!

»Kommen Sie bitte mit, wir möchten gern mit Ihnen sprechen«, sagte die Polizistin.

»Warum?«

»Wir sollten das nicht in aller Öffentlichkeit erörtern«, sagte ihr Kollege.

»Was für ein Problem? Werde ich verdächtigt oder was?« Adnan waren die Leute um sie herum egal.

»Das bereden wir lieber ungestört. In Ordnung?«, sagte die Frau. Offenbar wechselten sie sich beim Reden ab.

»Aber ich habe doch wohl das Recht, zu erfahren, ob ich wegen irgendetwas verdächtig werde!« Adnans Kiefer mahlten. Er ballte abwechselnd die Fäuste und öffnete sie wieder. Die Kleine reichte ihm bis zum Nabel. Okay, ein bisschen höher mit der Bullenmütze. Der Typ hatte in den vergangenen Jahren mehr gefuttert als notwendig. Seine Wangen waren rund und rosig. Vermutlich hoher Blutdruck.

Jetzt war wieder der Mann dran. »Beruhigen Sie sich, es hat keinen Sinn, einen Aufstand zu veranstalten.«

»Sagen Sie mir, ob ich wegen irgendetwas verdächtigt werde, sonst komme ich nicht mit.«

Die Polizistin schien zu zögern. Sie ließ Adnans Arm los und ging zur Passkontrolleurin hinein. Blickte auf den Computerschirm und sah zu Adnan hoch. Schaute wieder auf den Bildschirm. Dann hob sie ihr tragbares Funkgerät an den Mund und sagte »Status 16« zu jemandem am anderen Ende. Der Griff ihres Kollegen um Adnans Arm wurde fester.

Was zum Henker war Status 16?

Die Polizistin kam wieder aus der Kabine. Bemühte sich, ruhig zu wirken. Ihre aufgerissenen Augen sprachen allerdings eine andere Sprache. »Sie werden nicht verdächtigt. Aber nach Ihnen wird gefahndet, weil Sie als Zeuge vernommen werden sollen.«

»Als Zeuge?«

»Wir wissen nicht genau, um was es geht«, sagte sie. »Das konnten wir noch nicht überprüfen. Aber wir gehen zur Seite und finden es heraus. Okay?«

»Aber ich soll nur als Zeuge vernommen werden?«

»Ja. Sie stehen auf der Fahndungsliste. Aber Sie werden im Augenblick keines Verbrechens verdächtigt.«

Im Augenblick!

»Machen Sie jetzt keine Dummheiten«, sagte sie. Zitterte ihre Stimme?

Dann tauchten noch zwei Bullen auf. Zwei breitschultrige Wikinger, die so groß waren wie Adnan. Er konnte nur ahnen, was sie auf dem Bildschirm gelesen hatte. Aber er hatte nicht vor, Ärger zu machen. Er würde aufrecht aus der Sache rauskommen. Reingewaschen? Na ja, das war vielleicht zu viel verlangt. Aber immerhin wurde er nicht verdächtigt.

»Ich bin ganz ruhig, ihr seid es, die hier so ein Theater veranstalten«, sagte er.

Die Wikinger fragten, ob es ein Problem gebe. Der Polizist murmelte etwas. Der Blick der beiden Hünen verhärtete sich. Der eine holte Handschellen hervor. Der andere fingerte nervös an seiner Pistole herum. Adnan legte die Hände hinter den Rücken, bevor es ihm überhaupt befohlen wurde, und das kalte Metall schloss sich klickend um seine Handgelenke. Als er weggeführt wurde, sah er die runzlige Dame, die im Flugzeug neben ihm gesessen hatte. Sie starrte ihn an und hielt sich am Hemd ihres Mannes fest. Das hier war wahrscheinlich das Spannendste, das sie auf der ganzen Reise erlebt hatte.

Drei Stunden darauf saß Adnan in einem Vernehmungsraum der Polizei von Västerort. Er verstand nicht, warum es so lange gedauert hatte. Erst nach zwei Stunden waren sie von Arlanda losgefahren. Die Handys der Bullen hatten unablässig geklingelt, und sie waren mehrmals rausgegangen, um zu telefonieren. Dann waren sie wieder zurückgekommen und hatten Adnan angestarrt, als würden sie glauben, sie hätten den Mörder von

Palme geschnappt. Adnan hatte gefragt, was los sei, aber keine Antwort erhalten.

Jetzt war er in Solna. Vielleicht nicht gerade mit dem Transportmittel, das er sich gedacht hatte. Aber immerhin war es umsonst gewesen und eine sehr sichere Alternative. Er blickte sich um. Dieselben Wände wie früher. Möglicherweise ein wenig dreckiger. Ein Schreibtisch, ein Computer, ein paar Stühle mit weichen Sitzflächen. Bei einem schaute das Futter hervor. Er hätte am liebsten daran gezupft, hielt sich aber zurück, als er von draußen Stimmen hörte. Ein Gedanke meldete sich erneut: Was war, wenn sie die Vernehmung leitete?

Die Tür ging auf, und zwei Männer um die vierzig kamen herein. Sie sahen übertrieben seriös aus. Der eine war zwei Köpfe kleiner als der andere. Rotwangig, kurzes Haar. Dicklich. Der größere der beiden hatte dunklere Haare und ein längliches Gesicht. Sie setzten sich. Der Kleine stellte sich als Stefan Brimark und seinen Kollegen als Lars Sandén vor.

Adnan rieb über die roten Druckstellen, die er von den Handschellen hatte. »Darf ich fragen, warum man mir Handschellen angelegt hat? Ihr habt doch gesagt, dass ich nicht verdächtigt werde.«

»Unsere Kollegen hatten den Eindruck, dass du aggressiv aufgetreten bist, und es gab ein Risiko, dass du versuchst davonzulaufen.« Es war Lars, der antwortete, der größere von beiden.

Adnan grinste. »Ich habe ein ganzes Flugzeug, das bezeugen kann, dass ich ruhig dastand und mit den Beamten gesprochen habe.« Er beugte sich vor und legte die Arme auf den Schreibtisch. »Ich möchte gern Anzeige erstatten, weil man mir Handschellen angelegt hat. Kann ich das bei euch erledigen?«

»Das kannst du nachher am Empfang machen. Diese Vernehmung betrifft etwas anderes«, sagte der Kleine, der Stefan hieß. Schweinchen Dick war ein passenderer Name. Grunzte er nicht auch ein bisschen, wenn er sprach?

»Aber jetzt habt ihr von einer Straftat erfahren und müsst eine Anzeige aufnehmen. Sonst ist es ein Dienstvergehen.« Adnan war auf dem Kriegspfad. Nach dieser Begrüßung auf schwedischem Boden hatte er nicht vor, auch nur im Geringsten mit ihnen zusammenzuarbeiten.

Er lehnte sich zurück und streckte die Beine aus. Zufrieden, dass Schweinchen Dick eine Anzeige gegen seine eigenen Kollegen würde basteln müssen. Er wollte nicht riskieren, wegen eines Dienstvergehens Ärger zu kriegen. Sie hatten kapiert, dass man mit Adnan nicht spielte. Er wusste, wie der Hase lief. Er schüttelte den Kopf. »Ich war drei Jahre lang auf Weltreise. Wann ist diese Sache passiert? Vor Kurzem oder was?«

Mit düsterem Blick stierte Stefan ihn an. »Zwei Wochen bevor du das Land verlassen hast. Oder, Verzeihung, auf Weltreise gegangen bist. Wie passend.«

»Wenn ihr von dem Raub in Kista redet, dann weiß ich, was ihr meint. Ich hab das in den Nachrichten gesehen. Und zwei von meinen Kumpels wurden dabei erschossen.« Es hatte keinen Sinn, es zu leugnen. Die Bullen hatten ihn oft mit Diar angehalten und ihn sicher auch mehrmals mit Alex zusammen gesehen.

Schweinchen Dick schien Hoffnung zu schöpfen. »Genau, dabei verschwanden 5,3 Millionen Kronen. Ich möchte, dass du uns sagst, was du an dem Tag und in der Zeit davor gemacht hast.«

»Keine Ahnung. Das ist ja drei Jahre her. Aber ich nehme an, dass ich meine Reise geplant habe.«

»Du kannst uns also nichts über diesen Zeitraum erzählen?«

»Gar nichts.«

Schweinchen Dick grunzte. War der Typ erkältet? »Deine Lage verbessert sich durch einen plötzlichen Gedächtnisverlust nicht.«

»Was hast du denn selber in dieser Zeit vor drei Jahren gemacht? Erinnerst du dich daran?«

»Wir vernehmen hier nicht mich.«

»Und ich werde nicht verdächtigt. Oder?«

Das Schweinchen sog die Lippen ein, und der Große ergriff wieder das Wort: »Wie gut kanntest du Diar Semakala und Alex Ryass?«

Adnan starrte auf einen Fleck an der Wand. Ein Strich von einem Kugelschreiber, den jemand wegzuwischen versucht hatte. Diar Semakala: Adnans bester Kumpel. Er hatte die Erinnerungen bislang verdrängt. Jetzt wollten die Bullen, dass er wieder in der Scheiße herumwühlte.

»Wir waren gute Freunde. Ich war mit Diar in der Schule. Wir hingen ab und zu miteinander ab.«

»Und als Erwachsene, hattet ihr da viel miteinander zu tun?«

»Manchmal.«

»Wie oft ist manchmal?«

»Keine Ahnung.«

Schweinchen Dick verlor die Geduld. Legte ein Foto auf den Schreibtisch. Pochte so hart darauf, dass Adnan schon hoffte, er werde sich den Finger brechen. »Schau genau hin. Dieser Polizist war neununddreißig Jahre alt. Er hatte eine Frau und drei Kinder. Eines der Kinder hat eine Behinderung und brauchte seinen Vater wirklich. Alle brauchten sie ihn. Aber er wurde von so einem Dreckskerl wie dir erschossen. Mit einer Automatikwaffe abgeknallt. Eine reine Hinrichtung! Schau es dir an, verdammt noch mal!« Spucke spritzte auf das Foto.

Ein Blick des Größeren brachte ihn dazu, sich wieder ein wenig zu beruhigen.

Adnan schaute hin. Ein dunkelhaariger Mann in Polizeiuniform. Dichtes Haar. Blut im Schnee. Sehr viel Blut im Schnee. Daneben lag ein Schäferhund. Auch tot. Adnan schluckte. »Das ist echt tragisch, und ich verstehe, dass ihr denjenigen finden wollt, der das getan hat. Aber was hat das mit mir zu tun?«

Die Große beugte sich zu Adnan vor. Hatte null Gefühl für Abstand. Adnan musste sich zusammenreißen, um nicht zurückzuzucken, als ihm der saure Mundgeruch ins Gesicht wehte.

»Wir wissen, wie es abgelaufen ist. Uns fehlen nur noch ein paar kleine Details, damit das Ganze vor Gericht Bestand hat. Und das ist nur noch eine Zeitfrage. Jeder Polizist in diesem großen Land weiß, wer du bist, und wird dich mit offenen Armen empfangen. Das wirst du schnell merken. Überall gibt es Augen und Ohren. An deiner Stelle hätte ich die Weltreise bis an mein Lebensende fortgesetzt.«

Adnan beugte sich ebenfalls vor. Ihre Nasen waren nur noch wenige Millimeter voneinander entfernt. »Hier fühlst du dich sicher, da kannst du mich bedrohen. Mit deinen Kollegen in der Nähe, mit deiner Knarre. Aber wenn du mit deiner Familie in die Stadt gehst, da habe *ich* überall Augen und Ohren. Und wenn man bedenkt, was du gerade für Anschuldigungen gegen mich erhoben hast …« Adnan ließ den Rest unausgesprochen. Wusste, dass alles, was er sagte, gegen ihn verwendet werden konnte. Zwei glaubwürdige Bullen gegen einen berüchtigten Kriminellen. Aber er sah dem Großen an, dass er die Botschaft kapiert hatte. Ein Auge zuckte.

Eine halbe Stunde später öffneten sich die großen Eisentore auf dem Hinterhof des Polizeigebäudes, und Adnan ging als freier Mann hinaus. Ein freier Mann, gefangen in seiner komplizierten Vergangenheit. Ein Streifenwagen glitt langsam vorbei, und vier Augen starrten ihn durch die Scheiben an. Er setzte die Kapuze auf, spürte aber dennoch die hasserfüllten Blicke auf der Haut brennen. So würde es weitergehen. Er war als Polizistenmörder abgestempelt – nur weil er den schießwütigen Alex bei dem Überfall auf den Geldtransporter mit dabeigehabt hatte. Und jetzt waren sowohl Diar als auch Alex tot und begraben. Aber Adnan hatte nicht vor, sich länger zu verstecken. Vor niemandem. Er war als Zeuge vernommen worden. Schlussfolgerung: Die Bullen hatten nichts! Adnan wusste jedoch haargenau, wie der Polizist erschossen worden war. Der Haken daran war, dass er es keinem erzählen konnte, nicht einmal seiner eigenen Familie.

9

Gleich würde Björn kommen. Das hörte sie. Seine Atmung, seine Bewegungen wurden schneller. Härter. Sie lagen in der traditionellen Missionarsstellung. Björn stand nicht auf Experimente. Pia kreuzte die Beine hinter seinem Rücken. Passte sich an den hitzigeren Rhythmus an. Jetzt war es so weit. Ein intensives Glücksgefühl überkam sie, und sie spannte die Beine an, um ihn in sich zu halten. Er gab ein paar stöhnende Laute von sich, drückte dagegen und zog sein Glied heraus. Spritzte auf ihrem Bauch ab.

Das Glücksgefühl wich Enttäuschung. Aber sie lächelte und wischte ein paar Schweißtropfen von seiner Stirn. Streichelte ihm über den Rücken, während er heftig atmete.

»Das wäre fast schiefgegangen.« Er legte sich auf die Seite und gab ihr einen Kuss auf die Wange.

»Was?«

»Die Racker wären um ein Haar am falschen Ort gelandet.«

»Würde das etwas ausmachen?«

Er lachte unsicher. »Wir wollen doch jetzt kein Baby, oder?«

»Warum nicht, wir haben doch gesagt, dass wir es probieren wollen.«

Er schwieg eine Weile. »Du weißt, dass das für Gertrud und Hjalmar ein bisschen schwierig ist. Wir müssen ihnen ein wenig Zeit lassen.«

»Ich bin einundvierzig. Du weißt genau, dass die Uhr tickt.«

»Mach dir keine Sorgen. Du hast den Körper einer Zwanzigjährigen.« Er zwickte sie in die Pobacke.

Probierte er, einen Witz zu machen? Sie fand das überhaupt nicht lustig. Sie zog ihren Arm unter seinem Kopf hervor und ging ins Bad. Sie hörte, wie er seufzte. Er folgte ihr ins Badezimmer und umarmte sie von hinten. Ungerührt drehte sie den Duschhahn auf und wartete, dass das Wasser warm wurde.

»Du, ich liebe dich. Und wir werden irgendwann Kinder bekommen. Aber ich will den Kleinen die Chance geben, sich an die Situation zu gewöhnen. Für sie ist unheimlich viel neu im Moment.«

»Was meinst du mit irgendwann? In einer Woche, einem Monat, einem Jahr?«

»Aber das weiß ich doch nicht.«

Sie wand sich aus seiner Umarmung und schloss die Duschtür hinter sich. Ließ den Wasserstrahl die Erniedrigung fortwaschen, die ihre Wangen zum Glühen brachte. War sie es etwa nicht wert? Warum wollte er vorher Kinder, aber nicht jetzt? Natürlich war ihr bewusst, dass diese Überlegungen zu nichts führten. Aber sie konnte sich gegen die biologische Uhr nicht wehren. Magnus und sie hatten es wenigstens versucht, auch wenn es nie geklappt hatte. Und im Nachhinein war das ja eher Glück gewesen. Jetzt hatte sie bessere Voraussetzungen. Eine gute Beziehung, einen guten Mann, einen guten Job. Warum dieses ewige Warten? Wegen Gertrud und Hjalmar! Die beiden waren schuld, dass ihr das Schönste auf der Welt versagt blieb.

Als sie die beschlagene Glastür abwischte, stand er nicht mehr da. Sie trat aus der Dusche und zog sich an. Jeans und T-Shirt für die Fahrt zur Arbeit mit dem Rad. Sie steckte einen grauen Rock und eine weiße Bluse in den Rucksack. Schminkte sich und föhnte die Haare. Sie hörte, wie Björn den Kindern zurief, dass das Frühstück fertig sei. Er stand in der Küche an der Spüle und schmierte Brote. Sie näherte sich leise von hinten.

»Entschuldige, dass ich vorhin sauer war.« Sie knabberte an seinem Ohrläppchen.

Er blickte sie an. »Ist schon okay. Alles wird gut, du wirst schon sehen. Ich verspreche es.«

Sie vergrub ihr Gesicht in seinem Pullover. Seine Antwort besänftigte sie. Sie würden nicht mehr so lange warten.

Gertrud und Hjalmar kamen in die Küche und setzten sich an den Tisch. Gertrud sagte bestimmt, dass sie keinen Joghurt mit den Cornflakes wolle, weil ihr das nicht schmecke. Ach, aber gestern mochte sie es noch! Hjalmar schmollte, weil die Jeans, die er anziehen wollte, im Wäschekorb lag. Pia lächelte und gab Gertrud stattdessen Milch. Was Hjalmars Hose anging, konnte sie nicht viel machen, aber sie versprach, dass die Jeans bis zum nächsten Tag gewaschen und trocken sein werde. Offenbar akzeptierten sie ihren Einsatz, denn das Gejammer hörte auf, und das Frühstück verlief weitgehend friedlich. Björn warf ihr einen warmherzigen Blick über den Tisch zu.

»Übrigens, sie haben mich vorhin von der Arbeit angerufen, ich muss heute eine Nachtschicht machen.« Er knabberte an einem Stück Paprika. »Das geht in Ordnung, oder?«

Pia nickte. »Ich wollte sowieso etwas länger im Stall bleiben, es gibt dort eine Menge zu tun.«

Björn wirkte verwirrt. »Aber wie stellst du dir das vor? Willst du die Kinder mitnehmen?«

»Die Kinder? Ich bin davon ausgegangen, dass sie bei ihrer Mutter sind.«

»Also, ich will Maria keine Umstände machen, es ist ja meine Woche.«

Umstände! Das sind doch verdammt noch mal ihre Kinder, dachte Pia. »Ja, hm …«

»Das wird bestimmt toll, heute den Abend mit Pia zu verbringen, was meint ihr?« Björn wandte sich an die Kinder.

Diese nickten, vermutlich eine Folge des geglückten Frühstücks.

Sie kochte innerlich. Was sollte sie tun? Ihm widersprechen, wenn die Kinder zuhörten? Sie stand auf und stellte ihren Teller in die Spülmaschine. Schloss sie fester als gewollt. Das Porzellan klirrte.

Während sie die Zähne putzte, versuchte sie, das Gehirn mit positivem Input zu boosten. Es wird schön. Wir können etwas Leckeres zu Abend essen. Ich kann vielleicht ein Märchen vorlesen und sie ein wenig besser kennenlernen.

Zugleich meldeten sich andere Gedanken: Itex muss wirklich bewegt werden. Das muss ich dann eben morgen machen. Und der Hufschmied sollte doch kommen. Ich muss Siv anrufen und sehen, ob sie mir helfen kann. Und der Messerstecher, der vor Gericht erscheinen soll. Ich muss mich in den Fall einlesen, sobald die Kinder schlafen.

Natürlich würde sie sich zur Verfügung stellen und auf Björns Kinder aufpassen.

Wieso denn der Mutter Umstände machen?

Pia saß in ihrem Büro am Computer und aß Salat, als das Telefon klingelte. Sie schluckte das Essen rasch hinunter. Es war Göran Anderzon, der ihr erzählte, dass sie einen Wagen angehalten hatten, in dem sie eine geringe Menge an Betäubungsmitteln gefunden hatten. Göran wollte einen Durchsuchungsbefehl für die Wohnung des Wagenbesitzers, eines Bojan Jelic. Natürlich waren die Chancen gering, dass sie weitere Drogen fanden. Diese Kerle waren nicht so dumm, Tüten mit weißem Stoff im Staubsauger oder in der Dunstabzugshaube zu verstecken. Aber man konnte immer etwas anderes entdecken, das einem auf lange Sicht vielleicht einen Erfolg bescherte. Telefonnummern, Kontakte, Informationen auf dem Computer.

Pia erklärte sich einverstanden und notierte das Wichtigste auf einem Block.

Sie schaufelte eine weitere Portion Salat in sich hinein, als es erneut klingelte. Was hatte er nun wieder vergessen?

»Ja.«

Es war still.

»Hallo, hier spricht die stellvertretende Staatsanwältin Pia Blomberg. Wer ist dran?«

Es waren nicht dieselben Hintergrundgeräusche wie zuvor. Göran hatte draußen an einer Straße gestanden, und man hatte die vorbeifahrenden Autos gehört.

Stille. Dann ein langes, dumpfes Stöhnen.

»Hallo!«

Jemand atmete keuchend in den Hörer.

Sie legte auf. Ließ die Hand eine Weile auf dem Telefon ruhen. Zuckte zusammen, als sie Thomas Kallins neugierige Stimme vernahm.

»Hast du ein Ufo gesehen?« Er stand in der Türöffnung und lächelte breit. Pia stellte fest, dass er sich die Zähne gebleicht haben musste. Noch ein Detail in seinem aussichtslosen Kampf gegen den nahenden fünfzigsten Geburtstag.

»Da hat einer angerufen, der nur in den Hörer gestöhnt hat.«

»Aha. Frag doch mal im Gefängnis nach, ob dein Ex eine Telefonerlaubnis bekommen hat.«

Sie bereute, dass sie etwas gesagt hatte. Thomas nutzte jede Gelegenheit, um ihr ein Messer in den Rücken zu rammen. Wie kam er bloß auf all die Boshaftigkeiten?

»Was wolltest du?« Sie widmete sich wieder ihrem Salat. Tat das trockene Eigelb beiseite.

»Nichts, ich hab nur gehört, dass du mit Göran gesprochen hast. Macht ihr eine Hausdurchsuchung bei Kraljevic?«

»Bei einem seiner Lieferanten.«

»Ah.« Kunstpause. »Ich kann das übernehmen, wenn du möchtest. Falls es dir zu heikel ist.«

»Danke, aber das ist kein Problem.«

»Aber ich dachte, dass …«

»Ich übernehme die Angelegenheit.«

»Wie du willst.« Er klopfte zweimal gegen den Türrahmen und ging davon.

Was bildete er sich ein – dass sie sofort auf seine Hilfsbereitschaft anspringen würde, die er nur an den Tag legte, weil er sich davon einen Nutzen erhoffte? Kam nicht in die Tüte. Kraljevic lag auf ihrem Tisch, und so würde es bleiben. Sie hatte keine Angst vor einer weiteren Autobombe. Diese Drohung hatte Magnus gegolten. Sie wusste noch immer nicht, weshalb. Nur, dass die obersten Polizeichefs keinen Schimmer von Magnus' Zusammenarbeit mit der jugoslawischen Mafia gehabt hatten. Die Leitung wusste nie etwas, wenn mal etwas schiefging. Pia war zwiegespalten. Natürlich war ihr Exmann kein Engel. Er hatte sie misshandelt und betrogen. Hatte seine Kolleginnen in der Umkleide gefilmt und es sich zu Hause angesehen, während sie in der Küche Essen gekocht hatte. Ja, er war ein Schwein. Aber das machte aus ihm keinen Mörder. In diesem Punkt glaubte sie ihm. Er hatte nichts mit der Ermordung dieser jungen Frauen zu tun. Nie im Leben.

Oder?

10

Die Stimmung im fünften Stock des Kommissariats von Västerort war angespannt. Stefan Brimark und Lasse Sandén hatten mehrere Besprechungen hinter verschlossenen Türen mit der Abteilungsleiterin Gunilla Håkansson durchstehen müssen. Jedes Mal kam Stefan knallrot aus dem Raum, und Lasse sah noch mürrischer drein als sonst. Keiner von ihnen sagte etwas zu Amanda. Aber sie wusste, was los war. Adnan Nasimi war zurück in Stockholm.

Der Polizistenmörder.

Sie blickte durch die große Glasscheibe, hinter der das Trio bei einer weiteren Besprechung saß. Recht viel mehr als heiße Luft konnten sie wohl kaum ventilieren, oder? Lasse saß mit dem Rücken zu ihr und gestikulierte mit einem Arm in Richtung von Gunilla, die resigniert wirkte.

»Palavern sie schon wieder?« Crippe hatte sich an ihren Schreibtisch geschlichen, ohne dass sie es bemerkt hatte.

»Offenbar.«

Er packte ihre Schultern und fing an, sie zu massieren. »Du bist verspannt.«

»Mmm. Auch weiter oben im Nacken.« Sie beugte den Kopf vor, damit er besser hinkam. Registrierte, dass Mathilda und Sara zu ihnen herüberschielten. »So, ja, ein bisschen fester.« Sie wusste, dass viele darüber spekulierten, ob zwischen ihr und Crippe etwas lief. Alle glaubten, etwas zu wissen. Aber sie wussten nichts. Sie gab dem Affen gern noch ein wenig Zucker.

Plötzlich öffnete sich die Tür des Konferenzraums, und Stefan und Lasse kamen heraus. Sie stierten Amanda und Crippe an, der ihre Schultern hart packte und mit den Daumen zudrückte. Sie biss die Zähne zusammen und versuchte, den Schmerz auszuhalten.

Gunilla tauchte in der Türöffnung auf und rief sie zu sich. Amanda ahnte, um was es ging. Sie setzte sich an den runden Konferenztisch.

Gunilla kam ohne Umschweife zur Sache. »Stefan und Lasse fordern deine Versetzung. Du weißt, warum, und die ganze Sache gerät langsam aus dem Ruder. Wir müssen das Problem in den Griff kriegen, und zwar rasch.«

»So schwer ist das ja nicht.«

Gunilla sah sie fragend an, und Amanda fuhr fort: »Stefan und Lasse haben ein Problem mit mir. Dann sollen sie sich doch etwas anderes suchen.«

Gunilla seufzte und beugte sich zu ihr vor. »Hattest du eine Beziehung mit Adnan Nasimi?«

Amanda sah ihr in die Augen und ließ sich Zeit mit einer Antwort. »Wenn ich Ja sage, was passiert dann?«

»Ja, nein. Das weiß ich nicht.« Gunilla rutschte auf ihrem Stuhl hin und her. »Das müsste ich dann mit Niklas Holm bereden.«

»Du kannst diese Frage gern mit Niklas Holm besprechen. Mal wieder! Wir hatten diese Diskussion schon mehrmals, und es wäre vielleicht an der Zeit, dass Stefan und Lasse mal aufhören, mich mit falschen Unterstellungen in den Dreck zu ziehen. Vor allem Stefan. Lasse schwänzelt meistens nur hinterher. Du bist für das Arbeitsklima hier verantwortlich, und das ist im Augenblick nicht sonderlich gut, wie du vielleicht gemerkt hast. Und das liegt nicht an mir. Oder findest du, dass ich mich in irgendeiner Weise unangemessen verhalten habe?«

»Nee …« Gunilla versagte kurz die Stimme. Sie räusperte sich. »Nein, aber …«

»Ich weiß, dass du die Probleme innerhalb deines Personals selbst lösen kannst, ohne den Polizeichef hineinzuziehen. Ich glaube nicht, dass es ihn sehr erfreuen wird, wenn er erfährt, dass diese Sache immer noch nicht geregelt ist. Oder was denkst du?«

Gunilla wurde noch unsicherer, und sie schien nach einer Antwort zu suchen. »Ich hoffe, du bist jetzt ehrlich zu mir, Amanda.«

»Ich mache gute Arbeit und habe mich nie unangemessen verhalten. Bei wem liegt das Problem?«

Die Diskussion war beendet. Wieder einmal. Amanda wusste, dass Gunilla vor Niklas Holm nicht als schwach dastehen wollte. Nicht zeigen wollte, dass sie mit ihrem Personal nicht umgehen konnte. Gunilla wollte auf der Karriereleiter emporklettern. Daraus machte sie keinen Hehl. Und Niklas Holm stand auf Amandas Seite, seit er begriffen hatte, wozu sie in der Lage war. Sie hatte ein paar Trümpfe in der Hand, er ein paar Fehltritte begangen. Eine schlechte Ausgangslage für Niklas Holm.

Als sie wieder ins Großraumbüro ging, beobachteten die Kollegen sie neugierig und versuchten, den Inhalt des Treffens zu ergründen. Das endgültige Urteil.

Amanda wusste, dass viele zweifelten. Stefan war geschickt. Er hatte das Team in zwei Lager gespalten. Das eine war für und das andere gegen Amanda. Die Pro-Seite bestand inzwischen eigentlich nur noch aus ihr und Crippe. Aber etwas war in den vergangenen Tagen passiert. Kollegen verstummten, wenn sie in die Nähe kam, oder betrachteten sie auf eine neue Art und Weise. Sie wollten herausfinden, ob sie die Neuigkeit beeinflusste: Der Polizistenmörder war zurück in der Stadt.

War sie aufgewühlt? Froh? Tangierte es sie nicht? Die Neugierde war fast mit Händen zu greifen. Wer war sie eigentlich? Die Frau, die einen Schwerverbrecher erschossen und im selben Zug einen hochrespektierten Polizeikommissar verschiedener Sexualverbrechen überführt hatte. Auf den Fluren wurde viel geredet. Vor allem unter den Kollegen, die nur die Gerüchte kannten und der Meinung waren, kompetenter und erfahrener zu sein. Wie die Polizeiinspektoren Stefan Brimark und Lars Sandén.

Sie konnten es offensichtlich kaum erwarten, dass Amanda Paller versetzt wurde. Stefan schob einen Stift auf seiner Schreibtischunterlage hin und her, während Lasse gedankenverloren in einigen Papieren blätterte. Sie konnte fast ihre Gedanken lesen: Würde es die Asservatenkammer sein? Der Empfang? Das Dezernat für Einbruch? Sie nickte ihnen lächelnd zu, und Stefan wirkte völlig verwirrt.

»Wollt ihr einen Kaffee?«, fragte Amanda. »Wir können eine kleine Pause machen, da ihr ja scheinbar gerade nichts Besseres zu tun habt, als mich anzustarren.«

Ein Murmeln erklang.

Crippe stand auf. »Gern. Hier läuft im Moment eh nichts.«

Mathilda und Sara kamen auch mit. Kurz darauf folgten die anderen, sogar Stefan und Lasse. Vermutlich, weil sie inzwischen vor Ungeduld fast platzten.

Mathilda beugte sich zu Amanda und flüsterte: »Ich hoffe, es lief gut. Diese Abteilung wäre ohne dich nicht dieselbe.«

Sie saßen eine Weile da und plauderten. Amanda aß Joghurt mit Müsli, weil sie nach der Arbeit noch trainieren wollte. Mathilde knabberte an einer Birne, die wohl noch ziemlich unreif war. Stefan hatte am Automaten ein Mars gekauft und kaute mit offenem Mund. Schließlich konnte er sich nicht länger zurückhalten.

»Ich hoffe, du verstehst, warum wir nicht mit dir arbeiten können, Amanda.«

Sie blickte ihn fragend an. Ein hellbrauner Faden hing an seinem Kinn.

»Entweder du gehst oder wir«, fuhr er fort. »Und da verstehst du sicher, warum Gunilla entschieden hat, dich zu versetzen.«

»Ach, aber davon hat sie gerade nichts gesagt.«

Stefan wahrte seine ernste Miene, aber sein Blick flackerte.

Amanda würde ihm eine große Enttäuschung bereiten. »Gunilla wollte nur ein paar Tipps für Übungen im Fitnessstudio. Was dachtest du denn?«

Stefan fiel die Kinnlade herunter. Der Karamellfaden hing noch immer wie eine Liane an seinem Kinn. Er drehte sich zu Lasse um und wechselte mit ihm einen Blick, der »Was zum Teufel bedeutet das denn?!« besagte.

In diesem Augenblick kam Gunilla herein. »Es ist wieder ein Mord passiert. Wahrscheinlich wieder diese Kannibalendroge«, sagte sie, an Amanda und Crippe gewandt.

Stefan und Lasse sah sie nicht an.

Drei Streifenwagen und ein Krankenwagen parkten vor dem weißen Haus im Norregöksvägen in Spånga. Neugierige Nachbarn standen an den Absperrungen. Amanda und Crippe gingen sofort zu einem Kollegen.

»Wen habt ihr im Wagen?« Amanda deutete mit einem Kopfnicken auf das Auto, in dem jemand auf dem Rücksitz hockte.

»Die Verdächtige, Maj-Britt Åkerlund«, antwortete der Kollege. Es war ein relativ neuer Kollege. Seine Uniform hatte noch die dunkelblaue Originalfarbe und war noch nicht ausgebleicht und zerknittert. Es war garantiert sein erster Mordfall.

Amanda öffnete die rechte Hintertür. Dort saß eine ältere Frau mit einer blonden Kurzhaarfrisur. Sie hatte Blut auf den Händen, im Gesicht und auf ihrer geblümten Bluse. Ihre Augen glänzten, die Pupillen waren klein. Abwesender Blick. Aus ihrer Kehle drang ein animalisches Gurgeln, durchmischt mit unzusammenhängenden Phrasen. Ihr fiel es offenkundig schwer, ruhig zu sitzen, obwohl sie nicht aggressiv war.

»Wir bringen sie sofort ins Krankenhaus«, sagte der Kollege.

»Lasst sie nicht aus den Augen. Wir brauchen nicht noch ein Opfer, das sich das Leben nimmt«, sagte Amanda.

»Äh, das hier ist die Täterin, nicht das Opfer.« Der Kollege stützte sich am Türrahmen ab.

»Doch, sie ist ein Opfer. So eine ältere Frau schluckt nicht einfach so mal eben Drogen.«

Der Kollege sah verwirrt drein. Amanda verstand, dass es Zeitverschwendung wäre, ihm alles näher zu erklären. »Egal. Pass einfach auf, dass sie sich nicht umbringt. Okay?«

Der Kollege nickte.

»Wir brauchen ihre Klamotten. Und sieh zu, dass niemand das Blut wegwäscht, bevor die Techniker ihre Untersuchung erledigt haben. Sie darf auf keinen Fall aufs Klo gehen und sich zufällig« – Amanda schrieb Anführungszeichen in die Luft – »die Hände waschen. Und sorge bitte dafür, dass man auch eine Blutprobe von ihr nimmt, damit wir sehen, welche Drogen sie intus hat.«

»Klar, das kriegen wir hin.«

»Leg die Klamotten in Papiertüten. Nicht in Plastik.«

Crippe grinste Amanda an, als sie auf das Haus zugingen. »Sei nicht zu hart zu den Neulingen.«

Amanda schüttelte den Kopf. »Man kann nie deutlich genug sein. Wir können uns keine Fehler leisten.«

Ein weiterer Beamter, der an der Tür stand, warnte sie, als

sie zu ihm traten. »Seid ihr bereit für das, was ihr gleich sehen werdet?«

Amanda nickte. Sie hatten die Infos unterwegs per Funk erhalten. Die ältere Tochter des Paares hatte bei ihren Eltern vorbeigesehen und entdeckt, dass ihre Mutter dabei war, mit dem Fuß ihres Vaters eine Suppe zu kochen.

Sie fanden den Mann in der Küche. Er lag auf dem Rücken und trug einen grauen Morgenmantel, der geöffnet war. Sein Körper war bleich, und er hatte einen Bauch. Der beigefarbene Kunststoffboden und die gelben Schranktüren waren mit geronnenen Blutspritzern übersät. Er lag also schon eine Weile so da. Der Körper hatte mehrere Wunden, und ein Fuß war abgesägt worden. Ein Knochen lugte zwischen den Fleischfetzen hervor. Amanda schaute zum Herd, auf dem ein größerer Topf stand. Als sie den Deckel hochhob, schlug ihr heißer Dampf ins Gesicht, und sie legte ihn rasch wieder auf den Topf. Fluchte und fragte sich, warum sie das getan hatte. Waren da auch Lorbeerblätter und Weißpfeffer in der Suppe gewesen?

»Es wird eine Weile dauern, bis ich wieder Fleischsuppe esse«, sagte sie.

»Ja, Scheiße. Ich geh mal rüber und rede mit der Zeugin«, erwiderte Crippe.

Amanda folgte ihm ins Schlafzimmer, wo ein Kollege mit der verstörten Tochter saß, einer etwa vierzigjährigen Frau. Sie hockte auf dem Bett und hatte eine dicke Decke um sich gewickelt. Sie erzählte, dass sie ihre Eltern zwei Tage lang nicht erreicht habe, was ungewöhnlich gewesen sei. Als sie hierhergekommen sei, habe sie das alles entdeckt. Sie schluchzte, und es dauerte eine Weile, bis sie weitersprechen konnte. Natürlich nähmen ihre Eltern keine Drogen. Die beiden seien frisch in Rente gewesen und hätten vorgehabt, das Winterhalbjahr in ihrem Haus in Spanien zu verbringen. Gewalt sei in ihrem Heim nie vorgekommen. Nein, sie habe in der letzten Zeit nichts Ungewöhnliches bemerkt. Nein, ihre Eltern hätten keine neuen Bekanntschaften gemacht, soweit sie das mitbekommen habe.

Amanda und Crippe begnügten sich mit einer kurzen Vernehmung. Aus verständlichen Gründen war aus der Frau ohnehin nicht viel Nützliches herauszuholen. Aber in einem Punkt war sich Amanda sicher: Maj-Britt Åkerlund und Nina Liljedahl waren weder Junkies noch tablettenabhängig. Sie waren reingelegt worden. Ohne ihr Wissen hatte ihnen jemand Drogen verabreicht, der Zugang zur Kannibalendroge hatte.

Aber warum?

11

Adnan rieb sich die Faust und streckte die Finger aus, um zu prüfen, ob alles heil war. Nichts gebrochen. Aber es schmerzte noch immer nach dem Schlag, der dem verrückten Griechen das Nasenbein zerdeppert hatte. Adnan hatte ihn von schräg unten getroffen. Gesehen, wie der Schädel des Griechen in dieselbe Richtung wie die Faust gerissen wurde. Mit Blut vermischte Spucke war davongeflogen. War auch ein Zahn dabei gewesen? Danach hatte der Grieche auf dem Boden gekauert und sich jammernd das Gesicht gehalten. Ann-Sofi war in ihrem ausgewaschenen T-Shirt daneben gestanden und hatte geschrien.

Adnan blickte zu Sebbe hinüber, der verbissen durch die Windschutzscheibe starrte. Schwarz gefärbtes, kurzes Haar. Krater im Gesicht. Eine große Nase für einen Polen. Sie waren unterwegs nach Skåne, genauer gesagt, zu einer Sjögräsgatan in einem Ort, der Lomma hieß. Dort parkte in der Garage einer vierköpfigen Familie ein Volvo, der fünfundvierzig Riesen wert war. Die Info hatte Hajir von dem Cousin eines Cousins, der im Süden wohnte und offenbar eine Art Späher in Hajirs Unternehmen war. Der Mann in der Familie aus der Sjögräsgatan schaltete jeden Abend gegen elf Uhr den Fernseher aus. Zwischen Mitternacht und eins musste meistens noch jemand aufs Klo, denn da ging oft das Licht im Badezimmer im ersten Stock an. Danach herrschte im Haus zumeist Ruhe bis gegen sieben am Morgen. Adnan und Sebbe hatten noch ungefähr vier Stunden Fahrt vor sich, wenn sie sich ranhielten. Momentan hatte

Sebbe den Tempomaten auf exakt hundertzehn Stundenkilometer eingestellt, da sie an Nyköping vorbeifuhren. Hier lauerten angeblich ständig die Bullen, um Rasern eine Falle zu stellen. Adnan hatte bereits zwei Streifenwagen gesehen, aber es war nicht klar, ob jemand drin saß oder ob sie dort nur zur Abschreckung standen. So oder so war es eine schlaue Strategie. Alle traten auf die Bremse.

»Wir müssten gegen zwei da sein.« Es war das Erste, das Adnan sagte, seit sie Ann-Sofi und den ausgeknockten Griechen in der versifften Wohnung in Årsta zurückgelassen hatten.

Sebbe knurrte nur. Noch immer war er nicht zum Reden aufgelegt. Adnan schnallte es trotzdem, auch ohne dass Sebbe viel erzählte.

Adnan und Sebbe waren auf dem Weg in den Süden, um eine Karre zu klauen. Sie sollten nur schnell bei Sebbes Schwester in Årsta vorbeischauen, um zu sehen, ob alles okay war.

Ann-Sofi machte die Tür auf. Sie hatte ein blaues Auge und eine geschwollene Oberlippe.

Der Grieche stand mit einer Bierdose in der Hand da. Ein verdrecktes Unterhemd über dem fetten Ranzen. Schwarzes gelocktes, wucherndes Haar auf der Brust. Wusste nicht, was zu seinem Besten war. Lallte, dass Sebbe eine bescheuerte Schwester habe, die nicht einmal ordentlich kochen könne.

Sebbe knallte den Kopf des Griechen gegen den Herd.

Ann-Sofi kreischte, wie nur White-Trash-Bräute kreischen können.

Die Kinder beobachteten alles mit aufgerissenen Augen von der Schlafzimmertür aus.

Sebbe passte kurz nicht auf.

Der Grieche bekam eine Grillpfanne zu fassen.

Adnan musste eingreifen. Er versuchte, sich zurückzuhalten, aber die Nase des Griechen musste trotzdem dran glauben.

Drei Tage in der Heimat, und schon war er wieder mitten drin in der Hitze des Gefechts. Gleich auf dem Weg zu seinem ersten Auftrag wurde er in Sebbes üblen Familienkram mit hineingezogen. Adnan wusste nicht recht, was er von der raschen Veränderung halten sollte. Erst Currygerichte und flirrende Hitze, und jetzt die Jagd nach Status und geballte Fäuste. Die Sucht nach Kohle war schon wieder da, bevor er seine Koffer in Hajirs Gästezimmer ausgepackt hatte. Seit Hajirs Besuch in Kambodscha hatte es unter seiner Haut gebrodelt. Zuvor war Adnan wunderbar ohne Aufmerksamkeit, ohne *Cred* zurechtgekommen. Zu Hause kam das Bedürfnis von Bestätigung zurück. Hier war er der Polizistenmörder. Der Räuber, der einen Bullen umgelegt hatte. Und dementsprechend wurde er behandelt. Kurzes Nicken. Neugierige Blicke. Ehrfurcht. Man betrachtete ihn mit einer neuen Art von Respekt. Gab ihm unterwürfig die Hand. Er war der Typ, zu dem aufgesehen wurde. Ein Vorbild. Das war das einzig Positive bei der ganzen Kacke. Niemanden schien es zu interessieren, wer eigentlich die Waffe in der Hand gehabt hatte. Wer abgedrückt hatte. Alle wussten, dass Adnan dabei gewesen war. Das zählte. Es war Balsam für die Seele. Wieder Adnan Nasimi sein zu können. Adnan Nasimi, sein Name hatte jetzt Gewicht. Er war auf einem Egotrip. Aber zugleich: ein Anflug von Unbehagen. Von Zeit zu Zeit fuhr ihm ein Schauer durch den ganzen Körper. Er hatte einen Ruf, für den er nicht stand. Er war eine Schande für seine Familie. Deshalb war er wieder zurückgekommen.

Um den Schandfleck abzuwaschen.

Adnan zuckte zusammen. Blickte in die Dunkelheit hinaus. Gähnte. Sein Atem stank. Sebbe war von der Autobahn abgefahren und steuerte auf eine Tankstelle zu, die auf einem langen Hang lag. Adnan las auf einem Schild: *Glumslöv*.

Sebbe stieg aus, wählte die Benzinsorte und steckte den Zapfhahn in den Tank. Adnan ging ebenfalls ein wenig frische Luft schnappen. Er zog die Kapuze über den Kopf und streckte sich. Sein Rücken knackte. Seine Beine waren ganz steif nach dem langen Stillsitzen. Er ging in den Laden und sah sich nach der Toilette um. Eilig ging er darauf zu und drückte die Klinke herab, aber die Tür war abgeschlossen.

»Sie sind schon 'ne halbe Ewigkeit da drin. Eine Alte mit ihrem Kind.«

Adnan drehte sich um und musterte den Typen. Ein Kanake wie er selbst. Aber er hatte einen komischen Akzent. Ghettosprache mit südschwedischem Flow. Er drehte sich wieder zur Toilettentür um. Hörte ein kleines Kind, das dahinter schrie. Er ging zur Theke und kaufte zwei Becher Kaffee, die er zusammen mit dem Benzin bezahlte. Die Kohle hatte er von Hajir. Eine Karte könnte verraten, wo sie gewesen waren. Nicht, dass Adnan eine Karte gehabt hätte. In diesem Land hatte er nichts mehr.

Sie fuhren weiter Richtung Süden, während das Meer zur Rechten in der Dunkelheit schimmerte. Sebbe erklärte noch einmal den Plan. Adnan tat, als würde er aufmerksam zuhören, obwohl er das Ganze schon mehrmals gehört hatte. Aber es war schön, dass Sebbe wieder redete, das erste Vernünftige, das er seit Årsta sagte. Ganz cool, so wie Sebbe halt war. Sie hatten einige Zeit zusammen in Österåker eingesessen, als Adnan eine Strafe wegen Drogenhandels verbüßt hatte. Sebbe war bekannt dafür gewesen, dass er mit den anderen nichts zu tun haben wollte. Er war in keiner Gang, aber das wurde akzeptiert. Niemand wollte sich mit dem einsamen Wolf anlegen, der am liebsten mit einem Buch in der Hand herumhing. Er hatte einmal ein Exempel statuiert. Gezeigt, dass man ihm besser nicht auf den Schlips trat. Der Kerl, der Sebbe wegen seiner Vorliebe für Bücher verhöhnt hatte, war mit abgeschnittener Zunge nackt in der Dusche gefunden worden. Danach hatte niemand mehr ein Wort über Sebbe und dessen Hobby verloren. Und niemand hatte einen Ton zu den Bullen gesagt, die einen erfolglosen Versuch unternommen hatten, die Insassen zu verhören.

Kurz nach zwei Uhr waren sie da. Sie fuhren langsam durch das Wohnviertel. Kein anderes Auto in Sicht. Keine Menschenseele. In der Dunkelheit leuchteten nur die Straßenlaternen. Das letzte Stück gingen sie zu Fuß. Mit über den Kopf gezogenen Kapuzen. Dünne Handschuhe. Mit Taschentüchern verdeckten sie das halbe Gesicht. Das Haus lag im Dunkeln. Es war still, nur das Geräusch ihrer Schritte war zu hören, als sie über den Kiesweg gingen.

Sebbe holte den Glasschneider hervor. Schnitt einen Kreis in das längliche Fenster neben der Haustür. Leichtes Knirschen. Er legte ein Handtuch darauf und schlug vorsichtig mit der Faust dagegen. Gerade so fest, dass sich das Glasteil löste, ohne jedoch zu Boden zu fallen. Er nahm es heraus und legte es in einen Blumentopf, der vor der Tür stand. Griff durch das Loch und schloss auf. Öffnete langsam die Tür. Adnan blickte sich um. Nichts los auf der Straße. Er ging als Erster ins Haus, eine Taschenlampe in der Hand. Die Alarmanlage an der Wand blinkte. Ihnen blieben zwanzig bis dreißig Sekunden. Er schob den Garderobenschrank beiseite und suchte nach der Fernbedienung. Fand sie auf einem Regal neben zwei Geldbeuteln und einem Schlüsselbund. Es war so einfach. Das Erste, was die Leute nach der Rückkehr machten, war, ihre Taschen zu leeren. Sebbe bedeckte die Alarmanlage mit dem Handtuch, und Adnan schaltete sie aus. Die beiden grellen Töne wurden von dem Handtuch erstickt. Sie gingen wieder hinaus und machten die Tür hinter sich zu. Adnan hatte den Schlüsselbund in der Hand. Alles lag an einem Platz versammelt, als hätte jemand den Diebstahl vorbereitet. Der Öffner für das Garagentor. Der Schlüssel für den Volvo. Sie brauchten nur noch aufzuschließen und loszufahren. Mit einer Karre, die gut fünfzigtausend Euro wert war.

Hajirs Cousin hatte gut recherchiert. Man konnte es nicht anders sagen.

Sebbe fuhr mit der Luxuskarosse voraus. Adnan folgte ihm in dem Passat, mit dem sie gekommen waren. Sie würden den Volvo auf einem Parkplatz bei einem Hallenbad in Sibbarp abstellen. Dort würde er neue Nummernschilder bekommen und von einem Deutschen über die Öresundbrücke gefahren werden. Hajirs Business war global. International. Oder zumindest europäisch. Adnan war beeindruckt. Was hatte er selbst in den letzten Jahren gemacht? Feiernden Touristen Drinks gereicht.

Sie fuhren am Meer entlang. Adnan kannte sich in Malmö nicht aus, also verließ er sich auf Sebbe. Es habe noch nie Probleme gegeben, hatte Sebbe gesagt. Folge mir einfach, dann geht alles glatt.

Adnan wurde von Scheinwerfern im Rückspiegel geblendet. In einer Kurve stellte er fest, dass es ein Bullenwagen war. Wie wahrscheinlich war das denn? Würde gleich bei seinem ersten Job alles in die Hose gehen? Fuck! Hatte Sebbe die Verfolger bemerkt? Wollte er abhauen oder einfach ruhig weiterfahren? Adnan wog die Vor- und Nachteile gegeneinander ab. Die Polypen durften auf keinen Fall auf die Idee kommen, den Volvo zu stoppen. Er trat heftig auf die Bremse. Um ein Haar fuhren ihm die Bullen hinten rein. Er schwenkte um und machte eine Kehrtwende. Fuhr wieder in Richtung Stadt. Die Bullen folgten ihm. Das Blaulicht rotierte wie ein Discolicht hinter ihm, und sie schalteten die Sirene ein. Er versteckte die Handschuhe und das Stofftaschentuch unter dem Sitz. Blinkte rechts und hielt an einer Bushaltestelle. Im Handumdrehen waren die Bullen da. Der eine klopfte gegen die Scheibe. Es war eine Sie. Der andere stand schräg hinter dem Wagen und redete über Funk mit jemandem. Adnan kurbelte das Fenster herab.

»Tut mir leid, hab nicht gesehen, dass jemand hinter mir war.«

»Das hätte übel ausgehen können«, sagte die Polizistin barsch. Sie blendete ihn mit einer Taschenlampe, sodass er nur einen langen blonden Zopf sah, der über ihre eine Schulter hing.

»Tut mir furchtbar leid. Ich kenne mich hier nicht besonders gut aus.«

»Kann ich bitte Ihren Führerschein sehen?«

Adnan tastete seine Brusttaschen ab. »Verflucht. Mir muss der Geldbeutel rausgefallen sein, als ich getankt habe. Scheiße!«

»Aha. Können Sie sich irgendwie ausweisen?«

»War alles im Geldbeutel. Verdammter Mist.«

»Ihre Personennummer?«

Mit Charme schien bei der Tussi nichts zu holen zu sein. Er ratterte die Personennummer seines kleinen Bruders herunter. Zwar war Adnan deutlich älter als Samir, aber es war die erste, die ihm einfiel. Die Polizistin stellte noch eine Menge Fragen. Wo wohnen Sie? Sind Sie vorbestraft, und warum? Wie heißen Ihre Eltern? Wie lautet deren Personennummer? Sie schrieb alles auf einen Notizblock und reichte diesen an ihre Kollegin weiter, die ebenfalls zur Fahrerseite gekommen war, nachdem sie eine Runde um das Auto gedreht und durch die Scheiben ins Wageninnere geleuchtet hatte. Alles wie immer! Nur weil er dunkle Haare hatte. Adnan war sich nicht sofort sicher gewesen, ob die andere Polizistin auch eine Frau war. Sie hatte eine Kurzhaarfrisur und war kräftig gebaut. Ging breitbeinig und stand auch so da. Adnan konnte die beiden besser sehen, als die Braut mit dem Zopf ihm nicht mehr mit der Taschenlampe direkt in die Augen leuchtete. Sie hatte ordentlich Puder aufgelegt, stark geschminkte Augen und roten Lippenstift. Hätte besser in einen Nachtclub gepasst.

Die Kurzhaarige trat vor. »Spar dir den Schwachsinn. Du weißt nicht, wo du wohnst, und nicht einmal, wie du heißt.«

Verdammt! Er hätte sich denken können, dass sein kleiner Bruder inzwischen eine eigene Wohnung hatte.

»Stimmt. Ich bin vor Kurzem umgezogen, hab mich aber noch nicht umgemeldet. Daran hab ich nicht gedacht.«

»Und du hast auch deinen Nachnamen geändert, ohne daran zu denken? Lass den Mist! Wenn ich nicht innerhalb von fünf Sekunden die richtige Personennummer habe, bist du festgenommen und darfst den Rest der Nacht auf dem Revier verbringen. Ist dir das lieber?«

Adnan fluchte innerlich. Er war schlecht vorbereitet. Hätte sich die Daten eines anderen zurechtlegen müssen. Von jemandem in seinem Alter. Von jemandem, der nicht ohne sein Wissen umgezogen war und offenbar den Nachnamen geändert hatte. Das tat weh. Warum hatte Samir seinen Nachnamen geändert? Schämte er sich so sehr? Hatte sein Vater auch den Namen geändert?

Zögernd sagte er der kurzhaarigen Tussi seine richtige Personennummer. Diese wiederholte die Zahlen in ihr Funkgerät. Es hatte keinen Sinn, länger zu lügen. Was machte es schon, wenn er sich mal wieder eine Geldstrafe wegen unerlaubten Fahrens ohne Führerschein einhandelte? Das einzig Negative war, dass mit ihm zeitgleich der Volvo in Malmö verschwunden war. Aber mein Gott! Es gab Tausende von Kriminellen in Südschweden. Warum sollte man ausgerechnet ihn verdächtigen?

»Adnan Nasimi.« Die Kurzhaarige betonte jede Silbe. »Du bekommst eine Anzeige wegen unerlaubten Fahrens.«

Adnan nickte. Sie stellte weitere Fragen. Wem gehört der Wagen? Weiß dieser Jemand, dass Sie keinen Führerschein haben? Wie oft leihen Sie ihn sich? Woher kommen Sie? Wohin wollen Sie? Sie nahm es wirklich ganz genau. Er gab ja alles zu. Reichte das nicht?

Dann tauchten mehrere Streifenwagen auf. Erst einer. Danach noch zwei. Bald waren es fünf. Es wimmelte von Uniformen um ihn herum. Alle starrten ihn an. Den Affen im Käfig. Neugierig. Mit verachtungsvollem und hasserfülltem Blick.

Der Polizistenmörder.

12

Pia blickte zu Thomas Kallin, der die übrigen Kollegen der Staatsanwaltschaft ausführlich mit seiner Meinung zu dem schrecklichen Kannibalenmord beehrte. Er präsentierte die Fakten, als wäre er selbst als Erster am Tatort gewesen. Die pensionierte Sozialarbeiterin Maj-Britt Åkerlund hatte ihren Mann erschlagen, als dieser in seinem Lesesessel saß. Eine blutige Axt, die im Haus gefunden worden war, hatte vermutlich als Tatwaffe gedient. Maj-Britt hatte einen Kochtopf auf dem Herd stehen: Darin lag ein Fuß ihres Mannes, gewürzt mit grobem Weißpfeffer, in Scheiben geschnittenen Karotten, Zwiebeln und Lorbeerblättern. Maj-Britt Åkerlund stand unter starkem Drogeneinfluss, alles deutete darauf hin, dass es sich um die berüchtigte Kannibalendroge handelte.

»Wir warten noch auf die endgültige Analyse, und wenn es tatsächlich dieselbe Droge ist, die Milorad Kraljevic importiert, dann haben wir hier einen großen Fall.« Thomas bestätigte seine eigenen Worte durch ein Nicken. »Wir haben einen Mörder, der seine Opfer unter Drogen setzt und dazu bringt, einen Angehörigen zu töten.«

Pia schüttelte leicht den Kopf und hob die Augenbrauen. Thomas war wie ausgewechselt, seit er wusste, dass er ein sensationelles Verbrechen in die Hände bekommen hatte. Ein Verbrechen, das für große Schlagzeilen in den Medien sorgen würde und der Karriere einen Schub verpassen konnte. Sie schaute zu ihren Mitarbeitern, die um den rechteckigen Tisch saßen. In der Kammer herrschte ein lockerer Kleidungsstil, anders als normalerweise bei Leuten vom Gericht. Jeans und Pullover. Alle hörten Thomas interessiert zu. Der groteske Fall weckte ihre Neugier.

»Wer leitet die Voruntersuchung bei der Polizei?«, fragte Pia.

»Christian Nilsson.« Thomas zeigte deutlich, dass er nicht unterbrochen werden wollte. »Ich werde …«

»Mit wem arbeitet er zusammen?« Pia kannte die Antwort, wollte aber Gewissheit.

Thomas seufzte. »Ist das so wichtig? Ist es nicht besser, wenn ich den Fall vorstelle?«

»Ist es Amanda Paller?«

»Ja, so heißt sie wohl, ja.«

»Das war doch die Frau, die du als völlig inkompetent bezeichnet hast, als sie nach dem ersten Mord ihre Bedenken geäußert hat. Sie war schon damals auf der richtigen Spur: dass der Mutter, die ihre Tochter umgebracht hat, Drogen verabreicht worden waren. Da hast du es für Blödsinn gehalten.«

Rote Flecken breiteten sich auf Thomas' Hals aus. »Inzwischen haben wir viel mehr Fakten, auf die wir bauen können. Zwei solche Morde sind einer zu viel. Eine ehrliche Tante vom Sozialamt fängt während ihrer Rente nicht an, Drogen zu nehmen und ihren Mann in einer Suppe zu kochen. Das ist ja wohl jedem klar.«

»Und Amanda Paller hat das sofort begriffen.« Pia richtete sich auf. Zuckte Thomas' Mundwinkel? »Ich werde die Voruntersuchung übernehmen«, sagte sie. »Es ist keine gute Ausgangslage für dich und diese Amanda Paller, nachdem du ihr zu Beginn misstraut hast.«

»Was zum … Du kannst doch nicht …«

»Hier auf diesem Haufen liegen weitere Untersuchungen, die du stattdessen bearbeiten kannst. Wir müssen mit der Polizei zusammenarbeiten, nicht gegen sie. Wir sind ein Team, und zusammen machen wir Täter dingfest. Es spielt keine Rolle, ob ein Kollege, sei es bei uns oder bei der Polizei, weniger Dienstjahre hat und nicht so erfahren ist. Es geht darum, aufmerksam zu sein und für alle Optionen ein offenes Ohr zu haben. So, sind wir fertig?« Sie stand auf. Die anderen am Tisch nickten verblüfft. Die Blicke brannten auf ihrem Rücken, als sie hinausging. War sie zu hart vorgegangen? Vielleicht. Aber Thomas hatte sie schon lange genervt, ohne dass sie etwas gesagt hatte. Seine ständigen Sticheleien. Seine Arroganz. Dass er sich ständig als der Beste darstellte. Er würde sie dafür hassen, aber was machte das schon? Er hasste sie bereits. Eine jüngere Frau mit weniger Berufserfahrung, die ihm den Posten weggeschnappt hatte, auf den er so lange geschielt hatte. Er würde sie so oder so nie akzeptieren.

Der Kannibalenmord lag jetzt auf ihrem Tisch. Und sie würde mit Amanda Paller zusammenarbeiten. Sie richtig kennenlernen. Die Frau, die so viel über Magnus wusste. Die Frau, die ihn entlarvt hatte. Die ihn ins Gefängnis gebracht hatte.

Die mit ihm gefickt hatte!

Am Nachmittag stand eine Gerichtsverhandlung auf Pias Terminplan. Diese betraf Bojan Jelic, der in Untersuchungshaft gesessen hatte, weil die Sondergruppe mit Göran Anderzon an der Spitze eine kleine Menge Betäubungsmittel in seinem Wagen gefunden hatte. Bei der darauffolgenden Hausdurchsuchung in Jelics Wohnsitz hatte man wie erwartet keine weiteren Narkotika entdeckt. Allerdings war Anderzon und seinen Kollegen eine halb nackte Frau in die Arme gelaufen, als sie das Haus betreten hatten. Da die Frau außer »Help me!« nur Rumänisch sprach, ergab sich ein Verdacht auf Menschenhandel. Als die Frau später mithilfe eines Dolmetschers auf dem Polizeirevier verhört wurde, war ihre Angst offenbar verflogen, und sie erzählte, dass sie in dem schönen Land Schweden Urlaub mache und hier Bojan begegnet sei, der ihr geholfen habe, nachdem sie ihre Handtasche mit all ihren Habseligkeiten verloren habe. Pass, Geld, Ausweis. Alles weg. Schnief. Bojan Jelic sei sehr hilfsbereit gewesen. Darf ich jetzt gehen?

Pia eilte zu dem Café, das zwischen der Kammer der Staatsanwaltschaft und dem Gericht in der Scheelegatan lag. Sie bestellte einen Panino mit Schinken und Käse und schaute gestresst auf die Uhr, während ihre Bestellung aufgebacken wurde. Thomas hatte sie nach der Morgenbesprechung vor Wut schäumend aufgehalten und mit seiner Kündigung gedroht. Wäre ihr nur recht. Aber sein Gejammer hatte sie die Mittagspause gekostet, und es waren nur noch zehn Minuten bis zur Verhandlung. Sie hastete mit ihrem Essen auf die Straße hinaus, als jemand hinter ihr rief:

»Sie haben das hier verloren!« Eine junge Frau in einem schwarzen Mantel hielt Pias Portemonnaie in der Hand.

»Oh, vielen Dank.« Pia nahm das Portemonnaie entgegen und steckte es in die Innentasche ihres Aktenkoffers, wo sie es immer aufbewahrte. Lächelte die Frau an. Sie sah elegant aus und hatte ihr braunes Haar zu einem Knoten hochgesteckt.

»Keine Ursache.« Die Frau blinzelte ihr zu. »Es passieren schlimmere Sachen.«

Pia ging weiter. Tastete im Aktenkoffer nach dem Portemonnaie und spürte das weiche Leder. Seltsam. Sie war sicher, dass sie es wieder dort hingesteckt hatte, nachdem sie den Panino bezahlt hatte. Wie war es nur herausgefallen? Nun, manchmal hatte man Glück.

Sie setzte sich in dem imposanten Gebäude, in dem das Gericht untergebracht war, auf eine harte Bank. Wenn man hier eintrat, fühlte man sich stets so, als würde man eine Reise zurück in die Vergangenheit machen. Lange, breite Treppen, hohe

Decken, dunkle Holzverkleidungen. Fehlten nur noch Männer mit weißen Perücken. Sie sah auf die Uhr. Noch zwei Minuten. Sie spülte den letzten Bissen von ihrem Panino mit einem Schluck Mineralwasser hinunter. Wollte gerade aufstehen, als die Frau mit dem schwarzen Mantel an ihr vorbeiging.

»Müssen Sie auch hierher?«, fragte Pia.

Die Frau antwortete nicht. Lächelte nur schmal.

»Danke noch einmal!«, rief Pia ihr nach.

Sie warf die Essensverpackung in den Papierkorb, als ihre Verhandlung per Lautsprecher angekündigt wurde. Als sie um die Ecke bog, erblickte sie den Verteidigungsanwalt Leif Appelqvist zusammen mit seinem Klienten Bojan Jelic. Eine dürre Gestalt. Das schwarze Haar hatte er zu einem Pferdeschwanz gebunden. Es fiel schwer, sich vorzustellen, dass er Milorad Kraljevics Bande angehörte. Pia und Leif Appelqvist nickten einander kurz zur Begrüßung zu. Sie waren sich schon oft vor Gericht und in anderen beruflichen Zusammenhängen begegnet. Meist tauschten sie ein paar freundliche Phrasen aus. Aber hier war ein formelles Nicken am besten geeignet, um Loyalität mit dem Klienten zu signalisieren. Appelqvist legte Bojan die Hand auf die Schulter und flüsterte ihm etwas ins Ohr. Bojan linste zu Pia hinüber. Sie ignorierte die Blicke und sah lieber noch einmal nach, ob ihr Portemonnaie noch in ihrem Aktenkoffer lag. Als sie wieder aufsah, stand Bojan an der Tür. Er blickte nicht mehr zu ihr, sondern zu jemandem im Flur. Eine Frau, deren Haar zu einem Knoten hochgesteckt war, grüßte Bojan mit einem Winken. Dann lächelte sie Pia zu und steckte die Hände in die Taschen ihres schwarzen Mantels.

13

Amanda und Crippe waren unterwegs zu Maj-Britt Åkerlunds ehemaligem Arbeitsplatz bei der Bezirksverwaltung von Hässelby. Crippe saß am Steuer, Amanda auf dem Beifahrersitz. Auf der Rückbank lehnte sich ein neugieriger Schüler von der Polizeischule nach vorn, um ja nichts von ihrem Gespräch zu verpassen. Der Schüler hieß Benjamin, und weder Amanda noch Crippe hatten gewusst, dass er sie zwei Tage lang begleiten würde. So etwas kam ständig vor. Die Informationen blieben bei irgendeinem Chef hängen, der glaubte, sie an einen anderen Chef weitergegeben zu haben, der solche Dinge wiederum an seinen Stellvertreter delegiert hatte, der leider krankgeschrieben war. Irgendetwas in der Art war vermutlich passiert, da in der Behörde inzwischen so viele Chefs arbeiteten, dass niemand mehr so genau wusste, was sie trieben. Außer goldene Streifen auf der Schulter zu tragen und bei Besprechungen wichtig dreinzuschauen. Aber Amanda und Crippe empfingen Benjamin mit offenen Armen. Amanda hatte eine schusssichere Weste und ein tragbares Funkgerät für ihn geholt, und seine unschuldigen Augen glänzten wie bei einem Kind an Weihnachten.

»Willst du mal die Verbindung zur EZ testen?«, fragte Amanda ihn über die Schulter.

»Oh, was muss man da sagen?« Benjamin wirkte unsicher.

»Nur, dass wir unterwegs sind und sie für uns eine eigene Frequenz aktivieren können.«

»Eine eigene Frequenz? Was ist das?«

»So nennt man das. Zivilstreifen haben immer eine eigene Frequenz, im Gegensatz zu Streifenwagen. Sie können für alle hereinkommenden Aufträge in Anspruch genommen werden. Sag einfach nur ›eigene Frequenz‹, dann wissen sie Bescheid.«

Amanda kontaktierte die Einsatzzentrale und gab Benjamin das Mikrofon. Er streckte sich vor, weil das Kabel nicht nach hinten reichte. Ein paar Sekunden darauf erhielten sie eine Antwort, und Benjamin drückte auf den Sprechknopf. »Äh, hallo. Hier ist eine Zivilstreife für eine Verbindungsprobe. Äh. Wir brauchen eine eigene Frequenz.«

»Sag ›Kommen‹, wenn du fertig bist«, erklärte Amanda.

Er drückte erneut auf den Knopf. »Äh, kommen.«

»Einen schönen Vormittag wünsche ich euch. Die Verbindung ist bestens, und ich schalte euch auf eine eigene Frequenz. Kommen.«

»Vielen Dank und … äh, tschüss.«

»Over«, korrigierte ihn Amanda.

»Äh, over.«

Der Mitarbeiter in der Einsatzzentrale lachte kurz auf, bevor er mit »Over and out« schloss.

Benjamin gab Amanda das Mikrofon zurück. Seine Wangen waren tiefrot.

Amanda bekam ein schlechtes Gewissen. »Es war nicht meine Absicht, dich in eine unbequeme Lage zu bringen. Ich dachte, du kennst dich mit den Funksprüchen aus. Habt ihr das in der Schule nicht behandelt?«

Benjamin schüttelte den Kopf. »Kein Problem. Mir ist schon klar, dass man nicht Tschüss sagt, aber ich war zu aufgeregt.«

»Man sagt immer ›Kommen‹ am Ende eines Funkspruchs und ›Over‹, wenn du nichts mehr zu sagen hast, und die Einsatzzentrale beendet das Funkgespräch mit ›Over and out‹.«

»Das merke ich mir.« Er saß weiterhin nach vorn gebeugt

da und schien zu überlegen. »Wie ist das nun mit den beiden Frauen? Werden sie des Mordes verdächtigt oder nicht?«

»Im Augenblick ja«, antwortete Crippe und betätigte den rechten Blinker, um den Råcksta-Kreisverkehr zu verlassen. »Aber Nina ist tot, da erübrigen sich die Spekulationen vorerst.«

»Aber wir vermuten, dass sowohl Maj-Britt als auch Nina unter Drogen gesetzt worden sind«, fügte Amanda hinzu.

»Mit dieser Kannibalendroge?«

»Ja, das vermuten wir. Die endgültigen Analyseergebnisse müssten bald fertig sein. Hoffentlich schon heute.«

»Seid ihr denn sicher, dass ihnen von jemand anderem Drogen verabreicht wurden? Es könnte auch Zufall sein, dass zwei Morde mit demselben Modus ungefähr gleichzeitig geschehen.«

Modus. Etwas schienen sie immerhin auf der Polizeischule zu lernen.

Crippe ordnete sich links ein und überholte mehrere Wagen auf dem geraden Stück in Richtung Bergslags-Kreisverkehr. »Natürlich können wir nichts ausschließen, aber es deutet viel auf einen anderen Täter hin. Um ihn oder sie zu finden, müssen wir in erster Linie ein Motiv ausmachen, aber auch schauen, ob es irgendeine Verbindung zwischen Nina und Maj-Britt gibt.«

Benjamin nickte und lehnte sich zurück.

Amanda überlegte. Sie hatten nicht die geringste Verbindung zwischen Nina und Maj-Britt entdeckt. Die beiden hatten sich nicht gekannt. Sie hatten in verschiedenen Gegenden gewohnt. Die eine war jung und die andere war Rentnerin gewesen. Nina hatte als Grafikerin in einer Werbeagentur und Maj-Britt als Sozialarbeiterin gearbeitet. Das Einzige, was sie gemeinsam gehabt hatten, war, dass sie Frauen gewesen waren, eine Familie und ein geordnetes Leben geführt hatten. Es stellte sich auch die Frage, inwiefern Nina und Maj-Britt Opfer oder ob sie nur als Mordwaffen eingesetzt worden waren. In diesem Fall wären Ninas sechsjährige Tochter und Maj-Britts Mann die beabsichtigten Opfer. Das war nicht auszuschließen, aber was sollte es für einen Grund geben, dass eine Sechsjährige sterben musste? Und letztlich war es vielleicht nur ein tragischer Zufall, dass die Morde auf gleiche Weise verübt worden waren. Vielleicht gab es keinen anderen Mörder.

Bei der Bezirksverwaltung äußerten sich Maj-Britts ehemalige Arbeitskollegen bestürzt über das Vorgefallene. Leider konnten sie nur mit Details zu Maj-Britts Verabschiedung in die Rente aufwarten. Sie sei vom Personal geschätzt worden, und es habe keine Klienten gegeben, die auf sie eine besondere Wut gehabt hätten. Versteckte Drohungen und manchmal sogar Gewalt seien bei ihnen an der Tagesordnung. Als Sozialpädagogen seien sie ja dazu da, anderen Menschen zu helfen. Dabei müsse man das eine oder andere hinnehmen. Ja, danke. Amanda verstand, was sie meinten. Drohungen, Spott und Ähnliches prasselten nur so auf einen ein. Das musste man einfach ignorieren und sich nicht aus dem Konzept bringen lassen.

Sie verabschiedeten sich und fuhren zurück zum Revier.

Gunilla Håkansson hatte am Nachmittag eine Sonderbesprechung anberaumt, um sich einen Überblick über den Stand der Ermittlungen zu verschaffen. Wie üblich nutzten sie die Gelegenheit, nebenbei ein wenig zu essen und zu trinken. Eine Thermoskanne mit Kaffee wurde herumgereicht, und jemand hatte eine Dose mit harten Keksen auf den Tisch gestellt.

Stefan stapelte vier Stück vor sich auf und aß gleich einen. Die Krümel, die nicht im Mundwinkel hängen blieben, flogen über den Tisch. Amanda öffnete einen Tetrapack Kaffeesahne. Als sie draufdrückte, spritzte die Sahne in alle Richtungen, nur nicht in die Tasse.

»Mist!« Sie ging in die Küche und holte einen Lappen. Wischte die Sahnespritzer weg, und auch Stefans Krümel.

»Okay«, fing Gunilla an, »nach meinem Kenntnisstand haben die bisherigen Vernehmungen nichts ergeben. Wir haben noch kein Motiv und keine Verbindung zwischen den Opfern.« Sie seufzte laut. »Die Medien rücken uns auf die Pelle und wollen wissen, was verdammt noch mal los ist. So oder so, weil die Sondergruppe hinter Kraljevic her ist, liegt der Fall bei der Stockholmer Staatsanwaltschaft. Und jetzt hat offenbar die stellvertretende Staatsanwältin ihn übernommen.«

»Pia Blomberg, die Exfrau des Affenfickers. Das wird interessant.« Lasse schielte zu Amanda, als er das sagte.

Die anderen murmelten.

Benjamin saß stumm da und sperrte den Mund auf.

Gunilla räusperte sich: »Ja, sie hat damit zwar nichts zu tun, aber ich finde es schon ein wenig merkwürdig, dass sie einen Fall wählt, an dem du beteiligt bist.« Sie blickte Amanda auffordernd an.

»Sie ist vermutlich professionell und trennt Beruf und Privatleben.«

Lasse schnaubte. »Einmal Bulle, immer Bulle. Es spielt keine Rolle, ob man frei hat oder nicht.«

Amanda ignorierte ihn. »Ich freue mich jedenfalls darauf, mit ihr zusammenzuarbeiten.«

»Das ist doch kacke!« Lasse trommelte mit einem Stift auf den Tisch.

»Finde ich auch.« Stefan verputzte ein Stück Gebäck. »Wir werden von diesem verdammten Araber bedroht, nicht nur wir, sondern auch unsere Familien. Wir können abends nicht mehr ausgehen. Wir haben Angst, unsere Kinder in den Kindergarten zu bringen. Und …«

»Was hat das denn mit dem hier zu tun?«, schnitt Gunilla

ihm das Wort ab. »Wir haben das mit den Drohungen gegen euch so gehändelt wie in jedem anderen Fall. Und ja, es ist schlimm, dass so etwas passiert, aber dafür kann Amanda nichts. Jetzt konzentrieren wir uns auf die Ermittlungen.«

»Ich finde jedenfalls, dass sie professionell wirkt.« Amanda behielt die Ruhe.

Lasse erhob sich und verließ wortlos den Raum.

Stefan sah aus, als wollte er es ihm gleichtun. Aber es gab noch Gebäck. Er streckte die Hand nach der Dose aus.

»Ich habe einen interessanten Punkt.« Sara brach das Schweigen. »Dem Personal im Stadshotellet in Gävle zufolge übernachtete Johan Liljedahl dort nicht in der Nacht des Verbrechens, wie von ihm behauptet.«

Hochgezogene Augenbrauen rund um den Tisch.

Sara ließ ihnen kurz Zeit, die Information zu verdauen. »Er hatte dort ein Zimmer, aber der Rezeptionist hat gesagt, dass er gegen acht Uhr abends wegging und erst am Morgen wieder zurückkam.«

»Wie weit ist es von Stockholm nach Gävle? Ungefähr zwei Stunden, denke ich«, beantwortete Gunilla ihre Frage selbst. »Da kann er es bis nach Hause geschafft haben, um seine Frau unter Drogen zu setzen, die dann ihre Tochter ermordet. Aber das scheint mir nicht plausibel. Was hätte er für ein Motiv?«

Amanda schüttelte den Kopf. »Er ist nicht der Täter. Ich bin sicher, dass es eine Erklärung gibt, wir müssen ihn natürlich fragen.«

»Aber warum hat er gelogen?«, fragte Sara.

»Er war doch auf einer Konferenz.« Amanda wandte sich an Stefan. »Und alle wissen doch, was Typen machen, wenn sie auf Konferenzen sind.«

»Es sind verdammt noch mal nicht nur wir Männer …«

»Ganz ruhig. War nur ein Scherz. Frauen können das genauso. Aber Johan muss uns wohl einiges erklären, glaube ich.« Amanda liebte es, Stefan zu reizen, der jedes Mal in die Luft ging.

Mathilde hatte die endgültige Drogenanalyse von Maj-Britt Åkerlund erhalten, die bestätigte, was sie schon geahnt hatten. Sie hatte MDPV verabreicht bekommen. Außerdem hatte man Kortison gefunden, was auch für die Theorie sprach, dass es eine Verbindung zwischen den Fällen gab und die beiden Frauen von derselben Person unter Drogen gesetzt worden waren. Doch wie war der Täter auf diese Kombination gekommen? Verfügte er über weiter gehende medizinische Kenntnisse? Johan Liljedahl war Vertreter einer Arzneimittelfirma. War er dazu in der Lage? Möglich. Aber was war das Motiv? Und welche Verbindung hatte Johan in diesem Falle zu Maj-Britt Åkerlund?

Kurz vor dem Ende der Besprechung klopfte Fredrik aus dem Drogendezernat an den Türrahmen. Er trug eine ausgebeulte Hose und ein schmutziges T-Shirt, seine Haut war blass, und er hatte dunkle Ringe unter den Augen. Unter den Junkies auf der Straße fiel er nicht auf.

»Wir haben einen Typen festgenommen, der in der Stadt Ärger gemacht hat.« Fredrik grinste. »Er hat Leute attackiert und ihnen eine Heidenangst gemacht.«

»Okay«, sagte Gunilla in fragendem Ton.

»Ja, es ist vermutlich diese Kannibalendroge. Ich dachte, ihr wollt euch das vielleicht mal anschauen.«

Amanda war schon aufgesprungen.

Der junge Mann, der einundzwanzig Jahre alt war, stand in der Zelle und schlug nach Menschen und Gegenständen, die offenbar vor ihm auftauchten. Es ähnelte fast einem Opfertanz um ein Lagerfeuer. Sein wirres Haar hing ihm ins Gesicht. Amanda, Crippe und Benjamin drängelten sich vor der Zellentür.

»Gehst du als Erster rein?« Amanda blickte zu Benjamin.

»Spinnst du?!«

»Vielleicht ist Essenszeit«, meinte Crippe.

Benjamin machte ein paar Schritte zurück und wechselte das Thema. »Geht es bei euren Besprechungen immer so hitzig zu?«

»Meistens«, sagte Amanda.

»Aber um was ging es eigentlich, dieser Lasse schien stinksauer wegen irgendetwas zu sein …?«

»Das ist eine lange Geschichte.«

»Dann halte sie kurz.«

Amanda überlegte, wie viel Benjamins unschuldige Ohren verkraften konnten. Ach, scheißegal! »Vor ein paar Jahren habe ich einen Kommissar einiger Sexualverbrechen überführt, und er war mit der Staatsanwältin verheiratet, die jetzt die Ermittlungen leitet, Pia Blomberg. Ungefähr zur selben Zeit habe ich bei einem Überfall auf einen Geldtransporter einen der Räuber erschossen, und Lasse und Stefan sind überzeugt, dass ich mit einem der anderen Räuber eine Beziehung hatte.«

»Dass du mit ihm zusammen warst, meinst du?«, fragte Benjamin mit großen Augen.

»Ja, das haben sie sich eingebildet.«

Er war eine Weile still. »Aber Lasse ist ja ein Rassist«, brachte er schließlich hervor.

»Lasse ist vieles, was man nicht sein sollte, aber ob er ein Rassist ist, weiß ich nicht.«

»Aber er hat jemanden als Affenficker bezeichnet.«

Amanda konnte sich das Lachen nicht verkneifen. Crippe versuchte es, bebte aber am ganzen Leib.

Benjamin sah verwirrt aus. »Aber so etwas darf man doch nicht sagen, oder?«

Amanda riss sich zusammen und antwortete: »Es war Pias

Exmann, dieser Kommissar, den Lasse als Affenficker bezeichnet hat. Aber er meinte es wörtlich, Affenficker.«

»Das verstehe ich nicht.«

Musste sie es direkt sagen? »Okay, Sodomie. Kapierst du?«

Benjamin sah noch immer wie ein Fragezeichen aus.

»Er fickt gerne Affen.« Amanda drehte sich um und schaute wieder zu dem Mann in der Zelle, der jetzt auf allen vieren kroch. Hob ein Bein wie ein Hund, der gegen einen Pfosten pinkelt, und entblößte die Zähne. Knurrte er auch? Amanda presste ein Ohr gegen die Tür.

»Hört ihr das?«

Crippe trat heran und blickte wieder hinein. »Das ist ja völlig bizarr.«

»Wir müssen überprüfen, ob er auch einen erhöhten Kortisolwert hat«, sagte Amanda.

»Vielleicht. Aber er ist doch nur irgendein Junkie«, erwiderte Benjamin.

»Genau. Wenn seine Werte normal sind, ist das noch ein Hinweis darauf, dass Nina und Maj-Britt unter Drogen gesetzt wurden.«

Benjamin durfte auch noch einmal hineinschauen. Er zuckte zurück, als der Typ zweimal laut kläffte.

Amanda hätte alles gegeben, um zu erfahren, was in dem Kopf des jungen Mannes vor sich ging. War es, als befände man sich im Vollrausch? War er so hungrig, dass er einen anderen Menschen aufessen würde?

Es gab nur eins, was sie tun konnte, um es zu erfahren.

Sie würde sie ausprobieren.

Die Kannibalendroge.

14

Adnan war eine halbe Stunde im Kreis um die Wohnblocks gefahren. In Hajirs Karre und mit hochgezogener Kapuze erkannte ihn niemand, nicht einmal in Tensta. Er hatte Sharmaarka an der U-Bahn gesehen. So dürr wie immer. Vertickte er noch immer Diebesgut? Zwei Kumpels seines kleinen Bruders hingen am Dönerstand rum. Wie hießen die beiden noch? Ali und Ibbe? Sie hatten inzwischen breite Schultern bekommen. Waren keine Rotznasen mehr.

Er fuhr ein letztes Mal am Haus vorbei und blickte zu dem Fenster hoch, in dem ein kitschiger Vorhang hing. Adnan hatte ihn nie gemocht. Zu viele Rüschen. Aber jetzt sehnte er sich danach, seine Mutter zu sehen, wie sie den Vorhang aufhing und ihn ein wenig hin- und herschob, bis alles perfekt war. Er sehnte sich danach, sie dabei zu beobachten, wie sie die Marmorfiguren in der Wohnung abstaubte und die dicken Teppiche im Hof klopfte. Verdammt, sie fehlte ihm! Aber sie war tot.

Was machte er hier eigentlich? Hoffte er, seinen Alten kurz zu sehen? Papa Hossein. Dass er hinter den Vorhängen vorlugte, wenn Adnan vorbeifuhr? Ihn bemerkte und strahlte? Auf die Gerüchte über seinen Ältesten pfiff und ihn herzlich empfing?

Adnan fuhr mit dem Gefühl davon, einen Schuss in den Magen bekommen zu haben. Es schmerzte. Wer kümmerte sich jetzt um Papa Hossein? Wer hängte die Vorhänge auf?

Er parkte auf der Straße vor Hajirs Haus. Stieg aus und drückte auf den automatischen Türöffner. Hajir hatte ein eingeschossiges Haus in Spånga gekauft und es behindertengerecht eingerichtet. Eine Rampe führte zur Eingangstür hoch, die Anrichte in der Küche war sehr niedrig, es gab Griffe neben der Toilette. Es sah aus wie in einem Altenheim. Aber Adnan freute sich für Hajir. Dass es ihm so gut ging. Er hatte eine Frau, die er liebte. Eine erfolgreiche Firma. Hajir hatte alles. Und es war total cool, dass er Adnan bei sich pennen ließ. Trotzdem musste Adnan bald etwas Eigenes finden. Wollte die Gastfreundschaft nicht unnötig strapazieren. Er verstand, dass es für Isabella eine Belastung war, wenn er bei ihnen übernachtete. Schließlich hatten ihn die Bullen bereits nach der ersten Nacht ausgemacht. Blau-weiße Volvos fuhren jede Viertelstunde vorbei. Rachelüsterne Gesichter starrten aufs Haus. Schalteten das Blaulicht ein, um ihn zu ärgern. Um ihm zu zeigen, dass sie da waren. Wie zum Teufel fanden sie das alles so schnell heraus? Aber Adnan hatte auch ein bisschen geholfen. Hatte an einem Abend auf die Kinder aufgepasst, damit Hajir Isabella an ihrem Geburtstag zum Essen ausführen konnte.

Ein starker Arm packte Adnan am Oberkörper. Etwas Kaltes berührte seine Kehle. Ein Messer? Alles ging so schnell, dass er nicht reagieren konnte. Derjenige, der sich von hinten angeschlichen hatte, beherrschte sein Metier. Zwang Adnan, sich nach hinten zu beugen. Presste den Kopf an Adnans Schulterblatt. Die scharfe Klinge drang durch die Haut am Hals.

Eine raue Stimme zischte ihm ins Ohr: »Es wundert mich, dass du dich wieder nach Hause getraut hast! Dir ist schon klar, wie sehr ich mich nach diesem Tag gesehnt habe!«

Das Messer drang tief ein, aber das Adrenalin betäubte den Schmerz. Eine kleine Bewegung, und es stünde schlecht um seine Hauptschlagader.

Die Stimme fuhr fort: »Du kleiner Wichser. Für wen hältst du mich? Hä?«

Adnan kramte in seinem Gedächtnis. Dann fiel der Groschen: Sacha.

»Ich hab sie nicht genommen.« Adnan versuchte zu sprechen.

»Noch einmal?«

»Die Kohle. Ich hab sie nicht genommen.«

Das Messer war einen Millimeter davon entfernt, eine tödliche Wunde zu verursachen.

»Weiter!«

»Die Bullen haben sie. Ich schwöre.«

»Netter Versuch.« Die Klinge schnitt in die dünne Haut.

»Ich schwöre!«, keuchte Adnan verzweifelt.

Der Griff lockerte sich, und er sank auf den Asphalt. Es knackte in seinem Rücken, aber am meisten Sorgen machte er sich um seinen Hals. Er tastete danach, fuhr sich über die Kehle. War er okay? Seine Finger färbten sich rot, aber es war zu wenig, er würde nicht sterben. Sein Herz raste. »Ich würde euch nie verraten, das weißt du!«

»Ich hab's aber gedacht.« Sacha spielte mit dem Messer. »Ihr habt einen Bullen umgelegt. Der totale Irrsinn! Ist dir klar, in welch eine Scheiße ihr mich geritten habt?«

»Wir haben es verbockt«, erwiderte Adnan und rang nach Luft. »Aber die Bullen haben die Kohle genommen. Sonst hättest du deinen Anteil bekommen. Das weißt du.«

»Ich werde meinen Anteil kriegen, und es ist mir scheißegal, wie du das anstellst. Ich habe über drei verdammte Jahre gewartet, und die Bullen sagen etwas anderes. Warum sollten sie es verheimlichen, dass sie die Beute gefunden haben?«

»Glaub mir, das hab ich mich auch schon gefragt.«

»Du hattest die Kohle als Letzter. Jetzt sieh zu, dass du sie wieder besorgst.« Sacha blickte ihn grimmig an. Dann drehte er sich um und ging zu einem schwarzen Mercedes. Stieg ein und fuhr davon, ohne ein weiteres Wort zu verlieren. Gab Adnan keine Deadline. Nichts. Hatte er ihm überhaupt geglaubt? Vermutlich. Sonst würde er jetzt in einer roten, sich ausbreitenden Lache liegen. Adnan strich sich erneut über den Hals und rappelte sich auf. Humpelte nach vorn gebeugt zum Haus und zu der Rampe.

Er wollte in den Keller schleichen, in dem er sein Zimmer hatte, aber Isabella kam ihm im Flur entgegen.

»Was ist passiert?«

Er humpelte weiter. Hatte stechende Schmerzen im Rücken. »Nichts.«

»Hier ist jemand, der dich gern sehen möchte.«

Adnan sah jemanden hinter Isabella. Jemanden mit dunklen, schulterlangen Haaren. Er versuchte, den Rücken durchzustrecken, um mehr zu erkennen.

»Au!«

Eine Frau trat vor. Sabrine. Diars Schwester. »Komm, leg dich aufs Sofa.« Sie half ihm, sich seitlich hinzulegen, und schob ein Kissen unter seinen Kopf. Er fluchte laut vor Schmerzen.

»Du blutest.«

»Ach, das ist halb so wild. Wo ist Hajir?«

»Er bringt die Kinder ins Bett«, sagte Isabella.

Sabrine setzte sich neben Adnan und strich über die Stelle an seinem Rücken, an der sich irgendetwas verschoben hatte. Er stöhnte und entspannte sich ein wenig. Er kannte sie schon seit einer Ewigkeit. Als kleine Nachzüglerin, als sie Kinder gewesen waren. Als etwas ältere Nachzüglerin, als sie Jugendliche gewesen waren. Als Diars hübsche Schwester, als sie erwachsen geworden waren. Aber sie waren nie miteinander im Bett gelandet. Auch wenn es manchmal kurz davor gewesen war. Adnan hatte es sich nicht mit Diar verderben wollen. Und er wusste, dass er Sabrine enttäuschen würde. Natürlich nicht, was den

Sex anbelangte! Aber ihre Erwartungen, die sie unweigerlich danach an ihn hätte.

Er lag noch immer in derselben Position, als Hajir ins Wohnzimmer gerollt kam.

»Schieß los.« Hajir ergriff die Fernbedienung und schaltete um. Der Fernseher war dünner als das iPhone, das Adnan mit seinem Lohn für den Auftrag in Skåne gekauft hatte.

Adnan erzählte, was geschehen war, und Hajir nickte, während er den Blick nicht von der Partie zwischen den roten Spielern von Liverpool und den blauen von Chelsea nahm. In der Halbzeitpause sagte er:

»Sacha und Miran denken, dass du sie übers Ohr gehauen hast. An ihrer Stelle würde ich das auch tun. Wegen Miran brauchst du dir keinen Kopf zu machen. Er ist zu weich. Aber es ist besser, wenn du ihn auf deiner Seite hast. Du musst den ersten Schritt machen und ihm alles erklären.«

»Aber was ist mit Sacha?«

»Du musst blechen. Du trägst die Verantwortung dafür, dass die Kohle verschwunden ist.«

»Scheiße, nein! Die Bullen haben alles genommen, verdammt noch mal! Sie wollen mich fertigmachen! Die wissen haargenau, dass meine eigenen Leute mich umlegen werden! Wir reden hier über mehr als fünf Millionen Kronen. Kapierst du das?«

Hajir zuckte mit den Achseln. »Du hast viele Feinde. Was für einen Plan hast du?«

»Keine Ahnung.«

»Haben wir Chips?«

Es dauerte eine Weile, bis Adnan kapierte, dass Hajir mit Isabella redete. Sie ging in die Küche. Sabrine knetete noch immer Adnans Rücken. Er hatte es geschafft, sich auf den Bauch zu legen, und sie hockte rittlings auf seinen Beinen. Massierte seine Schultern, den Nacken, den Po. Rutschte tiefer und machte mit seinen Oberschenkeln weiter.

»Du hast viel trainiert«, sagte sie und beugte sich über ihn. Ihre Haare kitzelten seine Wangen. Nervig wie eine Fliege.

»Kann schon sein. Da hab ich aber beim besten Willen keine Schmerzen.«

»Entspann dich, ich werde dich nicht vergewaltigen.«

»Sorry, mir tut nur der Rücken so verdammt weh.«

Er bekam ein schlechtes Gewissen. Sie war wegen ihm hergekommen. Hatte seine Klamotten dabeigehabt, die sie aufgehoben hatte, nachdem Diars Wohnung leer geräumt worden war. Adnan hatte vor dem Raub eine Zeit lang dort gewohnt, bevor er geflohen war. Sabrine war voll in Ordnung. Und sie war Diars Schwester. Dazu ziemlich hübsch. Und sie massierte ihm den Rücken.

Isabella kam mit Chips in zwei verschiedenen Schalen herein. Gab die eine Hajir und stellte die andere auf den Glastisch vor Adnan. Er nahm eine Handvoll, obwohl er eigentlich keinen Appetit hatte. Hajirs Hand wanderte fleißig zwischen Schale und Mund hin und her.

»Ich hab heute einen Brief von den Bullen bekommen.« Hajir redete, während er kaute. »Eine Vorladung zu einem Verhör, weil du mit meinem Wagen gefahren bist. Wie hieß das noch mal, Gestattung unerlaubten Fahrens oder so ähnlich.«

Adnan schluckte. »Du verarscht mich jetzt.«

»Sehe ich aus, als würde ich Witze machen?«

»Was ist denn das für eine Scheiße? Sie können dich doch nicht wegen so was drankriegen?«

»Offenbar schon.«

FUCK! Diese breitbeinige Lesbe hatte ihn abgezockt. Hatte ihn darüber ausgequetscht, wie weit er gefahren war. Wie oft er sich den Wagen lieh. Er hätte sich nie träumen lassen, dass deswegen jemand Schwierigkeiten bekommen könnte. Hajir, der alles regelte, der immer für ihn da war. Diese Scheißpolypen waren wie ein Dorn im Arsch. Sie würden ihn nie in Ruhe lassen.

»Du musst meine Strafe zahlen«, sagte Hajir. Ende der Diskussion. Das Spiel fing wieder an. Die roten und blauen Spieler rannten dem Ball hinterher. Seit wann interessierte Hajir sich für Fußball? In ihrer Kindheit hatte nur Adnan gekickt. Hajir war mit Jungs auf der Ringermatte herumgerollt. Nach und nach war er dazu übergegangen, ihnen auf die Fresse zu hauen. Thaiboxen und MMA. Darüber war auch Adnan zum Boxen gekommen. Dort hatte er seine Berufung gefunden. Besseres Training gab es nicht. Kondition, Kraft, Explosivität. Gemeinschaftsgefühl mit den anderen Kerlen im Ring. Zusammengehörigkeit.

Wenigstens war in Malmö nicht alles in die Hose gegangen. Adnan hatte alles richtig gemacht, indem er durch den U-Turn die Aufmerksamkeit der Bullen auf sich gezogen hatte. Sebbe war weitergefahren und hatte die Karre auf einem Parkplatz vor dem Hallenbad abgestellt, von wo aus der Deutsche sie weitertransportiert hatte. Der Volvo war bereits irgendwo in Europa verkauft worden, bevor die Familie in Lomma überhaupt die Augen in ihren Carpe-diem-Betten aufgeschlagen hatte.

»Mach dir deinen Feind zum Freund.« Hajir sah aus, als würde er zu den Spielern auf dem Bildschirm sprechen.

»Redest du mit mir?« Adnan blickte Hajir von der Seite an. Er musste sich mal wieder den Bart stutzen.

»Eine abgedroschene Weisheit, aber es steckt viel Wahrheit darin. Mach dir deinen Feind zum Freund.« Der Bart bewegte sich, während er redete.

»Was meinst du damit?«, fragte Adnan.

»Du schuldest Kraljevic ja auch noch einen Batzen Kohle. Das eilt. Du kannst nicht herumsitzen und darauf warten, dass er zu dir kommt. Du musst dich bei ihm einschleichen.«

Adnan lag da und überlegte, was Hajir damit sagen wollte. Sollte er bei Mr Kraljevic einbrechen? Niemals.

Hajirs Bart regte sich erneut. »Sebastian vertickt Zeug für den Jugo. Wusstest du das?«

Adnan wollte sich aufsetzen, wurde aber von einem stechenden Schmerz im Lendenbereich davon abgehalten. Er fluchte laut und sank wieder zurück. Sabrines Hände kneteten und streichelten abwechselnd.

»Nein, wir haben das letzte Mal nicht viel miteinander geredet.« Adnan dachte an den blutüberströmten Griechen. Die gebrochene Nase. Sebbes schreiende Schwester. »Und du hast nichts dagegen?«

»Solange er seine Aufträge ordentlich erledigt«, antwortete Hajir. »Der Typ ist loyal. Er könnte dir Zugang verschaffen.«

»Milorad will mir die Eier abschneiden, nicht mich einstellen.«

Hajir zuckte mit den Schultern. »Es war nur eine Idee. Muss er überhaupt wissen, wer du bist? Hilf Sebastian ein paarmal, und mach das verdammt gut. Arbeite dich von unten hoch, und mach dich unentbehrlich.«

Oder warum nicht gleich nach Railey Beach fahren und ohne Absicherung die Berge hochklettern? Die Überlebenschancen waren ähnlich gering.

»Hier kannst du so oder so nicht bleiben. Das ist dir klar …« Es klang, als wäre das bereits beschlossene Sache. Als wäre Hajirs flüchtige Idee die einzige Alternative für Adnan.

»Du kannst bei mir wohnen, wenn du möchtest. Ich hab eine Bude in Hallonbergen«, sagte Sabrine und hörte kurz auf zu kneten.

»Bestens«, meinte Hajir. »Dann machen wir das so.«

Adnans Untermiete war beendet ohne Kündigungsfrist. Was blieb ihm für eine Wahl? Sabrine hieß ihn willkommen. Er konnte nur Ja sagen.

15

Keine Ursache. Es passieren schlimmere Sachen.

Pia analysierte in einem fort, was ihr die Frau mit dem schwarzen Mantel gesagt hatte, als sie ihr den Geldbeutel zurückgegeben hatte. Hatte sie den Geldbeutel überhaupt verloren? So etwas war ihr noch nie passiert. War es ein Zufall, dass die Frau bei ihrer Gerichtsverhandlung anwesend gewesen war? Dass die Frau Bojan Jelic kannte? Pia steckte ein paar Tomaten in eine Plastiktüte und legte sie in den Einkaufswagen. Ging weiter durch die Gemüseabteilung des Ladens.

»Fahr wieder Kurven.« Gertrud stand auf dem Untergestell des Wagens und hielt sich am Griff fest. Sie sah erwartungsvoll drein.

Pia machte ein paar Kurven und steuerte auf den Salat zu.

»Mehr! Meine Mama macht immer ganze Drehungen.«

»Nein, das reicht jetzt«, sagte Pia. »Hier kaufen auch noch andere Leute ein, weißt du.«

Gertrud schob die Unterlippe vor, lief zu ihrem Vater und sprang auf dessen Einkaufswagen neben Hjalmar. Ihr Bruder schrie und versuchte, sie wegzuschubsen. Schließlich hob Björn Gertrud in den Wagen, und sie durfte zwischen den Waren sitzen. Er drehte den Wagen im Kreis, und die Kinder schrien begeistert. Pia seufzte. Bemerkte, dass die Ärmel von Björns Jacke ein wenig kurz waren. Waren sie beim Waschen eingegangen? Wie auch immer, es sah unmodern aus.

Sie überflog die Einkaufsliste und ging zu ihm. »Hast du schon Ingwer geholt?«

»Was?«

»Ingwer!« Sie hob die Stimme.

Björn nickte.

»Beruhigt euch jetzt, und steigt vom Wagen runter.« Pia bedachte Gertrud und Hjalmar mit einem strengen Blick und wandte sich an Björn. »Hier wollen noch andere Leute einkaufen. Du musst sie zügeln.«

Björn unternahm einen Versuch. »Jetzt machen wir das, was Pia gesagt hat. Unsinn können wir woanders machen, nicht im Supermarkt.«

»Es ist ja peinlich, wenn sie so einen Radau veranstalten.« Pia schaute sich um, ob jemand sich über sie aufregte. Eine Frau mit einem Kind auf dem Arm lächelte verständnisvoll. Die anderen schienen mit ihren Einkäufen beschäftigt zu sein. Pia blickte wieder auf ihre Liste. Mango, Avocado und Koriander.

Keine Ursache. Es passieren schlimmere Sachen.

Sie war sicher, den Geldbeutel wieder in die Aktentasche gesteckt zu haben. Oder war sie wirklich zerstreut gewesen und hatte ihn in die Jackentasche gesteckt?

Sie nahm zwei Mangos. Zwei kosteten zehn Kronen. Ein Netz mit Avocados und einen Topf mit Koriander.

Es war eine versteckte Drohung gewesen. Es gab keine andere Erklärung. Die Frau war ihr gefolgt. Wie lange?

Cashewnüsse, Rosinen, Brot.

Wer war die Frau eigentlich? Sie hatte jung ausgesehen, nicht älter als fünfundzwanzig. Und sie kannte Bojan Jelic, einen von Miroslav Kraljevics Männern.

Ein schleichendes Unbehagen in der Magengegend. Sie ging zum Brotregal. Überprüfte bei mehreren Sorten das Backdatum und den Anteil an Kohlehydraten und Zuckerarten. Enthielt ein Brot mehr als fünf Gramm Zucker auf einhundert Gramm, kaufte sie es nicht.

Bojan Jelic hatte das Gericht als freier Mann verlassen. Er stand noch immer unter Verdacht, ein Drogendelikt begangen zu haben, aber es war äußerst unklar, ob das im weiteren Verlauf ausreichen würde, da Bojan behauptete, er habe keine Ahnung gehabt, dass sich Drogen in seinem Wagen befunden hätten. Er habe sich das Auto nur geliehen. Und der Eigentümer, ein gewisser Mikael Pettersson, war ein Strohmann, auf den hundertvierundsiebzig Fahrzeuge angemeldet waren. Mit der Rumänin kamen sie auch nicht weiter, weil sie sich nicht mehr traute auszusagen. Und so konnte Bojan Jelic nach der Verhandlung in Seelenruhe auf die Scheelegatan hinausspazieren – Arm in Arm mit der Frau im schwarzen Mantel. Wer war sie? Gehörte sie der Organisation an?

Keine Ursache. Es passieren schlimmere Sachen.

»Entschuldigen Sie, aber Sie können Ihre Kinder nicht einfach so herumrennen lassen.« Eine Ladenmitarbeiterin in roter Schürze stand vor ihr und funkelte sie wütend an.

Pia kehrte zurück. Sie hörte spitze Schreie und sah Hjalmar und Gertrud, die am Milchregal Fangen spielten. Björn war nirgends zu sehen.

Das sind nicht meine Kinder!

»Sie haben natürlich recht, ich sage es ihnen sofort«, antwortete Pia.

Die Frau mit der roten Schürze schüttelte ärgerlich den Kopf.

Das sind nicht meine Kinder!

Blöde Kuh!

16

Das rosafarbene Holzhaus der Familie Liljedahl lag idyllisch inmitten anderer älterer, schmucker Häuser in Duvbo. Ein ruhiges Viertel mit sehr großen Grundstücken, gemessen an der Nähe zur Stockholmer Innenstadt. Die U-Bahn zu Fuß erreichbar, nur ein Katzensprung bis zum Zentrum von Sundbyberg. Amanda las die Namen auf dem Briefkasten, der an dem weißen Holzzaun befestigt war: *Johan Nina Olivia Liljedahl.* Neben Olivias Namen hing ein Aufkleber in Form eines rosafarbenen Elefanten. Er hatte sich an einer Ecke gelöst und zusammengerollt. Amanda sog die kühle Morgenluft ein und ließ sie in einem langen Seufzer wieder aus der Lunge strömen. Was wäre, wenn Greta oder Charlie sterben würden? Wie überlebte man so etwas als Elternteil? Die Tränen brannten in ihren Augen, und sie blinzelte sie weg. Sie mussten unbedingt bald etwas finden, das die Ermittlungen voranbrachte. Sie hoffte auf Johan Liljedahl. Dass es eine Erklärung dafür gab, warum er gelogen hatte, was seinen Aufenthaltsort in der Mordnacht betraf. Denn sie wollte nicht glauben, dass er an der Tragödie beteiligt war, die seine Familie ausgelöscht hatte. Crippe ging voran und öffnete das kleine Tor zu dem beschaulichen Garten. An einem Kirschbaum hing eine einsame Schaukel und bewegte sich leicht im Wind hin und her.

Johan öffnete die Haustür. Er trug eine schwarze Jogginghose und ein hellgraues T-Shirt. Seine Wangen waren eingesunken, und die Haut unter seinen Augen war bräunlich verfärbt. Er ließ sie herein, als hätte er sie erwartet, und sie setzten sich an den runden Küchentisch. Johan spielte an einem Blatt einer Zeitung herum und knickte die Ecke um. Seine Hand zitterte.

Amanda und Crippe warfen sich einen kurzen Blick zu, und Crippe nickte kaum merklich.

»Ja.« Amanda versuchte, mit Johan Augenkontakt herzustellen, aber er fummelte weiter an der Zeitung herum. »Ja, wir haben noch eine Reihe an Fragen. Es ist eine Art ergänzende Vernehmung, sind Sie damit einverstanden?«, fragte sie.

Johan faltete die Seite zusammen und blickte auf. »Es ist die erste Nacht, die ich hier verbracht habe … seit …« Er verzog das Gesicht. Ein langes Stöhnen erfüllte den Raum und mündete in ein trostloses Wimmern.

Amanda erstarrte. Sie hasste solche Situationen. Wusste nicht, wie sie reagieren sollte. Wieder stiegen ihr Tränen in die Augen. Sie wischte sich mit dem Handrücken über die Wangen und fuhr mit dem Zeigefinger unter den Augen entlang. Hoffte, dass ihre Mascara nicht verlaufen war. Als Johans Schluchzen nachließ, unternahm sie einen neuen Versuch.

»Wir müssen …« Sie räusperte sich, um den Kloß im Hals loszuwerden.

Crippe sprang ihr bei. »Wir möchten, dass Sie uns erzählen, was Sie in Gävle gemacht haben, wann Sie dort ein- und ausgecheckt sind und so weiter.«

Johan schüttelte den Kopf und stieß hervor: »Ich habe sie geliebt. Wirklich. Aber ich gebe es zu. Ich habe an diesem Abend eine andere Frau getroffen. Mir ist klar, dass Sie darauf hinauswollen. Aber ich hätte Nina niemals etwas angetan. Oder Olivia! Um Himmels willen!« Er schlug die Hände vors Gesicht, und das Schluchzen setzte wieder ein. Amanda und Crippe warteten geduldig. Dann erzählte Johan von der anderen Frau, die er in den vergangenen sechs Monaten dreimal getroffen hatte. Sie hatten sich bei einer Konferenz kennengelernt, und er hatte der Versuchung nachgegeben. Aber er liebte Nina. Hätte ihr niemals etwas angetan.

Amanda fragte sich, ob Johan von einem anderen Planeten stammte. Hätte ihr nie etwas angetan. Vielleicht nicht physisch. Zugleich tat er ihr leid. Klar, er war untreu gewesen und das Risiko eingegangen, seiner Familie zu schaden. Jetzt hatte er alles verloren.

»Übrigens, ich muss schnell etwas holen.« Johan stand auf und verließ die Küche.

»Er holt doch wohl keine Waffe, oder?«, flüsterte Amanda Crippe zu. Sie schob ihre Hand unter die Jacke und legte sie auf die Pistole. In erster Linie, um sich zu vergewissern, dass sie da war. Crippe wirkte noch nervöser und stellte sich neben den Kühlschrank, sodass sie sich in einer diagonalen Linie zueinander befanden. Dadurch war es für einen Täter schwierig, auf beide zu feuern.

Johan kam mit einem kleinen Bild in der Hand zurück. Er sah zu Crippe, der so tat, als würde er sich strecken.

»Das habe ich gestern gefunden. Unter Olivias Spielsachen.« Johan hielt ihnen das Bild hin.

Amanda las die Worte immer wieder. Musterte das weiße Tuch an dem Holzrahmen. Die blauen Buchstaben, die mit einem Pinsel geschrieben waren. *Verlierst du erst einen, dann bleibt dir niemand mehr.*

»Ich habe es noch nie zuvor gesehen, und Olivia hat das ganz bestimmt nicht geschrieben.« Johan lehnte das Bild gegen einen Blumentopf auf dem Tisch. »Sie könnten es zwar im Kindergarten gebastelt haben, aber so etwas hätten sie doch sicher nicht draufgeschrieben, oder?«

Amanda schüttelte den Kopf. Nein, das hätten sie nicht.

Jemand hatte eine Botschaft hinterlassen.

Als sie zurück zur Wache kamen, ging Crippe als Erstes auf die Toilette. Amanda nutzte die Gelegenheit und lief in den sechsten Stock hoch. Dort saßen die Drogenfahnder. Fredrik war da, wie sie gehofft hatte. Er saß auf seinem Bürostuhl, die Beine auf dem Schreibtisch, und las etwas auf dem Computerbildschirm.

»Du, eine Frage wegen dem Kerl, den ihr gestern geschnappt habt. Habt ihr schon Ergebnisse von dem Test?«, fragte ihn Amanda.

Fredrik zuckte zusammen. Er sah ähnlich mitgenommen aus wie Johan Liljedahl, klang aber bedeutend wacher. »Nur eine Schnellanalyse. Wie vermutet handelt es sich hauptsächlich um MDPV.«

»Nichts anderes? Kein Kortison?«

Fredrik schüttelte den Kopf. »Offenbar nicht, aber das hatten wir auch nicht vermutet.«

»Stimmt, aber es ist gut zu wissen.« Sie setzte sich auf die Schreibtischkante. »Habt ihr ihn vernommen?«

»Jepp. Und er sagt natürlich keinen Ton. Er hat das Zeug angeblich von einem Unbekannten auf der Straße gekauft, mehr haben wir nicht. Aber er schien das Ganze wirklich zu bereuen. Ich glaube nicht, dass er es noch einmal ausprobiert.«

»Das ist ja wenigstens etwas Positives. Was wisst ihr eigentlich über diese Droge? Die scheint ja lebensgefährlich zu sein.«

»Alles, was mit MD anfängt, ist schlimm.« Fredrik hackte auf die Tastatur ein, während er sprach. »Dieses Zeug löst ein Feuerwerk im Kopf aus, das die Leute kaputt macht. Sie kriegen Halluzinationen, mit denen sie nicht umgehen können. Einmal ist ein Junge aus dem Fenster gesprungen, als seine Mutter ins Zimmer kam, aus dem siebten Stock.«

»Aber wie kann es sein, dass sie es nehmen, wenn es so gefährlich ist?«

Fredrik wiegte den Kopf hin und her, als wollte er den Nacken entspannen. »Es ist billig, das ist die einzige Erklärung. Ein Gramm kostet tausend Kronen auf der Straße. Und für einen Rausch reichen 0,02 Gramm aus. Außerdem kommt man leicht ran, viel wird übers Internet verkauft.«

»Wer nimmt das Zeug?«, fragte Amanda.

»Alle. War die Alte in deinem Fall nicht sogar Rentnerin?«

»Wir haben den Verdacht, dass sie unfreiwillig unter Drogen gesetzt worden ist.«

»Hm, scheint denkbar. Aber sonst geht in Schweden alles zum Teufel.« Er nahm die Beine vom Schreibtisch, ging zum Drucker und holte ein Blatt Papier heraus. »Es wird immer gängiger unter Junkies und ersetzt nach und nach Amphetamine und Heroin. Auch Jugendliche probieren es inzwischen leider aus. Sie nennen es Badesalz. Ist vielleicht gut zu wissen für dich, falls du es mal aufschnappst.«

»Badesalz?«

»Es sind weiße Kristalle, die aussehen wie Badesalz. Wenn du es dir mal ansehen willst, musst du kurz mit runterkommen. Ich wollte sowieso beim Chef vorbeischauen.«

»Klar. Habt ihr es dem Kerl gestern abgenommen?«

»Ja, er hatte 0,1 Gramm bei sich, das reicht also ungefähr für fünfmal. Zum Glück hatte er sich ein bisschen was aufgehoben.« Er blinzelte ihr zu.

Sie fuhren mit dem Aufzug ins Erdgeschoss und gingen einen Flur entlang, dessen Fenster zur Straße zeigten. Fredriks Wissen war unerschöpflich.

»Die Droge wird auch Cloud Nine, Ivory Wave, Bliss, White Lightning oder Hurricane Charlie genannt«, fuhr er fort. »Die Bezeichnung ändert sich je nach Zusammensetzung. Badesalz ist ein Sammelbegriff. Es ist eine Designerdroge, die in Untergrundlabors in verschiedenen Teilen der Welt hergestellt wird. Sobald ein Bestandteil als Narkotikum klassifiziert wird, tauschen sie es gegen ein anderes aus, um die Gesetzgebung zu umschiffen. Deshalb sind die Wirkungen für jemanden, der eine neue Sendung austestet, auch nicht einzuschätzen.«

Amanda musste schneller gehen, um mit Fredrik Schritt halten zu können. Sie eilten durch die Passabteilung, vorbei an den Damen am Empfang. Amanda lächelte, als sie feststellte, dass die jungen Frauen keine eigenen Klamotten mehr trugen. Sie hatten dunkelblaue Hemden bekommen, die denen der Polizisten glichen, nur ohne Schulterklappen. Viele Kolleginnen hatten darüber geklagt, dass die jungen Damen mit ihren eng anliegenden Oberteilen den reinsten Catwalk veranstalteten. Höchst unpassend! Und die Leitung hatte gemerkt, dass zahlreiche männliche Kollegen viele Arbeitsstunden vergeudeten, weil sie sich aus unerfindlichen Gründen am Empfang aufhielten.

Auf dem Chefstuhl saß Bengt Tyrman und brummte ein »Hallo«, als sie hereinkamen. Fredrik erklärte, dass er Amanda die Droge zur Veranschaulichung zeigen wolle, und Tyrman winkte zustimmend. Er hatte wichtigere Dinge zu erledigen. Das Scheißtelefon hörte nicht auf zu klingeln.

Der Stuhl des stellvertretenden Chefs war leer. Umso besser für Amanda. Ein Augenpaar weniger, das mitbekam, was sie vorhatte.

Fredrik gab den Code des kleinen Safes ein, in dem die wichtigen Schlüssel aufbewahrt wurden. Dann ging er zum Drogenschrank und holte eine kleine Tüte hervor, die er Amanda reichte. Es war, wie er gesagt hatte: Das Zeug sah aus wie Badesalz. Kleine weiße Kristalle. 0,1 Gramm. Das reichte für fünfmal. Sie wog die Tüte in der Hand. Überlegte. Nachdem Tyrman den Hörer aufgelegt hatte, hörte Amanda, dass er und Fredrik einen Fall diskutierten. Als sie sich umblickte, entdeckte sie Tobbe im Flur vor dem Raum für Teambesprechungen und winkte ihm zu. Sie hatten ein paar Jahre zuvor zusammen in einer Sondergruppe gearbeitet. Er strahlte, als er sie sah, und sie ging zu ihm. Stopfte die kleine Tüte in die Hosentasche. Sie umarmten sich, und Tobbe erzählte ihr, dass er die Nase voll von Streifenwagen hatte. Die ständigen Überstunden und Schichtwechsel zehrten an seinem Privatleben. Amanda hätte gern länger mit ihm geplaudert, aber sie hatte Wichtigeres zu tun. Sie entschuldigte sich und ging aufs Damenklo. Entfaltete eine Serviette auf dem Deckel der Toilette, fischte die kleine Tüte hervor und schüttete einen Teil des Inhalts auf die Serviette. Wickelte das Pulver ein und steckte das Ganze in die Hosentasche. Dann spülte sie ab und kontrollierte den Deckel. Wäre peinlich, wenn jemand Spuren auf der Toilette entdeckte. Sie ging wieder zu Tobbe, und sie redeten noch eine Weile über die schwierigen Arbeitsbedingungen bei der Polizei. Sie wog die kleine Tüte erneut in der Hand. Es war kein Unterschied zu spüren. Aus den Augenwinkeln sah sie, dass Fredrik zu ihnen herüberkam.

»Ach ja, das hier hätte ich fast vergessen.« Amanda reichte ihm die Tüte.

Er grinste. »Damit erwischt zu werden ist kein Spaß.«

Amanda lächelte und schaute ihm nach, als er wieder zum Drogenschrank ging. Er schien nichts gemerkt zu haben, und sie atmete innerlich auf. Sie verabschiedete sich von Tobbe. Dann ging sie in den Hinterhof hinaus und lehnte sich gegen eine Ziegelwand, die von der Frühlingssonne gewärmt wurde. Holte ihr Handy hervor und rief Vicky an.

»Kannst du mir einen Gefallen tun?«, fragte sie.

»Das kommt drauf an.« Vicky hatte gelernt, nicht sofort Ja zu sagen. Aus guten Gründen.

»Diese Freundin von dir, Caroline. Sie ist doch Ärztin, oder?«

»Ja«, antwortete Vicky mit Zweifel in der Stimme.

»Kannst du sie fragen, ob sie ein Rezept für Kortison ausstellen kann?«

»Warum? Geht es dir nicht gut?«

»Doch, doch. Ich erkläre dir das später, aber es ist wichtig.«

»Was hast du denn jetzt wieder vor?«

»Kriegst du das hin oder nicht?«

Stille. Amanda trommelte mit dem Fuß auf den Asphalt.

»Wenn du mir versprichst«, antwortete Vicky schließlich, »dass du mich nicht wieder in irgendeinen Mist hineinziehst.«

Amanda versprach es.

17

Erst hörte er die Stimmen nur aus der Ferne. Mädchen, die kicherten. Es fiel ihm schwer, sich zu orientieren. Er wusste nicht, wo er war. Dann kam das Lachen näher. Stille. Jemand klopfte. Adnans Augenlider waren schwer, und er musste kämpfen, um sie aufzubekommen. Er blinzelte. Auf einer Seite klebten die Wimpern fest. Die Tür wurde langsam geöffnet, und Isabella steckte den Kopf herein.

»Sabrine ist da.«

Adnan zog die Decke über sich. Zum Glück hatte er eine Unterhose an. »Wie viel Uhr ist es?«

»Gleich halb zwölf.« Isabella machte einen Schritt ins Zimmer, und Sabrine folgte ihr. »Ihr könnt unser Auto leihen. Du hast ja kaum Sachen, das geht schnell.«

»Was?!« Er stützte sich auf die Ellbogen. »Soll ich jetzt umziehen?«

»Sabrine hat es dir ja angeboten, dann machen wir das doch.« Sah Isabella nicht ungewöhnlich fröhlich aus? Adnan kapierte. Die Gastfreundschaft war damit beendet. Er seufzte, warf die Decke beiseite und stand auf. Ein stechender Schmerz durchzuckte ihn im Rücken. Verdammt? Er krümmte sich zusammen und plumpste zurück aufs Bett.

»Hast du immer noch Schmerzen?« Sabrine kam zu ihm und legte ihm die Hand auf die Schulter. »Ich kann dich wieder ein bisschen massieren.«

»Nein, ist schon okay.« Er stöhnte. Das tat höllisch weh. Aber er hatte keine Lust auf eine Massage.

Isabella sagte, sie müsse nach den Kindern sehen, und ging hinaus. Adnan richtete sich wieder auf, langsam diesmal, und rieb sich den Rücken.

»Shit, hast du viele Tattoos.« Sabrine starrte ihn unverhohlen an.

Er brummte. Nahm seine Jeans.

»Das hier ist richtig cool.« Sie deutete auf einen schwarzen Drachen auf seinem Brustkorb.

Scheiße! Wollte sie die ganze Zeit dastehen und ihn anstieren?! Er biss die Zähne zusammen, während er die Hose anzog und zuknöpfte.

»Ich habe auch ein Tattoo. Weißt du, was für eins?«

Er schüttelte den Kopf. Zog sein T-Shirt über. Roch unter der Achsel. Puh. Zog es wieder aus.

»Ein Schmetterling. Total süß. Du kannst später danach suchen.«

Er versuchte zu lächeln. Wollte nicht unhöflich sein. »Ich hole mir nur einen neuen Pullover.«

Anderthalb Stunden später betraten sie Sabrines Wohnung in Hallonbergen. Er blickte sich um. Ein schwarzes Ecksofa aus Leder. Das kannte er. Es hatte Diar gehört, und Adnan hatte viele Male darauf gesessen. Scheiße, Diar! Warum hast du dich abknallen lassen? Noch dazu direkt vor meinen Augen.

Sabrine schien Gedanken lesen zu können. »Ich fand, dass es gut hierhin passt.«

Er nickte. Schaute sich weiter um. Ein Sofatisch aus Glas. Fernseher an einer Wand. Ein paar Pflanzen. Die Küche war eher ein schmaler Gang mit einer Anrichte und einem Herd auf der einen Seite und einem Kühlschrank auf der anderen. Er ging zum Fenster und lugte durch die Gardinen. Eine Bushaltestelle vorm Haus, und ein Stück entfernt befand sich die U-Bahn. Immerhin lag die Wohnung günstig.

»Wo soll ich schlafen?«, fragte er.

Sabrine sah erstaunt aus. »Ich habe ein Doppelbett. Komm, ich zeig's dir.« Sie ging ins Schlafzimmer. Das Bett erschien ihm klein. Höchstens eins vierzig breit. Weißer Bezug und schwarze Kissen.

»Ich habe den Kleiderschrank dort leer gemacht, da kannst du deine Sachen reintun.« Sie zeigte darauf.

Er nickte. »Cool.«

Adnan lehnte den Kopf gegen die Nackenstütze, während Sebbe den weißen Lieferwagen lenkte. Oder den Firmenwagen, wie Hajir dazu sagte. Im Lastraum lagen Teile eines Ferrari und eines Bentley. Sebbe hatte gezeigt, was er draufhatte, und die Alarmanlagen der Wagen mit einem Störsender außer Gefecht gesetzt. In weniger als einer Stunde hatte er Reifen, Sitze und Motorteile ausgebaut. Adnan schaute fast nur zu. Lernte. Schleppte die Teile zum Firmenwagen.

Lidingö verschwand im Rückspiegel. Kaum Verkehr um diese Tageszeit. Fast nur Postboten und Bullen auf der Straße. Sie waren unterwegs nach Årsta, wo Hajir eines der Lager seines Unternehmens hatte. Sie würden alles abladen, und am nächsten Tag würde jemand kommen und die Teile in eine Werkstatt in Litauen bringen. Dort wurden die Autos zusammengebaut. Die neuen Luxuskarossen. Kaputte Karren aus den USA wurden dort hingeschafft. Ein bisschen repariert. Aufgemotzt. Als neu registriert. An blauäugige Reiche verkauft.

Hajir wusste wirklich, wie man sich eine goldene Nase verdiente.

»Du hast also eine Braut aufgegabelt.« Keine Frage, eine Feststellung von Sebbe.

»Nein, Mann. Ich wohne nur eine Weile dort. Bis ich was Eigenes gefunden habe.«

Sebbe blickte ihn an und schaute dann wieder auf die Straße. »Ihr fickt nicht?«

»Scheiße, Mann, sie ist die Schwester eines Kumpels.«

»Und?«

»Sie ist auch für mich so etwas wie eine Schwester. Und ich bin heute erst eingezogen, also lass das.«

Sebbe schüttelte den Kopf. »Sie ist doch ziemlich hübsch.«

Sabrine war mit nach unten gekommen und hatte Sebbe begrüßt, als dieser Adnan vor dem Haus abgeholt hatte. Adnan kapierte nicht, warum. Ihm war das total peinlich. Bloß gut, dass er einen Auftrag für diese Nacht bekommen hatte. So musste er nicht zu ihr unter die Decke kriechen. Er hatte sich stattdessen kurz aufs Sofa gelegt und zwischen den Sendern hin und her gezappt.

»Ich hab gehört, dass du einiges für die Serben vertickst.« Adnan kam direkt zur Sache. Kein Drumherumgerede.

Sebbe sagte nichts. Blieb an einer roten Ampel stehen. Fuhr los, als sie auf Grün schaltete. »Wieso?«

»Ich brauch Kohle. Mehr als das, was Hajir mir bieten kann. Ich will mir eine eigene Wohnung kaufen. Verstehst du?«

»Warum sollte dich Kraljevic wieder aufnehmen? Du hast es ja schon mal vermasselt. Wie viel schuldest du ihm eigentlich noch?«

»Genau deswegen. Ich will meine Schulden zurückzahlen. Er muss ja erst einmal nichts davon wissen. Ich kann dir helfen, zehnmal so viel zu verticken wie bisher. Das wird den Jugo beeindrucken, und wenn es passt, gebe ich mich zu erkennen.«

»Wieso solltest du mehr verkaufen als ich?« Sebbe klang neugierig. Ein gutes Zeichen.

»Ich hab meine Kontakte.«

Sebbe schnaubte. »Du warst eine halbe Ewigkeit nicht mehr hier.«

Das stimmte. Adnan hatte keinen Schimmer, wie der Markt im Moment aussah. Aber wie sehr konnte der sich schon verändert haben? Stoff war Stoff. Man musste ihn in Portionen aufteilen und verticken. Er hatte das schon einmal gemacht. War verdammt gut gelaufen. Bis alles in die Hose ging.

»Ich weiß, wovon ich rede. Innerhalb einer Woche verzehnfachen wir den Umsatz.«

Sebbe bremste und fuhr um einen Igel herum, der über die Straße lief. Seltsamerweise genau an einem Zebrastreifen. »Warum nicht.«

18

Ihr Herz pochte. Sie war aufgeregt. Seltsam berauscht, als hätte sie zu viel Koffein zu sich genommen. Pia blickte zum hundertsten Mal auf die Uhr. Zehn vor neun. Bald würde sie da sein. Amanda Paller. Pia hatte eine Besprechung mit ihr und Christian Nilsson anberaumt, um den Stand der Dinge im Fall der Kannibalenmorde zu erörtern. Es war an der Zeit, Amanda wieder gegenüberzutreten.

Schnell ging sie noch auf die Toilette. Rückte die Haarklammer zurecht, mit der sie ihre Haare zu einem einfachen Zopf zusammengesteckt hatte. Zupfte an ihrem Rock, der ein Stück nach oben gerutscht war. Als sie zu ihrem Büro zurückkam, standen die beiden bereits davor und schauten sich um. Amanda in einer engen Jeans und einem langärmligen Hemd. Christian in einer locker sitzenden Jeans und einem schwarzen Pullover.

Ihr Puls raste. Pia ging auf sie zu. Aber Thomas war schneller. Er gab ihnen die Hand und begrüßte sie. Fragte, ob sie einen Kaffee wollten. Pia zupfte wieder an ihrem Rock. Amanda erblickte sie im selben Moment und lächelte freundlich.

»Hallo, Pia, wir haben uns lange nicht gesehen«, sagte sie und streckte ihr die Hand hin.

Pias Hand fühlte sich wie ein toter Fisch in Amandas festem Griff an. Christian und Pia begrüßten sich ebenfalls, aber sie merkte sich nicht, was er sagte. Nur, dass ihre Hand knackte. Sie fuhr sich mit der Zunge über die Schneidezähne und hoffte, dass der Lippenstift nicht abgefärbt hatte. Dann setzte sie sich an ihren Schreibtisch. Schob ziellos ein paar Blätter hin und her. Amanda und Christian folgten ihr ins Zimmer.

»Ach ja, der Kaffee.« Pia wollte sich schon wieder erheben, als Amanda sagte: »Thomas macht schon welchen.«

Pia setzte sich wieder. Um irgendetwas zu sagen, fragte sie, ob sie schon einmal hier gewesen seien und sich umsehen wollten. Sie antworteten, dass das nicht nötig sei.

»Wir arbeiten da an einem höchst merkwürdigen Fall«, sagte Pia und versuchte, ruhig zu klingen.

Christian beugte sich vor. »Ja, zwei Morde, bei denen die Kannibalendroge der gemeinsame Nenner ist.«

»Und wir sind mehr und mehr davon überzeugt, dass die Frauen unter Drogen gesetzt wurden«, sagte Amanda.

Pia schluckte. »Ja, Christian hat mir von dieser Vermutung berichtet. Habt ihr bei Maj-Britt eine Hausdurchsuchung durchgeführt, wie ich angeordnet habe?«

Amanda schüttelte den Kopf. »Noch nicht. Wir wollten gleich nach dieser Besprechung hinfahren.«

»Gut. Wir werden sehen, was dabei herauskommt. Wenn es so ist, wie wir vermuten, müssen wir so bald wie möglich Beweise finden, die ihre Unschuld beweisen. Es ist nicht schön, wenn wir das Opfer eines Verbrechens einsperren.«

»Sehr wahrscheinlich ist es leider so.« Amanda berichtete von dem Mann, den die Drogenfahnder erwischt hatten. »Wir haben die ersten Ergebnisse der Analyse, und er hatte nur MDPV im Blut, kein Kortison wie Maj-Britt und Nina. Und das ist die einzige Gemeinsamkeit, die wir zwischen ihnen entdeckt haben.«

»Ja, viel ist das nicht. Habt ihr nichts Interessantes bei der Untersuchung der Telefone und Computer gefunden?«

»Nein, wir konnten alle Telefongespräche zurückverfolgen, und in den Computern haben wir auch nichts entdeckt. Kein

Kontakt zwischen den beiden. Sie haben auch nicht nach Drogen gegoogelt. Nichts.«

»Und die Kontobewegungen?«

Amanda zuckte mit den Achseln. »Beide haben manchmal Bargeld abgehoben, aber das deutet ja noch lange nicht darauf hin, dass sie damit Stoff gekauft haben.«

Thomas kam mit vier Tassen auf einem Tablett herein. Ein wenig Kaffee war übergeschwappt, und er entschuldigte sich. Dann eilte er noch einmal hinaus und holte ein Tuch und einen Stuhl, den er neben Pia stellte. Hatte sie sich nicht deutlich genug ausgedrückt, dass dies ihr Fall war? Sie kniff die Lippen zusammen. Wollte vor Amanda und Christian keinen Streit beginnen.

»Die Sondergruppe ist an Kraljevic und der MDPV-Spur dran, aber das gestaltet sich schwierig«, sagte Christian. »Und die Einführung der Droge ist eigentlich wieder ein ganz eigenes Problem. Der, den wir suchen, verwendet die Droge als Mordwaffe. Das kann jeder sein.«

»Aber diese Person muss trotzdem relativ einfach an das Zeug kommen«, sagte Pia.

»So schwer ist das nicht«, meldete Thomas sich zu Wort. »Im Netz wird es inzwischen ganz offen angeboten, und Taxifahrer agieren manchmal als Kuriere.«

Christian nickte. »In der Tat.«

Sie diskutierten weiter, und Pia bat sie, sofort nach der Hausdurchsuchung bei Maj-Britt Åkervall einen Bericht zu liefern. Sie wies die beiden zudem an, Maj-Britt und die Angehörigen des Opfers noch einmal zu vernehmen. Sie mussten mehr Parallelen zwischen den Morden finden. Einen Zusammenhang. Thomas versuchte, kluge Kommentare einzuwerfen, und stellte Fragen zu den Handys, worüber sie anfangs schon gesprochen hatten. Beim nächsten Mal würde sie zusehen, dass er nicht in der Nähe war, wenn sie einen Fall besprachen, mit dem er nichts zu tun hatte. Sie schielte zu Amanda hinüber. Beobachtete ihr Mienenspiel, während sie sprach. Selbst in alltäglicher Kleidung war sie hübsch. Das Haar hatte sie zu einem nachlässigen Pferdeschwanz hochgesteckt. Pia verstand, was Magnus an ihr gefunden hatte. Aber die wichtigste Frage blieb weiterhin offen: Was hatte Amanda in Magnus gesehen? Sie war fünfzehn Jahre jünger als er und schien eher erpicht darauf, mit Pia in Kontakt zu sein als mit Magnus. Schon öfter hatte Pia sich den Kopf darüber zerbrochen, und ein Gedanke kam immer wieder. Amanda war auf etwas anderes aus gewesen als nur auf einen Flirt mit einem verheirateten Mann. Etwas, das sich tief in ihrer Seele verbarg. Aber was?

19

Amanda war wieder Elin. Wurde auch Zeit. Josefin hatte sich endlich gemeldet und Amanda gebeten, in den Schönheitssalon zu kommen. Als Dankeschön für ihre Hilfe bekam sie umsonst eine Behandlung.

Elsa stellte sich wieder als Babysitterin zur Verfügung. Was würde sie nur ohne ihre wunderbare Nachbarin tun? Elsa hatte sie schon viele Male gerettet, wenn sie Überstunden machen oder abends und am Wochenende lange arbeiten musste. Es war hart als alleinerziehende Mutter. Kitas mit Öffnungszeiten, die sich nach Leuten richteten, die Schicht arbeiteten, waren eine Seltenheit.

Das Kosmetikstudio lag am Mariatorget in Södermalm. Nach der Arbeit fuhr Amanda mit der U-Bahn dort hin. Zuvor jedoch machte sie einen Abstecher ins Einkaufszentrum von Solna, um eine schicke Bluse zu kaufen. Sie wollte nicht mit einem ausgeleierten Hemd antanzen, das sie den ganzen Tag angehabt hatte.

Josefin trug eine weiße Hose und ein weißes Hemd, sie sah darin sehr professionell aus. Diese Wirkung wurde jedoch durch das starke Make-up und die unnatürlich aufgepolsterten Lippen wieder zunichtegemacht. Amanda fand es merkwürdig, dass eine Schönheitsspezialistin ihr eigenes Aussehen so verunstaltete.

»Es muss unheimlich spannend sein, als Stewardess zu arbeiten.« Josefin saß hinter Amanda und massierte ihr das Gesicht mit einer Creme, die stark, aber angenehm roch. Amanda spürte, wie gut ihre Haut durchblutet wurde, und entspannte sich. Sie murmelte ein Ja und schloss die Augen, während sie weiter über Amandas Job sprachen.

»Wie lange hast du den Salon schon?«, fragte Amanda schließlich, um nicht auf noch mehr Fragen antworten zu müssen, bei denen sie sich irgendwann verzetteln würde.

»Fünf Jahre ungefähr. Aber langsam habe ich die Nase voll vom Selbstständigsein. Es kostet so viel Zeit, und Jovan und ich wollen bald ein Kind. Eigentlich kommen wir mit seinem Einkommen aus.«

»Dann läuft es gut bei ihm? Er ist Unternehmer, oder?«, fragte Amanda.

»Ja, er arbeitet fast rund um die Uhr. Ich könnte den Salon nie im Leben weiterführen, wenn wir Kinder kriegen.« Josefin wischte die Creme in Amandas Gesicht mit einem warmen, feuchten Handtuch weg.

»Aber willst du wirklich von einem Mann abhängig sein? Ich weiß ja nichts über eure Beziehung und so, aber stell dir vor, er verlässt dich eines Tages. Dann stehst du mit nichts da.«

Josefin lachte. »Du bist lustig. Es ist doch super, wenn ein Mann sich um einen kümmert. Du solltest auch jemanden kennenlernen. Weißt du, Jovan wird bald vierzig, da lade ich dich ein.«

Josefin wollte sie wieder Jovans lieben Freunden vorstellen. Wie viel wusste Josefin eigentlich? Hatte sie keine Ahnung von Jovans Drogengeschäften, oder war sie selbst darin verwickelt? Wahrscheinlich. In diesen Kreisen verbarg man nicht, dass man ein Freund von Milorad Kraljevic war. Das bedeutete einen gewissen Status.

Amanda bekam nicht nur eine Gesichtsbehandlung, sondern Josefin färbte ihr auch die Augenbrauen, schminkte sie und verpasste ihr Gelnägel, die angeblich drei Wochen lang hielten.

Als Amanda doch bezahlen wollte, lehnte Josefin ab. Sie war einfach nur dankbar, dass Amanda ihr geholfen hatte, und fand es unglaublich spannend, eine neue Freundin getroffen zu haben, die so anders dachte.

»Wie heißt du eigentlich noch außer Elin? Bist du auf Facebook?«, fragte Josefin.

Amanda schüttelte den Kopf. »Ich bin eine der wenigen, die dort kein Profil haben. Ich heiße Dahlström. Muss mir wohl bald mal eine solche Seite einrichten.«

»Auf jeden Fall.«

Als Amanda hinausging, verfluchte sie sich, weil sie ihren alten Nachnamen gesagt hatte. Sie hatte sich in Paller umbenannt, bevor sie sich bei der Polizei beworben hatte. Aber Dahlström war der erste Name gewesen, der ihr eingefallen war. Josefin hatte sie mit dieser Frage überrumpelt. Schlechte Vorbereitung.

»Ich bin in diesem Jahr noch nicht hier gewesen, wir müssen also ein paar Sachen erledigen. Du kannst am besten gleich mal die Betten beziehen.« Als Vicky die Tür der kleinen Hütte öffnete, schlug ihnen stickige Luft entgegen.

Amanda hatte vorgeschlagen, dass sie zu Vickys Ferienhaus fahren und dort eine Nacht verbringen könnten. Nur sie beide, ein bisschen Wein trinken und quatschen. Vicky mietete das Häuschen für ein paar Tausend Kronen im Jahr von der Bekannten einer Bekannten. Es lag idyllisch am Wasser und nur eine Stunde von der Stadt entfernt. Weniger angenehm allerdings war, dass man über eine Kuhweide gehen musste, um dort hinzugelangen, und dass es nur ein Plumpsklo im Freien gab. Zum Glück weideten heute keine Kühe.

Amanda packte das Essen aus, das sie unterwegs gekauft hatten, und öffnete sämtliche Fenster, um frische Luft hereinzulassen. Die Hütte war ungefähr fünfundzwanzig Quadratmeter groß. Es gab eine Küchennische auf der einen Seite mit einem kleinen Kühlschrank mit Gefrierfach, einem Gasofen und einer niedrigen Anrichte, und ein Etagenbett auf der anderen Seite, dazwischen stand ein geblümtes Sofa mit einem kleinen Tisch.

»Wäre es nicht besser, ein Sofabett hier reinzustellen?«, fragte Amanda, als Vicky von der Toilette zurückkam, wo sie eine Rolle Klopapier hingestellt hatte.

»Ja, ich wollte es schon längst schöner einrichten, aber ich hab es noch nicht geschafft.«

»Sag einfach Bescheid, ich helfe dir gern. Willst du ein Glas Rosé?«

Amanda goss zwei Gläser voll, und sie setzten sich auf die Holzveranda, auf die die Sonne schien. Sie krempelte die Hose hoch, um ein wenig Farbe an den Beinen zu bekommen. Genoss die Ruhe hier draußen, nur sie und Vicky. Keine Kinder, die um Aufmerksamkeit buhlten, solche Momente gab es nicht häufig. Die Zwillinge bedeuteten ihr alles, aber sie machten auch doppelte Arbeit. Sie schloss die Augen und hörte, wie ein Stück entfernt ein Bach gluckerte.

Vicky erzählte von einem Typen, mit dem sie seit ein paar Wochen etwas hatte, aber etwas wirklich Ernsthaftes schien es nicht zu sein. Manchmal ging er nicht ran, wenn sie ihn anrief, und er wollte sich immer nur bei ihr treffen. Das war typisch Vicky; sie wusste sehr wohl, wie es sich verhielt, verdrängte es aber und redete sich ein, dass es an etwas anderem lag. Sie war eigentlich eine kluge Frau, wollte aber so gern jemanden kennenlernen und eine Familie gründen, dass sie die Augen vor dem Offensichtlichen verschloss. Amanda hatte einen derartigen Stress nie gehabt. Vielleicht, weil sie relativ jung schon Kinder bekommen hatte. Und ein Mann wäre ihr im Moment nur im Wege gewesen.

»Du, ich hab ja versprochen, dich in nichts hineinzuziehen«, setzte Amanda an. »Und das habe ich auch echt nicht vor. Alles geschieht auf meine Verantwortung hin …«

Vicky verdrehte die Augen. »Mir war völlig klar, dass du etwas ausheckst. Ich kenne dich inzwischen ziemlich gut. Und ich muss zugeben, dass ich eine Weile gezögert habe, bis ich diese Tabletten besorgt habe. Was hast du damit vor? Du bist doch nicht krank, oder?«

Amanda sagte nichts, schüttelte nur den Kopf. Vicky ließ vernehmlich die Luft aus ihrer Lunge entweichen und redete dann weiter, um ihre Nervosität zu bekämpfen.

»Mir gefällt meine Arbeit, im Moment läuft es gut bei mir. Aber so viel Spaß wie zu der Zeit, als wir zusammen in einem Team waren, macht es mir nicht. Was du damals mit Niklas gemacht hast zum Beispiel.« Vicky goss noch mehr Wein in Amandas Glas und verschüttete dabei ein wenig. »Bei dir passiert immer etwas, und ich habe die Schnauze voll von all diesen Paragrafenreitern, die auf den Chefposten hocken und uns daran hindern, die Ganoven dingfest zu machen.«

Amanda nickte. Hatte Vicky vorhin ihr eigenes Glas auch nachgefüllt, ohne dass sie es bemerkt hatte? »Ich habe Badesalz dabei und wollte es austesten.«

Vickys Hand zitterte, als sie den nächsten Schluck nahm. »Und wie soll ich dabei nicht mit reingezogen werden?«, fragte sie.

»Vielleicht wirst du indirekt mit reingezogen. Aber das geht auf meine Kappe, falls es aus irgendeinem Grund rauskommen sollte.«

Vicky wirkte schockiert, auch wenn sie offenbar geahnt hatte, dass ihre Freundin keinen ruhigen Abend im Ferienhaus verbringen wollte. Amanda erzählte, wie sie an die Droge gekommen war, und verteidigte ihr Verhalten. Eine Bagatelle, meinte sie. Sollten sie herausfinden, wie die Droge wirkte, auch in Kombination mit Kortison, könnte das zu einem Durchbruch in den Ermittlungen führen. Das sei das Risiko wert.

»Aber hey!« Vicky stellte das Glas mit einem Knall ab. »Soll ich dabei sein, wenn du zur Kannibalin mutierst? Du isst mich vielleicht auf!«

»Ich hab ein paar Sachen zum Schutz dabei.«

»Und was? Es gibt hier doch Messer und alles! Das müssen wir wegräumen!«

»Beruhige dich. Wir ziehen das in geordneter Form durch. Ich werde mit Handschellen gefesselt sein. Und für den schlimmsten Fall hab ich Pfefferspray dabei.« Amanda erwähnte die Sig Sauer nicht, die in ihrem Rucksack lag.

»Oh Gott. Oh Gott. Oh Gott«, murmelte Vicky vor sich hin, und Amanda ließ ihr Zeit, um nachzudenken. Schließlich sah Vicky auf und sagte: »Dass du dich das traust. Denkst du nicht an deine Kinder?«

Ein bohrendes Gefühl in der Brust. »Die ganze Zeit. Stell dir vor, Kraljevic findet heraus, dass ich Kinder habe.« Mehr sagte sie nicht. Vicky begriff es trotzdem. Sie war die Einzige, die Bescheid wusste.

20

Nach ein paar Anrufen und SMS hatte Adnan Patric Wumba ausfindig gemacht. Adnan schüttelte ihm am Stureplan die Hand, und sie setzten sich auf die Terrasse eines Cafés. Sie bekamen den letzten freien Tisch. Jeder Heini gierte um diese Jahreszeit verzweifelt nach Sonnenstrahlen.

Patric trug eine große Sonnenbrille und hatte einen weißen Strickpulli an, der schweineteuer aussah. Er hatte schwarzes, lockiges Haar, das oben länger war als an den Seiten. Die Leute starrten ihn an. Kamen und grüßten. Bekannte, Fans, Bräute, die extra breit lächelten. Musterten Adnan, um herauszufinden, ob sie ihn auch irgendwoher kannten. Patric hatte in den Jahren, in denen Adnan weg gewesen war, eine kometenhafte Karriere hingelegt und spielte inzwischen in der ersten schwedischen Liga. Offenbar hatten einige ausländische Fußballclubs schon ihr Interesse bekundet, und man sagte Patric eine Zukunft in der Nationalmannschaft voraus. Adnan hatte immer geahnt, dass Patric ganz groß rauskommen würde. Schon als Kind war er der schnellste von allen im Viertel gewesen. Trickste mit dem Ball. Dribbelte um die Gleichaltrigen und Älteren herum. Patric war der King von Tensta. Einer, der es geschafft hatte.

Beide aßen jeweils einen Fleischteller, der ein halbes Vermögen kostete. Quatschten darüber, wer noch in ihrer früheren Gegend wohnte und was die Leute machten. Patric gab Adnan ein Update. Welche Gruppen miteinander im Streit lagen. Wer Kokain verkaufte, wer Ecstasy, Kat, Heroin. Adnan kannte die meisten Namen: Abdulla, Richi, Mustafa, Ardy, Paul. Jungs in Patrics und Samirs Alter. Jungs, die danach gierten, Einfluss zu gewinnen.

»Ich habe ein Angebot, das du nicht ausschlagen kannst«, sagte Adnan.

Mit übergeschlagenen Beinen saß Patric cool auf seinem Stuhl. »Shoot.«

Adnan erzählte von seiner Geschäftsidee. Welche Rolle Patric dabei spielen würde. Von der Provision, die deutlich höher als normal ausfallen würde. Sebbe würde ausflippen, aber Adnan ging davon aus, dass er sich wieder einkriegen würde, sobald er die Verkaufszahlen sähe. Am Ende erwähnte Adnan den Namen des Geschäftsführers. Milorad Kraljevic. Ein Blitzen in Patrics Augen. Alle wollten mit den Großen zusammenarbeiten. Brachte einem riesigen Respekt bei den Leuten ein. Mehr als bei einer Fußballerkarriere. Ein paar Minuten später war der Deal abgeschlossen. Patric war schärfer darauf loszulegen als Adnan.

Er schlenderte zur U-Bahn und stieg in die blaue Linie in Richtung Akalla. Hatte nicht die geringste Lust, zu Sabrines Wohnung zurückzufahren. Zwar war sie sicher noch bei der Arbeit, er hätte also seine Ruhe gehabt, aber es fühlte sich trotzdem komisch an, dort zu sein, wo all ihre Sachen rumstanden, Diars altes Sofa, die Duftkerzen, die zu süß rochen. Sie hatte ihm mehrere SMS geschickt und gefragt, ob er nicht in dem Klamottenladen vorbeischauen wolle, in dem sie arbeite. Ihre Kolleginnen seien so neugierig. Auf was? Erzählte sie denen, dass er ihr neuer Freund war?

Er surfte auf seinem Handy herum, während die vertraute Stimme in den Lautsprechern die Stationen verkündete. Stadshagen, Västra skogen, Solna centrum. Das Geräusch, wenn die Türen sich öffneten und wieder zugingen. Das Knirschen, wenn der Zug wieder losfuhr. Beim nächsten Halt sagte die Stimme

»Näckrosen«. Adnan zuckte. Wohnte sie noch dort? Er zwängte sich durch die Türen, die sich schon wieder schlossen. Nahm die lange Rolltreppe nach oben zur Straße. Blinzelte in das Licht, als er ins Freie trat. Ging an der Filmstadt Råsunda vorbei, an einem Dönerstand, an einigen mehrstöckigen Häusern. Dann war er da. Förrådsgatan. Sein Herz machte einen Sprung. Adnan blickte aus einiger Entfernung hoch zu ihrem Fenster. Zum Treppenaufgang. Erinnerte sich an seinen ersten Besuch. Wie sie die Treppe herabgekommen war und ihm aufgemacht hatte. An den Duft frisch gewaschener Klamotten, als sie sich umarmt hatten. Einmal hatte er beim Einkaufen mehrere Waschmittelflaschen aufgeschraubt, um das Waschmittel zu finden, das sie verwendete. Er gestand sich das kaum selbst ein.

Er ging zum Haus und öffnete die Eingangstür. Was zum Teufel machte er da? Aber er musste es einfach wissen. Seine Schritte hallten im Treppenhaus. Weiter oben öffnete sich eine Tür. Stimmen. Eine Frau und ein Mann. Sein Puls raste. Er wollte umdrehen und verschwinden, aber es war zu spät. Er sagte kurz Hallo, als sie an ihm vorbeigingen. Niemand, den er kannte. Erleichterung. Er sollte abhauen. Scheiße! Scheiße! Scheiße! Aber er stieg weiter die Stufen hoch. Bis zu ihrer Tür. Las die Namen auf dem Briefschlitz: Nilsson – Fernström. Das N bei Nilsson saß schief. Er starrte darauf. Wurde völlig überrumpelt von der Enttäuschung, die sich wie eine Gewitterwolke auftürmte.

Sie war umgezogen.

21

Gertrud leckte sich über den Mund. Das Eis rann ihr übers Kinn und landete schließlich auf ihrem minzgrünen Hemd mit den silbernen Pailletten. Pia reichte ihr eine Serviette und versuchte, zu erklären, dass man das Eis auch unten herum wegschlecken musste, weil es sonst schmolz. Gertrud lutschte weiter an dem Schokoüberguss an der Spitze und tat, als hätte sie nichts gehört. Pia nahm noch eine Serviette und wischte den Tisch ab, an dem sie saßen.

Sie hatte bei der Arbeit ein wenig früher Schluss gemacht und Gertrud vom Kindergarten abgeholt. Vielleicht würde alles besser werden, wenn sie öfter allein etwas mit den Kindern unternahm. Alle anderen, die Stiefkinder hatten, schienen das toll zu finden. Was lief bei ihr falsch? Es waren doch Björns Kinder. Und sie liebte ihn. Sie musste sie doch für das Wunderbarste auf der Welt halten. Warum hatte sie dieses Gefühl nicht? Nicht einmal ansatzweise. Sie blickte zu Gertrud, die in der Sonne saß. Gewiss war sie hübsch, oder? Halblange blonde Haare und Björns grüne Augen. Wäre sie ihr Kind, wäre Gertrud bestimmt für sie das schönste Mädchen auf der Welt. Ein Windstoß fegte heran, und Gertruds Pony hing im Eis. Sie kicherte. Pia kannte dieses Kichern. Marias übertriebenes Lachen. Sie stand auf und ging zu dem Kiosk, um einen ganzen Stapel Servietten zu holen.

»War es schön heute in der Kita?«, fragte Pia.

Gertrud schüttelte den Kopf.

»Nicht? Warum denn?«

Das Mädchen zuckte die Achseln. »Weiß nicht.«

»Aha.« Pia sah sich um. Wenigstens war es nett hier im Park. Lauschige Plätzchen unter den Bäumen, und viele hatten ihre Jacken und Pullover ausgezogen. Auch sie zog ihren Mantel aus. Sie freute sich darauf, am Abend zum Stall zu fahren. Sie würde einen langen Ausritt mit Itex machen. Vielleicht sogar bis zu Bertilssons Hof? Und morgen war Freitag. Ach, wie herrlich! Ein ganzes Wochenende mit Björn. Eine kinderfreie Woche. Sie lächelte Gertrud an.

»Bist du bald fertig?«, fragte sie. »Dann gehen wir.«

Pia half ihr, sich den Mund abzuwischen. Nahm das Mädchen bei der Hand. Ein kleines Kind, das Sicherheit bei ihr suchte. Ein Anflug von schlechtem Gewissen überkam sie. Gertrud war nur ein Kind. Björns Kind. Sie strich ihr über den Kopf, und Gertrud schaute auf. Ihre Augen glänzten.

»Wie hübsch du heute bist, Gertrud.«

Das Mädchen hüpfte neben ihr her, als sie über die Wiese gingen. Pia drückte auf den Schlüssel, um den Wagen aufzuschließen und die Alarmanlage auszuschalten. Auf einmal sah sie ihn. Ein Stück weiter vorn an der Straße. Einen dunklen BMW mit laufendem Motor. Gertrud riss sich los und lief auf Pias Wagen zu.

»Nein! Bleib stehen! GERTRUD!« Pia rannte ihr nach. Aber das Mädchen war schon am Wagen.

Zog an der Tür.

22

Amanda verrührte 0,02 Gramm Badesalz in einem Glas mit Pepsi.

»Bist du wirklich sicher?« Vicky klang nervös.

Amanda nickte, war aber längst nicht mehr so überzeugt. Sie hatte vor wenigen Minuten Charlie und Greta Gute Nacht gesagt. Die beiden hatten wissen wollen, wann sie nach Hause kommen werde, und Amanda hatte ihnen versprochen, sie am nächsten Tag von der Kita abzuholen. Aber sie wusste nicht, ob sie dazu in der Lage sein würde. Sie verdrängte den Gedanken an ihre lieben Gesichter und setzte sich auf ein Kissen auf dem Boden. Befestigte die Handschellen an einem Handgelenk und fesselte sich an den Heizkörper. Vicky zurrte ihren anderen Arm am Bettpfosten fest. Dann nahm sie das Glas und führte es an Amandas Mund. Ihre Hand zitterte. Amanda beschloss, nicht weiter nachzudenken, und leerte hastig das Glas.

»Das wäre erledigt. Jetzt gibt es kein Zurück mehr.« Amanda kreuzte die Beine und saß da, als würde sie meditieren, allerdings waren die Arme in einer unangenehmen Position nach hinten gedreht.

»Ich kann nicht fassen, dass ich mich darauf eingelassen habe.« Vicky ging in der kleinen Hütte auf und ab.

»Versprich mir nur, dass du dich so verhältst, wie wir ausgemacht haben«, erwiderte Amanda. »Wir warten ab, welche Wirkung dieses Zeug auf mich hat, dann gibst du mir das Kortison.«

»Ach, verdammt! Hier draußen haben wir noch dazu kaum

ein Netz. Stell dir nur vor, wenn ich einen Krankenwagen rufen muss.«

Amanda sah sie streng an. »Kein Krankenwagen. Was auch immer geschieht. Dann sind wir im Arsch, das ist dir doch klar, oder?«

»Oh Gott! Spürst du etwas?«, fragte Vicky.

»Nein, ich muss vielleicht noch ein bisschen was nehmen.«

»Du hast sie nicht mehr alle.«

»Ernsthaft, Vicky. Ich spüre wirklich nichts. Mixe noch den Rest ins Glas bitte. Mehr als 0,01 Gramm sind das sicher nicht.«

Vicky zögerte, tat aber dann, was Amanda verlangte, und hielt ihr das Glas hin. »Trink nicht gleich alles. Erst mal ein bisschen was.« Sie setzte das Glas an Amandas Lippen, und Amanda nahm zwei Schluck. Sie blickte Vicky an. »Oh, deine Nase blutet.«

Vicky wirkte erstaunt und betastete ihre Nase. »Nein, tut sie nicht.«

»Machst du Witze? Es tropft ja auf dein Hemd.«

Vicky ging ein Stück beiseite und stellte das Glas ab. Drehte sich zu Amanda um. Fuhr sich über die Wangen und riss ihre Haut ab.

»Was tust du da?« Amanda wollte zurückweichen, konnte sich aber nicht bewegen.

Vickys Finger wanderten nach unten und rissen tiefe Wunden in ihr Gesicht. Blut strömte heraus.

Wollte Vicky sie auf den Arm nehmen? »Hör auf!«

Vicky strich sich mit den Fingern über den Hals. Bohrte den Zeigefinger in den Brustkorb. Das Blut spritzte heraus wie bei einem Springbrunnen. Amanda schloss die Augen. Sie schwebte in der Luft. Schaukelte vor und zurück. Jemand stand über ihr. Er war groß. Sie hörte Vickys ruhige Stimme. »Nimm das hier. Schluck runter.« Amanda tat, was ihr befohlen wurde. Öffnete die Augen wieder. Vickys Körper hatte sich geteilt. Als hätte ein Schwert sie vom Kopf bis zum Magen gespalten. Die Gedärme hingen heraus. Amanda zuckte zusammen und presste sich gegen den Heizkörper. Versuchte, ihre Arme freizukriegen.

»Nicke mit dem Kopf vor und zurück.« Vicky klang sanft. »Dann wird alles wieder normal.«

Amanda tat wie geheißen. Aber nichts veränderte sich. Vickys blutige Körperteile kamen näher. Aber das war nicht mehr unangenehm, nur noch merkwürdig.

»Sing Schwedens Nationalhymne, dann wird alles wieder gut, ich verspreche es.« Vickys ruhige Stimme.

Amanda formte die Worte: *»Du gamla, du fria …«* Das Lied drang gurgelnd aus ihrer Kehle. Sie hatte Blutgeschmack im Mund. Die Innenseite ihrer Wange war fleischig. Sie biss fest zu, und das Gute breitete sich aus. Sie musste sich unbedingt befreien. Vickys eine Körperhälfte kam mit einem Messer in der Hand auf sie zu. Amanda fuchtelte mit den Armen, obwohl sie gefesselt war. Das Bett bewegte sich. Gerade als sie sich aufrichtete, verschwand alles um sie herum.

Dunkelheit.

23

Adnan und Sebbe sahen, wie Patric Wumba den Stureplan überquerte und auf die Türsteher der angesagtesten Bar zuging. Adnan gefiel Patrics sportliches Outfit – hellgraue Cordhose, weiße Sneakers, ein cooles T-Shirt mit tiefem Ausschnitt. Man brauchte schon eine Menge Ausstrahlung, um so etwas tragen zu können. Neben ihm ging sein Cousin Andy, ein eingebildeter Wichser. Ein Gambier, der sein Revier markiert hatte, indem er die Gier der Kids aus dem Viertel nach Aufmerksamkeit ausgenutzt hatte. Brandstiftung war beliebt: Autos, Schulen, Container. Was auch immer, Hauptsache, die Feuerwehr rückte an, und die Halbstarken konnten sie mit Steinen bombardieren. Und wenn man dann noch von den Bullen gejagt wurde, war der Abend gerettet. Andy hatte ganz klar nicht geschnallt, warum es taktisch klug war, sich nicht um jeden Preis mit der Polente anzulegen. Sein Kindergartenbenehmen zog Aufmerksamkeit auf sich, was den Einwohnern von Södra Järva nicht gefiel. Negative Auswirkungen aufs Geschäft. Aber Andy war ja vielleicht ein wenig gereift? Patric garantierte jedenfalls für ihn.

Sebbe hatte die Portionen in Plastikfolie abgepackt und Patric zehn Stück gegeben. Adnan hatte gedacht, sie würden das Übliche verticken, E und Cola. Aber offenbar gab es irgendeinen neuen Mist, der Badesalz genannt wurde und den alle ausprobieren wollten. Saubillig auf der Straße, aber hier konnten sie ordentlich was verlangen. Die Kügelchen waren nicht größer als Erbsen, und Patric hatte ein paar in seiner Unterhose verstaut und sich den Rest in den Mund gesteckt.

Nach einer Weile gingen Adnan und Sebbe auch an den Türstehern vorbei, hinein zu der donnernden Musik. Warum nicht ein Bier trinken, anstatt im Wagen herumzuhocken? Sie bestellten an der Bar und positionierten sich an einem hohen Tisch. Beobachteten Patrics Verkaufsgeschick. Es war beeindruckend. Er unterhielt sich mit zwei Bräuten auf dem Dancefloor. Machte ein paar Moves, und sie bogen sich vor Lachen. Einen Kuss später waren zwei Kügelchen verkauft. Die Kohle nahm Andy entgegen, als die Damen kichernd in Richtung Toilette abzogen. Als ein Typ etwas kaufen wollte, kratzte Patric sich an der Nase. Wie die Übergabe ablief, konnte Adnan nicht einmal erkennen. Nur, dass der Kumpel des Typen Scheine in Andys Tasche stopfte. Patric und Andy waren der Hammer.

Sebbe hatte auch seinen Spaß und ging mit einer Tussi auf die Toilette. Zehn Minuten später kamen sie wieder heraus, und die Braut zog ihren Lippenstift nach. Er bot Adnan dieselben Dienste an, aber das war nicht sein Ding. Außerdem sah sie trashig aus. Strähnige Haare und so gut wie nichts an.

Nach der ersten Nacht in den Clubs des Stureplan hatte das Hammerduo Sebbes Lager restlos verkauft. Sebbe bestellte Nachschub bei seinem Lieferanten, und als das Wochenende sich dem frühen Sonntagmorgen zuneigte, hatten die Kristalle unzähligen Leuten die Party vergoldet. Irgendeine Braut hatte scheinbar einen Bad Trip und sich vor einen Zug geworfen, aber Sebbe erklärte dies damit, dass sie das Zeug mit etwas anderem gemixt haben musste. Adnan hoffte, dass das stimmte. Er hatte aus anderen Quellen gehört, dass dieses Badesalz teuflisch war. Dass die Wirkungen variierten, je nachdem, was in den betreffenden Labors gerade ausgetestet wurde. Adnan war zurück in einer Branche, die er eigentlich meiden wollte. Aber wenn es seine Chance war, ein normales Leben in diesem Land zu führen, dann musste er sie ergreifen. Auf Gedeih und Verderb.

24

Hand in Hand gingen Pia und Björn durch den Hagapark. Sie machten einen frühen Sonntagsspaziergang, und die Luft war frisch und angenehm warm. Die Sohlen ihrer Turnschuhe knirschten auf dem Kiesweg, der zwischen den großen Grünflächen entlanglief. Sie trugen Trainingsklamotten, vielleicht ein wenig übertrieben bei ihrem doch sehr ruhigen Tempo.

»Alles in Ordnung?«, fragte Björn.

Pia nickte. Mit Björn fühlte sie sich sicher, auch wenn sie sich ständig umblickte. Der Vorfall vom Donnerstag hatte Spuren hinterlassen. Jetzt wusste sie, dass jemand sie verfolgte.

Als sie den dunklen BMW gesehen hatte, während Gertrud zu dem Wagen gelaufen war, hatte sie Panik bekommen. Sie dachte, ihr Auto werde explodieren. Vielleicht hatte sie überreagiert, vielleicht auch nicht. Aber sie rannte hinterher und riss Gertrud zurück, während der BMW dicht an ihnen vorbeirauschte. Und das war keine Einbildung. Der BMW fuhr auf den Bürgersteig und raste dann mit quietschenden Reifen davon. Obwohl sie mit Gertrud am Boden lag, hatte sie die Geistesgegenwart, den Kopf zu heben und einen Blick auf das Nummernschild zu erhaschen. Sie ritzte die Nummer hastig mit einem Stein in den Asphalt, und nachdem sie den Schmutz abgeklopft und Gertrud getröstet hatte, die sich den Ellbogen aufgeschürft hatte, speicherte sie sie in ihrem Telefon ab.

Eine Überprüfung ergab, dass die Nummernschilder geklaut waren, was ihr Gefühl bestätigte. Das war einerseits gut, weil sie nun wusste, dass sie nicht verrückt war, aber andererseits konnte es jederzeit wieder geschehen. Wer wollte ihr etwas antun?

»Ich dachte mir, wir könnten übernächstes Wochenende, wenn wir nicht die Kinder haben, ins Ferienhaus meines Bruders.« Björn drückte ihre Hand. »Was hältst du davon? Kannst du schon am Donnerstag freikriegen?«

Pia strahlte. »Ein kleiner Ortswechsel wäre super. Und Thomas hat sicher nichts dagegen, ein paar Tage lang der Chef zu sein. Bei den Mordermittlungen kommen wir ohnehin nicht weiter, wenn nicht bald etwas passiert.«

»Ein weiterer Mord?« Björn schien beunruhigt.

»Ich meinte eher einen Durchbruch, aber es ist klar, dass wieder etwas passieren kann. Der Täter scheint ja seine Visitenkarte hinterlassen zu haben.«

»Diese Bilder?«

Pia nickte. Die Polizei hatte bei der erneuten Durchsuchung in Maj-Britt Åkerlunds Haus ein ähnliches Bild gefunden. *Verlierst du einen, dann bleibt dir niemand mehr*, diesmal mit grünen Pinselstrichen geschrieben. Weder auf dem einen noch auf dem anderen Bild waren DNA-Spuren zu finden gewesen. Fest stand nur, dass sich die Buchstaben glichen. Der Stoff und die Holzrahmen waren ebenfalls von derselben Sorte, die man jedoch in vielen Laden kaufen konnte.

Nach diesem Fund war Pia gezwungen gewesen, den Verdacht gegen Maj-Britt Åkerlund fallen zu lassen und die Untersuchungshaft aufzuheben. Die gute Frau war jedoch schnurstracks in die Psychiatrie gewandert, was nicht allzu erstaunlich war. Kam man über so ein Erlebnis jemals hinweg?

Sie erhöhten in den letzten dreißig Minuten das Tempo und schnauften sogar noch ein wenig, als sie im Flur die Turnschuhe auszogen. Pias Magen knurrte, und sie freute sich auf das Frühstück. Sie unterhielten sich in der Küche, während Pia aus

Blattspinat, Ingwer, Bananen und türkischem Joghurt einen Smoothie mixte und Björn Rührei machte und Speck anbriet. Er war lustiger und entspannter, wenn die Kinder nicht da waren. Er berührte sie anders. Zwickte sie neckisch in den Hintern. Gab ihr zarte Küsse. Warf ihr verliebte Blicke zu. Sie wollte es nicht laut aussprechen, aber es fühlte sich so an, als würden sie ihr Leben zurückbekommen, wenn die Kinder wieder bei ihrer Mutter waren. Ihr gemeinsames Leben war unglaublich schön.

Sie aßen in Ruhe. Führten lange und interessante Gespräche über die Arbeit. Planten das Wochenende im Ferienhaus. Entschieden, was sie den Rest des Tages machen würden.

Als Björn zum Duschen ins Bad gegangen war, holte Pia das Protokoll des Urteilsspruchs wieder hervor. Es lag gut versteckt in einer Schreibtischschublade, weil sie nicht wollte, dass Björn es las. Es war zu privat. Das Leben von Magnus und ihr war in diesem Gerichtsprozess offengelegt worden, wobei er sogar der Beihilfe zum Mord an mehreren jungen Frauen beschuldigt worden war. Eine Anklage, die mangels Beweisen fallen gelassen worden war. So schmerzhaft es auch war, sie wollte den Fall neu aufrollen. Warum war Amanda Paller damals genau zu diesem Zeitpunkt in ihr Leben getreten? Hatte Amanda nur Pech gehabt, als sie kurz vor der Katastrophe eine Affäre mit Magnus begonnen hatte?

Irgendetwas war seltsam an dem Timing.

25

Greta kletterte in den Wagen und setzte sich brav in ihren Sitz. Charlie trampelte dagegen mit seinen schmutzigen Schuhen auf dem Vordersitz herum und verlangte, ans Steuer zu dürfen. Amanda beherrschte sich und bewahrte die Ruhe, obwohl sie schon zu spät dran war. Nachdem sie Charlie ein Eis versprochen hatte, wenn sie ihn von der Kita abholen würde, blieb er endlich sitzen, und sie konnte ihn angurten. Wie lange würde das noch so gehen? Wenn es nicht das eine Kind war, dann hielt sie das andere auf Trab. Ein ständiger Kampf, damit die alltäglichen Dinge klappten. Sie seufzte, drehte das Lenkrad ganz nach links und ließ die Kupplung vorsichtig kommen. Irgendein Idiot hatte wenige Zentimeter hinter ihr geparkt.

»Und mit wem werdet ihr heute spielen?«, fragte sie und bemühte sich, ruhig zu klingen.

»Tila, Vanessa, August …«, sagte Greta.

»Weiß nicht«, sagte Charlie.

Greta ratterte weiter die Namen ihrer Spielkameraden herunter, während Charlie gegen die Rückenlehne trat. Amanda konzentrierte sich auf den Verkehr und wartete auf eine Lücke, um sich einzufädeln. Als sich jedoch keine auftat, machte sie es wie immer, fuhr langsam los und zwang den von links kommenden Autofahrer zu bremsen. Sie winkte zum Dank, obwohl ihr der Fahrer den Mittelfinger zeigte. Die Leute hatten doch einen Dachschaden! Dabei waren die Stockholmer eigentlich relativ gelassen am Steuer. Das galt offenbar nicht am frühen Morgen. Im Stoßverkehr gab es heute kein Vorankommen, und sie krochen im Schneckentempo dahin. Amanda blickte auf die Uhr. In einer halben Stunde musste sie im Büro sein. Ungeduldig klopfte sie aufs Lenkrad und bog zur Kita ab.

»Jetzt sind wir bald … Aber Greta! Was ist passiert?« Amanda starrte im Rückspiegel auf die geschwollene Lippe ihrer Tochter.

»Was ist denn, Mama?«, fragte Charlie.

»Hast du sie geschlagen, Charlie?«

Ihr Sohn antwortete nicht. Amanda blickte wieder zu Greta. Die Lippe schwoll an wie ein Ballon. »Um Gottes willen!« Sie war kurz davor zu platzen. Ihr Gesicht würde explodieren, wenn die Lippe weiter so anschwoll. Und das tat sie. Wurde größer und größer. Die Haut dünner und dünner. Peng! Der Inhalt ergoss sich über Charlie. Blut. Hirnsubstanz. Gretas Hals hing kopflos in Fetzen herab. Amanda schrie gellend auf. Abrupt kamen sie zum Stehen. Etwas lag auf ihren Knien. Es dauerte einen Moment, bis sie begriff. Der Airbag. Sie versuchte, tief zu atmen.

Hörte verzweifeltes Weinen hinter sich. Schluchzen. »Mama, Mama.« Sie drehte sich um und blickte zu ihren Kindern. Den tollsten Kindern auf der Welt. Etwas biss sich in ihr Gehirn. Riss es in Stücke. Was hatte sie getan?

Sie nahm sie aus dem Wagen und setzte sich mit ihnen ins Gras. Küsste sie auf die nassen, runden Wangen.

Sie wusste, was sie getan hatte. Und sie hatte es selbst so gewollt. Aber sie hatte nicht mit Halluzinationen mehrere Tage danach gerechnet. Sie war erschrocken gewesen, als sie nach dem Trip in Vickys Ferienhaus wieder zu sich gekommen war. Ihr Herz hatte so heftig gepocht, dass sie geglaubt hatte, sie werde sterben. Unerträgliche Furcht. Aber jetzt hatte sie richtig Angst.

Ein Mann, den Amanda als den Vater eines Kindes aus der

Kita wiedererkannte, hielt neben ihnen und kurbelte das Fenster herab. »Ist alles in Ordnung?«

Amanda nickte. »Ich bin einfach nur dumm. Hab beim Fahren auf mein Handy geschaut. Aber bei uns ist alles okay. Die Kinder haben nur einen ordentlichen Schreck bekommen.«

»Auweia. Können Sie damit noch weiterfahren?«

»Ich denke schon. Falls nicht, rufe ich einen Abschleppwagen.«

»Sagen Sie Bescheid, wenn Sie Hilfe brauchen.« Er fuhr an und parkte einige Meter entfernt auf dem Parkplatz vor der Kita. Holte einen kleinen Jungen von der Rückbank und ging zum Eingangstor. Er schielte zu Amanda herüber, wobei sie seinen Gesichtsausdruck schwer deuten konnte. Es kam sicher nicht oft vor, dass jemand zwanzig Meter vor der Kita einen Pfosten rammte.

Sie wandte sich zu Greta um und strich ihr eine dunkle Locke aus dem Gesicht. Blickte in ihre braunen Augen, in denen Tränen standen.

»Ich hab dich lieb«, sagte Amanda.

»Ich dich auch«, antwortete Greta.

Amanda zog Charlie an sich und sagte dasselbe zu ihm.

»Mama«, sagte er und drückte sich an sie.

Wie hatte sie überhaupt an Abtreibung denken können, als sie die beiden erwartet hatte? Sie hatte entschieden, das Kind zu behalten. Als sich bei der Ultraschalluntersuchung herausstellte, dass sie Zwillinge bekam, änderte das nichts an ihrem Beschluss. Skeptisch waren in erster Linie die anderen. Besonders die Familienberatung, die sie mehrmals zu Treffen zitierte, um zu erfahren, wer der Vater war. Amanda blieb stets bei derselben Version. Es war ein Mann, den sie im Urlaub auf Sri Lanka kennengelernt hatte. Nein, ich weiß nicht, wie er heißt.

Nein, leider weiß ich auch nicht, aus welchem Land er kommt. Vielleicht aus dem Iran. Oder dem Irak. Nein, wir haben keine Telefonnummern ausgetauscht. Keine Mailadressen. Nein, er wohnte nicht im selben Hotel. Tut mir leid, aber wir werden ihn niemals finden. Und sie meinte das auch so. Es tat ihr leid. Greta und Charlie würden niemals erfahren, wer ihr Vater war. Das ging nicht. Es war zu ihrem eigenen Besten.

Nach einer Weile stand sie auf und untersuchte die Vorderseite ihres Wagens. Der rechte Scheinwerfer war kaputt und das Blech eingedrückt. Aber das machte nichts. Die Kinder waren unverletzt. Was hätte alles passieren können, wenn sie auf der Autobahn unterwegs gewesen wäre! Sie hätten … Als ihr klar wurde, was hätte geschehen können, fiel ihr etwas ein. Sie zog ihr Handy heraus und rief Crippe an.

»Wo bist du?«, fragte er. »Heute Nachmittag wollen wir eine Torte haben.«

»Er hat jemanden verloren, den er liebt.«

Am anderen Ende herrschte Stille.

»Verstehst du?«, fragte Amanda. »Der Täter hat jemanden verloren, den er liebt. ›Verlierst du erst einen, dann bleibt dir niemand mehr.‹ Kannst du mir folgen?«

»Vielleicht.«

»Er hat jemanden verloren, über dessen Verlust er niemals hinwegkommen wird. Jemanden, den man nicht ersetzen kann. Und was kann man niemals ersetzen?«

»Äh …«

»Ein Kind. Ein Kind kann man nie ersetzen.«

»Vielleicht. Also, ich meine, natürlich kann man das nicht, aber ich muss erst mal darüber nachdenken. Wo bist du eigentlich?«

Sie erklärte ihm, was passiert war, ließ aber die Details wie Gretas explodierenden Kopf aus.

Crippe klang auf einmal besorgt. »Soll ich kommen und dich holen? Seid ihr bestimmt nicht verletzt?«

»Uns geht es gut. Und ich bin ziemlich sicher, dass das Auto noch fährt, falls nicht, melde ich mich. Ich gebe die Kinder ab, dann komme ich.«

Sie legten auf, und Amanda nahm Greta und Charlie bei der Hand. Am Tor musste sie die beiden loslassen, um das Doppelschloss zu öffnen. Eine Sicherheitsmaßnahme, damit die Kinder es nicht selbst aufmachten. Greta und Charlie protestierten und fingen wieder an zu weinen. Klammerten sich an sie. Auch noch, als sie versuchte, sie an Lena zu übergeben, obwohl sie die Lieblingsbetreuerin der beiden war. Amanda bemühte sich, sie zu beruhigen, und half ihnen beim Ausziehen ihrer Jacken. Als sie sich vorbeugte, um Charlie die Schuhe aufzubinden, fiel ein Tropfen Blut auf den Boden. Ihr Puls beschleunigte sich, und sie schaute sich um. Nicht schon wieder. Nicht hier.

»Oh, Sie bluten ja«, sagte Lena.

»Tue ich das? In echt?« Amanda fasste sich an die Stirn.

Fragend blickte Lena sie an, und Amanda versuchte, von ihrer seltsamen Bemerkung abzulenken, und erklärte, was soeben passiert war.

»Da verstehe ich, warum die Kinder heute ein bisschen traurig sind.« Lena nahm Greta auf den Arm und Charlie bei der Hand.

Unter wildem Protest ihrer Kinder verließ Amanda die Kita, aber sie wusste, dass die beiden sich nach ein paar Minuten beruhigen würden. Sie betastete erneut die Wunde an der Stirn. Es schien nur eine kleine Schramme zu sein, aber am Kopf blutete man leicht. Sie fuhr mit der Hand weiter nach oben. Die Beule war noch zu spüren, wurde aber von ihren Haaren verborgen. Vicky hatte sie mit einem Schlagstock bewusstlos geschlagen. Sie hatte Panik bekommen, als Amanda kurz davor gewesen war, das ganze Etagenbett umzuwerfen, an das sie sich gekettet gehabt hatte. Zum Glück hatte Vicky so reagiert. Amanda hatte mehrere Tage nicht richtig essen können, da die Innenseite ihrer Wange fast nur aus Fleischfetzen bestanden hatte. Sie hatte sich damit begnügen müssen, mit einem Strohhalm Suppe und Proteinshakes zu schlürfen.

Sie setzte sich ins Auto und ließ den Motor an. Während sie zum Kommissariat fuhr, rief sie die Werkstatt und ihre Versicherung an.

Crippe drückte sie an sich, als sie ins Büro kam. Die fürsorgliche Geste löste die Anspannung, die Tränen flossen. Sie verbarg ihr Gesicht in seinem Pullover.

»Möchtest du dir heute freinehmen?«, vernahm sie Gunillas Stimme.

Amanda blickte auf. »Es geht schon. Ich hab nur einen Riesenschreck bekommen, als ich daran gedacht habe, was alles hätte passieren können.«

»Bist du sicher?«, fragte Gunilla.

Amanda nickte.

»Setzen wir uns kurz. Bringt mich auf den neusten Stand. Crippe hat mir von deiner Theorie berichtet.«

Sie gingen in den Besprechungsraum, und die anderen aus dem Team kamen auch, obwohl sie ihre Sitzung schon hinter sich hatten.

Inzwischen hatten sie Angehörige, Nachbarn und weitere Personen befragt, die über Informationen verfügen könnten. Hatten Handys, Computer und die sozialen Medien überprüft und Ninas und Maj-Britts Bewegungsmuster in den Wochen vor den Attacken erstellt.

»Ich habe über das nachgedacht, was du gesagt hast.« Crippe setzte sich an den länglichen Tisch. »Das erscheint logisch. Wir sollten nicht ausschließen, dass es sich bei dem Täter um eine

Frau handelt. Der- oder diejenige könnte jemanden verloren haben, den er oder sie geliebt hat. Jetzt will er oder sie …«

»Immer schön politisch korrekt und emanzipiert.« Stefan unterbrach ihn kopfschüttelnd.

»Fehlen nur noch gemeinsame Umkleideräume«, meinte Mathilda. »Oder gemeinsame Toiletten.«

»Nein, igitt, wie eklig!« Angewidert verzog Sara das Gesicht. »Ihr Kerle pinkelt doch ständig daneben.«

»Für uns wäre das verdammt noch mal schlimmer! Ihr werft Tampons und so ein Zeug ins Klo.« Stefan nahm sofort eine Verteidigungshaltung ein.

»Ihr müsst euch wenigstens nicht in den Dreck reinsetzen«, konterte Amanda.

»Was zum Teufel weißt du schon?« Stefan hatte rote Flecken auf den Wangen bekommen.

Alle lachten laut auf. Sogar Gunilla, die sonst immer sehr aufs Formelle bedacht war. Niemandem waren die Spannungen entgangen, die in der letzten Zeit in der Gruppe herrschten, und das niedrige Niveau der Diskussion wirkte befreiend.

Da erklang ein Klopfen, und alle wandten sich um. Niklas Holm stand in der Tür, der Polizeichef von Västerort. Er trug eine elegante Uniform – dunkelblaue Anzughose und ein hellblaues Hemd mit unzähligen Goldkreationen an den Schulterklappen, die deutlich machten, wie hoch in der Hierarchie er sich befand. Er wirkte groß und stattlich. Den aschblonden Pony hatte er zu einer merkwürdigen Welle gekämmt. Er räusperte sich.

»Darf ich hereinkommen und zuhören?«

»Natürlich.« Gunilla setzte sich aufrecht hin. Sie dachte vermutlich dasselbe wie Amanda: Wie lange hatte er schon da gestanden?

Gegenüber von Amanda war ein Stuhl frei. Sie sah, wie Niklas Holm zögerte, und lächelte innerlich. Wer ihre beste Freundin ausnutzte, musste dafür bezahlen. Das hatte der Polizeichef erfahren müssen, nachdem er vor ein paar Jahren eine außereheliche Affäre mit Vicky gehabt hatte. Er setzte sich.

»Ja …« Crippe versuchte, den Faden wiederaufzunehmen, und trommelte mit einem Stift auf seinen Block. »Wie gesagt, der Täter hat vermutlich jemanden verloren, den er liebt. Jetzt will er, dass andere denselben Schmerz spüren. Und dafür hat er Nina Liljedahl und Maj-Britt Åkerlund ausgewählt. Die Frage ist, ob das reiner Zufall ist oder ob der Täter der Ansicht ist, dass sie seinen Verlust verschuldet haben.«

»Sie wurden bewusst ausgewählt«, sagte Amanda.

»Woher weißt du das? Wir haben keinerlei Zusammenhang zwischen den Opfern gefunden.« Stefan musste immer dagegen argumentieren.

»Dann müssen wir weitersuchen, denn es gibt ganz bestimmt einen Zusammenhang.« Amanda stützte sich mit den Ellbogen auf den Tisch und beugte sich vor. »Wir müssen alle noch einmal vernehmen und tiefer graben.«

Stefan seufzte. »Es ist doch völlig unnötig, doppelt zu arbeiten. Das Material der Voruntersuchung füllt ja schon einen halben Aktenschrank.«

Lasse nickte zustimmend.

»Du brauchst ja nicht mitzuhelfen.« Amanda blickte Stefan finster an. »Es gibt andere Fälle, um die du dich kümmern kannst.«

»Die entscheidende Frage ist, ob es wieder passieren kann«, meinte Niklas Holm und wandte sich Crippe zu.

»Da der Täter seine Visitenkarte hinterlässt, scheint er einen Plan zu haben«, antwortete Amanda. »Ich denke nicht, dass er schon zufrieden ist. Das große Finale hat noch nicht stattgefunden, und ich befürchte, dass es noch mehr Opfer geben wird.«

Sie hielt den Blick auf Niklas Holm gerichtet und zwang ihn, sie anzusehen, was ihm sichtlich unangenehm war. Sein Mundwinkel zuckte.

»Und wie könnte dieses Finale aussehen?«, fragte er.

Amanda zuckte mit den Achseln. »Das werden wir merken. Wenn wir ihn nicht finden, bevor er sich sein nächstes Opfer sucht.«

Holm rutschte unruhig auf seinem Stuhl hin und her. »Eine wirklich verdammt unangenehme Geschichte. Die Allgemeinheit verspürt eine riesige Unsicherheit. Einerseits, weil vermutlich ein Serienmörder frei herumläuft, andererseits herrscht auch eine große Angst vor dieser Droge, die unter den Jugendlichen in der Stadt im Umlauf ist. Ich will, dass Sie alles unternehmen, um diesen Fall zu lösen, und sämtliche Ressourcen einsetzen. Vernehmen Sie alle noch einmal, und bleiben Sie im engen Austausch mit der Sondergruppe, die sich direkt mit der Drogensache befasst. Und schließen Sie nicht aus, dass es sich bei dem Täter auch um eine Frau handeln kann.«

Unterdrücktes Lachen erklang. Mit versteinerter Miene fingerte Niklas Holm an einem Knopf seines Hemdsärmels herum.

»Habe ich etwas Komisches gesagt?«

Amanda schüttelte den Kopf. »Nur ein interner Witz.«

»Aha.« Niklas Holm fuhr fort, ihnen zu erklären, wie sie vorzugehen hatten. Er liebte seine eigene Stimme. Amanda hörte mit halbem Ohr hin. Sie wusste bereits, was zu tun war. Aber sie hatte nicht vor, den anderen davon zu berichten.

26

»Wie geht's deiner Schwester?« Adnan fragte Sebbe eigentlich nur, um etwas zu sagen. Sie waren aus dem Auto gestiegen, standen an der Reling und blickten auf das wütende Wasser. Damit scherzte man nicht. Adnan überkam wie immer dasselbe Gefühl – was war, wenn er hineinfiel? So erging es ihm auch mit Höhen.

Sebbe beugte sich beunruhigend weit über das Geländer. »Alles okay. Cristos hat sie nicht angerührt, seit wir da waren.«

Adnan nickte, obwohl Sebbe nicht in seine Richtung blickte. Der Wind fuhr durch seine Kleider. Eine Jacke hätte nicht geschadet. Die Fähre war auf dem Weg nach Ljusterö. Er war noch nie dort gewesen. Vielleicht nicht so verwunderlich. Das Leben auf den Schären stand für Jungs aus dem Vorort nicht auf der Tagesordnung. Außerdem hatte Stockholm Tausende Inseln. Wer war da schon auf jeder gewesen?

»Mann, nicht zu glauben, wie viele dort hinwollen«, sagte Adnan. Die Autofähre war gestopft voll.

»Die Leute wohnen hier das ganze Jahr. Sie pendeln in die Stadt, weißt du.«

»Ach du Scheiße. Das muss doch den halben Tag dauern.«

Sebbe streckte sich und ging zurück zum Auto, einem blauen Volvo 740. Adnan folgte ihm, und sie setzten sich in den Wagen. Die Fähre bremste ab, und schließlich wurde die Rampe herabgelassen. Sie warteten ab, bis sie an der Reihe waren, und fuhren an Land. Der Weg schlängelte sich an Äckern und viel Wald vorbei. Hier zu wohnen schien nicht sonderlich spannend zu sein. Sebbe wusste, wohin sie mussten. Er war schon einmal da gewesen und hatte die Bosse getroffen, von denen er erzählt hatte. Jovan Blaku und Bojan Jelic. Milorad Kraljevics rechte und linke Hand. Adnan hätte sich fast in die Hose geschissen, als Sebbe gesagt hatte, er müsse mitkommen. Aber es war ein Befehl von Jovan Blaku. Er hatte von Sebbes neuen Verkaufserfolgen gehört und wollte das Genie kennenlernen, das dahintersteckte. Wenn Adnan weitermachen wollte, war es besser, er kam mit. Adnan hatte gezögert. Wussten sie, wer er war? Er musste nicht lange überlegen, um zu einem Ergebnis zu gelangen. Kraljevic führte ein strenges Regiment. Hatte überall Späher. Auf der Straße. In den Bars. Unter den Gefängniswärtern. Den Bullen. Er wusste vermutlich, um welche Uhrzeit Adnans Flugzeug gelandet war.

Warum ordneten sie ein Treffen auf einer Schäreninsel an?

Sebbes Version lautete, dass die Bosse beeindruckt waren. Sie wollten sich mit Adnan persönlich treffen und über zukünftige Geschäfte reden. Der Oberboss kam sicherlich nicht selbst hin. Seit Jahren hatte ihn niemand gesehen. Alles wurde über die untergebenen Bosse abgewickelt.

Adnan hatte die Risiken abgewägt. War zu dem Schluss gekommen, dass sie ihm vermutlich die Kehle durchschneiden würden. Andererseits: Kraljevic wollte die Kohle zurück, die Adnan ihm noch von einem früheren Deal schuldete, der schiefgegangen war. Hundertfünfzig Riesen, wenn er richtig rechnete. Vielleicht noch mehr, wenn sie im Laufe der letzten Jahre Zinsen draufgelegt hatten. Shit, wie die Zeit verging. Damals war Hajir im Rollstuhl gelandet. Adnan erschauderte, als er daran dachte. Diese Aktion war vielleicht doch nicht so schlau. Aber wenn er genauer darüber nachdachte, schienen sie ihm eine Möglichkeit geben zu wollen, Wiedergutmachung zu leisten. Die versuchten nicht, ihn unter irgendeinem Vorwand auf die

Insel zu locken. Er wusste, mit wem er sich treffen würde. Und sie wussten, wer er war. *The cop killer.* Der Araber, der vor nichts haltmachte. Adnan musste die Gelegenheit ergreifen, auch wenn vielleicht alles zum Teufel ging. Er hatte seine Entscheidung gefällt. Jetzt war der Augenblick gekommen, sich Kraljevic zu nähern. Schneller, als er gedacht hatte.

Als Sebbe scharf abbremste, wäre Adnan um ein Haar mit dem Schädel gegen die Windschutzscheibe geknallt. Sebbe rauschte nach rechts auf eine Wiese und blieb vor einem roten Holzhaus stehen, das ein paar Meter abseits der Straße lag. Daneben parkte bereits ein silberfarbener Range Rover. Der Wagen wirkte fehl am Platz. Sie stiegen aus und schlugen die Autotüren zu. Gingen über das weiche Gras. Adnan bekam feuchte Hände und rieb über seine Jeans.

Sie bogen um die Hausecke.

Ein Kiesweg mit Beeten zu beiden Seiten. Adnan kannte sich nicht sonderlich gut mit Blumen aus, stellte aber dennoch fest, dass alles sehr gepflegt wirkte. Der Kies knirschte unter den Schuhen. Knapp einhundert Meter weiter vorn lag das Wasser. Ein Steg. Ein Motorboot. Ein kleines Haus auf einem Floß. Es sah aus wie eine Miniaturausgabe des Hauses vor ihnen. Ein Mann, der größer war als die Türöffnung, stand am Eingang und musterte sie, als sie näher kamen. Sebbe hob beide Arme. Der Hüne tastete ihn ab. Sebbe machte eine Drehung um einhundertachtzig Grad. Die Beine weit auseinander. Wusste, wie es ablief. Dann war Adnan dran. Er biss die Zähne zusammen. Hasste es, wie die Hände des Typen in seinen Schritt fassten, aber es war notwendig. Dann gingen sie ins Haus. Adnan beugte den Kopf, um nicht gegen den Türrahmen zu stoßen. Der Ort passte nicht. Kleine Zimmer, niedrige Decke, geblümte Tapeten. Er erwartete eine alte Oma am Herd und einen Opa mit Kappe im Schaukelstuhl. Stattdessen: Jovan Blaku mitten in der

Küche. Die Arme vor der Brust verschränkt. Adnan erkannte ihn von früher. Offenbar hatte er sich hochgearbeitet und war jetzt einer von Milorad Kraljevics engsten Mitarbeitern. Er starrte Adnan an. Daneben stand ein anderer Typ, vermutlich Bojan Jelic. Adnan war ihm nie zuvor begegnet. Vielleicht in den letzten Jahren aus dem Balkan importiert? Sehnige Gestalt. Passte nicht recht zu Kraljevics Bande, in der alle aussahen, als hätten sie Amphetamine schon mit der Muttermilch eingesogen.

Ein unwirkliches Szenario.

Mafiosotreffen in einem Puppenhaus. Es erinnerte Adnan an das Puppenhaus seiner Cousine Soraya, damals, als sie klein gewesen waren. Wem zum Henker gehörte diese Bude?

Keiner sagte etwas. Nach einer Weile wurde das Schweigen verdammt unangenehm. Vermutlich dauerte es nur wenige Sekunden, aber sie fühlten sich wie Minuten an. Sollte er als Erster etwas sagen?

»Du scheinst eine Nase für unser Business zu haben«, brach Jovan schließlich das Schweigen und machte einen Schritt nach vorn. Er gab erst Adnan die Hand, dann Sebbe. Bojan machte es genauso. Der Dritte hielt sich im Hintergrund und schien das Ganze zu überwachen. Wahrscheinlich wollte er sich auch hocharbeiten wie Jovan. Der Typ, der den Wachposten spielte, zog einen Vorhang zur Seite und blickte nach draußen. Ließ ihn wieder los.

»Du willst offenbar wieder für uns arbeiten«, fuhr Jovan fort. »Das ist *strong*. Der Chef begnadigt sonst eigentlich niemanden. Aber in deinem Fall ist er gewillt, eine Ausnahme zu machen. Ich weiß nicht, wieso.« Er zog seinen Pullover aus. Darunter trug er ein eng anliegendes T-Shirt. Er hatte einen Riesenbizeps mit deutlich sichtbaren Adern. »In meinen Augen hast du es komplett verschissen.«

Adnan schluckte. Der Jugo sah aus, als bereitete er sich auf einen Fight vor. Entspannte seinen unsichtbaren Nacken. Neigte den Kopf nach rechts, nach links, vor, zurück. Kreiste ein paarmal die Schultern. Dann warf er Adnan und Sebbe ein Handtuch zu.

»Wir gehen in die Sauna.« Jovan marschierte los und beugte den Kopf, als er durch die Tür ging.

Adnan blickte zu Sebbe und hoffte auf eine Art Erklärung, aber Sebbes Miene war undurchdringlich. Er schlurfte einfach hinter Jovan her. Adnan bekam immer schlechter Luft. Hatte Sebbe ihn verarscht? Das war eine Falle. Man würde ihn in eine Sauna sperren und ihn erst im Sommer finden, wenn die wahren Eigentümer des Hauses herkamen. Welche Alternativen blieben ihm? Sebbe hatte die Autoschlüssel. Auf gut Glück konnte er davonrennen. Vermutlich würden sie ihn von hinten abknallen.

Er schlang sich das Handtuch um die Schultern und folgte ihnen hinunter zum Steg. Das kleine rote Haus. Offenbar eine schwimmende Sauna. Scheiße! Sie würden hinaus aufs Wasser fahren. Ein Kinderspiel, ihn über Bord zu werfen. Er versuchte erneut, Sebbes Blick aufzufangen, aber der stand bereits am Floß und legte seine Klamotten ab. Er schaute nicht in Adnans Richtung. Wickelte sich das Handtuch um die Hüfte. Die beiden anderen taten es ihm gleich. Adnan konstatierte: ein Stier, ein Zahnstocher, Sebbe irgendwo dazwischen. Adnan ging an Bord. Knüpfte seine Hose auf. Langsam. Sah sich um. Das nächste Haus war weit entfernt und wirkte verlassen. Das Wasser war bestimmt saukalt. Er zog seine Hose aus. Legte sie zusammen. Schlang sich das Handtuch um die Hüften, bevor er die Unterhose auszog. Der Typ, der Wache schob, behielt seine Klamotten an.

Widerwillig trat Adnan in die Sauna und setzte sich auf den

einzigen freien Platz ganz unten neben dem Ofen. Bojan dicht neben sich. Ihre Arme berührten einander. Nur leicht, aber Adnan versuchte, sich kleiner zu machen. Jovan und Sebbe saßen in der obersten Reihe. Jovans Knie in Adnans Genick. Eine sehr schlechte Position, um mitzubekommen, was der Jugo hinter ihm vorhatte.

Die Hitze brannte in seinem Gesicht. Der Wachposten öffnete die Tür und gab jedem eine Flasche Bier. Auf dem Etikett las Adnan: *Jelen*. Hatte er noch nie getrunken. Er nahm einen Schluck. Lecker. Eiskalt. Bojan schüttete etwas Bier über den Ofen, der zischte. Dampf breitete sich in dem engen Raum aus, und es roch nach frisch gebackenem Brot. Adnan bemerkte die Tätowierung auf Bojans Unterarm und betrachtete sie verstohlen. Ein doppelter Adler mit einem Schild. Im Schild ein Kreuz und in jedem Viereck ein C. *CCCC*. Adnan wusste nicht, was das bedeutete, aber es war sicher irgendein serbisches Gangding. Er hatte etwas Ähnliches auf Jovans Arm gesehen.

Das Floß bewegte sich und schaukelte. Durch ein kleines Fenster sah Adnan, wie in der Ferne einige Bäume langsam vorbeizogen und verschwanden. Waren diese Bäume das Letzte, das er jemals sehen würde? Er war verdammt noch mal zu jung, um zu sterben! Er war noch nicht bereit. Unruhig drehte er den Kopf ein wenig, aber er wollte nicht, dass sie mitkriegten, dass er Schiss hatte. Er dachte an seinen Vater. Papa Hossein. Wie er seine misshandelte Leiche in der Leichenhalle identifizieren musste. Vielleicht, nachdem sie ein paar Monate im Wasser gelegen hatte. Verrottet und aufgedunsen. Oder aber Samir musste diese Aufgabe übernehmen. Er würde es sicherlich besser packen. War inzwischen offenbar in der Polizeischule aufgenommen worden. Der große Traum seines kleinen Bruders, seit er das Wort Polizist aussprechen konnte.

Hajir hatte ihm erzählt, wo Samir wohnte. Wie er jetzt mit

Nachnamen hieß. Radogoshi. Samir Radogoshi. Es war der Mädchenname ihrer Mutter. Adnan kapierte jetzt, warum Samir seinen Namen geändert hatte. Nicht nur, weil er sich wegen ihm schämte. Samir konnte natürlich nicht so heißen wie ein Polizistenmörder. Würde man ihn überhaupt auf das Schulgelände lassen, wenn man wüsste, dass sie verwandt waren? War es überhaupt möglich, so etwas zu vertuschen? Offenbar.

Adnan hatte vor dem Haus in Haga Norra gewartet, wo Samir eine Mietwohnung hatte. Sein kleiner Bruder war aufgestiegen. Haga Norra! Und zwar im feinen Teil des Viertels. Wohnte er allein? Oder mit seiner Freundin?

Gegen acht Uhr kam Samir aus dem Haus. Jeans, Turnschuhe, eine beigefarbene kurze Jacke. Sportlicher Stil. Eine aquamarinblaue Tasche über der Schulter. Der schlaksige Teenager, das war einmal. Samir sah durchtrainiert aus. Lange nicht so wie Adnan, aber Samir war jetzt erwachsen. Adnan verspürte einen Anflug von Stolz in der Brust.

Samir ging zu einer Bushaltestelle, und Adnan folgte ihm in Sebbes Volvo. Eigentlich wäre er am liebsten ausgestiegen und hätte ihn angesprochen. Hätte seinen Bruder fest an sich gedrückt. Aber etwas hielt ihn zurück. Er war nicht sicher, wie Samir reagieren würde.

Adnan fuhr hinter dem Bus her, durch Frösunda. Vorbei an Järva krog. In Sörentorp stieg Samir aus. Er ahnte, wohin sein Bruder ging, konnte es dennoch nicht glauben. Sah einige junge Typen dasselbe Eingangstor passieren wie Samir. Erstaunlich unterschiedlich: männlich, weiblich, groß, klein, dunkelhaarig, blond, lange Haare, kurze Haare, Dreadlocks. Manche waren durchtrainiert, andere dünn, manche hatten ein paar Kilos zu viel auf den Rippen. Einige trugen auch eine aquamarinblaue Tasche über der Schulter. Adnan entdeckte das goldene Emblem, das er aus der Ferne vorher nicht ausgemacht hatte. Er wusste, was es war. Das Emblem der Polizei: drei Kronen.

Sein Bruder hatte es also ernsthaft durchgezogen und war zur gegnerischen Seite übergelaufen. Früher hatten sie darüber gelacht. Ein Bulle und ein Krimineller in der Familie. Schwierige Situation. Adnan könnte Samirs Quelle werden. Das war ein verdammter Scherz gewesen! Jetzt war es noch schlimmer.

Ein Polizist und ein Polizistenmörder. In einer Familie. Vom selben Blut.

Sein Herz setzte ein paar Sekunden aus.

Adnan bemerkte eine Bewegung aus den Augenwinkeln.

Hatte keine Zeit zu reagieren.

Die Bierflasche in Jovans Hand sauste durch die schwüle Hitze in der Sauna.

Traf den Kopf.

Bojans Kopf. Ein Brüllen.

Etwas spritzte in Adnans Gesicht. Glas. Blut. Schweiß.

Jovan warf ein Handtuch über Bojans Kopf und presste ihn zwischen seine Oberschenkel, während Bojan wild um sich trat.

Der Wachtyp kam herein. Ein Baseballschläger brach Bojans linkes Bein.

Sebbe stand auf und schlug mit den Fäusten auf das ein, was unter dem Handtuch schrie.

Jovan blickte ruhig zu Adnan. »So ergeht es den Leuten, die Scheiße bauen. Mach das Schwein fertig.«

Adnan hatte eine Millisekunde, um sich zu entscheiden. Bojan oder er?

Er stand auf und holte zu einem Schlag in die Nierengegend aus. Fest genug, um glaubhaft zu wirken. Aber nur so fest, dass es wehtat. Faustschläge. Tritte. Dorthin, wo der Körper einstecken konnte, ohne draufzugehen. Ließ auch Sebbe möglichst oft ran. Jovan passte auf.

Nach einer Weile verstummte Bojan. Sein Arm zuckte.

Der Wachposten vollführte einen letzten Schlag. Der Baseballschläger krachte auf den mit dem Handtuch umwickelten Schädel.

Bojan regte sich nicht mehr.

Jovan ließ ihn los und funkelte den Wachposten wütend an. »Das war haarscharf an meinem Knie vorbei.«

Der Wachtyp kümmerte sich um den Rest.

Adnan und Sebbe taten es Jovan gleich und sprangen ins Wasser. Kühlten sich ab. Jovan erzählte von Bojans Erbsenhirn, während sie langsam dahinschwommen. Er war von den Bullen angehalten worden. Hatte Zeug dabeigehabt. Okay, kann jedem passieren. Aber dann war den Polypen seine Hure bei der Hausdurchsuchung geradewegs in die Arme gelaufen. Wie viel wusste sie eigentlich? Was hatte sie den Bullen gesagt? Niemand konnte es einschätzen. Jetzt war sie verschwunden.

Adnan zitterte. Nicht vor Kälte. Er blickte zum Floß. Die Tür zur Sauna war verschlossen. Merkwürdige Geräusche. Eine Säge? Er wollte es nicht wissen. Tauchte unter. Wollte abhauen. Schwamm, bis er die Luft nicht mehr länger anhalten konnte. Kopf über Wasser.

Jovan und Sebbe kletterten eine Leiter hoch und setzten sich auf das Floß. Ließen die Beine ins Wasser baumeln. Adnan hievte sich am Rand hoch und setzte sich neben die beiden. Seine Haut brannte, obwohl sie eiskalt war.

Sebbe wirkte gelassen. Hatte er hiervon gewusst? Tausend Gedanken.

Nach einer Weile kam der Wachtyp mit einem schwarzen Sack heraus und legte ihn auf die Holzplanken des Floßes. Knotete ein Netz voller Steine an dem Sack fest und schmiss ihn ins Wasser.

Die Sache war abgekartet gewesen.

»Es ist traurig, wenn es so endet. Ich kenne ihn, seit ich denken kann.« Jovan strich mit den Fußspitzen über die Wasseroberfläche. Öffnete eine weitere Flasche Jelen und blickte auf das offene Wasser hinaus. »So ist das Leben.«

Adnan folgte seinem Blick. Atmete dieselbe Luft. Trank dasselbe Bier.

War das wirklich das Leben?

27

Pia trat in die Pedale. Fahrradhelm, Jeans, Windjacke. Ihre Arbeitskleidung lag in einer Tasche im Fahrradkorb. Sie radelte über die Barnhusbron. Ziel Odengatan, sie war auf dem Weg nach Hause. Ein langer Tag lag hinter ihr. Komplizierte Fälle, Mitarbeiter ohne Eigeninitiative und ein nörgelnder Thomas. Obendrein war es wieder Freitag. Papafreitag. Wie konnte eine Woche so schnell vergehen? Sie trat noch fester in die Pedale. Wollte so rasch wie möglich nach Hause, um eine Sache im Urteilsspruch noch einmal zu überprüfen. Einen Namen – Sanna Dahlström.

Sie bremste an einer Kreuzung ab. Ließ ein paar Autos vorbei, bevor sie über die Straße fuhr und weiterradelte.

Konnte das stimmen?

Sie hatte etwas Unerlaubtes getan. Computerrecherche, die keinen dienstlichen Fall betraf. Sie hatte Erkundigungen über Amanda Paller eingezogen. Zunächst hatte sie die üblichen Informationen zu Geburtsdatum und Wohnort gefunden. Dann war sie auf Amandas Eltern gestoßen. Hatte unter den Verwandten weitergesucht und eine Schwester von Amanda entdeckt. Sanna Dahlström. Der Name kam ihr bekannt vor. Pia hatte ihn schon einmal gehört.

Jetzt glaubte sie zu wissen, wo. Beim Prozess. Im Urteilsspruch, der zu Hause in der Wohnung lag.

Sie erhöhte das Tempo. Radelte an den Hochhäusern vorbei und überquerte mehrere Kreuzungen. Es herrschte dichter Verkehr. Fußgänger und Jogger traten ohne Vorwarnung auf die

Straße. Pia trug immer einen Fahrradhelm und hatte stets die Hand an der Bremse.

Sie stellte das Fahrrad vor dem Haus ab und schloss es doppelt ab.

Lief die breite Treppe hoch. Das ging schneller als mit dem ramponierten Aufzug.

Sie runzelte die Stirn, als sie eine Stofftasche sah, die an der Wohnungstür hing. War das Hjalmars Turnbeutel? Björn musste kurz zu Hause gewesen sein, bevor er mit den Kindern zu seiner Mutter gefahren war. Sie ging hinein und legte die Tasche im Flur auf den Boden. Hjalmar konnte seine Sachen selbst aufhängen, wenn er nach Hause kam. Das Zeug roch nicht gerade angenehm.

Pia zog ihren Mantel und ihre Schuhe aus und legte den Helm ab. Ging ins Schlafzimmer und zog die Schreibtischschublade heraus. Sie setzte sich auf die Bettkante und blätterte das Protokoll des Urteilsspruchs durch. Fand schließlich, was sie gesucht hatte. Sanna Dahlström. Sie verglich die Personennummer mit der, die sie im Büro auf einem Zettel notiert hatte. Die Zahlen stimmten überein. Amanda Pallers Schwester war eine der jungen Frauen, die ermordet worden waren. Pias Herz raste. Amanda hatte in einem Fall ermittelt, in dem ihre Schwester ein Opfer gewesen war. Sie hatte mit Magnus eine Affäre begonnen, kurz bevor er angeklagt worden war. Hatte sie schon damals einen Verdacht gegen ihn gehegt? So berechnend konnte doch wohl niemand sein, oder?

Ihre Nase lief. Sie musste sich schnäuzen.

Amanda Paller hatte offenbar verheimlicht, dass Sanna Dahlström ihre Schwester war. Das war ein Dienstvergehen, zumindest fast.

Pia stand auf und ging ins Bad, um Papier zu holen. Hielt sich im Flur die Nase zu. Hjalmars Tasche stank bestialisch. Sie stellte sie auf die Waschmaschine. Riss ein Stück Toilettenpapier ab und schnäuzte sich.

Öffnete die Tasche und zuckte zurück. Oh Gott!

Sie holte die kleinen Shorts heraus und hängte sie an die Wäscheleine.

Fuchtelte mit der Hand, um den Gestank zu vertreiben. Wie konnte ein kleiner Junge nur so schlimm riechen?

Als sie ein T-Shirt herausnahm, fiel etwas dumpf zu Boden.

Pia starrte darauf.

Auf dem weißen Badezimmerteppich lag ein Unterarm.

Mit einer schwarzen Tätowierung: *CCCC*.

28

Mit den hohen Absätzen wurde das Gehen zu einer Kunst. Amanda konzentrierte sich, um entspannt zu wirken. Wie eine Seiltänzerin setzte sie einen Fuß vor den anderen. Sie hatte die Schuhe am Vortag gekauft. Silbern mit Schnürbändern, die bis über die Knöchel reichten. Dazu trug sie ein aquamarinblaues Kleid mit ellbogenlangen Ärmeln, das nur die Hälfte der Oberschenkel bedeckte und sich eng an den Po schmiegte. Dazu eine passende silberfarbene Handtasche. Ihre schwarze Lederjacke trug sie über dem Arm. Es war früher Abend, und sie brauchte noch nichts überzuziehen.

Sie blieb am Zebrastreifen am Sveavägen stehen und wartete auf Grün. Neben ihr eine bunte Mischung von Menschen. Die Autos auf der Straße brausten vorbei. Irgendwann bremsten sie ab. Ein blau-weißer Streifenwagen stand ganz vorn an der Fußgängerampel, die jetzt auf Grün schaltete. Sie blickte durch die Windschutzscheibe, während sie über die Straße ging. Ein Kollege, den sie kannte? Sie sah, dass es ein Kollege vom Kurs an der Polizeischule war. Sie winkte, und er winkte zurück. Vermutlich fragte er sich, wohin sie an einem Samstagabend ging. Oder bildete sie sich das nur ein? Sie machte sich nur Gedanken, weil sie drauf und dran war, etwas zu tun, das ihre Kollegen kaum billigen würden. Am Stureplan ein Glas mit Josefin Arapovic zu trinken.

Amanda war eine Viertelstunde vor der vereinbarten Zeit da, weil sie einen Platz ganz hinten auf der Terrasse ergattern wollte. Weit weg von den Blicken der Kollegen, die womöglich vorbeikamen und sie ansprachen.

Josefin kam eine halbe Stunde später. Sie trug ein hellrosafarbenes Bodycon-Kleid mit V-Ausschnitt. Um einiges eleganter, als Amanda erwartet hatte. Andererseits hatte Amanda sich mit Josefin ja noch nie zuvor in der Stadt getroffen. Sie wirkte weltgewandt. Grüßte mehrere Leute auf dem Weg zu dem Tisch, an dem Amanda saß. Hinkte noch immer leicht nach dem Vorfall im Fitnessstudio.

Amanda stand auf, und sie umarmten sich.

»Mensch, wie hübsch du bist.« Josefin strich über Amandas Kleid. »Wo hast du das gekauft?«

»Bei NK. Aber vor langer Zeit.«

Josefin bestellte einen Mojito und Amanda ein Glas Mineralwasser. Sie traute sich nicht, Alkohol zu trinken. Nach dem Unfall vor der Kita hatte sie noch zweimal Halluzinationen bekommen. Einmal bei der Arbeit, als sie am Fenster ein Flugzeug sah, das geradewegs auf das Haus zuraste. In Wirklichkeit war es ein Vogel. Das zweite Mal zu Hause. Greta und Charlie stritten sich um ein Puzzle, als sich ihre Gesichter auf einmal in groteske Monstergrimassen verwandelten. Beide Male schaffte Amanda es, sich auf der Toilette einzuschließen, bis die Hirngespinste verschwanden. Danach war sie schweißgebadet gewesen. Zu Tode verängstigt. Wann würde es aufhören?

Alkohol war bis auf Weiteres ausgeschlossen. Sie gab vor, dass sie am nächsten Tag schon früh morgens einen Flug habe und arbeiten müsse, und Josefin verlor kein Wort darüber. Meckerte nicht herum wie manch anderer: »Aber ein Glas kannst du doch trinken, oder? Ach, was bist du langweilig.«

Stattdessen sprachen sie darüber, wie sehr Alkohol das Training negativ beeinflusste. Josefin erzählte, dass sie mindestens dreimal pro Woche ins Fitnessstudio gehe und zusätzlich zweimal Yoga zu Hause mache. In ihrer Welt war sie damit am oberen Limit. Amanda untertrieb, um ungefähr auf demselben Niveau zu landen. Sie jogge ein wenig und mache hauptsächlich Übungen mit dem eigenen Körpergewicht, am liebsten im Freien, wenn das Wetter es zulasse. Sie erwähnte auch, dass sie einmal pro Woche ins Fitnessstudio gehe, damit Josefin sich nicht wunderte, warum sie da gewesen war, als sie sich die Verstauchung zugezogen hatte. Josefin fand das interessant und wollte einmal mit zum Joggen kommen. Das durfte sie gern.

Josefin leerte ihren Mojito und bestellte einen weiteren. »Heute gönne ich mir das.« Sie kaute auf einem Blatt Minze. »Sonst sind andere Sachen besser, wenn man richtig Party machen will. Dann ist man am Tag danach fit. Oder?«

Amanda lächelte. »Ich weiß es nicht. Hab so etwas nie ausprobiert.«

Josefin hob die Augenbrauen. »Du nimmst mich doch auf den Arm.«

Amanda schüttelte den Kopf. In diesem Punkt würde sie sich nicht verstellen. Das hatte keinen Sinn. Es würde sofort auffallen. Ihr einer Trip zählte nicht. Das war eine Ermittlungsmaßnahme gewesen. Beim Partymachen konnte sie Josefin nicht annähernd das Wasser reichen.

»Kein Witz?« Josefin schüttelte den Kopf und schob die Lippen vor. »Ich mag dich. Du bist echt anders und versuchst nicht, jemand zu sein, der du nicht bist.« Sie schien es ernst zu meinen.

Amanda blickte sich um. Der mobile Polizeibus hatte wie üblich ein Stück entfernt geparkt. Einige Kollegen in Uniform standen davor. Erhöhten das Sicherheitsgefühl unter den Mitbürgern durch ihre Anwesenheit. Sie wandte sich wieder Josefin zu, und sie unterhielten sich angeregt. Josefin konnte nicht verstehen, dass Amanda keinen Freund hatte. Wie schaffte sie das nur? Amanda erzählte nur die halbe Wahrheit: Vor ein paar Jahren sei ihr das Herz gebrochen worden. Seither falle es ihr schwer, jemandem zu vertrauen. Vielleicht war es nicht die halbe Wahrheit. Eher eine umgekehrte Wahrheit. Egal: Josefin nahm das als Erklärung hin. Erwähnte erneut, wie viele nette Freunde Jovan habe.

»Du musst zu seinem vierzigsten Geburtstag kommen.«

Amanda versprach es.

Ein Mann kam an den Tisch und grüßte Josefin. Dunkelhäutig. Lockiges Haar. Amanda erkannte ihn. Nicht, dass sie sich für Fußball interessierte, aber er war im vergangenen Jahr ständig in den Nachrichten gewesen. Ein neuer aufsteigender Star.

Er streckte ihr die Hand hin: »Patric.«

»Elin.«

Hinter ihm stand ein zweiter Mann. Amanda erkannte ihn ebenfalls. Aus einem anderen Grund: Er hatte ihr bei einem Zusammenstoß mit der Polizei in Rinkeby einen Stein ins Gesicht geschmissen. Er trat vor.

»Andy.«

Amanda sah ihm gerade in die Augen. »Elin. Freut mich.«

Kein Zeichen des Wiedererkennens. Die Uniform hatte ihre Funktion erfüllt und sie zu einer Polizistin unter vielen gemacht. Das war ihr schon oft passiert. Dass sie Leuten begegnete, mit denen sie erst kurz zuvor im Dienst zu tun gehabt hatte. Verdächtigen, die sie stundenlang verhört hatte, Zeugen, Tätern. In normalen Klamotten und mit offenen Haaren wurde sie meistens nicht wiedererkannt. Und das war auch gut so.

Patric und Andy gingen weiter und setzten sich ein paar Meter weiter an einen Tisch.

»Du kennst ja jeden«, meinte Amanda.

Josefin zuckte die Achseln. »Ich bin ein bunter Hund.«

Amanda glaubte, einen Anflug von Enttäuschung in Josefins Augen zu entdecken, bevor sie wieder lächelte und ihr klingelndes Handy aus ihrer Handtasche holte. An Josefins weichem Ton erkannte Amanda, dass es Jovan war. Dann klang sie ernster. Antwortete mit »Ja«, »Nein« oder »Ich verstehe«. Sie legte auf und entschuldigte sich bei Amanda.

»Tut mir leid, aber ich muss Jovans Wagen nach Hause bringen.«

Amanda horchte auf. »Warum? Ist etwas passiert?«

»Nein, nein. Er wurde aufgehalten und will nur nicht, dass der Wagen zu lange in der Stadt parkt.« Josefins Blick flackerte unsicher zwischen ihrem Cocktail und dem Tisch hin und her.

Etwas stimmte nicht. Wie sehr war Josefin in Jovans Machenschaften verwickelt? »Du hast doch etwas getrunken«, sagte Amanda.

Josefin schien erst nicht zu verstehen, was sie meinte, dann brach sie in Lachen aus. »Ach ja. Ich bin so fürsorgliche Freundinnen nicht gewohnt. Du bist echt nett.«

»Willst du wirklich fahren?«

Josefin winkte den Kellner herbei. »Keine Sorge. Ich werde nie angehalten.«

»Ich dachte eher daran, dass du jemanden überfahren könntest«, erwiderte Amanda.

Josefin seufzte und bat den Kellner, sich mit der Rechnung zu beeilen. Sie war offenbar gestresst. »Dann musst halt du fahren.« Sie blickte Amanda herablassend an.

Amanda hörte in Josefins Stimme einen gewissen Trotz heraus. Wie bei einem Kind, das seinen Freund fragt, ob er sich traute.

Irgendetwas stimmte nicht.

Amanda streckte die Hand aus. »Gib mir die Schlüssel.«

Zehn Minuten darauf stiegen sie in Jovans BMW. Er war auf Josefins Schwester zugelassen, das hatte Amanda noch überprüft, nachdem sie Josefin ins Krankenhaus gebracht hatte. Daran lag es vermutlich, dass Josefin nie angehalten und kontrolliert wurde, wie sie meinte. Ihre Schwester war nicht vorbestraft. Josefin hingegen: verurteilt aufgrund mehrerer kleinerer Drogendelikte und Betrügereien. Kein rekordverdächtig umfassendes Vorstrafenregister, aber doch ausreichend lang, dass eine Streife das Blaulicht einschaltete und hinterherfuhr.

Amanda zog ihre Schuhe aus, um die Pedale betätigen zu können. Lieber barfuß als mit hohen Absätzen. Sie sah sich um, als sie den Motor anließ. Nichts Besonderes. Nur hohe Wohnhäuser im Umkreis. Jemand stand auf einem Balkon und rauchte. Sie mogelte sich auf den Valhallavägen und bemerkte, dass Josefin einige Male in den Rückspiegel schielte.

Amanda hielt an einer roten Ampel. Josefin fummelte an ihrem Handy herum.

Grün. Amanda gab Gas.

Ein Streifenwagen tauchte hinter ihnen auf.

»Scheiße!« Josefin erblasste.

»Was ist los?«

»Nichts, nichts. Ich mag nur keine Bullen.«

»Ich merke doch, dass irgendetwas nicht stimmt. Sag es mir, damit ich weiß, was ich machen muss.« Amanda wählte kleine Straßen, konnte die Kollegen jedoch nicht abschütteln. Nicht sehr verwunderlich. Amanda hatte in einem Ermittlungsbericht festgehalten, dass Jovan Blaku den BMW benutzte. Nicht die Schwester seiner Lebensgefährtin, auf die der Wagen zugelassen war. Kein Wunder, dass er jetzt im Fahndungsregister war. Verdammt! Die Streife hinter ihnen wusste, dass der Wagen der jugoslawischen Mafia gehörte, die derzeit unter scharfer Beobachtung stand.

Das Blaulicht wurde eingeschaltet. Die Sirene heulte kurz auf. Ein klares Signal. STEHEN BLEIBEN.

»Raus mit der Sprache, Josefin!«, rief Amanda. »Wir haben keine Zeit für Lügen! Was auch immer es ist, sag es mir!«

Seltsame Atemgeräusche auf dem Sitz neben ihr. Josefin hyperventilierte. »Es sind Drogen im Auto.«

Amanda packte das Lenkrad fester. »Wie viel?«

»Viel.«

Keine Zeit für Diskussionen. Keine Zeit, Josefin eine kräftige Ohrfeige zu verpassen.

Sie blinkte rechts und hielt an der Bürgersteigkante.

Josefin schlug lahm mit den Fäusten auf Amandas Arme ein. Schwarzes Mascara rann ihre Wangen herab. »Was machst du? Wir müssen abhauen!«

Amanda verstand. Es war eine GROSSE Menge Drogen im Wagen.

Das war ein schweres Drogendelikt und bedeutete mindestens zwei Jahre Gefängnis. Die Höchststrafe lag bei zehn Jahren.

Amanda würde ihren Job verlieren – doch das war ihre geringste Sorge. Die Kinder!

»Halt den Mund!« Sie blickte in den Rückspiegel. Zwei männliche Kollegen stiegen aus dem Streifenwagen und kamen lässig auf das Auto zu. Sie erblickten zwei Frauen im Wagen. Kein Anlass, besonders auf der Hut zu sein. Großer Fehler.

Sie trat das Gaspedal durch und sah im Rückspiegel, wie die Kollegen zu ihrem Wagen zurückrannten. Der eine fummelte an der Sig Sauer an der rechten Hüfte herum und schien nicht zu wissen, was er tun sollte. Amanda bog nach rechts ab. An der nächsten Kreuzung nach links. Bog so oft ab wie möglich, während sie versuchte, aus dem Labyrinth der Gassen herauszufinden. Sie wusste, was jetzt geschah.

Die Streife rief die Einsatzzentrale an.

Erregte Stimme: »Ein silberfarbener BMW ist auf der Flucht. Zwei Frauen im Wagen. Richtung Vanadisvägen.«

Der Mitarbeiter in der Einsatzzentrale benachrichtigte sämtliche Streifenwagen. Beschrieb das flüchtige Fahrzeug. Die

Kollegen wollten wissen, um welches Vergehen es sich handelte.

Die Streife hatte im Moment nichts. Vielleicht ein Verkehrsdelikt. Aber allen war klar: Etwas Interessantes befand sich im Auto. Sämtliche verfügbaren Kräfte würden hinzugezogen.

Die Jagd auf ein flüchtiges Fahrzeug. Das Beste, was es gab.

Josefin hatte sich beruhigt. Umklammerte noch immer den Griff über der Tür. Schien begriffen zu haben, dass Amanda sich nicht schnappen lassen wollte.

Amanda fuhr in Richtung Autobahn. Es würde ein paar Minuten dauern, bis der Aufruf an alle Streifenwagen rausgegangen war. Hoffentlich hockte an diesem Abend ein träger Beamter in der Einsatzzentrale.

Sie rauschte über die Tranebergsbron. Ihnen kam ein Streifenwagen mit Blaulicht entgegen, der aber erst auf der anderen Seite der Brücke wenden konnte. Sie bog nach rechts in eine Straße mit Mehrfamilienhäusern ab und sagte zu Josefin: »Ich werde mit den Drogen verschwinden. Du bleibst beim Wagen, umrundest ihn ein paarmal und gehst vor und zurück. Wenn die Bullen kommen, sagst du ihnen, dass die Leute, die ihn gefahren haben, abgehauen sind. Dass du keine Ahnung hast, wer sie sind.«

Entweder Josefin verstand sie nicht, oder sie war nicht sonderlich überzeugt von dem Plan.

»Mit deinem Fuß kannst du nicht rennen«, sagte Amanda mit Nachdruck. »Das Schlimmste, was dir passieren kann, ist, dass sie dich wegen Trunkenheit am Steuer festnehmen. Ich bewahre sowohl dich als auch mich vor einer langen Gefängnisstrafe.«

Der Groschen fiel zumindest ein bisschen. Josefin musste nicht alles verstehen. Hauptsache, sie tat das, was Amanda ihr gesagt hatte.

Amanda bremste hart, und sie wurden erst nach vorn und dann nach hinten gegen die Nackenstützen geschleudert. Schnell stiegen sie aus. Josefin versuchte, im Kofferraum den Reservereifen herauszunehmen. Amanda stieß sie beiseite. Zerrte. Zog. Hob den Reifen heraus. Packte eine schwarze Tasche.

»Ist das alles?«, fragte sie.

Josefin nickte.

»Ich melde mich bei dir. Nicht umgekehrt. Ist das klar?« Josefin nickte erneut.

Amanda rannte los. Die Tasche über der Schulter. Die neu gekauften Schuhe in der Hand.

Wohnhäuser zur Linken. Das Wasser zur Rechten. Sie kannte die Gegend. Hier joggte sie oft. In Laufschuhen. Sportklamotten. Nicht barfüßig in einem Kleid!

Harter Asphalt. Einige kleine Kieselsteine bohrten sich in ihre Fußsohlen. Das Kleid spannte um die Oberschenkel und behinderte sie. Sie zog es bis zur Hüfte hoch und rannte schneller.

Sie hörte Sirenen in der Nähe.

Um diese Uhrzeit waren nicht viele Leute unterwegs, aber doch immer jemand, der den Hund Gassi führte oder einen Spaziergang machte. Sie hörte auf zu rennen, wenn sie jemandem begegnete. Zupfte ihr Kleid zurecht und ging ruhig mit der Tasche weiter. Unterdrückte das Keuchen. Eine ältere Frau, die eine Katze an einer Leine führte, lächelte und fragte, ob ihr die Füße wegen der hohen Absätze wehtäten. Amanda nickte lächelnd. Rannte wieder los, als die Frau außer Sichtweite war.

An einer kleinen Badestelle, an Kleingärten vorbei. Sie lief, wenn möglich, auf Gras.

Waren die Sirenen jetzt näher gekommen? Hatten sie Josefin gefunden? Und hoffentlich hatte sie das gemacht, was Amanda ihr gesagt hatte. Ein paar Runden um den Wagen gedreht, damit es die Hunde schwerer hatten, Witterung aufzunehmen. Denn garantiert würde ein Hundeführer hinzugerufen. So etwas war deren Traumjob. Einen Gauner jagen, der von Streifenwagen umzingelt war. Einen Gauner, der sich in einem Gebüsch verkroch, weil überall Blaulicht blinkte und Sirenen zu hören waren.

Aber sie wussten nicht, wen sie dieses Mal jagten.

Sie entschied sich, durch das Industriegebiet zu laufen. Das Risiko, jemanden zu treffen, war dort geringer. Nah am Wasser, falls sie gezwungen sein würde hineinzuspringen.

Graue Gebäude. Werkstätten. Autowracks.

Sie näherte sich ihrem Ziel. Schöpfte ein wenig Hoffnung, dass sie es tatsächlich schaffen könnte. Neue Energie. Größere Schritte. Das Kleid bis zur Taille hochgezogen.

Der Ulvsundavägen lag wenige Hundert Meter entfernt. Dort fuhr langsam ein Wagen mit Blaulicht entlang. Sobald das Licht verschwunden war, spurtete sie zu der Holzbrücke, die unter der Straße entlangführte, über die der Streifenwagen gefahren war. Das Wasser gluckerte. Sie atmete aus und wurde etwas langsamer.

Die Rückseite der Shell-Tankstelle auf der linken Seite. Lillsjön auf der rechten.

Das Blaulicht war hartnäckig. Zwang sie, wieder schneller zu laufen.

Die Tasche drückte ihr schwer auf die Schulter, und sie keuchte angestrengt. Es war nicht mehr weit. Die Rettung lag eine Minute entfernt, wenn sie zügig vorankam.

Weitere Kleingärten. Sie lief durch eine Straße in einem Wohnviertel. Sie war noch nie so froh gewesen, ihr Haus zu erblicken. Eine rote Holzvilla mit vier Wohnungen. In ihren Fenstern war es dunkel. Sie sah zu Elsas Schlafzimmer hoch. Als Babysitterin war sie unersetzlich. Der schwache Schein einer

Lampe, die – wie Amanda wusste – auf dem Nachttisch stand. Greta und Charlie wollten immer, dass sie an war, wenn sie dort übernachteten.

Amanda schlich sich ins Haus. Hielt die Tür fest, damit sie nicht ins Schloss fiel. Leise stieg sie die Treppe hoch und holte Elsas Schlüssel aus ihrer Wohnung. Vorsichtig öffnete sie die nachbarliche Wohnungstür. Elsa schlief immer tief. Die Kinder hatten ihr erzählt, dass sie oft »superlange« ihr Gesicht betatschten, bis sie aufwachte.

Amanda stellte die schwarze Tasche in den Putzschrank in der Küche, schlich in ihre Wohnung hinüber und schloss die Tür ab.

Als sie auf die Straße hinabblickte, entdeckte sie einen Schäferhund, der auf ihr Haus zukam.

Sie konnte die Worte, die der Hundeführer ins Funkgerät sprach, förmlich hören.

»Er zieht gut an der Leine.«

29

Adnan wollte einfach nur im Bett bleiben und sich unter der Decke verkriechen. Obwohl es Sabrines Bett war, in dem er lag. Ein Gedanke holte ihn ständig ein – er musste sich eine eigene Bude besorgen.

Er hörte, wie sie in der Küche hantierte. Der Wasserhahn lief. Wurde zugedreht. Der Küchenschrank geöffnet. Er blickte auf sein Handy. 10.47 Uhr. Shit, so früh noch. Er war gegen fünf Uhr morgens nach Hause gekommen. Nun ja, nach Hause. Zu Sabrine. Er griff wieder nach seinem Handy und suchte eine Webseite mit Wohnungsangeboten heraus. Preisspanne bis zweitausend Kronen. Adnan konnte sich nichts Großes leisten, aber das war ihm egal. Er brauchte nicht viel Platz. Nur etwas Eigenes! Er geriet ins Träumen. Wurde von den klischeehaften Sätzen der Makler inspiriert: *Luxuriöse Zweizimmerwohnung mit eigener Terrasse. Gemütliche Dachgeschosswohnung mit einzigartigen Holzbalken. Zentrale Einzimmerwohnung mit sehr guten Einkaufsmöglichkeiten gleich um die Ecke. Sehr gute Anbindung an die öffentlichen Verkehrsmittel.*

Im Hinterkopf erinnerte ihn eine leise Stimme an seine Schulden.

Fuck! Er brauchte Kohle.

Und jetzt hatte er die Gelegenheit.

Er war wieder in Milorad Kraljevics Stall aufgenommen worden. Der Einstiegstest hatte seine Psyche ordentlich auf die Probe gestellt. Die Albträume wechselten sich ab: Er schlug immer wieder auf das Handtuch ein, das rote Flecken bekam. Bojan schrie tief unten auf dem Meeresgrund. Adnan auf dem Weg hinab in die Tiefe, um ihn zu retten. Blieb in einem Fischernetz hängen. Bekam keine Luft mehr. Adnan, wie er mit der Beute davonrannte. Adnan mit einer Automatikwaffe. Zielte auf sie. Schoss ihr in die Brust.

Adnan, ich bin schwanger.

Die Träume waren unkontrollierbar. Unzusammenhängend.

Er erwachte immer durchgeschwitzt. Keuchend.

Sebbe hatte ihn hinterher beschuldigt: »Du hast die Schläge nur gefakt.« Fick dich, Sebbe! Dieser Arsch hatte keine Sympathie. Oder hieß es Empathie? Scheißegal!

Sabrine kam ins Schlafzimmer. Ein durchsichtiges Nachthemd mit Leopardenmuster. Kein BH. Man sah die hervorstehenden steifen Brustwarzen durch den Stoff.

»Ich habe Frühstück gemacht. Möchtest du etwas?«

Adnan war nicht im Geringsten hungrig. Wollte einfach nur schlafen und keine Albträume haben. Andererseits: Er wollte nicht grob sein. Sie war lieb, und sie war Diars kleine Schwester. Er durfte bei ihr wohnen. Hatte ihr noch keinen Cent dafür gegeben, und sie beklagte sich nicht. Er würde es ihr irgendwann zurückzahlen. Sobald er endlich an Geld kam.

Sein Blick wanderte wieder zu den hervorstehenden Brustwarzen. Sein Schwanz wurde unfreiwillig hart.

Ein unbekanntes Funkeln in ihren Augen. Animalisches Selbstvertrauen.

Sie machte einen Schritt auf das Bett zu. Hob die Arme und zog das Nachthemd über den Kopf. Es landete auf dem Boden. Weißer Slip mit rosafarbenen Herzchen. Kindlich, aber der Schwanz blieb steif.

Er schluckte. Versuchte, woandershin zu schauen, aber die Titten lockten ihn wie ein verlorener 1000-Kronen-Schein auf der Straße.

Sie war hübsch. Diars Schwester. Er würde ihr wehtun.

Sie setzte sich aufs Bett. Zog die Decke weg. Strich mit der Hand über seine Unterhose.

Scheiße!

Es war nicht zu verhindern.

Er drehte sie um, sodass sie auf allen vieren hockte. Ertastete, ob sie ausreichend feucht war.

Verdammt! Aber es war so verflucht lange her.

30

Pia beugte sich zum Bildschirm vor, um besser sehen zu können. Nachdem sie dieses sonderbare Geschenk erhalten hatte, war sie nun bei der Bildanalysegruppe in Kungsholmen, um die Überwachungsfilme durchzugehen. Jedes Mal, wenn sie die Augen schloss, sah sie den bleichen Arm auf dem Badezimmerteppich vor sich. *CCCC.*

Sie hatte sofort die Notrufzentrale angerufen, und eine Streife war so rasch vor Ort gewesen, dass sie beinahe glaubte, die Beamten hätten vor ihrer Tür gewartet. Sie sperrten die Wohnung ab und vernahmen sie. Aber viel konnte sie nicht sagen. Sie war einmal fast von einem dunklen BMW überfahren worden und hatte sich mehrmals von einem ähnlichen Fahrzeug verfolgt gefühlt. Das musste damit etwas zu tun haben.

Aber der Einsatzleiter war nicht sonderlich von dieser Theorie überzeugt, als sie mit ihm am Telefon sprach. »Da muss es keinen Zusammenhang geben. Wir müssen die Ermittlungen abwarten.« Bullshit! Er redete mit ihr, als wäre sie irgendwer. Sie war stellvertretende Staatsanwältin! Seine verfluchte Chefin. Dann beruhigte sie sich. Es war ein klassischer Kommentar, weil derjenige keine genaueren Kenntnisse zu dem Fall hatte. Und wie auch?

Der Arm gehörte Bojan Jelic. Das fand man schnell heraus, da er schon seit Langem im DNA-Register der Polizei aufgeführt war. Damit konnte Pia sich leicht ausrechnen, wer dahintersteckte. Milorad Kraljevic. Die Botschaft war klar: Halt dich aus unseren Geschäften raus!

Sie hatte die Anklage gegen Bojan Jelic vertreten, der mit einer sehr milden Strafe wegen illegalen Drogenbesitzes davongekommen war. Jetzt war er höchstwahrscheinlich tot, zumindest verstümmelt. Dies musste bedeuten, dass er Mist gebaut und es riskiert hatte, etwas sehr Wichtiges zu verraten. Milorad Kraljevic drohte der Staatsanwaltschaft. Beim letzten Mal hatte er es auf Magnus abgesehen gehabt. Damals hatten Milorads Lakaien ihr Auto angezündet, während sie im Bett gelegen und geschlafen hatten. Was hatte Magnus im Zusammenhang mit Kraljevic entdeckt?

Pia hörte eine vertraute Stimme hinter sich und drehte sich um. Amanda Paller grüßte ein paar Leute aus der Videoanalysegruppe, bevor sie zu Pia herüberkam. Es war Amandas Idee gewesen, auf sämtlichen Überwachungsfilmen aus Pias Viertel nach einem potenziellen Täter zu suchen, der sich zur Tatzeit in der Nähe des Hauses aufgehalten hatte. Sie hatten Material von zwei Bankautomaten, vom Eingang eines Supermarkts und vom Systembolaget, wo alkoholische Getränke verkauft wurden. Björn und die Kinder waren um 15 Uhr kurz nach Hause gekommen und wieder gefahren, Pia war ein paar Minuten nach fünf eingetroffen. In der Zwischenzeit hatte der Täter sein Geschenk in Hjalmars Turnbeutel hinterlassen, die der Junge vor der Tür vergessen hatte, weil sie so eilig wieder aufgebrochen waren.

»Hallo. Wie geht es dir?« Amanda umarmte Pia.

Pia fühlte sich von dieser netten Geste überrumpelt. »Gut, danke. Und dir?« Sie biss sich auf die Lippe. Warum fragte sie das? Amanda sah blendend aus. Enge Jeans, helles T-Shirt. Roch nach einem frischen, sportlichen Parfum.

»Bestens. Wie läuft es?« Amanda schob einen Bürostuhl von einem leeren Schreibtisch heran und setzte sich neben Pia.

»Das wird eine Weile dauern«, antwortete Pia. »Ich weiß nicht richtig, nach was ich suchen soll.«

»Ja, es ist ein Schuss ins Blaue. Vielleicht erkennst du jemanden. Oder jemand hat etwas in der Hand.«

»Fast alle haben eine Tasche dabei.«

»Stimmt«, sagte Amanda. »Wahrscheinlich haben sie einen Laufburschen angeheuert.«

Pia drückte wieder auf *Play*. Menschen gingen in den Supermarkt oder kamen heraus. Eine Mutter mit drei Kindern. Ein älterer Mann mit Kappe. Drei Jugendliche. Ein junger Mann mit einer Tasche. Er kam bisher am ehesten infrage, aber er konnte irgendwer sein. Sie seufzte. Das würde dauern.

Die anderen aus der Videoanalysegruppe schienen hingegen alle Zeit der Welt zu haben. Sie waren zu fünft. Einer trank Kaffee und hatte die Beine auf den Schreibtisch gelegt, einer spielte an seinem Computer Patience, und ein anderer fummelte an seinem Handy herum. Um halb zwölf verschwanden sie zum Mittagessen und kehrten nicht vor eins zurück. Gegen zwei erklärte der Mann, der offenbar der Chef der Gruppe war, dass sie nun schießen gehen würden. Pia und Amanda dürften dableiben.

Pia aß den letzten Rest ihres Sandwichs, das Amanda zwischendurch in der Cafeteria gekauft hatte. »Sind die meisten hier nicht zivile Angestellte? Müssen die auch Schießübungen machen?«

Amanda zuckte mit den Achseln. »Nur zwei von ihnen sind Polizisten, glaube ich. Aber die anderen finden es spaßig.«

»Man hat den Eindruck, dass sie nicht allzu viel zu tun haben«, meinte Pia.

»Du, ich kenne zufällig die vorherige Chefin, sie wurde rausgeschmissen, weil sie der Meinung war, dass die Leute ein paar mehr Dinge bewältigen könnten. Es kam überhaupt nicht gut an, dass jemand von außerhalb wie sie alte Muster aufbrechen wollte.«

»Das klingt, als hätten sie diese Gruppe schon längst einmal auflösen sollen.«

Amanda nickte. »Du weißt ja auch, wie es in dieser Behörde funktioniert. Man entfernt nur den, der unbequem ist.«

»Fürchterlich.« Pia sah konzentriert auf den Bildschirm und blinzelte mehrmals.

»Du bist doch auch Chefin«, sagte Amanda. »Da herrscht doch bestimmt auch manchmal dicke Luft.«

»Wenn du wüsstest.« Pia erzählte von Thomas. Von seinem Problem damit, sie als Chefin zu akzeptieren. Seinen Sticheleien. Sie merkte, dass man mit Amanda gut reden konnte. Es war schwer, sie nicht zu mögen. Auch Pias Exmann hatte sie gemocht. Die Eifersucht brannte, obwohl es schon lange her war.

»Was hast du eigentlich an Magnus gefunden?«, platzte Pia heraus, bevor sie sich zurückhalten konnte. Sie hatte so viel darüber nachgedacht und musste es einfach wissen.

Amanda blickte sie eine Weile an, bevor sie antwortete. »Ich war wohl geschmeichelt. Er war Kommissar und ich eine Anwärterin. Eine bessere Erklärung habe ich nicht. Weißt du, ich bin darauf ganz und gar nicht stolz, und es tut mir leid, wenn ich dir damit wehgetan habe.«

Pias Beine unter dem Schreibtisch begannen zu zittern. Ihr Herz klopfte wild. Warum reagierte sie noch immer so empfindlich? Ihr war Magnus doch längst egal. Es interessierte sie nur, warum alles so schiefgegangen war. Ob Amanda andere Absichten gehabt hatte.

Sie wollte das Thema so schnell wie möglich beenden.

»Du kennst ja die ganze Geschichte«, sagte Pia und blickte vom Bildschirm auf. »Heute bin ich nur froh, dass ich ihn los bin.«

»Du hast jemand Neues kennengelernt, oder? Habt ihr auch Kinder zusammen?«

Pia nickte. »Björn. Er hat zwei Kinder aus einer früheren Ehe.« Der Gedanke, dass es nicht ihre eigenen waren, verursachte sofort wieder Magenschmerzen.

»Wollt ihr ein gemeinsames Kind?«, fragte Amanda.

»Ich hoffe es. Björn findet, wir sollen noch ein bisschen warten, bis sich seine beiden an die neue Situation gewöhnt haben.«

»Ist Björn nicht Arzt?«

»Ja.«

»Dann sollte er kapieren, dass eine Frau nicht ewig warten kann.«

Pia musste lachen. Amanda war wirklich sehr direkt.

»Wir sollten mal zusammen ein Glas trinken gehen«, meinte Amanda.

Pia war vollkommen baff. Andererseits: Dann könnte sie vielleicht mehr herausfinden. »Das ist eine gute Idee. Wir haben einiges zu besprechen.« Sie konzentrierte sich wieder auf den Bildschirm. Ein Vater mit einem Kinderwagen. Eine ältere Dame mit einem Rollator. Eine jüngere Frau mit langen braunen Haaren. Eine Familie mit drei Kindern. Sie drückte auf Pause. Spulte zurück. Schaute noch einmal genauer hin.

»Hast du etwas gesehen?« Amanda beugte sich vor.

Aufmerksam studierte Pia die Videosequenz. Drückte auf Pause, als die junge Frau am Bankautomaten vorbeiging. Das Gesicht war im Profil zu erkennen. Sie kannte es. Das Einzige, was nicht stimmte, war das offene Haar. Die Frau hatte es beim letzten Mal zu einem Knoten aufgesteckt gehabt. Es war die Frau, die Pias Geldbeutel gefunden hatte und bei der Gerichtsverhandlung mit Bojan Jelic dabei gewesen war.

Um ihren Arm hing eine große Handtasche.

31

Nach der Arbeit fuhr Amanda mit der U-Bahn nach Söder. Ihr Wagen war noch immer in der Werkstatt, und dem Typen zufolge, der ihn entgegengenommen hatte, würde es noch eine Weile dauern.

Sie stieg in Slussen aus und ging das letzte Stück zu Fuß in Richtung Mariatorget und Josefins Schönheitssalon. Die Sonne wärmte noch immer, und Amanda blickte zum hellblauen Himmel empor. Auf einem Spielplatz kreischten ein paar Kinder auf einer Rutsche. Ihr schlechtes Gewissen meldete sich. Sie wollte an einem so herrlichen Spätsommertag auch bei ihren Kindern sein. Dann hätten sie weiter Radfahren üben können.

In letzter Sekunde wich sie auf dem Gehsteig einem Typen auf einem Skateboard aus. Er musterte sie fragend, und sie merkte, dass sie lächelnd tagträumte. Gott, wie sie sich nach den beiden sehnte. Aber sie musste diese Sache jetzt regeln, es gab kein Zurück. Sie konnte nicht ewig Drogen bei sich verstecken. Es war alles schon so schlimm genug.

Beim Anblick des Hundeführers vor ihrem Haus hatte sie ihrem glücklichen Stern gedankt, dass sie es in ihre Wohnung geschafft hatte. Ihre Kollegen konnten nichts tun. Sie würden niemals einen Durchsuchungsbefehl für vier Wohnungen bekommen, nur weil der Hund einer Fährte bis zu dem Haus gefolgt war. Außerdem hatten sie nur Verkehrsdelikte gegen sie in der Hand. Die Polizisten – oder Kollegen – hatten keine Chance. Sollte ein Zeuge beobachtet haben, wie sie ins Haus gerannt war, wüssten sie trotzdem nicht, in welche Wohnung.

Außerdem hatte Amanda die Tasche in Elsas Putzschrank gestellt, und gegen eine ältere Dame würde sich der Verdacht niemals richten. Amanda zwang sich, kein schlechtes Gewissen zu haben. Hätten ihre Kollegen entgegen aller Wahrscheinlichkeit die Tasche gefunden, dann hätte sie alles auf sich genommen.

In ihrer Küche hatte sie sich auf den Boden gesetzt und das Kleid ausgezogen. War zum Putzschrank gekrochen und hatte den Staubsauger hervorgeholt. Hatte das Kleid zusammengeknüllt und unter dem Staubsaugerbeutel versteckt. Das schmerzte ein wenig. Es war eines ihrer Lieblingskleider und hatte zweitausendfünfhundert Kronen gekostet. Aber nach diesem Abend musste sie es entsorgen. Sie kroch weiter ins Badezimmer und holte Feuchttücher, mit denen sie sich die Schminke abwischte. Sie wollte den Wasserhahn nicht aufdrehen, weil das womöglich jemand gehört hätte. Im Schlafzimmer zog sie sich ein weites T-Shirt an, das sie als Nachthemd verwendete. Dann kehrte sie in die Küche zurück, die der einzige Raum mit einem Fenster zur Straße hin war. Sie hörte Stimmen, verstand aber nicht, was sie sagten. Vermutlich diskutierten ihre Kollegen. Der Hund hatte sie bis zum Hauseingang geführt. Aber der Hundeführer konnte nicht einmal mit Sicherheit sagen, ob es die richtige Fährte war.

Nach einer Weile verstummten die Stimmen, und Amanda wagte es, aufzustehen und hinter ihrer Birkenfeige hervorzulugen. Die Straße war leer. Sie setzte sich noch eine Weile hin, um ganz sicherzugehen. Dann schlich sie wieder in Elsas Wohnung, holte die Tasche und versteckte sie im Keller.

Dort lag sie noch immer, aber nicht mehr lange.

Amanda öffnete die Tür des Salons, und eine Glocke schellte. Josefin zupfte gerade einer Kundin die Augenbrauen und wirkte erstaunt. Rasch fasste sie sich und rief: »Hallo!« Sie entschuldigte sich höflich bei ihrer Kundin und ging zu Amanda.

»Ich würde gern einen Termin vereinbaren«, sagte Amanda.

»Gern, für wann?« Josefin nahm ihren Kalender.

Amanda legte einen Zettel auf den Tisch, und Josefin nahm ihn.

»Haben Sie am Freitagvormittag noch etwas frei?«

Josefin spielte mit und nickte, obwohl die Kundin die Augen geschlossen hatte. »Passt es Ihnen um zehn Uhr?«

Ihre Blicke trafen sich, und Amanda versuchte, den Ausdruck in Josefins Augen zu deuten. Dankbarkeit? Angst? Nervosität?

Sie bedankte sich und ging zur Tür. Die Glocke erklang wieder, und Amanda trat auf die Straße. Hoffentlich verstand Josefin die Anweisungen auf dem Zettel.

Der Zug aus Malmö fuhr um 19.53 Uhr auf Gleis 3A ein. Die Bremsen quietschten, und ein kalter Luftzug fuhr durch Amandas Haare. Viele Leute mit Rucksäcken, Reise- und Sporttaschen stiegen ein und aus. Die Abfahrtszeit des Zuges in Richtung Norden war Punkt 20.00 Uhr. Dann wollte Amanda ohne den Koffer in ihrer Hand den Bahnsteig verlassen. Noch nie zuvor hatte sie sich so beobachtet gefühlt. Es war, als würden alle sie anstarren und denken: Was für einen großen Koffer du hast, was für komische Klamotten du trägst, dich kenne ich doch. Bist du nicht neulich in der Nacht in einem Kleid durch die Gegend gerannt?

Poch, poch, poch. Ihr Herz war kurz davor, aus ihrer Brust zu springen.

Sie hatte überlegt, wie die Übergabe möglichst risikofrei vonstattengehen könnte. Am liebsten hätte sie alles zum Teufel gejagt. Die Toilette runtergespült. Aber das war natürlich ausgeschlossen, wenn sie lebendig aus der Sache rauskommen wollte. Vielleicht war sie so oder so geliefert. Sie war unfreiwillig an eine Ladung von Milorad Kraljevics Drogen gelangt. Vielleicht wusste der Jugoboss nichts von dem Verlust. Das war vermutlich nichts, was Jovan Blaku ihm brühwarm erzählte. Hoffentlich schwitzte er mehr Wasser als die Niagarafälle und begriff, dass Josefins Freundin Elin ihm den Arsch gerettet hatte.

Amanda war zu dem Schluss gekommen, dass der Hauptbahnhof ein geeigneter Ort war. Viele Menschen und viele Koffer. Der Nachteil: überall Kameras. Konnte jedoch auch ein Vorteil sein – sie würden sie nicht an Ort und Stelle umbringen.

Sie blickte zur Uhr. 19.55 Uhr. Hielt den Koffer am herausgezogenen Griff. Sie hatte ihre Laufklamotten angezogen. Eine schwarze Tight und eine weiße Trainingsjacke mit extralangen Ärmeln, die ein Loch für die Daumen hatten. Darunter trug sie ein schwarzes Shirt mit einer Kapuze, die sie über den Kopf gezogen hatte. Den Koffer hatte sie zu diesem Zweck neu gekauft. Man konnte nicht vorsichtig genug sein.

Am Tag zuvor hatte Vicky angerufen und gesagt: »Ich hoffe, es war ein Zufall, dass der Hundeführer ausgerechnet vor deinem Haus gelandet ist.« Ihre Stimme klang scharf wie Stacheldraht.

»Oh, echt?«, erwiderte Amanda. »Ich war gestern spätabends noch joggen, vielleicht hat der Hund meine Witterung aufgenommen.«

»Na logisch.«

»Du weißt, dass ich oft laufen gehe.«

»Klar, ich weiß. Und ich kenne dich inzwischen gut genug. Ich will nicht mehr wissen. Was wir in der Hütte gemacht haben, war ein großer Fehler. Ist es das wirklich wert? Du musst an Greta und Charlie denken, sie sind wichtiger als alles andere.«

Vickys Worte berührten Amandas wunden Punkt. Aber die Kinder waren auch Vickys wunder Punkt. Sie hatte alles von Anfang an miterlebt. Sie hatte Amandas Bauch wachsen sehen.

Hatte die Tritte gespürt. Hatte sie in den Kreißsaal gebracht und ihr während der Wehen die Stirn abgetupft. Sie hatte zu Beginn bei Amanda gewohnt und ihr geholfen, die Windeln zu wechseln und Milchersatz zu kochen. Durch den Schlafmangel und die große Umstellung erinnerte Amanda sich an diese erste Zeit nur sehr bruchstückhaft. Sie liebte Vicky, weil sie für sie da gewesen war. Amandas Selbstvertrauen war mehrmals ins Wanken geraten: Würde sie es als Alleinerziehende mit Zwillingen schaffen? Vicky war ihre einzige Sicherheit gewesen. Die Einzige, die wusste, wer der Vater der Kinder war.

»Du weißt, dass ich das wegen Greta und Charlie tun muss.« Amanda umklammerte ihr Handy. »Ich kann ihnen vielleicht nicht für alle Zeit verheimlichen, wer ihr Vater ist.«

Vicky schwieg. Ihre Stimme hatte die Schärfe verloren, als sie schließlich antwortete. »Was auch immer du treibst, sei vorsichtig. Göran hat entschieden, Jovan Blaku und Josefin rund um die Uhr überwachen zu lassen. Er weiß noch nicht so recht, was er damit anfangen soll, dass dein Haus ins Visier geraten ist. Hat dasselbe gesagt wie du eben, dass der Hund irgendeiner Spur gefolgt sein kann. Aber er behält es sicher im Hinterkopf.«

Sie hatten aufgelegt.

Amanda blickte wieder zur Uhr. 19.57 Uhr.

Würde jemand auftauchen, wie sie Josefin angewiesen hatte? Sie schaute sich um. Reisende eilten zum Zug. Leute warteten auf den Bahnsteigen. Ein paar redeten miteinander. Die meisten fingerten an ihren Handys herum.

»Entschuldigung, haben Sie eine Zigarette?«, erklang eine Stimme ohne Vorwarnung hinter Amanda. Sie fuhr herum. Ein junger Mann lächelte sie an. Das Lächeln erreichte jedoch nicht seine grünen Augen. Sie schüttelte den Kopf. »Leider nicht.«

»Schade.« Er stellte sich neben sie. Die Hände in den Taschen seiner Weste.

Er war von durchschnittlicher Statur, hatte aschblondes Haar. Seine Haut verriet, dass er in seiner Teenagerzeit viele Pickel gehabt hatte. Ihr Herz schlug wild. Es war Zeit für die Übergabe. Sie ließ den Griff des Koffers los und ging davon. Schnelle Schritte. Runter vom Bahnsteig. Hinein in das Menschengewimmel. Sie marschierte im Zickzack. Raus auf die Straße. Sie drehte sich kein einziges Mal um. Zog die Jacke aus und stopfte sie in einen Mülleimer. Schaltete den Pulsmesser ein und joggte nach Hause.

32

Es war das zweite Mal, dass Adnan es mit Sabrine trieb. Er versuchte, sich zu konzentrieren. Sie waren bestimmt schon über eine halbe Stunde bei der Sache. Und da war das Vorspiel noch nicht einberechnet. Viel Energie hatte er darauf nicht verschwendet, ein bisschen an den Brüsten rumgedrückt und zwischen ihren Beinen gefummelt. Jetzt hockte sie rittlings auf ihm im Bett und bewegte sich auf und ab. Ihr Gesicht glänzte, und das lockige Haar klebte ihr an den Wangen. Aus dem Mund kamen merkwürdige Laute, die sich im Takt mit ihren Bewegungen änderten. Auf und nieder. Kreisend. Reibend vor und zurück. Ihre Brüste wippten. Hatte sie nicht ungewöhnlich lange Brustwarzen? Er schloss die Augen und versuchte, sich an irgendeine erotische Filmszene zu erinnern, die ihn aufgeilen könnte. Sah stattdessen die Frau vor sich, die gestern Abend aus der Bahnhofshalle gekommen war. Er hatte an einer Bushaltestelle gestanden und Wache geschoben, während Sebbe zum Bahnsteig gegangen war, um die Ladung zu holen. Die Ladung, die sie eigentlich am Samstag schon hätten erhalten sollen, aber Jovan hatte sie verloren – total bizarr. Die Bullen hatten offenbar den Wagen angehalten, als Jovans Braut und irgendeine Freundin von ihr unterwegs waren, um das Zeug abzuliefern. In Adnans Ohren: unprofessionell. Andererseits auch gut, zu hören, dass selbst Jovan mal einen Fehler machte. Natürlich bekamen Adnan und Sebbe den Auftrag, das Ganze auszubügeln. Sie beschlossen, dass es am sichersten war, Sebbe vorzuschicken, weil jeder Bulle Adnan auf zehn Kilometer Abstand erkannte.

Er hatte sich zu den anderen gestellt, die auf einen Bus warteten. Hielt Ausschau nach Sebbe, während er so tat, als würde er den Fahrplan studieren. Auf einmal entdeckte er die Frau, die ihre Trainingsjacke auszog und in einen Mülleimer schmiss. Blonder Pferdeschwanz. Schwarze Laufklamotten. Sie schaute sich um, als sie die Straße überquerte. Joggte davon. Adnans Herz schlug einen Salto. War sie das? Auf die Entfernung war es unmöglich zu erkennen. Er lief ihr ein Stück hinterher, hielt aber rasch inne. Sie war bereits im Gewimmel auf dem Bürgersteig verschwunden. Außerdem trug er eine Jeans und ein Hemd. Wenn er losrannte, würde er zu viel Aufmerksamkeit erregen. Er bildete sich das sowieso nur ein. Dachte zu viel an die Braut, die sein Leben kaputt gemacht hatte. Aber das mit der Jacke war verdammt komisch. Er ging zu dem Mülleimer und holte sie heraus. Sah zugleich Sebbe aus einem anderen Eingang kommen. Er zog einen Koffer hinter sich her. Die Ladung war geborgen. Adnan folgte ihm zu einem Wagen in der Vasagatan. Er blickte auf die Trainingsjacke in seiner Hand. Sie war dünn und hatte einen grünen Reißverschluss. Nike. Er überprüfte die Taschen. Leer. Erahnte einen vertrauten Geruch und drückte den Stoff gegen die Nase. Roch daran. Nahm sie wieder weg und sog tief die Abendluft ein. Hielt den Stoff wieder an die Nase. Er war sicher. Gucci Rush. Ihr Lieblingsparfum.

»Du wirkst ein bisschen abwesend«, sagte Sabrine keuchend und blickte ihn fragend an. »Ist was?«

»Nein, Scheiße. Zumindest nichts, was mit dir zu tun hat«, sagte Adnan und packte sie an der Hüfte. Sie warf den Kopf nach hinten und stöhnte wie eine Schlampe in einem billigen Streifen. Musste sie unbedingt so verdammt laut sein? Er ließ sie los und legte die Hände hinter den Kopf. Jetzt komm schon, Mann! Ich bin Adnan Nasimi. Konzentration auf die Arbeit.

»Wie scharf du bist.« Das Kompliment klang lahm. Er versuchte es noch einmal. »Shit, ist das gut.« Die Worte halfen. »Oh, so verdammt gut.« Sabrine erhöhte den Takt. Das Bett knarrte und krachte gegen die Wand. Eine Duftkerze auf dem Nachttisch roch widerlich nach Vanille.

Sie benutzte immer Gucci Rush. Er sah die Verpackung vor sich. Die rote, rechteckige Flasche in der mittleren Reihe ihres Badeschranks. Sie spritzte sich davon immer zweimal auf den Hals und je einmal unter die Achseln. Er hatte sich vorgebeugt und sie auf den Hals geküsst. Den Duft aufgesogen. Derselbe Duft, nach dem ihre Klamotten rochen. Den er jedes Mal wahrnahm, wenn er in ihre Wohnung trat.

Wer war die Frau mit der weißen Jacke?

Adnan hatte Sebbe erzählt, was er gesehen hatte. Sebbe nickte und meinte, dass es dieselbe Braut gewesen sein müsse, die ihm den Koffer übergeben habe. Schwarze Laufklamotten und eine weiße Jacke. Hellhäutig, blonde Haare. Verdammt scharf, soweit Sebbe das einschätzen konnte, da sie ja die Kapuze ins Gesicht gezogen hatte. Sie hatten nicht mehr geredet als notwendig. Sebbe fand es nicht merkwürdig, dass sie die Jacke weggeschmissen hatte. Eine Sicherheitsmaßnahme. Adnan stimmte ihm zu. Aber ein Gedanke meldete sich immer wieder: Und was, wenn sie es war? In dem Fall hatte eine Bullenfrau ihnen die Ladung übergeben. Sie stand sicher unter Beobachtung, und die Polypen wussten genau, was sie machten. Und wenn das stimmte, dann war sie, eine Polizistin, den eigenen Leuten davongefahren. War sie vor ihren eigenen Leuten davongerannt? Und sie hatte eine große Menge Drogen zurückgegeben. Nie im Leben, das war undenkbar. Er bildete sich das ein. Er und seine verfluchten Nerven! Die Hälfte der schwedischen Bevölkerung bestand aus blonden Bräuten.

»Adnan.« Sabrine auf ihm hielt inne. Ihre Stirn glänzte. Er

hatte nicht einmal gemerkt, dass sein Schwanz erschlafft war und wie ein toter Fisch herausflutschte.

»Scheiße, ich muss los.« Er setzte sich auf, und Sabrine fiel zur Seite.

»Was ist denn? Habe ich etwas falsch gemacht?«

Er hob seine Unterhose vom Boden auf. »Ich muss nur schnell was erledigen.«

Eine halbe Stunde später war Adnan in Rinkeby. Das Ghetto kannte er wie seine Westentasche. Södra Järva – hier hatte er sein ganzes Leben lang gewohnt. Drei Jahre war es nun her, dass er das letzte Mal hier gewesen war. Nichts hatte sich verändert. Häuser aus Beton: Das vor ihm war komischerweise in einer Farbe gestrichen, die an eine halb reife Tomate erinnerte. Keine Holzvillen in Sichtweite. Vielleicht war es hier grüner als beim letzten Mal, ein paar Büsche mehr. Oder hatte er auf so etwas früher nicht geachtet? Vielleicht hatte der Ortswechsel Asien kontra Schweden ihn dazu gebracht, solche Dinge zu bemerken.

Er trat ins Treppenhaus, lief hoch in den zweiten Stock und den Flur entlang. Las die Namen an den Türen: Mohammed, Dahir, Nuur, Amish, Tabassum. Kam zur richtigen Tür: M Kurin / F Ali. Er drückte das Ohr an die Tür. Hörte nichts. Die Jalousien waren heruntergelassen. Er klingelte. Der Klingelknopf blieb stecken, und der Ton verstummte. Er klopfte. Jemand war in der Wohnung. Adnan stellte sich so hin, dass er durch den Spion zu erkennen war, und bemerkte, dass dieser sich verdunkelte. Niemand öffnete.

»Miran, ich bin es. Mach auf, verdammt noch mal.«

Hajir hatte ihm erzählt, dass Miran, der Junkie, mit einer Tussi zusammengezogen war. Nicht mehr allein zu leben tat ihm gut, aber er nahm noch immer regelmäßig was.

»Mach auf! Ich weiß, dass du da bist.« Adnan klopfte erneut.

Ein Rasseln. Miran zog die Tür einen Spaltbreit auf, er trug nur eine Unterhose. Obwohl er spindeldürr war, hatte er einen Bauch. Tätowierungen, viel zu groß im Verhältnis zum Körper.

Miran stierte ihn an. »Ich sollte dich eigentlich auf der Stelle umlegen.«

»Ich freu mich auch, dich zu sehen. Darf ich reinkommen?«

Miran zögerte. Dann drehte er sich um und ging ins Wohnzimmer. Adnan folgte ihm und schloss die Tür hinter sich. Ein süßlicher Geruch verriet, dass jemand vor Kurzem Stoff geraucht hatte.

Miran setzte sich auf ein verschlissenes Ledersofa. Schüttete losen Tabak auf den Glastisch und vermischte ihn mit Marihuana. Nahm einen Filter und drehte daraus einen Joint. Als er das Feuerzeug daran hielt, blickte er Adnan an.

»Wo zum Henker hast du gesteckt? Drei Jahre, und ich hab keinen Mucks von dir gehört, und auf einmal tauchst du hier auf. Ich sollte dich echt abknallen.«

»Hast du schon mal gesagt.« Adnan setzte sich in einen grünen Sessel. »Aber du weißt, dass ich dich mit der Kohle nicht übers Ohr gehauen habe. Ich hab nichts bekommen. Die Bullen haben mir die Knete vor der Nase weggeschnappt.«

Miran nahm einen tiefen Zug und hielt den Joint zwischen Daumen und Zeigefinger. »Wie bist du denn überhaupt entwischt?«, fragte er. Jetzt klang er nicht mehr aggressiv, sondern neugierig.

Es war, als hätten sie sich erst gestern gesehen, und sie unterhielten sich über eine Stunde lang. Beide hatten bei dem Raubüberfall zwei Kumpels verloren und waren obendrein noch als Polizistenmörder abgestempelt worden. Sie hatten offenkundig ein großes Bedürfnis, sich das alles nach so langer Zeit von der Seele zu reden. Was zum Teufel war eigentlich passiert?

Miran erzählte, dass er wie ein Irrer vor den Sondereinsatzkräften davongerannt war. Jemandem ins Bein geschossen hatte. In eine Rangelei verwickelt worden war, es aber zu einem der Fluchtwagen geschafft hatte, der als Reserve in Husby stand. Adnan war klar, dass Miran megamäßig übertrieb, aber er ließ ihn reden. Miran hatte sich bei dem Überfall besser geschlagen als erwartet. Adnan hingegen: Hatte die Beute verloren, als seine Braut aufgetaucht war. Die Braut, die sich als Polizistin entpuppt hatte. Er hatte ihr in die Brust geschossen. Bewusst geradewegs auf die Schussweste. Hatte sie vor Alex gerettet, der kurz davor gewesen war, sie von hinten zu erschießen. Und was war der Dank gewesen? Sie hatte ihm eine Pistole an die Stirn gehalten und sich die Beute geschnappt. Adnan lieferte Miran eine andere Version: »Am Auto ist eine Bullenfotze aufgetaucht und hat Alex erschossen. Ich hab sie mit einem Schuss erwischt und bin abgehauen. Aber die Kohle blieb zurück. Überall heulten die Sirenen. Ich hatte keine Chance, die Tasche mitzunehmen.«

Nur Hajir wusste, dass Adnan mit einer Polizistin zusammen gewesen war. Irgendwie hatte er es rausgekriegt. Adnan wusste nicht, wie. Aber sein Kumpel hatte es nie jemandem verraten. Riesenlob an Hajir. Dankbarkeitsschuld.

Miran erzählte, dass ihn Einsatzkräfte ein paar Tage nach dem Überfall geschnappt hätten. Dass er zwei Wochen lang in Untersuchungshaft gesessen habe, aber kein Wort über seine Lippen gekommen sei. Die Bullenschweine taten so, als wüssten sie eine Menge, aber sie hatten gar nichts. Schließlich mussten sie ihn gehen lassen. Das erste Jahr über folgten sie ihm, wenn er vor die Schwelle seines Hauses trat. Sie durchsuchten ihn. Fanden immer etwas. Jetzt, da er eine eigene Wohnung hatte, fuhren sie verdammt oft mit angeschaltetem Blaulicht vorbei, um zu zeigen: Wir wissen, wo du bist! Wir vergessen dich nicht. Das Leben war scheiße. Allerdings hatte Miran sich in Farida verliebt, die auf der Volkshochschule Kurse belegte und nebenher als Putzfrau arbeitete. Adnan gratulierte ihm.

Es war schön, wieder mit seinem Kumpel zu plaudern. Sie füllten die Lücken. Wie bei einem Puzzle. Aber das größte Stück fehlte. Was zum Henker hatte die Bullenfotze mit der Kohle gemacht?

»Wir müssen herausfinden, wer sie ist«, schlug Miran vor.

Adnan sagte, dass dies unmöglich sei. Die Polizei werde nie im Leben solch eine Info herausgeben. »Das ist dir doch wohl klar.«

»Irgendwie krieg ich das raus.« Miran nickte entschlossen. Drehte einen weiteren Joint. Adnan musterte die Tätowierungen auf seinen Unterarmen.

»Was zur Hölle steht denn da?«, fragte er. Miran streckte ihm stolz die Arme entgegen, und Adnan las: *Farida* in Schnörkelschrift auf dem einen und *Dalida* auf dem anderen Arm. Miran hatte nicht mehr alle Tassen im Schrank. Nicht genug damit, dass er sich den Namen seiner Tussi auf der Haut hatte verewigen lassen. Er hatte sich auch den Namen seiner Mutter tätowieren lassen.

»Cool«, sagte Adnan.

Als er sich wieder vom Acker machte, waren Mirans Pupillen so groß wie Hustenbonbons, und er bewegte sich in Zeitlupe. Er war noch immer derselbe. Adnan war erleichtert. Ein paar Freunde blieben ihm noch. Aber er musste noch vieles von früher aufarbeiten.

Verdammt viel.

33

Pia steckte den Schlüssel ins Schloss und öffnete die Wohnungstür. Ihr Herz raste. So war es jedes Mal, wenn sie nach Hause kam. Dieses unbehagliche Gefühl, dass Milorad Kraljevic wusste, wo sie und Björn wohnten. Dass Kraljevic seine Nichte beauftragt hatte, ihr zu folgen.

Amanda hatte das Bild der Frau in dem Film sofort an ihre Kollegen weitergeleitet und Pia noch am selben Abend zurückgerufen. Bei der Frau handelte es sich aller Wahrscheinlichkeit nach um Helena Kraljevic, die Tochter von Milorads Schwester. Helena Kraljevic war fünfundzwanzig Jahre alt. Milorad, ihr Taufpate, kümmerte sich um sie, als wäre sie seine eigene Tochter. Sie besaß ein großes Haus in Djurgården und ein noch größeres in Nacka. Vermutlich gehörten beide Häuser in Wirklichkeit Milorad Kraljevic. Helena tauchte im Polizeiregister in Verbindung mit Milorads Männern auf, und zwar in letzter Zeit immer öfter. Sie war nicht vorbestraft und besaß einen Universitätsabschluss in Volkswirtschaft.

Pia hatte die Sache mit Göran Anderzon von der Sondergruppe besprochen. Helena Kraljevic war nachweislich in der Nähe von Pias Wohnung gewesen, als das Paket geliefert worden war. Helena hatte eine große Handtasche bei sich gehabt, in der ohne Weiteres ein Unterarm Platz fand. Und zuvor hatte Helena Pia direkt gedroht und ihr den Geldbeutel entwendet. Aber ihnen fehlten Beweise, und sie beschlossen, zunächst abzuwarten. Bei einer Vernehmung würde Helena wohl kaum etwas gestehen. Sie war zwar noch nie vernommen, aber mit Sicherheit von Milorad auf solch eine Situation vorbereitet worden. Eine Verhaftung von Helena würde die Ermittlungen wohl eher erschweren. Deswegen war es besser, wenn sie nicht wusste, dass die Polizei ihr auf der Spur war.

Pia bekam einen Sicherheitsalarm ausgehändigt, und mehrmals am Tag würde ein Streifenwagen an ihrem Haus vorbeifahren. Mit dem Alarmknopf in der Hand verstand sie besser als je zuvor die berechtigte Furcht ihrer Klienten, zumeist Frauen, die von ihren Exmännern bedroht wurden. Es war eine trügerische Sicherheit. Sie musste also nur auf dieses kleine Teil drücken, wenn sie angegriffen wurde.

»Dann geht ein Notruf bei der Zentrale ein«, hatte ihr der Polizist erklärt. »Sie sehen auf einer Karte, wo der Alarm ausgelöst wurde, und schicken eine Streife dort hin, zugleich ruft man Sie an.«

Bestimmt verstrich einige Zeit, bevor eine Streife alarmiert wurde. Ein Überfall mit einem Messer dauerte nur wenige Sekunden, dann war alles vorbei.

Pia trat in den Wohnungsflur und schloss die Tür doppelt ab. Dann zog sie ihre Jacke aus. Seit Neuestem führte sie ein Ritual durch, sofern sie als Erste nach Hause kam. Sie ging durch die Wohnung. Öffnete die Wandschränke, schaute unter die Betten und hinter die Türen. Eigentlich wusste sie nicht, was sie tun sollte, wenn sie jemanden entdeckte. Aber danach konnte sie aufatmen und fühlte sich ein wenig ruhiger. Sie ging in die Küche und holte ein ganzes Huhn, Chili, Knoblauch und andere Zutaten heraus, um eine Suppe zuzubereiten, die sie sehr gern mochte. Björn schmeckte sie nicht so. Ihm war sie zu scharf.

Pia trat ans Fenster und schaute auf die Straße hinab. Nichts Auffälliges, kein Streifenwagen. Sie entfernte das Fleisch von dem Huhn, das sie am Tag zuvor gekocht hatte. Hielt inne und wusch sich die Hände. Auf ihrem Handy googelte sie nach dem Gefängnis in Norrtälje. Klickte sich durch die Webseite und informierte sich über die Besuchszeiten. Wie Besuche abliefen. Für die Anstalt in Norrtälje galt die höchste Sicherheitsstufe. Sie legte das Handy weg und machte sich wieder an die Arbeit. Zupfte das kalte, helle Fleisch Stück für Stück ab. Sie hätte das gestern tun sollen, als es noch warm gewesen war. Ihre Finger wurden fettig.

Das Gefängnis hatte samstags und sonntags Besuchszeit. Aber da würde sie mit Björn im Ferienhaus sein und ein romantisches Wochenende verbringen. Und unter der Woche kam sie kaum von der Arbeit weg. Dann eben am Wochenende darauf. Sie verspürte Erleichterung. Sie wollte nicht dort hinfahren und sich mit ihm treffen. Oder doch? Sie wusste es nicht. Seit dem Prozess hatte sie Magnus nicht mehr gesehen. War er wütend auf sie? Vielleicht würde er einen Besuch ablehnen. Der Gedanke machte ihr zu schaffen. Aber sie wollte es auf einen Versuch ankommen lassen. Sie musste einfach herausfinden, was Magnus mit Milorad Kraljevic zu tun gehabt hatte. Warum Kraljevic ihn bedroht hatte.

Sie warf den Rest des Huhns weg und hackte das Chili, den Knoblauch und die Zwiebeln klein. Briet alles in Maisöl. Genoss den starken Duft, der sich ausbreitete. Schüttete das Gemisch und ein wenig Gemüsebouillon in einen Mixer und schaltete ihn an. Alles wirbelte herum und vermischte sich zu einem körnigen Brei mit unbestimmbarer Farbe. Das laute Dröhnen übertönte ihre Gedanken. Sie schaltete den Mixer aus und zuckte heftig zusammen, als ihr jemand von hinten die Arme um die Taille legte.

»Ich wollte dich nicht erschrecken!« Björn sah aus wie ein schuldbewusster Hundewelpe.

»Bist du irre!« Sie schloss die Augen und rieb sich die Stirn.

Sie hörte, wie die Kinder im Flur ihre Schuhe auszogen. Jede Wette, dass sie sie nicht ins Schuhregal stellen würden.

»Entschuldige«, sagte Björn kleinlaut.

Schnallte er denn nicht, was sie gerade durchmachte?

Als er sie umarmte, stand sie steif da wie ein Stock. Er küsste sie auf die Wange, und sie atmete ein wenig aus. Entspannte sich nach und nach in Björns Armen. Groß, stark und sicher. Alle fanden, dass er Rolf Lassgård ähnelte. Vielleicht stimmte das ein bisschen. Ihr Teddybär.

»Ich hab mich nur so erschreckt.« Pia umfasste sein Gesicht und küsste ihn auf den Mund. »Ich wollte nicht wütend werden.«

Er lächelte. »Das duftet gut. Ist das deine Spezialität?«

Sie nickte. »Ich verspreche, dass ich sie dieses Mal nicht so scharf mache.«

»Langsam gewöhne ich mich dran. Ist bestimmt gut für die Fettverbrennung.« Er blinzelte.

Sie öffnete drei Dosen mit ganzen Tomaten und mischte sie mit dem Knoblauch-Zwiebel-Brei zu einer hellroten Soße. Als sie zum Fenster hinausschaute, rollte ein Streifenwagen langsam am Haus vorbei, beschleunigte und verschwand. Jetzt hatte die Polizei ihre Pflicht erfüllt und ihren Kontrollbesuch absolviert. Pia seufzte. War sie wütend? Ein bisschen vielleicht. Sie wurde ja verflucht noch mal in ihrer Rolle als stellvertretende Staatsanwältin bedroht. Das stellte eine Drohung gegen das gesamte Rechtssystem dar. Aber sie wusste natürlich, wie überlastet die Polizei war. Die Beamten konnten nicht jeden bewachen, der sich von Expartnern, Motorradgangs oder Geldeintreibern bedroht fühlte. Aber schließlich war sie stellvertretende Staatsanwältin, und ihr Fall sollte eine höhere Priorität haben.

Sie blickte zu Björn, der zwei Bier einschenkte. Die Kinder

stritten sich lauthals im Wohnzimmer über das Fernsehprogramm.

»Es wird herrlich sein, übers Wochenende rauszukommen«, sagte sie. »Findest du nicht?«

Björn brummte ein wenig unsicher. Sah erneut wie dieser Hundewelpe aus. Wenn er ihr jetzt sagte, dass er nicht konnte, würde sie ihn erwürgen.

Sie nahm ihr Glas. »Ich muss wirklich mal raus aus dieser Wohnung.«

»Das verstehe ich. Ja …« Björn trank einen Schluck von seinem Bier. »Na ja, Maria hat heute früh angerufen, sie fährt am Wochenende zu einem Kurs. Also hab ich ihr versprochen, dass die Kinder ein paar Tage länger bei uns bleiben können.«

Pia starrte ihn an.

»Es macht doch nichts, dass sie mitkommen, oder?« Er trommelte mit den Fingern gegen das Glas.

Dass sie mitkommen! Offenbar war das Ganze schon ausgemacht. Björn hatte sie nicht einmal gefragt. Auf einmal musste Maria zu einem Kurs, urplötzlich. Vermutlich zu irgendeinem beschissenen Yogagedöns in einem dampfenden Raum mit Kräuteraroma.

Pia stellte das Glas mit einem Knall auf die Anrichte. Das Bier schwappte über. Scheißegal. War ja nur ein verdammtes Bier.

34

Peng, peng, peng. Sämtliche Pistolen wurden abgefeuert. Nur nicht die von Mathilda, sie schoss am langsamsten. Sie standen in einer geraden Linie auf der Schießanlage. Sieben Kollegen mit Gehörschutz und Schutzbrille. Amanda konzentrierte sich auf Kimme und Korn und betrachtete dann die Zielscheibe. Sie hatte den linken Teil des mittleren Rings getroffen. Dort befanden sich bereits fünf weitere Löcher. Aus irgendeinem Grund zielte sie immer dort hin. Aber das Trefferbild war geschlossen, wenn auch mit einem kleinen Linksdrall. Sie entnahmen die leeren Patronen, kontrollierten, dass sich keine weitere Munition in den Waffen befand, und steckten sie in die Holster. Nahmen den Gehörschutz ab und gingen zu den Zielscheiben, um die Löcher zuzukleben.

Sie sah, dass Stefan auf ihr Trefferbild schielte, während er hastig das äußerste Loch zuklebte.

Crippe stand auf der anderen Seite von ihr, und auch er hatte perfekt getroffen, bis auf einen Schuss, der in der rechten oberen Ecke gelandet war. Er wandte sich zu Amanda um.

»Wir sollten jetzt los, wenn wir es vor dem Mittagessen noch schaffen wollen.«

Amanda legte die Kleberolle weg. »Könnten wir auf dem Rückweg vielleicht mein Auto holen? Die von der Werkstatt haben mich heute Morgen angerufen und gesagt, dass es fertig ist.«

Stefan mit Ohren wie Klodeckel: »Bei einem so teuren Auto musst du vorsichtig sein. Es ist vielleicht zu anspruchsvoll für dich, meine Liebe.«

Amanda deutete mit einem Kopfnicken auf Stefans Zielscheibe. »Kümmere du dich lieber um deine Ausreißer.«

Stefans Lippen bildeten einen Strich. »Ist es nicht verdammt komisch, dass der Hund ausgerechnet bis zu deinem Haus gelaufen ist und die Streife zwei blonde Frauen in dem Wagen erkannt hat? Verdammt merkwürdig. Fragst du dich nicht selber, was du für Nachbarn hast, die mit der Drogenmafia zu tun haben?«

Stefan ließ nicht locker. Kaute es immer wieder durch. Hatte mit ihr, mit den Kollegen, mit Gunilla Håkansson darüber gesprochen. Als er kein Gehör gefunden hatte, war er schließlich zu Niklas Holm marschiert und hatte versucht, Amanda anzuschwärzen. Holm hatte sie über Stefans Verdacht informiert, zugleich aber klargemacht, dass er nicht vorhatte, dem Ganzen weiter nachzugehen. Natürlich nicht. Niklas Holm wollte es sich nicht mit Amanda verscherzen. Außerdem hatten sie nichts gegen sie in der Hand.

Sie ignorierte Stefan und füllte wie Crippe ihr Magazin mit scharfer Munition. Dann gingen sie zur Garage und nahmen einen Zivilwagen. Crippe fuhr. Amanda betrachtete ihre Fingernägel. Vier waren während des Schießens abgegangen. Verdammt!

»Was hast du am Wochenende vor?«, fragte Crippe.

»Nichts Besonderes. Irgendwas mit den Kids.«

Crippe schob den Rückspiegel zurecht. »Meine sind bei Monica, ich weiß nicht so recht, was ich tun soll. Plötzlich hat man alle Zeit der Welt, aber irgendwie fühlt sich alles sinnlos an, wenn sie nicht da sind«, sagte er.

»Ich kann mir vorstellen, dass es eine Weile dauert, bis man sich daran gewöhnt hat.«

»Wir könnten vielleicht …«

»Oh, das Lied ist cool.« Amanda stellte lauter, und der Bass brachte den Wagen zum Vibrieren. »Ein neuer Sommerhit. Oder was meinst du?«

Versuchte Crippe, vorzuschlagen, dass sie etwas zusammen unternehmen sollten? Das war keine gute Idee. Aus mehreren Gründen. Sie war nicht interessiert. Außerdem hatte sie andere Pläne für das Wochenende. Sie war zu Jovans vierzigstem Geburtstag eingeladen. Amanda war kurz davor, einen riesigen Schritt hinein in Milorad Kraljevics Sphäre zu machen. Dazu konnte sie trotz der Gefahren nicht Nein sagen.

»Ich bin auch am Überlegen, ob ich nicht einen Abstecher nach Finspång mache. Dort war ich schon länger nicht mehr.« Sie sagte es in erster Linie, um zu verhindern, dass er noch einmal fragte. Zugleich ging ihr auf, dass das vielleicht gar nicht so blöd wäre. Sie hatte am nächsten Tag frei und könnte eine Nacht bei ihren Eltern schlafen. In der kurzen Zeit würden sie sich nicht gegenseitig auf den Wecker gehen. Und dann könnte sie am Samstagmorgen wieder nach Hause fahren.

Crippe murmelte etwas, das klang wie »Das wäre bestimmt nett«. Immerhin kam er nicht wieder mit einem dummen Vorschlag.

Nina Liljedahls Eltern wohnten in einer Wohnung in Sundbyberg, nur einen Steinwurf von dem Haus entfernt, in dem ihre Tochter und ihre Enkelin gelebt hatten. Crippe parkte, während der letzte Refrain des möglichen Sommerhits ertönte.

Sie wurden erwartet. Ninas Eltern hatten in der Küche Kaffeetassen und Gebäck aufgetischt. Amanda versuchte, die winzige Tasse zu halten. Die ältere Generation war nicht an Caffè Latte in großen Bechern gewöhnt.

Ninas Mutter Margareta sah aus, als würde sie kurz vor der Rente stehen, obwohl sie noch mindestens zehn Jahre vor sich hatte. Sie hatte dunkle Ringe unter ihren traurigen Augen. Aschfahle Haut. Sie erzählte, dass sie im Augenblick krankgeschrieben sei. Ninas Vater ging weiterhin zur Arbeit. Er müsse etwas tun, meinte er. Vielleicht war das richtig. Er sah nicht ganz so mitgenommen aus wie seine Frau, auch wenn er zusammengesunken dasaß.

»Wie läuft es bei Ihnen?«, fragte Margareta nach einer Weile. Ihre Stimme zitterte, als fürchtete sie sich vor der Antwort.

»Wir haben keinen Zusammenhang zwischen Nina und dem anderen Opfer gefunden, außer dass die Vorgehensweise die gleiche ist. Dahingegen sind wir ziemlich sicher, wer das Präparat MDPV nach Schweden einführt.« Amanda mied aus Mitgefühl die Bezeichnung Kannibalendroge. »Und wir arbeiten auf breiter Front daran, die Einführung zu stoppen. Aber im Moment ist es relativ einfach, an die Droge zu gelangen, deshalb kann theoretisch jeder der Täter sein. Wir vermuten, dass er sich mit Drogen auskennt oder jedenfalls über gute Kenntnisse der Medikamente verfügt. Zumindest ist das naheliegend, wenn man bedenkt, welche chemische Zusammensetzung wir sowohl bei Nina als auch bei dem anderen Opfer gefunden haben.«

Der Blick von Ninas Vater verfinsterte sich. »Das trifft auf Johan zu. Aber er kann es doch nicht sein, oder? Sagen Sie mir, dass er es nicht ist.«

Margareta schluchzte auf.

»Johan war zu keinem Zeitpunkt verdächtig.« Amanda leerte die Tasse zur Hälfte mit einem einzigen Schluck.

»Aber warum hat er sich dann mit einer anderen Frau getroffen?« Margareta schien die Frage in erster Linie an sich selbst zu richten.

»Wir verhören derzeit alle«, sagte Amanda. »Ich möchte Sie etwas fragen: Kennen Sie den Spruch ›Verlierst du erst einen, dann bleiben dir noch tausend andere‹?«

»Ja.« Margareta runzelte die Stirn.

»Hatten Sie ein Bild oder etwas Ähnliches, oder wissen Sie, ob Nina so etwas besaß?«

Margareta schüttelte den Kopf. »Nein, warum wollen Sie das wissen?«

»Haben Sie gesehen oder gehört, wie jemand den Spruch umgewandelt hat in ›Verlierst du erst einen, dann bleibt dir niemand mehr‹?«

»Ich verstehe wirklich nicht, was Sie meinen«, erwiderte Margareta. »Was hat das mit Nina und Olivia zu tun?«

»Dazu darf ich nichts sagen, aber ich bitte Sie, mir zu antworten. Haben Sie jemals den Ausdruck ›Dann bleibt dir niemand mehr‹ gehört?« Amanda sah Margareta und Ninas Vater eindringlich an. Nein, sie kannten diesen Spruch nicht. Margareta gab nicht auf und fragte erneut, was das mit den Ermittlungen zu tun habe. Amanda erklärte freundlich, aber bestimmt, dass sie zu solchen Einzelheiten nichts sagen dürfe. Es war ein ständiges Abwägen, wie viele Informationen man preisgab. Zu viele konnten den Ermittlungen schaden, wenn sich herausstellte, dass der Täter aus dem näheren Umfeld stammte, was nicht selten geschah. Zu wenige Informationen konnten dazu führen, dass die Vernommenen dachten, man vertraue ihnen nicht. Es war ein schwieriger Balanceakt. Amanda ging zur nächsten Frage über.

»Hatte Nina andere feste Partner vor Johan?«

»Peter und Robin, das haben wir ja schon erzählt«, antwortete Margareta und schnäuzte sich in ein Taschentuch. »Aber das ist lange her. Nina und Peter wohnten ein paar Monate zusammen, bevor sie sich getrennt haben, und dann zog sie kurz danach zu Robin. Sie war damals ein wenig auf der Suche, wusste nicht recht, was sie wollte. Aber beide waren liebe Kerle. Dann wurde es ruhiger, als sie Johan kennenlernte.«

Ninas Vater nickte zustimmend. »Viel ruhiger.«

»Haben Sie irgendwelche Fotoalben, Tagebücher, die Nina gehörten?«, fragte Amanda.

Margareta schien zu zögern. »Es gibt ein paar alte Fotoalben, aber die liegen mir sehr am Herzen.«

»Ich verspreche, vorsichtig zu sein.«

Margareta erhob sich und ging ins Wohnzimmer. Aus einem massiven Bücherregal zog sie zwei dunkelblaue Alben mit goldenen Lettern und gab sie Amanda, die sie aufschlug und darin blätterte. Die Fotos waren eingeklebt.

»Schade, dass man heutzutage keine Fotos mehr auf diese Art entwickeln lässt«, sagte Amanda.

Margareta sah fragend drein.

»Ich meine, dass man die Bilder meistens nur noch auf dem Computer speichert.«

»Ach so, ja.«

Amanda blätterte weiter. Die meisten Fotos stammten von Festen. Die Geburtstagsfeier, als Nina sechzehn geworden war. Nina in weißem Studentenoutfit. Ein Familienfest, bei dem alle mit einem Papierhut auf dem Kopf dastanden und anstießen. Margareta erklärte, wer wer war und woher sie Nina kannten. Schließlich hielt sie es nicht mehr aus und verschwand im Schlafzimmer.

Amanda und Crippe verabschiedeten sich und gingen zum Wagen. Sie hatten nichts Neues herausgefunden. Maj-Britt Åkerlund hatte ihren Mann kennengelernt, als sie siebzehn gewesen war und er zwanzig. Seitdem waren sie zusammen gewesen. Ninas Exfreunde Peter und Robin waren auch schon vernommen worden und besaßen beide glaubwürdige Alibis.

Verlierst du erst einen, dann bleibt dir niemand mehr.

Was zum Teufel hatten sie übersehen?

Am Tag darauf packte Amanda Greta und Charlie ins Auto und fuhr die einhundertneunzig Kilometer nach Süden auf der schnurgeraden, langweiligen E4. Auf der Höhe von Norrköping bog sie in Richtung Finspång ab, der Stadt, in der sie aufgewachsen war. Kaum jemand hatte auch nur den blassesten Schimmer, wo dieser Ort lag, sofern er sich nicht für Golf interessierte. Hier war zwar Lotta Neumann aufgewachsen, aber recht viel war seitdem nicht passiert. Amanda hatte jedenfalls eine angenehme Kindheit in dieser unbekannten Stadt verbracht, aber trotzdem verkrampfte sich ihr Magen immer, wenn sie am Ortsschild vorbeikam und durch den Kreisverkehr in Richtung Zentrum fuhr. Vielleicht lag es daran, dass sie sich hier stärker an Sanna erinnert fühlte. Sie hatten im Friseursalon ihrer Mutter Friseuse gespielt. Im Sommer im See gebadet. Hatten zusammen Verstecken gespielt und gehofft, dass der »richtige« Junge sie fand. Sie waren unzertrennlich, bis Sanna nach Stockholm zog. Danach wurde ihr Kontakt sporadischer, ohne dass Amanda wirklich sagen konnte, warum. Dann kam heraus, dass Sanna Drogen nahm, die Milorad Kraljevic auf die Straßen pumpte. Und das tat er auch heute noch, obwohl immer mehr darauf hinwies, dass inzwischen seine Nichte Helena Kraljevic das Ruder übernommen hatte. Die Polizei schaffte es nicht, dem organisierten Verbrechen einen entscheidenden Schlag zu versetzen. Hatte nicht genügend Ressourcen. Scheiterte an der Gesetzgebung. Hin und wieder eine Drogenlieferung abzufangen reichte nicht aus. Man musste das angreifen, was diesen Leute am meisten bedeutete. Das Geld. Sie selbst. Löcher in den engsten Kreis schlagen. Ihn mit einem Virus infizieren, sodass niemand wusste, wer davon befallen war. Wem man noch vertrauen konnte.

Amanda beschloss, bei Clara auf der Arbeit vorbeizuschauen. Vielleicht hatte sie Zeit für ein Mittagessen? Clara war Sannas beste Jugendfreundin gewesen, und Amanda hatte in ihrer Teenagerzeit unheimlich gern mit ihnen herumgehangen. Vielleicht, weil Clara so anders war mit ihren bunten Röcken, den knallroten Lippen, der hochgesteckten Frisur, die nie gleich aussah. Sanna und Clara waren in einer Klasse, und jeden Tag nach der Schule gingen sie in den Friseursalon ihrer Mutter. Amanda durfte mitkommen, wenn sie sich als Haarmodell zur Verfügung stellte. Sie hatte nichts dagegen. Ihre Mutter war allerdings nicht immer so begeistert über das Ergebnis. Aber sie hatten viel Spaß zusammen. In der Oberstufe entschied Clara sich für den Wirtschaftszweig, Sanna für die soziale Richtung. Amanda fand es furchtbar, dass sie allein in der Mittelstufe war. Sie hatte sich unter den gleichaltrigen Klassenkameraden nie wohlgefühlt und war lieber mit den Älteren zusammen.

Nach dem Gymnasium zog Clara nach Lund, um dort BWL zu studieren. Und damit veränderte sich alles. Während sie ihren Abschluss machte, versuchte Sanna in der Hauptstadt ihr Glück.

Und fand die Drogen.

Clara wurde Sicherheitsverantwortliche in einer Bank.

Amanda wurde Polizistin. So war der Lauf der Dinge.

Sie hatte die Kinder zu den Großeltern gebracht, bevor sie wieder ins Stadtzentrum gefahren war. Ros-Marie und Leif waren überglücklich gewesen, dass sie zu Besuch kamen, auch wenn es nur für eine Nacht war.

»Beim nächsten Mal planst du es ein bisschen besser«, hatte Ros-Marie gesagt, die aber ihre Freude nicht hatte verbergen können.

Amanda parkte vor dem Kiosk. Noch bevor sie den Motor ausgeschaltet hatte, klopfte ein Mann mit wirrem Haar an die Scheibe. Irgendwie kam er ihr bekannt vor. Sie ließ die Scheibe herunter.

»Hast du ein paar Kronen für mich?« Ausgeprägter, träger Östgötska-Dialekt.

Seine starke Fahne drang ins Auto, und Amanda zuckte zurück. Sie nahm zwei Münzen aus dem Getränkehalter und stieß ihn weg, als sie die Tür öffnete. Er stolperte in seinen Holzschuhen und hatte Mühe, das Gleichgewicht zu finden. Wollte protestieren, verstummte aber, als er die beiden 10-Kronen-Stücke sah, die sie ihm reichte.

Ihr fiel ein, wie er hieß: Büchse. Er war in der Mittelstufe zwei Klassen über ihr gewesen. Sie schloss den Wagen ab und ging rasch davon, um nicht erkannt zu werden. Hatte keine Lust auf das Gebrabbel eines Besoffenen. Versuchte, sich an seinen richtigen Namen zu erinnern, kam aber nicht drauf. Hatten die Leute nur in Kleinstädten so unbegreifliche Spitznamen? Hinter jeder dieser Erfindungen verbarg sich bestimmt eine Geschichte, an die sich hin und wieder der ein oder andere mit einem Schmunzeln erinnerte.

Auf den knapp dreihundert Metern bis zur Bank lief sie dann aber drei Leuten über den Weg, die sie lange nicht mehr gesehen hatte. Sie hatte sich nie daran gewöhnen können, dass man in der Großstadt einen ganzen Tag im Einkaufsviertel herumstreifte, ohne einen einzigen Menschen zu treffen, den man kannte. Was sowohl Vorteile als auch Nachteile hatte.

Clara hatte sich nicht verändert. Sah kaum älter aus. Die Haare straff nach hinten, dem Kleidercode angepasst, der in einer Bank herrschte. Dieselben knallroten Lippen. Ziemlich mager. War sie noch immer Vegetarierin?

Strahlend kam sie auf Amanda zu.

»Oh Gott, ist das lange her!«, sagte sie. »Du hast dich keinen Deut verändert. Ich habe auf Facebook verfolgt, was du machst.«

Sie umarmten sich und musterten einander von Kopf bis Fuß.

»Hast du Zeit zum Mittagessen?«, fragte Amanda.

»Ich nehme mir sie einfach.«

Sie gingen in die Bäckerei auf der gegenüberliegenden Straßenseite und bestellten beide einen Salat. Setzten sich an einen Fenstertisch für zwei Personen. Brachten sich auf den neusten Stand. Clara war wieder zurückgezogen und mit ihrer Jugendliebe zusammen, einem Bauern aus Hällestad. Sie hatten versucht, Kinder zu bekommen, aber es hatte nicht geklappt, und nun knirschte es in der Beziehung. Clara hielt es in dieser Kleinstadt nicht mehr aus und wollte weg. Man hatte ihr einen Job in Stockholm angeboten, in einer SIRT-Abteilung.

»Was ist das?« Amanda hatte nicht die blasseste Ahnung.

»Ungefähr dasselbe, was ich jetzt mache, nur auf nationaler Ebene.« Clara tunkte ein halbes Ei in das Dressing. »Man kümmert sich unter anderem darum, die Sicherheit der Banken gegen Hacker und Betrug zu verbessern.«

»In Stockholm! Das wäre ja total cool! Und was sagt Stefan dazu?«, fragte Amanda.

Clara zuckte die Schultern. »Überglücklich ist er nicht, aber wir werden sehen. Das Gehalt ist echt nicht zu verachten. Ich muss bald eine Entscheidung treffen, mir geht da im Moment ganz schön die Düse.«

»Kann ich mir denken.« Amanda wischte sich den Mund mit einer Serviette ab und legte sie unter die Schüssel. »Ja, das ist auch ein bisschen der Grund, warum ich mich mit dir treffen wollte. Ich weiß ja, dass du Expertin in Geldangelegenheiten bist, und gerade arbeite ich wieder an einem Fall, in den dieser Kraljevic verwickelt ist. Du weißt schon, oder?«

Clara nickte. Sie war in das meiste eingeweiht, was Sanna betraf. Amanda erzählte von Kraljevics Drogengeschäften, von seiner Nichte Helena, von ihrer Bekanntschaft mit Josefin, um näher an den Kern zu gelangen. Vor Clara brauchte sie keine

Geheimnisse zu haben. Clara hasste Drogen. Liebte Sanna. Was hieß: Clara war auf ihrer Seite.

»Wie waschen sie ihr Schwarzgeld?«, fragte Amanda. »Sie bewahren die ganzen Millionen doch nicht unter dem Kopfkissen auf, oder?«

»Ganz und gar nicht. Sie wollen das Geld auf dem Konto haben, wie alle anderen. Bitcoins sind auch beliebt.«

»Virtuelles Geld?« Amanda goss den letzten Rest ihres Mineralwassers in ihr Glas.

»Genau. Dann können sie von einem E-Wallet aus agieren, ohne dass jemand feststellen kann, woher es kommt.«

»Aber wie machen sie Weißgeld daraus?«

»Das ist überhaupt nicht schwer. Du kannst beispielsweise die Papiere eines Immobilienverkaufs fälschen und der Bank vorlegen. Das kann eine Wohnung in Gamla Stan oder irgendwo anders sein, wo die Häuser ein Vermögen wert sind. Oder du kaufst dir beim Trabrennen einen Gewinnschein über eine hohe Summe. Zehn Prozent musst du dafür derzeit etwa drauflegen, und dann löst du ihn ein.«

»Diese Leute hängen an der Trabrennbahn herum und schauen, wer gewinnt?«

»Ja. Allerdings inzwischen nicht mehr so oft.«

»Aber wie viel kann man bei der Bank einzahlen, ohne sich verdächtig zu machen?« Amanda sah, wie Büchse draußen mit einem Einkaufsbeutel des Schnapsladens vorbeiging. »Wie heißt er noch mal?«

Clara drehte sich um. »Büchse, meinst du? Warum? Robin irgendwas, glaube ich.«

»Äh, er hat mich angebettelt, als ich vorhin eingeparkt habe, und er hat mich nicht erkannt. Robin Andersson, ja, oder war es Nilsson?«

»Stimmt, ja, er hängt ständig im Zentrum herum. Neulich

stand ein Artikel über ihn in der Zeitung, weil er im Süßwarenladen auf den Boden gepinkelt hat.«

»Machst du Witze?«

»Nein, das Personal hat ihn mit heruntergezogener Hose erwischt.«

»Ich meine, dass die Zeitung darüber berichtet hat.« Amanda konnte vor Lachen kaum sprechen. »Noch ein Grund mehr, dass du bald von hier wegmusst.«

Nachdem sie sich wieder beruhigt hatten, sagte Clara: »Es gibt seit Kurzem ein neues Geldwäschegesetz, das besagt, dass man über jeden Geldbetrag Rechenschaft ablegen muss.« Sie blickte auf ihre Uhr. »Verdammt, ich muss gleich zurück. Wie dem auch sei, es gibt viele verschiedene Möglichkeiten, sie sind erfindungsreich, weißt du. Wenn wir ein Loch stopfen, finden sie ein anderes. Es ist auch beliebt, Restaurants zu kaufen und zu verkaufen.« Amanda nickte. »Sie öffnen ein heruntergekommenes Restaurant«, fuhr Clara fort, »und verkaufen es für eine hohe Summe. Der Käufer kommt natürlich aus ihren eigenen Reihen, und dann verbuchen sie das Geld. Ähnlich wird es mit Friseursalons gemacht.«

»Es hört sich völlig irre an, dass so etwas geht.«

»Wenn du wüsstest, was die Banken alles vertuschen. Das ist wie im Film. Du hast sicher gemerkt, dass sie sofort eine Erstattung zahlen, wenn jemand meldet, dass sein Konto gehackt wurde. Sie wollen nicht, dass die Allgemeinheit von Lücken im System erfährt.«

»Hm, das ist klar«, erwiderte Amanda. »Dann verlieren sie das Vertrauen ihrer Kunden. Aber wie kann man so leicht an das Konto von jemand anders herankommen? Ich erinnere mich ja kaum an meinen eigenen Code beim Onlinebanking.«

»Für den, der weiß, wie es geht, ist es geradezu lächerlich einfach. Hier ein ganz alltägliches Beispiel: Du rufst bei der

Bank an und gibst dort, sagen wir mal, Helena Kraljevics Personalnummer an. Du behauptest, du hättest deine Karte verloren und lässt das Konto sperren. Sobald Helena merkt, dass ihre Karte nicht mehr funktioniert, ruft sie bei der Bank an, die ihr ein paar Kontrollfragen stellt, und dann schicken sie ihr eine neue Karte und einen neuen Code zu. Und wenn sie kein Schloss an ihrem Briefkasten hat, kannst du dir ja denken, was passiert.«

»Dann hole ich mir einfach die Karte und den Code. Schlau. Aber es kann doch nicht sein, dass die Bank nur ein paar Fragen stellt«, sagte Amanda.

»Doch, es handelt sich um Kontrollfragen, auf die nur Helena antworten kann. Ständig rufen Leute wegen so was an. Das ist Routine.«

»Wenn ich Helena Kraljevic in Schwierigkeiten bringen möchte, müsste ich es also so anstellen?« Amanda meinte das in erster Linie scherzhaft.

»Nee, da hätte ich eine bessere Idee.« Clara stand auf, holte die Kaffeekanne und füllte, ohne zu fragen, beide Tassen wieder voll.

»Musst du nicht zurück?«, fragte Amanda.

»Eigentlich schon. Aber das hier ist wichtiger.« Sie setzte sich und erzählte, was sie meinte.

Amanda lauschte mit wachsendem Interesse. Clara verstand ihre Sache und erklärte im Detail, was Amanda tun müsste. Als planten sie das Ganze ernsthaft.

Amanda musste zugeben, dass die Idee verlockend war.

Aber sie war trotz allem immer noch Polizistin.

Andererseits: Kraljevic machte sein Vermögen mit Drogen, die das Leben anderer zerstörten.

»Niemand würde es jemals herausfinden«, sagte Clara.

35

Adnan half Hajir, sich auf die Bank zu legen, und hielt seine Beine fest. Hajir nahm die Langhantel aus der Halterung, senkte sie auf die Brust und stemmte sie wieder hoch, wobei er jedes Mal ausatmete. Zwölf Mal insgesamt. Beeindruckend. Seit dem Unglück, oder besser gesagt dem Mordversuch, war Hajir nicht mehr im Fitnessstudio gewesen. Er hatte Adnan angerufen und ihn gebeten mitzukommen.

»Ich muss wieder in Form kommen. Hocke zu viel rum.« Hajir hatte am anderen Ende der Leitung trocken gelacht. Adnan wusste nicht recht, ob es ironisch gemeint war. Vielleicht hatte sein Kumpel die Behinderung akzeptiert und wollte das Beste aus der Situation machen.

Hajir hangelte sich mit zitternden Armen wieder in den Rollstuhl. Packte seine Beine und hievte sie auf die Fußstütze.

»Was hast du für einen Plan?«, fragte Hajir.

»Was meinst …«

»Du musst einen Plan haben.« Hajir trank aus einer Wasserflasche und musterte Adnan scharf. »Du arbeitest jetzt für mich, aber du hast kaum Zeit, weil du den Jugos ständig in den Arsch kriechst. Du lebst verdammt gefährlich, Mann. Außerdem hast du inzwischen eine Freundin. Also, was hast du für einen Plan?«

»Ich habe verdammt noch mal keine Freundin!« Adnan hängte zwei gelbe 15-Kilo-Gewichte links und rechts an die Stange.

»Du wohnst bei Sabrine, und ihr fickt doch miteinander, oder?«

»Du hast mich bei dir rausgeschmissen!«

»Fickst du sie deshalb?« Hajir lachte auf. »Sie glaubt jedenfalls, dass ihr zusammen seid.«

Adnan packte die geriffelte Stange. Die Daumen auf Höhe der glatten Streifen. Er hob die Hantel an und hielt sie mit gestreckten Armen hoch. Konzentrierte sich. Auf und ab. Schaffte nur acht Wiederholungen. Wagte es nicht, mehr zu machen, wenn niemand hinter ihm stand und eingreifen konnte. Er legte die Hantel in die Halterung und setzte sich auf. Schüttelte die Arme aus. Bewegte die Schultern nach hinten. »Hat sie das zu Isabella gesagt oder was?«, fragte er.

»So was in der Art«, antwortete Hajir.

»Scheiße.«

»Sie ist doch ein liebes Mädel, oder? Brav und alles. Hat das richtige Alter. Will bestimmt bald Kinder.«

»Hast du sie noch alle? Ich muss mir eine eigene Bude suchen. Kennst du denn niemanden, der untervermieten will?«

Hajir schüttelte den Kopf. »Dir spukt etwas ganz anderes hier drin herum.« Er tippte sich mehrmals mit dem Zeigefinger gegen die Stirn.

»Pff.« Adnan ging an eine Zugmaschine und ersetzte die gebogene Griffstange mit einer geraden. »Vielleicht ist es am besten, wenn du im Rollstuhl sitzen bleibst. Geht das?«

»Ich probiere es aus.« Hajir rollte heran und betätigte die Reifensperre. Als er die Stange an die Brust zog, stieß er mit den Ellbogen gegen die Rückenlehne und versuchte, sie stattdessen hinter dem Kopf herabzuziehen. »So klappt es.« Er machte zehn Wiederholungen und stöhnte laut während der letzten beiden. Übertönte sogar die Musik. »Das ist kacke. Ich kann nicht ordentlich ziehen, wenn ich nicht mit den Beinen gegendrücken kann.« Er rollte mit dem Rollstuhl zurück und machte Platz für Adnan. »Es ist doch nicht diese Polizistin, oder?«, fragte er.

Adnan fühlte sich überrumpelt. »Was?«

»Tu nicht so. Du weißt, was ich meine.« Hajir blickte ihn scharf an. Drang in das Chaos in Adnans Kopf ein. Dauernd sah er sie vor sich. Wie sie sich nach vorn beugte, wenn sie sich die Haare föhnte. Ihr Lächeln. Ihr panischer Blick bei dem Raubüberfall. Es wirkte wie eine Filmszene. Er erinnerte sich an jedes Detail, als wäre es gestern geschehen. Wie viel wusste Hajir eigentlich? Sein Kumpel saugte Informationen in sich auf wie ein Junkie Heroin durch die Nase.

Adnan setzte sich an die Zugmaschine. »Es wäre ja komisch«, sagte er, »wenn sie mir nach alldem, was passiert ist, nicht im Kopf herumspuken würde. Aber es ist nicht das, was du denkst.« Er steckte den Eisenstift ein paar Stufen tiefer, sodass das Gewicht fünfzig Kilo schwerer wurde. Machte zehn Wiederholungen hinter dem Kopf. Schnaufte tief durch. »Erinnerst du dich, als du mich gefragt hast, ob ich irgendwelche Leichen im Keller habe?«

Mit hochgezogenen Augenbrauen sah Hajir ihn an.

»Als ich dich in der Reha besucht habe.« Adnan machte fünf weitere Wiederholungen. »Du hattest herausgefunden, dass ich es mit einer Polizistin trieb, und ich kapierte nicht, worauf sie aus war.«

»Stimmt, ja.«

»Sie ist die Schwester von Sanna. Du weißt schon, Sanna und Jensine, die früher immer im Paradis abhingen.«

»Ach du Scheiße.« Hajir schien nachzudenken. Wippte mit dem Rollstuhl vor und zurück. Hielt inne. »Du warst doch eine Weile mit Sanna zusammen, oder?«

Adnan nickte.

»Aber sie ist gestorben?«

»Ja.«

»Und dann lernst du eine Braut kennen, die Polizistin und

zugleich die Schwester von Sanna ist. Und dann geht der ganze Raubüberfall in die Hose.« Hajir setzte sich wieder an die Zugmaschine. »Das habe ich nicht kommen sehen. Ich nehme an, dir ist auch klar, dass es kein Zufall war, dass bei dem Raubüberfall sowohl die Bullen als auch Kraljevic aufgetaucht sind.«

»Aber Scheiße, Mann, ich hab nie mit jemandem darüber gesprochen«, erwiderte Adnan.

»Sie muss es gewusst haben. Bist du ganz sicher?« Hajir zog die Stange hinter den Kopf.

»Hundertprozentig. Ich hab nur gesagt, dass ich den Jugos Kohle schuldete. Ich hab nie was von dem Überfall erzählt. Was meinst du, worüber ich mir die letzten Jahre den Kopf zerbrochen habe?«

Hajir ließ die Stange los, die nach oben sauste. Die Gewichte schlugen krachend aufeinander. »Dann hat sie dich irgendwie verwanzt. Aber interessant ist die Sache mit der Schwester. Nasty girl!« Hajir grinste von einem Ohr zum anderen. »Das hab ich selber noch nicht fertiggekriegt.«

»Ach, erfahren hab ich davon erst im Nachhinein«, sagte Adnan. »Aber das Ganze ist doch krank. Es war nicht meine Schuld, dass Sanna …« Ihn durchfuhr ein Schauer, und auf seinen Armen stellten sich die Haare auf. Warum zum Teufel hatte er noch nicht früher daran gedacht? Er hatte Sanna an einem Abend, bevor sie ausgegangen waren, Koks angeboten. Sie hatte es noch nie probiert und war neugierig und auch ein wenig nervös. Kicherte, als sie sich die Nase mit dem Handrücken abwischte. Ein paar Monate später war sie jeden Tag high. Zumindest jedes Mal, wenn Adnan sie sah, was zwei-, dreimal pro Woche der Fall war. Mit der Zeit sahen sie sich immer seltener. Sie war süß, aber viel zu sehr darauf bedacht, ihm alles recht zu machen. So waren Bräute immer, wenn sie interessiert waren. Riefen ihn jeden Tag an und wollte sich mit ihm treffen.

Scheißanstrengend. Sannas Schwester war genau das Gegenteil. Sie sagte immer, was sie dachte, und schleimte sich nie bei ihm ein. War immer schwer zu greifen. Im Nachhinein nicht so verwunderlich. Aber eines hatte er damals erfahren: Sie hasste Drogen. Wenn er die Finger von etwas lassen musste, dann davon. Was auch immer, aber keine Drogen. Er war leicht zu überzeugen gewesen. Hatte schon mit dem Mist aufgehört gehabt, bevor er sie kennengelernt hatte. Zu groß das Risiko, in den Knast zu wandern. Zu groß das Risiko, Schulden bei jemandem zu haben, der einen halb totprügelte. Schulden bei Milorad Kraljevic, um genauer zu sein. Und jetzt arbeitete Adnan erneut für den Typen. Aber diesmal aus einem anderen Grund. Jetzt lief es nach Adnans Bedingungen. Kraljevic würde büßen für all das, was er getan hatte.

Adnan würde den Dreckskerl fertigmachen.

Adnan Nasimi würde seinen Namen reinwaschen. Wieder im feinen Schweden leben können, ohne dass ihm die Polypen rund um die Uhr auf die Eier gingen.

Er würde die Bullenfotze finden. Die Kohle zurückfordern.

Hajir hatte recht. Adnan brauchte einen Plan.

36

Der Wärter musterte sie eingehend. Blickte auf ihren Führerschein. Verglich das Foto. Es war nicht das erste Mal, dass sie einen Gefängnisbesuch machte. Aber heute war sie nervös, weil sie als Privatperson hier war und nicht als Staatsanwältin. Eine Wärterin tastete sie ab und untersuchte sie mit einem Metalldetektor. Es war eine junge Frau, die sehr ernst dreinsah. Vermutlich war sie erst seit Kurzem im Dienst und fühlte sich in ihrer Uniform noch unsicher. Die junge Frau murmelte, dass alles okay sei und Pia weitergehen könne. Ein weiterer Wärter begleitete sie zu einem Besucherraum und öffnete die Tür. Pia zupfte ihr Kleid zurecht. Sie schluckte und atmete einmal tief ein und aus. Bemühte sich, ihre bebenden Hände zu bändigen.

Sie machte einen Schritt in den Raum und blieb stehen. Mit regloser Miene saß Magnus da und schaute sie an. Aber immerhin hatte er ihre Anfrage für einen Besuch genehmigt. Er wusste, dass sie kommen würde. Der Wärter ging hinaus und schloss die Tür hinter sich. Klick. Nur noch Magnus und sie. Die Stille war erdrückend.

Der Besuch erschien Pia auf einmal keine so gute Idee mehr zu sein, und am liebsten hätte sie auf dem Absatz kehrtgemacht.

Dann bemerkte sie seine glänzenden Augen, die sich mit Tränen füllten. Er lächelte mit geschlossenem Mund. Als versuchte er, die Tränen zurückzuhalten, vergeblich. Erleichterung durchströmte sie, und sie lächelte zurück. Er streckte ihr die Hand entgegen und erhob sich. Das Quietschen der Stuhlbeine auf dem Boden bohrte sich in ihr Trommelfell. Sie ergriff seine

Hand. Sie war warm. Die Umarmung war befreiend. Das schlechte Gewissen flatterte davon wie ein Vogel in wärmere Breitengrade. Sein Körper fühlte sich stark an, und sie gestattete es sich, den Kopf auf seiner Schulter ruhen zu lassen. Entkräftet nach der Anspannung. Er erstickte sein Schluchzen in ihren Haaren. Eine Weile standen sie so da, doch auf einmal wurde ihr klar, dass es sich nicht schickte. Sie hatte einen neuen Freund. Eine neue Familie. Ein neues Leben. Sie war hier, um Informationen zu kriegen. Nichts anderes.

Sie setzten sich auf zwei Holzstühle, zwischen ihnen ein rechteckiger Tisch wie eine Art Schutzwall. Ein Paket Servietten stand als Blumenersatz darauf. Weiches weißes Papier, gefaltet wie Blütenblätter. Magnus nahm eines und schnäuzte sich.

»Ich dachte, du würdest nie kommen.« Seine Stimme erinnerte sie an die Anfangszeit, kurz nachdem sie sich kennengelernt hatten. Als sie frisch verliebt waren und nichts anderes zählte.

»Nein …« Sie räusperte sich. »Ich fand, dass es an der Zeit ist. Wie geht es dir?«

Er lachte. »Gut, in Anbetracht der Umstände. Und jetzt gerade geht es mir hervorragend. Du siehst fantastisch aus.«

Pias Wangen brannten wie Feuer. »Danke.« Sie bemühte sich, unberührt zu wirken. »Du auch. Du hast abgenommen.«

»Das ist wohl das einzig Positive im Gefängnis. Man kann nicht recht viel mehr tun, als im Kraftraum rumzuhängen.«

»Du bist wirklich in Form.« Sie meinte es ehrlich. Er war immer kräftig und gut gebaut gewesen, aber mit etwa vierzig hatte er ein paar überflüssige Kilos zugelegt. Vor allem um die Taille. Aber dieser runde Ballon war jetzt weg. Das enge Hemd, das er trug, spannte sich um die breiten Schultern, und die Konturen seiner Brust waren deutlich zu erkennen.

Sie tauschten ein paar höfliche Floskeln aus, und sie sah verstohlen hinauf zu der Kamera in der Ecke.

Er folgte ihrem Blick. »Sie hören mit.«

Pia nickte. Bei dem Gedanken, überwacht zu werden, fühlte sie sich unwohl. Aber eigentlich war es ja gut, falls etwas passieren sollte.

»Es lief nicht so gut zwischen uns«, sagte sie.

Er schüttelte den Kopf.

Sie schaute ihm geradewegs in die Augen. »Ich hätte beim ersten Schlag gehen müssen.«

Magnus erwiderte ihren Blick.

»Ich bin jetzt ein anderer Mensch«, sagte er. »Ich weiß, wie doof das klingt. Aber ich habe mich einer Therapie unterzogen. Das war Teil meiner Rehabilitierung. Wenn ich wieder rauskomme, soll ich die Möglichkeit haben, wieder ein normales Leben zu führen. Wie vorher wird es natürlich nie mehr. Ich habe alles verloren. Dich. Die Arbeit. Mein ganzes Leben. Und ich kann nur mir selbst die Schuld daran geben. Das verstehe ich jetzt. Aber ich werde mir nie vergeben, was ich dir angetan habe. Niemals. Es tut mir furchtbar leid. Ich bitte dich nicht um Vergebung, ich will es nur sagen.«

Sie war schockiert, weil sie darauf überhaupt nicht vorbereitet gewesen war. Auf diese Seite von Magnus, der auf einmal Selbstkritik übte, der dafür die Verantwortung übernahm und nicht ihr die Schuld an allem gab.

Warum hast du mit diesem Kerl geflirtet? Ist doch offensichtlich, dass du mit diesem kurzen Rock die Männer anmachst. Ist das Essen nicht fertig? Warum hast du deiner Schwester von deinem neuen Job erzählt und nicht mir? Hä? Verdammtes Luder! Hure! Fotze!

Spucke in ihrem Gesicht. Ein Symbol für ihre gesamte Ehe.

»Es war nicht nur deine Schuld«, sagte sie. »Wie gesagt, ich hätte beim ersten Schlag gehen müssen. Aber ich möchte mit dir über etwas anderes sprechen, das mit alldem überhaupt nichts zu tun hat.«

Er sah erstaunt aus und runzelte die Stirn.

»Ich bin von Milorad Kraljevic bedroht worden, und es ist ernst. Was für eine Beziehung hattest du zu ihm? Gibt es etwas, das ich wissen sollte?«

Magnus' Blick wurde mit einem Mal wachsam. »Was ist passiert?«, fragte er.

»Ich kann jetzt nicht ausführlich darauf eingehen, aber ich habe an Fällen gearbeitet, in die er verwickelt ist, und er versucht, mich dazu zu bringen, einen Rückzieher zu machen. Bitte, Magnus …« Sie beugte sich über den Tisch. »Wenn du etwas von dem, was du eben gesagt hast, ernst meinst, dann erzählst du mir, was du weißt. Hat das irgendwas mit dir zu tun?«

Langsam streckte er die Hand aus und wollte ihre Wange berühren. Sie zuckte zurück. Er ließ die Hand wieder auf den Tisch sinken. Sprach ruhig und gesammelt.

»Ich weiß, dass du vieles über mich gehört hast. Manche Dinge stimmen. Andere nicht. Aber ich habe nie mit der jugoslawischen Mafia zusammengearbeitet. Ich wurde bedroht, genau wie du. Mehr kann ich dazu jetzt nicht sagen.« Er deutete mit einem Nicken zur Kamera. »Ich weiß nur, dass du dich vor ihm in Acht nehmen musst.«

»Aber hat es mit dir zu tun?«

»Nein, das ergibt keinen Sinn. Er weiß garantiert, wer du bist, und vielleicht geht er härter mit dir um als mit anderen Staatsanwälten.«

Vor ihrem inneren Auge tauchte der bleiche Arm auf dem Badezimmerteppich auf. *CCCC.*

»Ich habe gehört, dass du jetzt leitende Staatsanwältin bist. Glückwunsch!«

Er klang ehrlich. Kein Neid. Keine Konkurrenz.

»Stellvertretende Staatsanwältin«, berichtigte sie ihn. »Ich leite eine Morduntersuchung zusammen mit Amanda Paller.«

Magnus zeigte keine Reaktion. »Ich bin froh, dass es gut bei dir läuft.«

»Soll ich mich auch vor ihr in Acht nehmen?«, fragte Pia.

Er ließ sich Zeit mit seiner Antwort. »Was auch immer ich sage, es würde falsch klingen. Aber es wundert mich, dass sie noch Polizistin ist.«

»Wusstest du, dass Sanna Dahlström ihre Schwester war?«

Er saß reglos da. Nur ein Blinzeln verriet, dass es eine neue Information für ihn war.

»Wusstest du das? Sie stellt Nachforschungen über ihre eigene Schwester an.« Pia wurde unsicher und versuchte, seine Miene zu deuten.

»Wegen ihr sitze ich heute hier.« Er schüttelte den Kopf. »Ich hoffe, ihr kriegt den Täter dran. Das hast du verdient.«

Er wich aus. Parierte. Wollte wahrscheinlich kein schlechtes Wort über Amanda Paller äußern. Ein stechender Schmerz zuckte durch ihre Brust. Sie musterte den Mann, der ihr gegenübersaß. Den Mann, den sie so gut kannte. Oder glaubte zu kennen. Er sah wirklich gut aus. Leicht ergraut an den Schläfen. Charmanter Blick.

Er schaute ihr lange in die Augen. Dann fragte er: »Bist du noch mit diesem Kollegen zusammen? Joakim oder wie er noch hieß?«

Sie schüttelte den Kopf und blickte auf ihre Fingernägel. Das schlechte Gewissen kehrte zurück. Nach fünfzehn Jahren Ehe hatte sie Magnus verlassen und sich geradewegs in Joakims junge Arme gestürzt. Sie wollte es erklären. Wollte, dass er es verstand.

Stattdessen sagte sie: »Ich lebe jetzt mit einem Arzt zusammen.«

Magnus' Blick gefror für eine Millisekunde. Es ging so schnell, dass Pia nicht sicher war, ob sie es wirklich gesehen hatte. Ein Anflug von Eifersucht.

Er lächelte. »Ich freue mich so sehr für dich. Wirklich.«

Drei laute Klopfzeichen an der Tür. Der Wärter kam herein und sagte, dass sie gehen müsse. Sie erhoben sich und schoben die Stühle unter den Tisch. Magnus zog seinen wieder hervor und schob ihn noch einmal darunter. Pia schlug ihre Augen nieder. Er war noch immer ein Gefangener seiner Ticks. Er war noch immer der alte Magnus, der alles zweimal machen musste, um ein Gleichgewicht im Dasein zu verspüren.

War es so?

Er ging zu ihr und umarmte sie. Sog vernehmlich den Duft ihrer Haare ein. Ein Kuss auf die Wange. Viel zu nah an ihrem Mund. Ihr Herz schlug wild. Sie entzog sich seiner Umarmung und hob die Hand zu einem stummen Gruß. Ging hinaus zu ihrem Wagen. Ihre Hände zitterten, als sie das Lenkrad umfasste, und sie blieb mehrere Minuten sitzen. Versuchte, zu begreifen, was geschehen war.

Pia hatte es nicht eilig, nach Hause zu kommen. Björn war allein mit den Kindern in die Ferienhütte gefahren. Sie hatte ihm gesagt, dass sie arbeiten müsse. Dass neue Dinge aufgetaucht seien.

Sie ließ den Motor an und verließ den Parkplatz. Drehte das Radio lauter, als sie hörte, dass ein schwungvoller Discosong lief. Sonst nicht ihr Geschmack, aber in diesem Moment war es befreiend. Sie klopfte im Takt der Musik auf das Lenkrad.

37

Amanda taten bereits die Füße weh. Hohe Absätze waren nicht ihr Ding. Sie hatte eine Einlage hineingetan, aber das half nichts. Die Pumps drückten am linken großen Zeh. Hallux valgus. Sie hatte das von ihrer Mutter geerbt, die unter demselben Problem gelitten hatte.

Amanda ging auf die Hecke zu, die Josefins und Jovans Garten einrahmte und das Reihenhaus dahinter verdeckte. Sie öffnete das Gartentor und nahm den Schal ab, mit dem sie ihr Gesicht verhüllt hatte, falls die Sondergruppe das Haus überwachen ließ. Vicky würde sie trotzdem erkennen, aber hoffentlich niemand anderes. Würde Vicky melden, dass sie in ihrer Freizeit in das Haus eines Vertrauten von Milorad Kraljevic ging? Amanda war sich nicht sicher.

»Die Sache gerät aus dem Ruder«, hatte Vicky am Tag zuvor zu ihr gesagt. »Ich kann dich nicht mehr ewig decken.« Amanda hatte das schon geahnt. Aber sie brauchte mehr Zeit. Nur ein bisschen mehr Zeit.

Hinter der geschlossenen Tür war Musik zu vernehmen. Stimmen und Lachen in einer Lautstärke, die besagte, dass die Party eben erst begonnen hatte. Amanda klingelte. Hatte eine Whiskyflasche dabei. Was schenkte man einem Drogendealer zum Vierzigsten? Josefin hatte Amanda gesagt, dass sie nichts mitbringen brauche. Aber sie konnte doch wohl schlecht mit leeren Händen kommen, oder?

Die Tür wurde von einem Mann in schwarzem Anzug geöffnet. Ernste Miene. Glatze. Sie hörte einen Aufschrei, und gleich darauf stürmte Josefin in einem engen Kleid mit Leopardenmuster auf sie zu. Beeindruckender Ausschnitt. Das wasserstoffblonde Haar offen. Sie musste es geglättet haben. Sah hübsch aus.

»Elin!« Amanda bekam eine überschwängliche Umarmung und einen Kuss auf die Wange. Sie machte einen Schritt rückwärts, um nicht umzufallen.

»Hast du es gut gefunden? Bist du mit dem Taxi gekommen?« Josefin strahlte.

»Mit der U-Bahn.«

Josefin starrte Amanda an, als hätte sie gesagt, sie sei mit einem Raumschiff gekommen.

»Du weißt schon, dieses weiße Schild, auf dem ein großes blaues T für *tunnelbana* steht«, sagte Amanda grinsend.

Josefin lachte. »Ich fahre nie mit der U-Bahn, wenn ich auf eine Party gehe.«

Amanda hängte ihre Jacke auf und folgte Josefin zur Küche. Grüßte ein paar Frauen, die sich als Josefins Freundinnen vorstellten. Gordana, Millis, Petra, Jasmine. Amanda prägte sich die Namen ein. Ihr war klar, dass sie als Neue sehr genau gemustert wurde. War sie eine Rivalin? Amanda wusste, dass ihr das weiße Kleid, das sie für den Abend gewählt hatte, gut stand. Es betonte ihren Hintern. Die Schuhe mit dem hohen Absatz taten ein Übriges. Sie verlagerte ihr Gewicht auf einen Fuß, um den anderen kurz zu entlasten. Ihr großer Zeh schmerzte. Aber sie biss die Zähne zusammen und nippte an dem Sekt, den Josefin ihr gereicht hatte. Lächelte den anderen zu. Alle hatten viel zu viel Puder aufgetragen und auf dieselbe Art die Augenbrauen gezupft.

»Wo ist das Geburtstagskind?«, fragte Amanda.

Josefin schüttete Erdnüsse in eine Schale. »Sie sind draußen im Garten und rauchen Zigarren.« Sie warf die leere Tüte in den

Papierkorb. »Komm, gehen wir raus.« Sie durchquerten das Wohnzimmer, wo eine weiße Sofagruppe in der einen und ein glänzender schwarzer Esstisch in der anderen Ecke standen. Es waren sehr viele Leute gekommen, die dicht zusammenstanden. Erwachsene und Kinder, die versuchten, sich Gehör zu verschaffen. War das die gesamte Familie? Amanda winkte kurz in die Runde. Einzeln begrüßen konnte sie die Sippe später. Im Garten war ein Festzelt errichtet worden, und beim Eintreten empfing sie ein starker Duft, der sie an ihren Großvater erinnerte. Er hatte immer eine Zigarre nach dem Essen geraucht, als sie klein gewesen war. Wer rauchte heutzutage noch Zigarre? Sie zählte sieben Männer. Alle trugen zur Feier des Tages einen Anzug. Keiner von ihnen schien Milorad Kraljevic zu sein.

Jovan erhob sich. »Elin, herzlich willkommen in meinem Heim.« Er wandte sich zu den anderen, die in ihren Korbsesseln hocken blieben. »Das hier ist Elin, von der ich euch erzählt habe.«

Lautes Murmeln. Die Männer nickten. Einer sah jung aus, vielleicht zwanzig. Amanda kannte ihn nicht. Musste ein neuer Rekrut sein. Die beiden Ältesten waren im Rentenalter. Der eine von ihnen kam ihr bekannt vor. Vielleicht hatte sie ihn auf einem Fahndungsfoto gesehen? Schwer zu sagen. Eine Frontalaufnahme eines Gesichts sah häufig vollkommen anders aus, als wenn es sich bewegte. Die übrigen drei waren in Jovans Alter. Am liebsten hätte Amanda ihr Handy hervorgeholt und die von Rauchschwaden vernebelte Versammlung von Typen im Anzug gefilmt.

»Glückwunsch zur ersten Lebenshälfte!« Sie hielt ihm die Flasche hin.

»In dem Fall ist das Leben länger, als ich dachte.« Er schaute zu Josefin. »Warum hast du ihr nicht gesagt, dass sie nichts mitbringen muss?«

Amanda sprang Josefin bei. »Das hat sie getan, aber ich dachte mir, ein bisschen Whisky wäre eine nette Geste.«

Jovan nahm die Flasche entgegen. Küsste sie dreimal auf die Wangen. Er warf dem jungen Mann einen Blick zu, der sofort aufsprang und Gläser holte.

»Old Scotch.« Jovan nickte wohlwollend. Schenkte allen ein und hob sein Glas. »Auf Elin, die großen Einsatz für unseren Konzern gezeigt hat.«

Konzern. Kaum zu fassen.

Alle stießen an. Tranken. Josefin hustete. Amanda musste sich anstrengen, um es ihr nicht gleichzutun. Wie konnte man Whisky nur mögen? Ihre Kehle brannte, und Wärme breitete sich in ihrem Körper aus. Sie stellte ihr Glas auf den Tisch. Sah, dass die anderen noch die Hälfte in ihren Gläsern hatten.

»Setz dich.« Jovan deutete auf einen freien Sessel und blickte zu Josefin. »Ist das Essen noch nicht gekommen?«

Josefin schüttelte den Kopf. »Ich rufe mal an und erkundige mich.« Sie verschwand aus dem Zelt, und Amanda ging zu dem Sessel. Ihre Absätze sanken wie Zeltheringe im Rasen ein. Sie setzte sich. Ihr Kleid rutschte einen Tick zu weit hoch. Die Männer schielten auf ihre Beine. Sie schlug sie übereinander und vermied es, das Kleid zurechtzuzupfen. Das könnte einen unsicheren Eindruck machen.

»Ich habe gehört, dass du Stewardess bist.« Jovan setzte sich wieder. Füllte den Sessel voll aus. »Wer weiß, darauf könnten wir in Zukunft vielleicht zurückgreifen.«

»Vielleicht«, erwiderte Amanda. »Wir können jederzeit über die Bedingungen sprechen.«

Schweigen. Niemand rührte sich. Alle warteten auf Jovans Reaktion.

Er brach in Gelächter aus.

Die Männer entspannten sich. Einer von ihnen nahm einen Schluck aus seinem Glas.

»Du bist sehr direkt, Elin, das gefällt mir.« Dann wurde Jovan wieder ernst. »Josefin war beeindruckt von deiner Fahrkunst. Wo hast du das gelernt?«

Amanda zuckte die Achseln. »Ich bin auf einem Bauernhof mit zwei Brüdern aufgewachsen. Da gab es nicht viel anderes zu tun.«

Abwartendes Schweigen. Nur dumpfes Gemurmel war aus dem Haus zu hören.

»Und was ist mit dem Spürhund? Wie bist du dem entkommen?«, fragte Jovan schließlich.

»Ich hab einen Escort geknackt und bin davongefahren.«

Jovan sperrte die Augen auf. Die anderen Männer ebenso. Dann lachte er erneut laut, und die anderen stimmten mit ein.

»Auf dich, Elin. Was für eine Frau!« Er hob sein Glas.

»Meines ist leider schon leer. Ich schenke kurz nach«, sagte Amanda und erhob sich. Jovan lachte prustend, als hätte er noch nie so etwas Lustiges gesehen. Sie waren nicht daran gewöhnt, dass Frauen so bestimmt agierten. Die Frage war nur, wie lange sie diese Fassade aufrechterhalten konnte. Sie hatte einen schweren Fehler begangen, als sie Josefin gesagt hatte, dass sie Elin Dahlström heiße. Daraufhin hatte sie nach einer Elin Dahlström gesucht, die halbwegs zu ihrem Profil passte. Schließlich fand sie eine, die in Täby gemeldet war und altersmäßig übereinstimmte, zwei Brüder hatte und auf dem Land bei Motala aufgewachsen war. Die Frau sah Amanda nicht sonderlich ähnlich, war aber wenigstens blond. Bei einer schlampigen Kontrolle würde das nicht weiter auffallen. Wenn Jovan aber eingehender nachforschte … Sie musste einfach schneller sein.

Amanda schenkte sich nach und stieß mit den Männern an. Sah jedem in die Augen, bevor sie ins Haus zurückging. Sie mischte sich unter die anderen Gäste. Kinder, Erwachsene, Verwandte, Freunde. Stellte sich vor. Versuchte, sich die Namen der Anwesenden einzuprägen und nicht nur über Wind und Wetter zu reden. Eine junge Frau fragte Amanda begeistert über ihren Beruf aus. In wie viele Länder sie schon geflogen sei. Ob man mehrere Tage hintereinander übernachte. Stellten sie nur schlanke Frauen ein? Welch ein Luxus, *tax-free* einkaufen zu können! Amanda antwortete, so gut sie konnte. Sie musste sich nicht anstrengen, um in Biljanas Ohren – so hieß die redselige junge Dame – erfahren zu klingen. Zwei Gläser Wein später erzählte Biljana, dass sie leider unter Flugangst leide.

Amanda entschuldigte sich und sagte, sie werde nachsehen, ob Josefin Hilfe in der Küche benötige. Als sie sich umdrehte, sah sie den Rücken einer schlanken Gestalt, die sich gegen den Türrahmen lehnte. Sie wusste dennoch sofort, wer es war. Die dunkle Haarmähne glänzte so stark, dass sich das Licht der Lampen darin spiegelte.

Amanda näherte sich und legte die Hand auf Helena Kraljevics Schulter, um ihr zu verstehen zu geben, dass sie vorbeiwollte.

»Oh, Entschuldigung.« Helena lächelte und entblößte eine perfekte Zahnreihe.

»Kein Problem. Ich wollte nur nachsehen, ob Josefin vielleicht Hilfe braucht.« Amanda streckte die Hand aus. »Elin, ich glaube, wir kennen uns noch nicht, oder?«

Helenas Hand war schlaff und kalt. »Ich denke nicht. Helena. Bist du mit Josefin befreundet?« Hochgezogene Augenbrauen.

»Ja. Und du?«

Das Lächeln verschwand. »Das hier ist meine Familie. Ich kenne alle.« Helena strich eine Strähne aus ihrem Gesicht. »Außer dir.«

Sie wurden unterbrochen, weil jemand mit einem Löffel gegen ein Glas schlug.

»Jetzt ist das Essen da. Bitte bedient euch!« Josefin machte eine schwungvolle Armbewegung in Richtung des Büfetts, das auf einem langen Tisch stand. Niemand bewegte sich. »Nun kommt schon. Helena und Elin, fangt doch mal an.«

»Gern«, sagte Amanda. »Ich bin hungrig.« Sie ging zum Büfett, nahm einen Teller und musterte die Speisen. »Gott, so viele leckere Sachen.«

Es gab unzählige Sorten von Wurst und Fleisch, Pizza, verschiedene Soßen, Kartoffeln und Salate.

Amanda drehte sich zu Helena um. »Was ist denn das hier?« Sie deutete auf ein Gericht, das in kleine Stücke geschnitten war.

»Das ist Käsepastete. Etwas Besseres wirst du nicht finden.«

Amanda langte zu und setzte sich mit voll beladenem Teller an das Ende des Tisches. Helena hatte sich nur ein winziges Stückchen Fleisch und ein paar Salatblätter genommen.

»Machst du eine Diät?«, fragte Amanda.

Helena lächelte schmal. »Ich achte immer sehr darauf, was ich esse. Du nicht so sehr, wie ich sehe.«

»Ich muss essen. Dafür trainiere ich viel. Josefin und ich haben uns ja sogar im Fitnessstudio kennengelernt.«

Helena lachte auf. »Für so etwas habe ich keine Zeit.«

»Ach so. Was machst du denn beruflich?«, fragte Amanda.

»Alles Mögliche. Aber Fitness war noch nie mein Ding.«

»Du bist ja trotzdem schlank und schön.«

Schmeicheleien funktionierten immer. Und sie war ja wirklich schlank und schön. Elegant gekleidet für ihr Alter. Eine weiße Bluse, die in einen kurzen grauen Rock gesteckt war. Als wäre sie auf einem Geschäftstreffen und nicht auf einem Geburtstag.

Josefin kam zu Amanda herüber, als Helena wegging, um sich mehr Wein zu holen.

»Weißt du, wer sie ist?«, flüsterte sie ihr ins Ohr.

Amanda schüttelte den Kopf. »Sollte ich das?«

»Helena Kraljevic. Die Nichte von Milorad. Sie hat jetzt das Sagen, wenn Milorad nicht da ist.«

»Und wer ist Milorad?«

»Der Chef.«

Helena war zurück. »Wie gut du alles organisiert hast«, sagte sie zu Josefin. »Wir werden uns eine Weile zurückziehen, sobald Sebastian mit dem Neuen gekommen ist. Sieh zu, dass die beiden direkt ins Zelt gehen.« Sie schaute auf ihre Armbanduhr. »Sie sind zu spät.«

Helena wartete keine Antwort ab. Sie gab Josefin ihren Teller und ging mit entschlossenen Schritten davon.

»Sie kann manchmal ein wenig seltsam sein.« Josefin sah etwas betreten drein.

»Worüber wollen sie denn reden?«, fragte Amanda.

Josefin zuckte die Achseln. »Über Geschäfte, wie immer.«

Amanda sah Helena nach und wäre ihr am liebsten nachgeschlichen und hätte sie und die Männter belauscht. Sie war ganz nah dran. Und doch so weit weg.

»Ist zwischen uns alles in Ordnung?«, fragte Josefin. »Ich meine, nach dem, was passiert ist.«

Amanda war überrascht von der Frage. »Sonst wäre ich doch nicht hergekommen, oder?«

»Wahrscheinlich nicht. Aber ich hatte wirklich nicht vor, dich in irgendetwas hineinzuziehen.« Josefin nahm ein paar Schlucke von ihrem Wein. Schien zu überlegen, wie sie sich ausdrücken sollte. »Ich weiß, wie es läuft. Wenn du einmal drin bist, kommst du nicht mehr raus.«

»Ich verstehe das.«

»Nein, tust du nicht.« Josefins Stimme klang auf einmal schrill, und sie dämpfte sie. »Wenn du wüsstest, wie oft ich davon träume, ein normales Leben zu führen wie du. Eigenes Geld zu verdienen. Über mich selbst bestimmen zu können und das zu tun, was ich möchte. Du begreifst gar nicht, wie gut du es hast.«

»Du hast doch deinen Salon.«

»Gar nichts habe ich!« Josefin trank noch einen Schluck. »Ich will damit nicht sagen, dass mir mein Leben nicht gefällt. Aber manchmal wünsche ich mir, es wäre unkompliziert. So wie bei dir. Du kannst alles machen, was du willst.«

Amanda hörte die Türklingel.

»Denk daran, bevor du dich auf irgendetwas einlässt«, sagte Josefin. Sie stellte das Glas weg und ging in den Flur hinaus.

Der Mann mit der Glatze, der die Tür für Amanda geöffnet hatte, ließ zwei neue Gäste herein. Zwei Männer. Sie hörte, wie Josefin sie begrüßte. Hörte deren Stimmen.

Amandas Handflächen wurden feucht. Sie ließ den Wein im Glas kreisen. Josefin sagte ein paar höfliche Phrasen. Sie schien die beiden nicht zu kennen. Amanda hingegen schon. Sie holte tief Luft und atmete langsam aus.

Josefin kam als Erste zurück in das Zimmer und strahlte Amanda an. Machte stumme Mundbewegungen, die aussahen wie »Total heiß«, während sie diskret den Daumen hob.

Die Männer folgten ihr und kamen auf Amanda zu. Schließlich standen sie nur noch einen Meter voneinander entfernt. Ihr Magen verkrampfte sich, aber sie ließ sich nichts anmerken.

Sie hatte ihn noch nie mit einem Anzug gesehen. Er sah unverschämt gut aus. Die Haare ein wenig länger als beim letzten Mal. Die Haut ein paar Nuancen dunkler. Und diese Augen. Seine schönen braunen Augen. Sie blickte ihn geradewegs an und streckte die Hand aus: »Elin.«

38

Wie versteinert stand Adnan da. Nicht einmal ein Tritt in die Eier hätte ihn in Bewegung versetzt. Was zum Henker machte sie hier?

Sebbe trat vor und sagte: »Da unser Adnan offenbar etwas in den falschen Hals bekommen hat, fange ich mal an. Sebastian.«

Adnan sah wortlos zu, wie sich Sebbe und Amanda die Hand gaben. Oder Elin, wie sie behauptet hatte.

Sebbe ließ ihre Hand nicht los. »Haben wir uns nicht schon mal gesehen?«, fragte er.

Amanda nickte. »Am Hauptbahnhof, oder?«

Sebbe pfiff kurz. »Das warst du, stimmt. Ein feines Ablenkungsmanöver, das mit der Jacke.«

Adnan bemerkte Amandas fragenden Blick. »Ich habe gesehen, wie du sie weggeworfen hast«, sagte er. »In Zukunft solltest du ein bisschen vorsichtiger sein.« Er streckte die Hand aus. »Adnan.«

Sie nahm seine Hand und wiederholte ihren Namen. »Elin.«

»Elin. Und wie weiter?«

»Dahlström.«

»Interessant.« Ihre Hand war feucht. Das einzige Anzeichen, dass sie nervös war. »Ich meine, man trifft in einem solchen Zusammenhang nicht oft auf Schweden.« Er lachte.

»Sie war es, die uns letzten Samstag gerettet hat«, schaltete Josefin sich in das Gespräch ein.

Adnan musterte Jovans wasserstoffblonde Freundin. Woher zum Teufel kannte sie Amanda? Er kapierte gar nichts mehr.

Wusste nur, dass er mitspielen musste. Oder sollte er sie hier und jetzt als Polizistin outen? Ein Bulle in Jovan Blakus Haus. Innerhalb einer Minute würde man sie mit einem Stahldraht erwürgen.

»Ach du Schande«, sagte er. »Davon will ich mehr hören.«

»Das müssen wir auf später verschieben«, antwortete Josefin. »Helena hat ein Treffen einberufen, und ihr seid bereits spät dran.«

Adnan drehte sich zu Amanda um. »Ich hoffe, du bleibst noch ein bisschen.«

Josefin lotste sie zum Garten und zu einem weißen Festzelt. Sie traten ein. Männer mit steinerner Miene. Eine Frau in einem schief sitzenden kurzen Rock. Er begriff, dass dies Helena Kraljevic sein musste. Sie war hübscher, als er erwartet hatte. Oder was hatte er eigentlich erwartet? Er hatte keine Ahnung. Sie wies ihn und Sebbe an, sich zu setzen. Es gab noch zwei freie Sessel.

»Wir müssen für unsere Lieferungen noch andere Kanäle ins Land finden.« Helena zupfte ihren Rock zurecht. Die Männer saßen in einem Halbkreis vor ihr. »Wir stehen kurz vor einem großen Deal, wollen aber nicht alles auf dem üblichen Weg über die Grenzen bringen. Deshalb warte ich auf Vorschläge von euch.«

Stille.

»Hast du die Neue schon getroffen, Elin?« Jovan war der Erste, der etwas sagte.

Helena starrte ihn an. »Ja, und? Ich habe kein gutes Gefühl bei ihr.«

»Aha.« Jovan rutschte hin und her, sodass sein Sessel knarrte. »Sie ist Stewardess. Das könnte eine Lösung sein. Und du weißt, dass sie unser letztes Paket in Sicherheit gebracht hat, oder?«

Helena schnaubte. »Ich will viel lieber wissen, wer es verloren hat.«

Die Farbe wich aus Jovans Gesicht. Adnan sah, wie er die Lehne seines Sessels umklammerte. Seine Knöchel wurden weiß. Aber er schwieg. Interessant.

»Und für dich verbürgt sich Sebastian.« Helena wandte sich an Adnan. »Ich hoffe, dir ist klar, dass wir dich im Auge behalten. Was auch immer du tust, ich werde es herauskriegen.« Sie ließ ihre Worte wirken. »Ich kenne deinen Lebenslauf und weiß, was du gemacht hast, aber auch, was du kannst. Deshalb bist du heute Abend hier. Aber beim kleinsten Fehler …«

Das war eine Warnung und ein klares Signal an die Männer im Zelt, dass sie freie Hand hatten, wenn Adnan aus der Reihe tanzte. Sollte er über eine Bordsteinkante stolpern, hatten sie Helena Kraljevics Erlaubnis, ihm die Kehle durchzuschneiden. Er musste seine Trümpfe geschickt ausspielen. Durfte nicht einmal über seine eigentlichen Absichten nachdenken. Sie wusste, dass er früher einmal Mist gebaut hatte, gab ihm aber dennoch eine Chance. Also wusste sie nicht alles.

»Ich werde dich nicht enttäuschen.« Er schaute ihr tief in die Augen, ließ dann den Blick langsam über ihre Bluse wandern, unter der die Umrisse eines weißen BHs zu erkennen waren. Ihre Wangen liefen rot an. Sie versuchte, einen auf tough zu machen, aber er brachte sie mit einem einzigen Blick aus der Fassung. Helena fingerte am obersten Knopf ihrer Bluse herum und räusperte sich. Sie sprach weiter über Lieferungen und neue Wege. Die Männer kamen mit Vorschlägen. Sie diskutierten respektvoll. Machten eine diskrete Handbewegung, wenn sie etwas sagen wollten. Schweigend saß Jovan da. Adnan hörte zu, wie die jugoslawische Mafia über ihre Drogengeschäfte redete, völlig unwissend, dass eine Polizistin in der Nähe war. Vielleicht stand sie ja draußen vor dem Zelt und lauschte? Vielleicht waren hier Wanzen versteckt? Verdammte Scheiße! Er hatte vorgehabt, seinen Namen reinzuwaschen, und stattdessen riskierte er, wieder in den Knast zu wandern. Er hätte sie sofort verraten sollen. Jetzt war es zu spät.

Er bekam nur die Hälfte von dem mit, was gesagt wurde, obwohl er versuchte, sich zu konzentrieren. Sie brauchten mehr Verkäufer. Mehr Zwischenhändler. Zugleich stieg das Risiko, wenn zu viele beteiligt waren. Welchen Leuten konnten sie vertrauen? Wer sich nicht an die Regeln hielt, wurde ausgegliedert. Wie hübsch das klang. Bilder der schwimmenden Sauna blitzten vor seinem inneren Auge auf. Bojans blutverschmierte Leiche unter dem Handtuch. Das Geräusch einer Säge. Adnan lief ein Schauer über den Rücken.

Eine halbe Stunde später erhob Helena sich, um den anderen zu verstehen zu geben, dass sie fertig waren. Es war Zeit zu essen. Sie gingen ins Haus, und Adnan schaute sich um. War Amanda schon gegangen? Er schielte in den Flur, während er seinen Teller volllud. Linste ins Wohnzimmer, als er sich ein Bier aufmachte. Sebbe plauderte mit ein paar Frauen, die Freundinnen von Josefin zu sein schienen. Adnan ging auf den Balkon hinaus. Stellte das Bier aufs Geländer und aß die Hälfte seines Essens. Er hatte keinen Hunger mehr. Die Bissen wuchsen in seinem Mund. Er konnte genauso gut gehen. Traute er sich, Josefin nach Amandas Telefonnummer zu fragen? Oder besser gesagt, Elins. Scheiße, er durfte sich auf keinen Fall verplappern! Dann war er genauso am Arsch wie sie. Warum war sie gegangen? Er trank von seinem Bier und ging mit dem Teller in der Hand in die Küche.

Da stand sie und unterhielt sich mit Sebbe. Sie lachte über etwas, das er sagte. Sonst war der Typ doch nie lustig! Adnan ging an ihnen vorbei und stellte den Teller auf die Anrichte.

»Hat es dir nicht geschmeckt?« Amanda blickte auf den halb leeren Teller.

»Ich hab schon gegessen, bevor ich hergekommen bin.« Adnan wich Sebbes Blick aus. Erinnerte sich, dass er auf dem Weg hierher im Auto über seinen Riesenhunger geklagt hatte. Er wechselte das Thema und fragte: »Woher kennst du denn Josefin?«

»Wir haben uns vor nicht allzu langer Zeit im Fitnessstudio getroffen«, sagte Amanda. »Ich habe ihr geholfen, als sie sich den Fuß verstaucht hat, und so kam das dann.«

»Und dann stehst du plötzlich mit einer unserer Lieferungen am Hauptbahnhof«, erwiderte Adnan.

»Was sollte ich sonst machen? Bei mir zu Hause konnte ich das Zeug nicht lassen.«

»Das war doch in Ordnung«, mischte Sebbe sich ein. »Dafür hast du echt was gut.«

Mann, konnte der Typ nicht die Fliege machen?

Sie erzählte weiter. Dass sie nicht gewusst habe, dass Drogen im Wagen gewesen seien. Wie sie Panik bekommen habe, geschnappt zu werden.

Sebbe blieb bei ihnen stehen.

Adnan wechselte die Taktik. »Willst du deine Jacke vielleicht zurück?«

»Hast du sie noch?«, fragte Amanda.

Adnan blinzelte. »Wie kann ich dich nach dieser Party erreichen?«

Amandas Mundwinkel zuckte. »So wichtig ist das mit der Jacke nicht.«

Sebbe schien den Wink zu kapieren und verzog sich ins Wohnzimmer. Störe nie einen Kumpel, der versucht, eine Tussi anzugraben. Eine ungeschriebene Regel.

Adnan nahm einen Schluck von seinem Bier.

»Elin also.«

Ihm fiel nichts Besseres ein.

»Adnan.«

»Und ich nehme an, du hast niemandem gesagt, dass du Polizistin bist.«

»Und ich nehme an, du hast niemandem erzählt, dass du es warst, der Alex Ryass erschossen hat«, entgegnete Amanda.

Schweigen.

Er vergewisserte sich mit einem Blick in die Runde, dass niemand zuhörte. »Worauf willst du hinaus?«

»Wir sind beide Verlierer, wenn etwas rauskommt.« Sie führte ihr Glas an die Lippen. »Merk dir das.«

»Was machst du hier, verdammt noch mal? Plant ihr einen großen Schlag?«, fragte Adnan.

»Ich dachte, du wärst ausgestiegen.«

»Bin ich auch.«

Sie lachte.

Er sah, dass Helena sie vom Wohnzimmer aus beobachtete. Was hatte sie bei der Besprechung gesagt? Dass sie in Bezug auf Elin ein schlechtes Gefühl hatte.

»Wir müssen uns treffen«, sagte er.

Helena kam auf sie zu. Kalte Augen in einem hübschen Gesicht.

Amanda schien die Gefahr ebenfalls bemerkt zu haben. »Um zwei Uhr an der Gröna Stugan.«

Es war abgemacht.

39

Es war still in der Wohnung, und das Parkett knarrte unter Pias Füßen, als sie vom Sofa aufstand und in die Küche ging. Von der Bar schräg gegenüber auf der anderen Straßenseite war Musik zu hören, aber sie konnte nicht ausmachen, welches Lied es war. Sie blickte auf die Menschen hinab, die sich in dem länglichen, schmalen Lokal drängten. Menschen, die sich unterhielten, die Spaß hatten, die an einem Samstagabend ausgingen.

Sie nahm ihr Handy und las die Nachricht von Björn noch einmal. *Gute Nacht, Liebling. Ich hoffe, du hattest einen schönen Tag. Kuss.*

Sie hatte etwas Ähnliches geantwortet und ihm eine gute Nacht gewünscht. Das war vor zwei Stunden gewesen. Sie legte das Telefon weg und öffnete eine Flasche Rotwein. Das Geräusch des Korkens erfüllte sie mit Scham. Als wäre es verboten, allein zu trinken. Sie fuhr mit den Fingerspitzen über das Etikett. Amarone. Schenkte ein Weinglas bis zur Hälfte voll und ging wieder zum Fenster.

»Prost.« Sie hob das Glas in Richtung der Menschen in der Bar unten auf der Straße. Nippte daran und ließ die Aromen sich im Mund entfalten, bevor sie ein paar weitere Schlucke nahm. Sie stand eine Weile da und dachte nach.

Konnte es wirklich so sein, wie sie vermutete? Amanda Paller hatte Kinder mit Adnan Nasimi! Sogar Zwillinge. Konnte das stimmen? Wenn dem so war, musste sie doch eigentlich davon gehört haben, oder?

Mit zitternder Hand goss sie sich nach. Schritt über das

knarrende Parkett ins Wohnzimmer und setzte sich aufs Sofa. Das Glas stellte sie zwischen die beiden Papierstapel: die Urteilsbegründung und die Unterlagen der Voruntersuchung. Nach dem Besuch im Gefängnis in Norrtälje hatte sie beschlossen, alles noch einmal haargenau zu checken. Auch die handschriftlichen Aufzeichnungen der Verhöre, bevor sie ordentlich getippt worden waren. Sie hatte einen Ermittlungsbericht entdeckt, der sie nachdenklich gemacht hatte. Zwei Polizisten aus dem Nova-Projekt hatten Adnan Nasimi in einem Nachtclub gesehen, kurz bevor Magnus in Verdacht geraten war, dieses oder jenes getan zu haben. Das war dreieinhalb Jahre her.

In Adnan Nasimis Gesellschaft hatte man auch eine blonde Frau gesehen.

Mit größter Wahrscheinlichkeit die Kollegin Amanda Paller, hatten die Polizisten geschrieben.

Vor dreieinhalb Jahren.

Und niemand konnte sagen, wer der Vater von Amandas Kindern war.

Pia ging ins Bad und nahm eine Zahnbürste und ein Gummi. Band ihr Haar zu einem Pferdeschwanz und ließ den Pony schräg über ein Auge hängen. Sie musterte das Ergebnis im Spiegel. Von vorn. Von der Seite. Von hinten. Löste ein paar Strähnen.

So, wie Amanda Paller sich immer zurechtmachte.

Sie starrte ihr Spiegelbild an.

Beugte sich vor und putzte sich die Zähne.

40

Die Gröna Stugan war geschlossen, die Fenster verrammelt. Nur ein schwacher Schein drang nach draußen, vermutlich von einem Kühlschrank. Amanda war schon oft hier gewesen und hatte einen Kaffee getrunken. Das Café lag idyllisch am Lötsjön am Rande von Sundbyberg. Mit Adnan war sie bei ihrem ersten Date daran vorbeigegangen. Vielleicht hatte sie deshalb in aller Hast diesen Platz gewählt.

Dass das Holzhaus grün war, konnte man in der Dunkelheit nicht erkennen. Sie überlegte, ob sie sich an einen der Tische setzen sollte, aber das kam ihr wie unerlaubtes Eindringen vor. Stattdessen ging sie zum Wasser hinab und wartete. Die Laternen an der Promenade beleuchteten die nächste Umgebung, und sie setzte sich auf einen Stein. Auf dem Display ihres Handys stand, dass es zehn Minuten nach zwei war. Würde er auftauchen? Helena Kraljevic hatte ihn den Rest des Abends nicht aus den Augen gelassen. Nur einmal, als sie kurz ins Bad gegangen war.

Amanda hatte sich mit den anderen gut unterhalten. Hatte viel mit Sebastian geredet und versucht, möglichst viel aus ihm herauszukitzeln, ohne zu neugierig zu wirken. Adnan und er kannten sich vom Knast, hatte Sebastian ihr erzählt. Jetzt machten sie einige Geschäfte zusammen. Details verriet er nur sehr sparsam.

Sie schaute erneut auf die Uhr. Viertel nach. Er war es verdammt noch mal gewesen, der verlangt hatte, dass sie sich trafen! Sie musterte die Hochhäuser auf der anderen Seite des Gewässers hoch oben auf einer Anhöhe. In den meisten Fenstern war es dunkel, aber manche Bewohner schienen noch nicht im Bett zu sein. Oder waren es Familien mit Kindern, die Angst im Dunkeln hatten? Wie Charlie, der glaubte, dass Monster unter seinem Bett wohnten. Er wollte, dass nachts immer eine Lampe brannte.

Ihr Magen verkrampfte sich. Sie würden ihren Vater nie kennenlernen. Es war zu ihrem Besten.

Ein schwaches Knirschen erklang, und sie drehte sich um. Sie sah eine Gestalt, die den kurzen Abhang herabkam. Erkannte ihn. Die Art, wie er ging.

Er war also doch gekommen.

Sie blieb auf dem Stein sitzen. Hörte ihre eigenen Atemzüge. Dann stand er schräg hinter ihr. Nur der Wind und das Glucksen eines Vogels im Wasser waren zu vernehmen.

»Rutsch ein bisschen nach vorn«, sagte er.

Bevor sie begriff, was er meinte, saß er schon hinter ihr auf dem Stein. Dicht an ihr. Sein Brustkorb gegen ihren Rücken gedrückt. Seine Arme um ihre Hüfte. Sie zuckte kurz zusammen. Dann schloss sie die Augen. Machte sie wieder auf und blickte auf das Wasser, das im Licht einer Laterne glänzte. Legte ihre Hände auf die seinen.

»Was passiert jetzt?« Seine Stimme an ihrem Ohr.

Sie bekam eine Gänsehaut. »Es ist Jahre her. Inzwischen ist viel passiert. Wo bist du gewesen?«

»Ein bisschen überall. Schau mal.« Er deutete in den dunklen Himmel, und sie folgte seinem Blick. »Sieh den Mond an. Was denkst du?«

Sie lachte auf. »Dass er aussieht wie eine Banane.«

Er legte wieder den Arm um sie. »Wir haben immer denselben Mond gesehen.«

Sie sah eine Weile in den Himmel und versuchte, zu begreifen, warum er so etwas sagte. Hatte er manchmal an sie gedacht? Oder scherzte er, um den Ernst der Lage herunterzuspielen?

»Warum arbeitest du für Kraljevic?« Sie fuhr mit den Fingern über seine Hand. »Ich dachte, du meinst es ehrlich, als du gesagt hast, du wolltest aussteigen.«

»Wie du schon meintest, es ist viel passiert. Alle denken, dass ich den Bullen erschossen habe, und ich habe Schulden bei Milorad. Ich tue das, was ich tun muss, um wieder hier leben zu können.«

»Du hast deinen Kumpel erschossen.«

»Um dich zu retten. Und er war nicht mein Kumpel.«

Sie sah Alex Ryass vor ihrem inneren Auge. Wie er Adnan anbrüllte, die Bullenfotze abzuknallen. Sie lag bereits auf dem Boden. Ein Schuss auf ihre Schutzweste. Adnan hatte sich entschieden, sie zu retten und seinen Kumpel zu opfern.

»Wo ist das Geld?« Adnans Frage klang so unschuldig, als wollte er wissen, ob sie einen Kaugummi hatte. »Du hast mich echt voll in die Scheiße geritten. Manche glauben heute noch, dass ich sie übers Ohr gehauen habe«, sagte er.

»Miran Kurin, meinst du?«, erwiderte Amanda. »Die anderen sind ja tot. Wer war bei dem Raubüberfall der Insider?«

Adnan lachte auf, und sein Atem strich warm über ihren Nacken. »Beeindruckend. Du weißt viel. Sag mir, wo die Kohle ist, dann erzähle ich, wer unser Insider war.«

»Ich hab das meiste für wohltätige Zwecke gespendet.«

»Du machst Witze.«

»Nein.«

Tiefer Seufzer. »Das meiste! Und was ist mit dem Rest?«

»Wer war euer Insider?«, fragte Amanda.

»Du wusstest, wie wichtig es für mich war, Milorad die Schulden zurückzuzahlen. Jetzt muss ich wieder von vorn anfangen. Du wusstest, dass ich unbedingt aussteigen wollte. Trotzdem hast du die Knete genommen. Du bist doch verdammt noch mal Polizistin!«

»Ich habe dafür gesorgt, dass die vergewaltigten Affen auf Sri Lanka gerettet wurden. Und ich habe Vincent Bonneruds krankes Business entlarvt, nachdem du mir den Tipp gegeben hattest. Ja, ich bin Polizistin. Aber ich habe deswegen kein schlechtes Gewissen. Das Geld war für etwas Gutes.«

»Gib mir das, was du noch hast«, sagte Adnan.

»Wir beide müssen zusammenarbeiten. Wir haben beide Milorad Kraljevic als Ziel und …«

»Wie zum Teufel hast du dich dort eingeschlichen? Überwacht ihr denn alle?«

»Du musst nicht alles wissen. Aber wir wollen dasselbe, und du brauchst mich, wenn der Tag kommt …«

»Ich muss doch wohl verdammt noch mal Bescheid wissen!« Er ließ sie los und stand auf. »Glaubst du, ich will wieder in den Knast? So bescheuert bin ich nicht.«

»Du kannst mich jederzeit enttarnen und damit mein Todesurteil sprechen. Glaubst du wirklich, ich würde versuchen, dich zu hintergehen?«, fragte Amanda.

Adnan stand einen Moment lang stumm da und schien zu überlegen.

»Wir fangen mit einer einfachen Sache an«, sagte sie. »Wer war euer Insider?«

Er stocherte mit der Schuhspitze im Kies herum. Blickte auf. »Sacha. Der den Imbiss in dem Einkaufszentrum in Kista hat. Was willst du mit der Information anstellen? Ihr habt doch wohl keine Beweise, oder?«

Sie hatte sein Vertrauen gewonnen. Zumindest bis zu einem gewissen Grad. Adnan wollte noch etwas sagen, aber da klingelte sein Handy. Er holte es aus seiner Jackentasche und drückte den Anruf weg. Steckte es wieder in die Tasche.

»Wer war das?« Amanda konnte sich die Frage nicht verkneifen.

»Die Frau, bei der ich wohne.«

»Die Frau?« Amanda versuchte, zu verbergen, dass sie das Gefühl hatte, jemand würde ihr eine Nadel in die Brust rammen.

»Irgendwo musste ich ja pennen.«

»Kommt mir bekannt vor«, brachte sie hervor. Warum kümmerte sie das? Einen kurzen Augenblick lang hatte sie sich eingebildet, es gebe noch etwas Spezielles zwischen ihnen. Als er sie in seinen Armen gehalten hatte. Einen kurzen Augenblick lang hatte sie die Wirklichkeit verdrängt.

In dem Gebüsch hinter ihnen knackste es. Sie fuhren herum und sahen, wie jemand davonrannte. Hörten Schritte. Die dunkle Gestalt verschwand hinter dem Café.

Amanda reagierte als Erste und lief hinterher. Aber Adnan war schneller und hatte sie bald überholt. Sie stolperte im Gras und verlor ihn aus den Augen.

Weiter vorn hörte sie, wie eine Autotür zugeschlagen wurde. Ein Motor startete.

Sie beobachteten, wie ein dunkler BMW davonfuhr. Er bremste, rollte von einer hohen Bordsteinkante herab und bog dann auf die Straße. Ein Bremslicht funktionierte nicht.

Amanda konnte das Nummernschild nicht erkennen.

Hatte das Auto überhaupt eines?

41

Adnan fuhr in das Parkhaus unter dem Einkaufszentrum Kista Galleria. Es war ein komisches Gefühl. Das erste Mal, dass er seit dem Raub hier war. Miran schien es egal zu sein, er stieg nur aus und tapste in seiner löchrigen Jeans auf die Treppe zu. Vermutlich war er seither schon mehrmals hier gewesen. Adnan folgte ihm. Miran hatte Sacha gesagt, dass sie bei ihm in seiner Kaffeebude vorbeischauen würden. Hatte Adnan versprochen, dass Sacha nicht ausflippen würde. Miran wollte, dass alle wieder gute Kumpels waren. Die ganze Kacke hinter sich ließen. Nach vorn schauten. In Adnans Ohren: Miran klang verdammt sentimental. Andererseits war er high, das erklärte vieles. Adnan hatte eigentlich überhaupt keine Lust, Sacha wiederzusehen. Es hatte über eine Woche gedauert, bis die Rückenschmerzen nach Sachas Überfall weg gewesen waren. Seitdem hatte er nichts mehr von ihm gehört. Aber Miran hatte irgendetwas von dieser Bullenfotze gebrabbelt. Sie werde ihr blaues Wunder erleben. Sacha habe irgendein Ding am Laufen.

Was für ein Ding?

Hatten sie herausgefunden, wer sie war?

Miran weigerte sich, mehr zu erzählen. Sacha werde alles erklären. Der Imbiss liege ja mitten in dem Einkaufszentrum – Sacha würde cool bleiben. Alles im grünen Bereich.

Für Miran war alles im grünen Bereich, wenn seine Augen glänzten und rot unterlaufen waren. Hätte er in einem Flugzeug gesessen, dessen Motoren ausfielen, wäre auch alles bestens gewesen.

Für Adnan lagen die Dinge anders. Sein Kumpel hatte offenbar vor, Amanda in eine Falle zu locken und irgendwie die Kohle wiederzubeschaffen. Er hatte selbst ähnlich gedacht. Oft. Sie hatte ihn verraten. *Big time*. Aber es gab einen Grund, weshalb sie das getan hatte, auch wenn er diesen, so gut es ging, verdrängte. Er wollte sie hassen. Selbst als sie auf diesem Stein gesessen hatten. Er wusste, dass es unmöglich war. Er und sie.

Sacha stand an der Kaffeemaschine, als sie ankamen. Blickte auf und nickte. Eine Geste, die verriet, dass er sie gesehen hatte. Es war kein Gruß. Eher eine Feststellung.

Adnan und Miran stellten sich in die Schlange. Drei Tussis standen vor ihnen, und die eine konnte sich nicht entscheiden, ob sie eine Zimtschnecke oder einen Salat nehmen sollte. Nun mach schon! Adnan schaute sich nach einem freien Tisch um. Auf mehreren standen noch Tabletts herum. Sacha und seine Leute schienen noch keine Zeit gehabt zu haben, nach dem Mittagsrush aufzuräumen. Adnan gab Miran einen Hunderter und sagte ihm, was er wollte. Ging zu dem Tisch, der am weitesten von den anderen entfernt lag, und machte sich daran, ihn abzuräumen. Weiße Tassen mit braunen Kaffeeflecken und Lippenstift an den Rändern, schmutzige Servietten, halb gegessene Kekse. Er stellte den ganzen Kram auf den Nebentisch, setzte sich und wartete. Sah, dass Sacha kein Geld haben wollte und Miran sich den Hunderter in die Hosentasche schob.

Mal schauen, ob er den wieder zurückbekam.

Kurz darauf saßen alle drei am Tisch. Adnan und Miran in einem gebogenen Sofa mit hoher Lehne. Sacha auf einem niedrigen Sessel. Er hatte die Beine ausgestreckt und die Hände im Nacken verschränkt. Eine lässige Haltung, die die Stimmung auflockern sollte. Stattdessen wurde Adnan wahnsinnig nervös. Sacha sagte nichts. Starrte nur ins Leere und nickte mit seinem rasierten Schädel vor sich hin.

Nach einer Weile: »Miran hat mir deine Story erzählt.« Sacha nahm das Besteck aus der zusammengerollten Serviette und schnitt sein warmes Sandwich auf. Geschmolzener Käse quoll hervor. »Ich habe rausgekriegt, wer die Braut ist. Es ist an der Zeit für einen Besuch bei der Dame.«

Adnan beobachtete, wie Sacha sich eine Gabel mit Brot und geschmolzenem Käse in den Mund steckte.

Miran grinste breit. »Wir machen ihr die Hölle heiß. Sie kann ja nichts ausplaudern, sonst ist sie selbst im Arsch. Total geil.«

Sacha kaute langsam. »Nein, sie wird nichts ausplaudern.« Er sah Adnan in die Augen.

Für Adnan war die Botschaft klar. Miran hingegen dachte, dass sie ihr nur ein bisschen Angst einjagen würden. Drohen, Kohle nehmen, abziehen.

»Woher weißt du, wer sie ist?«, fragte Adnan und sah Sacha immer noch in die Augen. Keiner der beiden schaute weg.

»Ich habe überall Freunde«, sagte Sacha. »Auch bei den Bullen.«

»Und du weißt, wo sie wohnt?« Adnan hielt die Luft an.

Sacha schnaubte nur, und zum ersten Mal verzogen sich seine Lippen zu einem leichten Grinsen.

Hier ging es nicht darum, ob Adnan dabei sein würde oder nicht. Sacha wollte ihn testen, um herauszufinden, ob Adnan log. Ob er bereit war, das Nötige zu tun. Und Sacha erwartete eine sofortige Antwort.

»Hauptziel ist es ja wohl, die Kohle zurückzuholen, oder?« Adnan redete jetzt nur mit Sacha. Es war ein Duell von Mann zu Mann. »Was ist, wenn sie alles ausgegeben hat? Inzwischen sind ja ein paar Jahre vergangen. Dann wäre alles sinnlos. Wir riskieren nur, in den Bau zu gehen.«

Sacha zuckte die Achseln. »Das merken wir schon.« Er

spießte mit der Gabel ein halbes gekochtes Ei auf und schob es sich in den Mund. »Dann muss sie es halt irgendwie auftreiben«, sagte er.

Von Miran kam ein begeistertes Grunzen.

Es war traurig, wie wenig Miran schnallte.

42

Björn kam ihr im Flur entgegen und gab ihr einen Kuss auf die Wange. Sie hatten miteinander am Telefon gesprochen, nachdem Pia den Wagen geparkt hatte. Es gab ihr ein sicheres Gefühl, seine Stimme zu hören, während sie das kurze Stück zwischen der Garage und der Wohnung zurücklegte. Dann hörte es wenigstens jemand, falls ihr etwas zustieß.

Sie umarmte ihn. Schloss die Tür von innen zweimal ab. Zog ihre Reitstiefel aus. »Wie gut das riecht.«

»Ich habe Pizza gemacht.«

»Mmm.« Sie ging ins Bad und zog sich aus. Hörte, wie Björn in der Küche mit Tellern hantierte. Er wusste, dass sie nicht viele Kohlenhydrate essen wollte! Sie hatte zwar noch einen flachen Bauch, aber gemerkt, dass sie sehr darauf achten musste, was sie zu sich nahm. Nie im Leben würde sie sich gestatten, mollig zu werden. Sie hatte ja nichts, auf das sie es schieben konnte. Wie andere Frauen in ihrem Alter, die Kinder bekommen hatten.

Sie öffnete die Badezimmertür und schlich zu ihrer Jacke im Flur. Fischte den Brief aus der Tasche und ging zurück. Setzte sich nackt auf die Toilette. Das kalte Plastik klebte an der Haut. Sie entfaltete das Blatt Papier und las erneut die handgeschriebenen Zeilen.

Hallo, Pia!
Ich bin so froh, dass du mich besucht hast. Du sollst wissen, dass ich jeden Tag an dich gedacht habe, seit das alles passiert ist. Die Ungewissheit, ob du alles geglaubt hast, das über mich gesagt worden ist, war unerträglich. Jetzt spüre ich, dass es Hoffnung für die Zukunft gibt.
Liebe Grüße M

Sie starrte auf die Buchstaben und versuchte, den Inhalt zu deuten.

Jetzt spüre ich, dass es Hoffnung für die Zukunft gibt.

Welche Zukunft? Seine? Ihre? Dachte er etwa an ihre gemeinsame Zukunft?

Björn klopfte an die Badezimmertür. »Bist du bald fertig?«

»Gleich!« Pia faltete den Brief zusammen und steckte ihn wieder ins Kuvert. Er war an ihre Arbeitsstelle adressiert: *An Pia Blomberg.* Sie hatte noch immer seinen Nachnamen. Anfangs hatte sie überlegt, ob sie ihren Mädchennamen wieder annehmen sollte, aber das hatte sich nie ergeben. Sollte Björn irgendwann um ihre Hand anhalten, würde sie ja ohnehin den Namen ändern.

Sie duschte und zog bequeme Klamotten an. Setzte sich neben ihn aufs Sofa. Er hatte den Wohnzimmertisch gedeckt, und sie schnitt sich ein kleines Stück von der selbst gemachten Pizza mit Salami und Paprika ab.

»Mein Gott, ist das lecker, ich habe einen Bärenhunger.«

43

Die Körper hingen kopfüber. Nackt und bleich. Wenn ein Windzug kam, drehten sie sich ein wenig in der Hängevorrichtung, an der die Beine festgeschnürt waren. Amanda hatte die Balkontür geöffnet, um den Leichengeruch zu vertreiben. Sie musterte die Konstruktion. Jemand hatte durch einen Metallring, der an der Decke befestigt war, weiße Gurte hindurchgezogen und diese um die Knöchel der Opfer gewickelt. Von dort verliefen die Gurte zu einem Gestell, das aussah wie eines dieser Teile, mit denen man einen Gartenschlauch aufrollte. Eigentlich nichts Kompliziertes. Aber auf so etwas kam nicht jeder.

Die Fingerspitzen der Frau berührten den Parkettboden. Das Blut war die Arme herabgelaufen und hatte einen dunklen Fleck neben einem Eimer gebildet, in dem sich das meiste Blut gesammelt hatte. Das braune Haar fiel wirr über das Gesicht, konnte aber das Entsetzen in den glasigen Augen nicht verbergen.

Die Fingerspitzen des Jungen hingen auf Höhe der Schultern der Frau. Unter ihm stand auch ein Eimer. Aber darin war nicht so viel Blut. Dafür gab es eine einfache Erklärung. Sein Körper war kleiner und verfügte daher nicht über dieselbe Menge. Neun Jahre alt, hatte ein Kollege gesagt, als Amanda und Crippe angekommen waren. Der Kollege arbeitete in Norrtälje, wo sie sich jetzt befanden, und wirkte vollkommen überdreht. Vermutlich sorgten der Stress und der Schock dafür, dass er zu schnell und unzusammenhängend redete.

»Der Mann kam selbst aufs Polizeirevier von Norrtälje und

bat um Hilfe. Wäre seine Kleidung nicht voller Blut gewesen, hätte man ihm am Empfang niemals geglaubt. Wer glaubt denn schon so etwas? Bei uns kreuzen ja jeden Tag zugedröhnte Hohlköpfe auf.«

Amanda wusste, dass sie das, was sie hier sah, niemals vergessen würde. Aber sie war gezwungen, alles bis ins kleinste Detail zu untersuchen. Es war ihr Fall. Ein neuer Kannibalenmord. Leider hatte sie recht gehabt, der Täter machte weiter.

Amanda und Crippe standen schweigend nebeneinander. Es erschien ihnen am respektvollsten, nichts zu sagen. Oder hatten sie nichts zu sagen? Crippe schrieb etwas in seinen kleinen Notizblock, der kaum größer als eine Zündholzschachtel war und den er immer bei sich hatte. Amanda machte sich oft darüber lustig, weil meistens nicht mehr als ein Satz auf eine Seite passte. Aber Crippe fand den Block perfekt, da er in jede Tasche passte. Sie hörte Stimmen im Treppenhaus, vermutlich die Spurensicherung. Amanda holte ihr Handy heraus und machte ein paar Fotos. Ein paar von weiter weg und einige, bei denen sie die Leichen heranzoomte. Es war an der Zeit, den Technikern das Feld zu überlassen. Sie schaute sich ein letztes Mal um. Wusste, dass es irgendwo sein musste. Aber im Wohnzimmer war es nicht. Sie ging in den Flur, wobei sie vorsichtige Schritte an der Wand entlang machte, um mögliche Schuhabdrücke des Täters nicht zu zerstören. Amanda wollte sich in der Küche noch einmal vergewissern, dass sie wirklich nichts übersehen hatte. Für die Mordermittlungen gab es dort viele interessante Spuren: Blut auf dem Boden, mit sichtbaren Fußabdrücken. Blut auf der Anrichte. Blutverschmierte Messer. Aber nicht das, was sie suchte. Sie hörte, dass einer der Techniker Crippe fragte, ob sie fertig seien. Er antwortete mit Ja. Sie öffnete die Tür zum Zimmer des Jungen. Ein ungemachtes Bett, ein Schreibtisch, auf dem ein Computerbildschirm den meisten

Platz einnahm, neben allerlei Kabeln und anderem technischen Kram. Ein Regal mit Stapeln von Gesellschaftsspielen, Bücher. Und da stand es – auf einer Ablage hinter ein paar zerknüllten Bonbonpapieren. Das Bild mit den handgeschriebenen Worten. *Verlierst du erst einen, dann bleibt dir niemand mehr.*

Sie starrte auf die gelben Buchstaben. Auf die Aquarellfarbe, die ein wenig verlaufen war.

Der Täter hatte selbst jemanden verloren. Jemanden, über dessen Verlust er nicht hinwegkam. Aber wen?

Im Treppenhaus zog Amanda sofort ihr Handy hervor und wählte Elsas Nummer. Sie wollte ihren Kindern Gute Nacht sagen. Die Stimmen von Greta und Charlie hören und sicher sein, dass alles in Ordnung war. Sie wusste, dass sie sich keine Sorgen zu machen brauchte, wenn Elsa auf die Kinder aufpasste. Aber beim Anblick des ermordeten Jungen hatte sie sich nach Hause gesehnt. Sie wollte bei ihren Kindern sein, ihnen eine Geschichte vorlesen und zusehen, wie sie einschliefen. Mit jedem Freizeichen, das ertönte, nahm ihr schlechtes Gewissen zu. Sie war in letzter Zeit zu viel weg gewesen. Schließlich schaltete sich der Anrufbeantworter ein: »Hallo, hier ist der Anschluss von Elsa …« Sie legte auf. Die innere Unruhe hielt sie kaum noch aus. Was war los?

»Hast du es eilig?« Crippe ging hinter ihr. Sie waren auf dem Weg zum Auto, das sie ein Stück entfernt geparkt hatten, da die Wohnung mitten im Zentrum von Norrtälje lag, zwischen Läden und Cafés.

»Ich will nach Hause«, antwortete Amanda. »Ich habe das Gefühl, dass ich nie bei meinen Kindern bin.«

Mit ein paar raschen Schritten holte Crippe sie ein. »Meine sind diese Woche bei Monica. Ich kann das Debriefing übernehmen, dann kannst du sofort den Bericht schreiben. Du hast ja nur ein kurzes Verhör geführt, oder? Das müsste ja recht schnell gehen.«

»Super«, murmelte Amanda.

»Mellgård war völlig zugedröhnt, als er verhaftet wurde, Sandén und Brimark konnten ihn nicht vernehmen. Wir beide sollten morgen früh einen neuen Versuch starten.«

Sie nickte. »Dann können Sandén und Brimark sich um die beschlagnahmten Dinge kümmern.«

Crippe lachte auf. »Genau.«

Elsa rief in dem Moment zurück, als Amanda die Autotür zuschlug. Die Kinder hätten gebadet, deshalb habe sie das Telefon nicht gehört. Amanda beruhigte sich sogleich. Schaute zum Seitenfenster hinaus. Norrtälje war ein nettes kleines Städtchen. Ältere, hübsche Häuser und Kopfsteinpflaster. Sie beobachtete die Menschen auf den Straßen. Sie hatten keine Ahnung, was in ihrer direkten Umgebung vorgefallen war. Für sie war es ein ganz normaler Abend.

Nicht für Robert Mellgård. Er hatte seiner Lebensgefährtin und seinem Sohn die Kehle durchgeschnitten. Hatte die beiden wie bei einer Schächtung ausbluten lassen.

Robert Mellgård war neununddreißig Jahre alt und arbeitete als Wärter im Gefängnis von Norrtälje.

Was hatte er mit Maj Britt Åkerlund und Nina Liljedahl gemeinsam?

Es dauerte zwei Stunden, bevor Amanda sich im Polizeirevier in Solna loseisen konnte. Wie üblich hatte es Probleme beim Log-in gegeben. Außerdem hatte niemand die ursprüngliche Anzeige ins System eingetragen, sodass man ihre Vernehmung nicht dem entsprechenden Fall zuordnen konnte. Amanda sagte dem Einsatzleiter, dass sie das am nächsten Morgen erledigen werde. Aber dieser befürchtete, dass irgendetwas schiefgehen könnte, und wollte, dass Amanda es sofort machte. Sie versuchte, Elsa erneut zu erreichen, um ihr zu sagen, dass sie später kommen werde, aber niemand ging ran. Vielleicht war sie schon im Bett?

Auf dem Rückweg fuhr sie schneller als erlaubt. Vollführte ein rasantes Parkmanöver vor ihrem Haus und stieg aus. Blickte zum Haus hoch. Ein unangenehmes Gefühl überkam sie. Irgendetwas stimmte nicht. Sie schaute zu den umliegenden Häusern, in denen mehrere Lichter brannten. Dann sah sie zu Elsas Küchenfenster empor. Auch dort brannte Licht. Plötzlich fiel ihr auf, was nicht stimmte. Im Treppenhaus war es finster. Sonst war es doch immer erhellt, oder? Amanda war sich nicht sicher. Sie ging zum Eingang. Die Haustür öffnete sich knarrend. Sie tastete nach dem Lichtschalter und drückte darauf. Nichts geschah. Sie machte ein paar Schritte ins Treppenhaus und hörte, wie es unter ihren Schuhen knirschte. Sie zog ihr Handy hervor und leuchtete den Boden ab. Glasscherben. Als sie das Licht zur Decke richtete, bemerkte sie, dass die Lampe zerschlagen worden war.

Erst jetzt wurde ihr klar, dass etwas passiert war.

Sie wusste nicht, wie sie in Elsas Wohnung gelangte.

Nur, dass Elsa im Flur lag.

Nur, dass Greta wimmernd und daumenlutschend in einem Wandschrank hockte.

Nur, dass Charlie fort war.

44

Adnan konnte Sabrines verdammte Quengelei nicht mehr hören.

»Warum bist du am Samstag so spät nach Hause gekommen? Du rührst mich nicht mehr an. Warum …«

Er lag auf dem Sofa, die Beine auf dem Tisch. Zappte von Kanal zu Kanal. Scheiße, er musste sich schleunigst eine eigene Bleibe suchen.

»Du hörst mir ja gar nicht zu!« Sabrine stand in der Tür zum Wohnzimmer.

Discovery – Leoparden in einem Nationalpark. Seine Gedanken schweiften ab: Er und Amanda, auf Sri Lanka. Sie hatten eine Safari gemacht. Waren im Meer geschwommen. Hatten Reis mit Curry gegessen. Shit, wie oft hatten sie Curry gegessen.

»Was hockst du da und grinst so dämlich? Das hier ist überhaupt nicht komisch!«, rief Sabrine mit schriller Stimme.

Adnan schielte in ihre Richtung. Das struppige Haar. Das durchsichtige Nachthemd. Der Slip, der hindurchschien.

Er seufzte und drehte sich wieder zum Fernseher um.

Eine dünne Braut neben einer Wetterkarte, die die Zuschauer darüber informierte, dass es am nächsten Tag unentwegt regnen würde.

»Leck mich!«

Die SMS war wie eine Befreiung. *Hole dich um fünf Uhr ab.* Adnan kannte die Nummer nicht. Suchte auf Eniro, obwohl ihm klar war, dass er nichts finden würde. Alle benutzten Kartentelefone. Aber irgendjemand wollte ihn abholen, und was auch immer anstand, es war besser als das hier. Vielleicht ging es darum, Knete zu machen. Eine neue Karre zu stehlen.

Er zog einen dunklen Kapuzenpullover und Turnschuhe an. Machte die Wohnungstür hinter sich zu, ohne sich zu verabschieden. Hörte, dass Sabrine ihm die Treppe hinab nachlief. Wie zum Henker hatte er es mal wieder fertiggebracht, in dieser Situation zu landen? Während er zur Bushaltestelle ging, zog er die Kapuze über den Kopf. Der Nieselregen hing wie eine dünne Haut in der Luft. Er stellte sich in das Wartehäuschen. Fünf Minuten. Aber Scheiße! Er erblickte Sabrine, die auf ihn zurannte. Hatte immer noch das Nachthemd an.

»Wo willst du hin?«, fragte sie. Ihre Augen funkelten.

»Nur was erledigen«, sagte Adnan. »Was treibst du hier?«

»Aber du kannst doch nicht …«

Adnan drehte Sabrine den Rücken zu und bemerkte, dass ein dunkler Benz auf den Platz einbog. Seltsam. Der Wagen kam näher. Die Umrisse des Fahrers. Sacha saß am Steuer. Was ging hier ab?

»Adnan, geh nicht!« Sabrine warf sich ihm an den Hals.

Er schüttelte sie ab. »Wir können später reden.« Er sprang auf den Beifahrersitz.

»Wenn du jetzt gehst, liegen deine Sachen nachher auf der Straße. Kapierst du …?«

Er schlug die Tür zu. Sacha gab Gas, und Adnan wurde in den Sitz gedrückt. Befreiung.

»Was war denn mit der?«

Adnan atmete aus und fragte: »Was ist los?« Er schaute in den Rückspiegel und sah, dass Sabrine noch auf der Straße stand und irgendetwas schrie.

»Wir treffen uns mit Miran.«

»Wo denn?«

»Auf Ekerö.«

Adnan starrte Sacha an, der verbissen auf die Straße starrte. Hart das Lenkrad einschlug. Weg von Hallonbergen und einer psychotischen Tussi. Sie würde doch wohl nicht wirklich seine Sachen aus dem Fenster schmeißen, oder?

»Und was passiert auf Ekerö?«, fragte Adnan weiter.

»Eine Menge.«

Adnan verzichtete auf weitere Fragen. Wenn der Albaner unbedingt einen auf undurchsichtig machen wollte, dann bitte. Sie fuhren in Richtung Rissne. Sacha drückte das Gaspedal durch und schnitt die Kurven wie ein Irrer. Ein Riesenglück, dass ihnen niemand entgegenkam. Doch anstelle die Umfahrung zu nehmen, bog Sacha zum McDonald's ab. Hielt hinter einem Wagen in der Schlange zum McDrive.

»Willst du was?« Sacha las die Karte neben dem Auto. Ließ die Scheibe herunter.

Adnan schüttelte den Kopf.

Eine Frauenstimme bat sie über die Lautsprecher, eine Bestellung abzugeben.

Sacha ratterte herunter: »Drei Hamburger-Menüs. Eins mit Cola, eins mit Fanta, eins mit Wasser. Drei normale Hamburger. Ein Happy Meal mit Chicken Nuggets. Dazu Apfelsaft. Ketchup und viel Salz.«

Sie rollten nach vorn, und Sacha bezahlte in bar. Nahm einen Haufen Tüten entgegen und warf alles auf Adnans Schoß.

»Für wen ist das ganze Zeug?«

»Für uns. Du wirst es brauchen. Glaub mir.«

Adnan stellte die Becher mit den Getränken zu seinen Füßen ab. Konnte nicht widerstehen und schob sich eine Pommes in den Mund. Der Duft breitete sich im ganzen Wagen aus. Sacha nahm sich auch eine Handvoll.

Adnan konnte sich kurz orientieren, als sie am Schloss von Drottningholm vorbeifuhren. Hier war er vor hundert Jahren einmal mit der Schule zu einer Exkursion gewesen. Fünf Minuten später wusste er schon nicht mehr, wo sie waren. Auf Ekerö hingen keine Kinder aus Tensta herum, und umgekehrt galt dasselbe. Gleich und Gleich gesellt sich gern. Oder wie das noch hieß. Sie bogen an einer Kreuzung rechts ab, und Adnan las *Lullehovsbron* auf einem Schild. Links ab auf einen Schotterweg. Noch einmal links. Überall Wald. Hier schien die Welt aufzuhören. Nach einer Weile erblickte Adnan ein kleines Häuschen, das aussah wie die Miniaturversion eines Ferienhauses. In einem Fenster brannte Licht, Sacha hielt an. Adnan packte das Essen und stieg aus.

Er stolperte über einen Stein, hielt die Tüten aber fest. Sie stiegen eine knarrende Treppe hoch, und Sacha öffnete die Tür. Adnan suchte nach Einbruchsspuren am Schloss, entdeckte jedoch keine. Was bedeutete, dass der Besitzer hier nicht unvermutet auftauchte.

»Wo wart ihr, verdammt noch mal?« Miran stand mitten in dem kleinen Raum und trat auf der Stelle, als wüsste er nicht, wohin mit sich.

»Haben Essen besorgt«, antwortete Sacha.

Miran stierte Adnan an. Warum war er so überdreht?

Adnan stellte die Tüten auf einen Tisch und schaute sich um. Ein altes Sofa mit gemustertem Stoff. Schwere Holzmöbel. Eine Küchennische mit einem Gasherd und einem Wasserhahn, der vermutlich nur funktionierte, wenn man die Behälter unter der Spüle mit Wasser füllte. Er seufzte.

»Das war nicht meine Idee, Mann«, sagte Miran.

Sacha stopfte sich einen halben Burger in den Mund. »Das schnallt selbst der letzte Idiot.«

Miran rieb sich den Schädel und setzte sich auf einen Klappstuhl. Stand wieder auf, ging zum Tisch und schraubte den Verschluss der Apfelsaftflasche auf.

»Lass den Saft. Der ist für den Jungen«, knurrte Sacha.

»Was ist dann für mich?«, fragte Miran.

»Die Fanta.«

Adnans Blick wanderte zwischen den beiden hin und her. Sacha mit triumphierender Miene. Miran reif für die Klapse.

Warum hatte Sacha ein Happy Meal gekauft?

»Was redet ihr da? Welcher Junge?«

Miran wischte sich den Mund mit dem Hemdsärmel ab. »Hast du ihm nichts gesagt?«, fragte er in vorwurfsvollem Ton zu Sacha.

»Ich hab mir den Jungen der Bullenfotze geschnappt.« Sacha rührte mit einem Strohhalm in seiner Cola herum. Das Eis klirrte.

Adnan war wie gelähmt und versuchte, zu verarbeiten, was Sacha gesagt hatte. Den Jungen der Bullenfotze.

»Willst du was?« Sacha deutete mit einem Kopfnicken auf den Tisch.

Hamburger-Verpackungen, Pommes, Servietten. Er bemühte sich, seine Gedanken zu sortieren. Wollte Mirans Blick auffangen, doch dieser zählte die Fransen des Teppichs.

Eine angelehnte Tür führte zu einem weiteren Zimmer. Adnans Schritte fühlten sich schwerer an als je zuvor.

»Ey.« Sacha warf ihm etwas Schwarzes zu.

Adnan fing es auf. Eine Strumpfmaske.

Das konnte doch verflucht noch mal nicht möglich sein! Er zog sie sich über den Kopf. Rückte sie zurecht.

Seine Gedanken überschlugen sich: Den Jungen der Bullenfotze. Sie wird niemals etwas ausplaudern. Seine lahmen Versuche, Sacha auf andere Gedanken zu bringen. Warum hatte er nicht früher etwas unternommen? Aber das hier hatte er beim besten Willen nicht kommen sehen!

Irgendwo in dem Durcheinander in seinem Kopf wurde ihm

klar, dass das, worüber er in den vergangenen Jahren oft gegrübelt hatte, womöglich stimmte. Obwohl er es mit aller Macht verdrängt hatte.

Adnan, ich bin schwanger. Ihre Stimme, als sie auf dem Boden gelegen und er auf ihren Kopf gezielt hatte. Bevor er die Waffe herumgerissen und stattdessen Alex erschossen hatte.

Er war an der Tür angelangt und schob sie sachte auf.

Lass es wenigstens einen blonden Jungen sein.

In dem Zimmer befand sich ein Stockbett. Ein Nachttisch. Eine Lampe, die einen gelblichen Schein verbreitete.

Ein Kind bewegte sich unter der Decke und schaute auf.

Braune, mit Tränen gefüllte Augen blickten Adnan geradewegs an. Augen, die seinen so ungemein ähnelten.

Der Junge zitterte und umklammerte sein Kissen. Sein Gesicht verzerrte sich, und die Unterlippe bebte, bevor ein verzweifelter Schrei Adnan direkt ins Mark traf.

»MAAAMMA!«

45

Pia parkte vor dem Polizeirevier von Solna und kaufte einen Parkschein, den sie im Wagen an die Windschutzscheibe legte. Sie stieg über den niedrigen Zaun und eilte über die Straße. Jemand hupte, aber sie achtete nicht darauf und lief weiter zum Empfang, wo sie ihr Handy herausholte und Niklas Holm anrief, den Polizeichef von Västerort. Er wusste, dass sie kommen würde, sie hatte ihn am Morgen um halb sieben angerufen und verwundert festgestellt, dass er bereits auf der Arbeit war.

»Es ist etwas vorgefallen«, hatte er gesagt. »Kann Ihr Fall warten?«

Das konnte er nicht. Und als Holm ihr erklärte, dass eines von Amanda Pallers Kindern am Abend zuvor gekidnappt worden sei, wusste Pia, dass ihre Information sehr gelegen kommen würde.

Niklas Holm erschien nach ein paar Minuten am Empfang und holte sie ab. Stilvoll gekleidet im hellblauen Hemd der Polizei mit Schulterklappen, die von Hierarchie und Autorität kündeten. Pia hatte ihn immer attraktiv gefunden, auch heute, obwohl er blasser als sonst aussah und sich unter seinen Augen dunkle Ringe abzeichneten. Er gab ihr höflich die Hand und lotste sie durch eine offene Bürolandschaft, in der noch viele Arbeitsplätze unbesetzt waren. Sie gingen ins Treppenhaus, das zur Rückseite des Reviers zeigte, wo mehrere Streifenwagen standen. Pia stieg hinter Holm die Treppe hoch und grüßte einen Ermittler, mit dem sie vor Kurzem zusammengearbeitet hatte. Sie folgte Holm in sein Büro. Ein großer Schreibtisch bildete den Mittelpunkt des Raumes. Entlang einer Wand stand ein Bücherregal voller Gesetzestexte. Auf dem Fenstersims waren zwei grüne Gewächse platziert, die aussahen, als wären sie aus Plastik. Holm ließ sich in seinem Bürosessel nieder, und Pia setzte sich auf ein kleines Sofa. Sie hatten sich bereits kurz über das Geschehene unterhalten, und Pia kam direkt zur Sache.

»Hat Amanda Paller gesagt, wer der Vater der Kinder ist?«

Holm runzelte die Stirn. »Nein, soweit ich das verstanden habe, weiß sie es selbst nicht. Sie hatte wohl eine Affäre im Ausland und hat den Mann nicht mehr ausfindig machen können.«

»Wie alt sind die Kinder?«, fragte sie.

»Ein oder zwei Jahre.« Holm rutschte unruhig auf seinem Sessel hin und her. »Was glauben Sie?«

»Sie sind bald drei Jahre alt. Ein ziemlich perfektes Timing, sofern das hier stimmt.« Pia legte eine Kopie des Ermittlungsberichts auf den Tisch, in dem stand, dass ein Polizeiinspektor in Zivil mit größter Wahrscheinlichkeit Amanda Paller zusammen mit Adnan Nasimi in einem Nachtclub gesehen hatte.

Holm nahm das Blatt, las und legte es wieder auf den Schreibtisch.

»Sie meinen also …« Er verstummte und strich über seinen Dreitagebart.

Pia beugte sich vor. »Amanda Paller hat mit großer Wahrscheinlichkeit zwei Kinder mit dem Polizistenmörder Adnan Nasimi. Es ist nicht schlecht, das zu wissen, vor allem jetzt.«

Holm schwieg noch immer und sah noch blasser aus als zuvor. Dann erhob er sich, trat ans Fenster und schaute hinaus. Schließlich drehte er sich um und sagte:

»Das darf unter keinen Umständen an die Öffentlichkeit dringen. Ich hoffe, Ihnen ist klar, welche Folgen dies für das Vertrauen in die Polizei hätte. Die Information muss absolut diskret behandelt werden, und sollte Amanda Paller in irgendeiner Weise gegen das Gesetz verstoßen haben, ist es von äußerster Wichtigkeit, dass niemand …«, Holm machte einen Schritt auf sie zu, »… und damit meine ich absolut niemand, hiervon erfährt.«

Pia schluckte. Sie hatte Holm noch nie so erlebt. Normalerweise handelte er entschlossen und regelkonform. Nahm Probleme sofort in Angriff, selbst wenn es ein Leckerbissen für die Klatschpresse war.

»Ich vertraue Ihnen vollkommen«, erwiderte Pia, »und weiß, dass Sie die besten Maßnahmen ergreifen werden.« Sie versuchte, möglichst überzeugend zu wirken. »Und ich bin auch der Meinung, dass die Sache diskret behandelt werden muss.«

»Gut.«

Niklas Holm begleitete sie zurück, schloss Türen auf und führte sie wieder durch die Bürolandschaft, in der inzwischen mehr Mitarbeiter saßen. Am Empfang schüttelte er Pia abwesend, aber höflich die Hand.

Sie hatte gedacht, sie werde einen leichten Sieg davontragen.

Stattdessen verließ sie das Polizeirevier mit dem Gefühl, dass eine Pattsituation entstanden war. Unmittelbar würde nichts geschehen. Keine Maßnahmen würden gegen Amanda Paller eingeleitet werden. Sie sollten nur absolut diskret sein.

Der Grund laut Niklas Holm: das Vertrauen der Allgemeinheit.

Na sicher.

46

Crippe wanderte zwischen dem Wohnzimmer und der Küche in Amandas Wohnung hin und her. Er machte Tee, Kaffee, Hagebuttensuppe. Amanda nippte jedes Mal nur ein kleines bisschen daran, um wenigstens etwas in den Magen zu bekommen. Sie kauerte unter einer Decke in einem Sessel und starrte auf die Kiste, die als Wohnzimmertisch fungierte. Aber sie nahm die Kiste gar nicht wahr. Sie sah nur eine Furche, die Charlie vor ein paar Tagen mit einer Schere hineingeritzt hatte. Sie hatte ihn ausgeschimpft. Nicht wegen des Kratzers, das war nur einer von vielen, sondern weil er mit der Schere gespielt hatte, er hätte sich wehtun können. Ständig machte sie sich Sorgen, dass den Kindern etwas zustieß. Dass sie von einem Klettergerüst fielen oder von einem Moped auf dem Fahrradweg umgefahren wurden. Das war vermutlich die größte Gefahr, all diese rasenden rücksichtslosen Jugendlichen. Aber auch zu Hause geschah schnell ein Unglück: kochendes Wasser, die steile Treppe, die Badewanne. Sie hätte nie gedacht, dass sie solch eine Glucke sein würde, und bemühte sich immer, sich ihre Angst nicht anmerken zu lassen. Aber dass jemand Charlie kidnappen würde, hätte sie nie gedacht. Nur wer?

Darauf gab es nur eine Antwort: Jovan und Josefin mussten erfahren haben, dass sie eine Polizistin war.

Amanda hatte Josefin angerufen, als sie neben Elsa auf dem Boden im Flur gehockt und auf den Krankenwagen gewartet hatte. Sie erinnerte sich noch Wort für Wort an die Unterhaltung.

»Oh Gott, wie spät ist es? Ist irgendwas passiert?« Josefin klang schlaftrunken.

Amanda musste sich anstrengen, um mit ruhiger Stimme zu sprechen. »Wart ihr das?«, fragte sie.

»Äh, warte, ich muss …«

»Wo ist Jovan?«

»Keine Ahnung.« Kurze Pause. »Warum willst du wissen, wo mein Mann ist?«

»Wenn er etwas damit zu tun hat, bringe ich ihn um. Nur damit du es weißt.« Amanda legte den Zeigefinger auf den Mund, um Greta zu bedeuten, leise zu sein. Ihre Tochter musste aufs Klo. »Hallo, bist du noch dran?«

»Ich hoffe, dir ist klar, wen du bedrohst«, sagte Josefin mit eisiger Stimme. »Jedenfalls hab ich dich gewarnt.«

Amanda hörte ein Klicken in der Leitung. Aufgelegt. Sie wusste, dass Josefin zu Hause war und Jovan irgendwo unterwegs. Mehr aber auch nicht.

Neun Stunden später tappte sie noch immer im Dunkeln.

Sie zuckte zusammen, als sie Stimmen im Flur vernahm, dann begriff sie, dass es nur ihre Eltern waren. Sie waren sofort von Finspång losgefahren, als sie davon erfahren hatten. Amanda hörte, wie sie mit Greta und Vicky sprachen. Vicky war bereits in der Nacht gekommen und hatte sich um Greta gekümmert. Ihr am Morgen das Frühstück gemacht. War mit dem Kind auf den Spielplatz gegangen. Amanda war die meiste Zeit in der Wohnung auf und ab gegangen, während sie Charlies Elefanten, mit dem er immer schlief, an sich gedrückt und immer wieder daran gerochen hatte. Hatte er Angst? Lebte er überhaupt noch? Wie hatte Jovan es herausgekriegt?

»Mein kleines Mädchen.« Ros-Marie umarmte Amanda fest.

Normalerweise regte Amanda sich auf, wenn jemand sie so nannte, aber sie hörte die Verzweiflung aus den Worten ihrer

Mutter heraus. Zum ersten Mal konnte Amanda sich nicht beherrschen, nicht einmal vor Greta, und heulte sich an der Schulter von Ros-Marie aus. Ihre Bluse roch so vertraut. Amanda schniefte und musste sich ein Taschentuch holen. Voller Angst, dass ihre Mutter wie Charlie verschwinden könnte, klammerte Greta sich an ihr Bein. Greta hatte erzählt, dass sie aufgewacht war, weil Elsa so laut geschrien hatte.

»Da habe ich mich im Schrank versteckt. Dann hat jemand mit Charlie geredet, aber der Mann war böse, also hab ich so gemacht.« Greta legte sich die Hände auf die Ohren. »Ich wollte, dass du kommst, Mama.«

Amanda hatte versprochen, sie nie wieder allein zu lassen. Das Versprechen bereute sie umgehend, weil sie es bereits brach. Greta würde erst einmal bei ihren Großeltern bleiben. Dort würden sie Polizeischutz bekommen. Amanda konnte nicht mitkommen. Sie wollte Charlie zurückholen.

Ihr Vater strich ihr über die Wange, bevor sie abfuhren. »Wir passen auf Greta auf. Mach dir keine Sorgen.« Das waren die schönsten Worte, die Amanda ihn seit Sannas Tod hatte sagen hören.

Amanda ergriff seine Hand und drückte sie gegen ihre Wange. Bemerkte den Schmerz in seinen Augen. Aber auch noch etwas anderes. Wut.

Sie umarmte und küsste Greta, als wäre es das letzte Mal, dass sie sich sahen. So fühlte es sich an, als sie die dünnen Arme ihrer Tochter von ihrem Hals löste. Amanda hatte gelogen. Aber sie konnte nicht riskieren, dass auch Greta etwas zustieß. Jemand war hinter ihr her, und dieser Jemand war zu allem imstande. Aber da kannte er Amanda schlecht.

Mit ihr legte man sich besser nicht an. Das hatte sie in der Vergangenheit schon bewiesen.

Niklas Holm drückte ihr sein Bedauern aus. Er blickte sich in Amandas Wohnzimmer um und schien unsicher, wo er sich hinsetzen sollte. Amanda sagte nichts. Vicky schwieg ebenfalls.

Crippe kam mit drei Portionen Nudelsalat durch die Tür. Er war kurz losgegangen, um Essen zu holen.

»Oh, ich wusste nicht, dass Sie jetzt kommen würden«, sagte er.

»Keine Sorge, ich habe schon gegessen«, entgegnete Holm und ging gleich zum Formellen über. »Wir haben eine Voruntersuchung zu Entführung und schwerer Körperverletzung eingeleitet. Die Sondergruppe bekommt Unterstützung von den operativen Einsatzkräften. Sie gehen derzeit alle Fälle durch, mit denen Sie zu tun hatten. Ihr Telefon und Ihre Computer werden auch analysiert, wie Sie wissen.«

Amanda nickte. Die IT-Techniker hatten den Inhalt auf ihrer SIM-Karte kopiert. Anschließend hatte sie das Telefon zurückbekommen für den Fall, dass die Kidnapper anriefen.

Holm setzte sich auf einen Fußhocker. »Und Ihnen fällt noch immer kein Grund ein, weshalb jemand Ihr Kind kidnappen sollte?«

»Nein.« Amanda spürte Vickys Blick im Nacken. Vicky hatte gedroht, Amandas Privatermittlungen gegen Jovan Blaku zu verraten, wenn sie weiterhin schwieg. Andererseits war sie seit dem Wochenende in ihrem Ferienhaus genauso in die Sache involviert wie Amanda.

Holm beugte sich vor, stützte die Ellbogen auf die Knie und verschränkte die Hände. »Nicht die geringste Ahnung?«

Amanda schüttelte den Kopf.

»Damit wir Ihnen helfen können«, fuhr Holm fort, »müssen Sie uns alles sagen. Ich hoffe, das ist Ihnen klar.«

Schweigen.

Holm versuchte es mit einem neuen Ansatz: »Ich würde

gern kurz mit Amanda allein sprechen, wenn das in Ordnung ist.«

»Natürlich.« Crippe und Vicky gingen hinaus und machten die Tür zu.

»Sie sind eine toughe Frau, Amanda. Daran besteht kein Zweifel. Aber jetzt geht es um Ihr Kind.«

Er brauchte ihr das nicht extra zu sagen. In den letzten Stunden war ihr das ständig durch den Kopf gegangen. Wie viel konnte sie preisgeben? Würden sie Charlie umbringen, wenn sie entdeckten, dass die Polizei ihnen auf der Spur war? Steckte überhaupt Jovan dahinter? Wer war ihr zur Gröna Stugan gefolgt? Die Konsequenzen, was sie betraf, waren ihr egal. Es ging um Charlie.

Und hier saß Herr Oberlehrer und hielt ihr einen Vortrag.

»Wer ist der Vater des Kindes?«, fragte Holm.

Reglos saß Amanda da.

Holm erhob sich und ging zu dem Bild, das Amanda erst eine Woche zuvor über das Sofa gehängt hatte. Greta und Charlie. Beide lächelten, ihre sanften braunen Augen strahlten.

Die Erkenntnis traf Amanda wie ein Faustschlag in den Magen. Sie hatte sich auf Jovan eingeschossen und das Offensichtliche übersehen. Holm war ihr einen Schritt voraus.

»Ich habe volles Verständnis dafür, dass Sie es geheim gehalten haben. Die Kollegen würden es selbstverständlich niemals akzeptieren.« Er wandte den Blick von dem Bild ab und schaute sie an. Machte ein paar Schritte auf sie zu. »Wegen mir brauchen Sie sich keine Sorgen zu machen. Solange Sie Stillschweigen bewahren, tue ich dies auch. Aber sollten Sie je wieder versuchen, mich zu erpressen, ist Ihre Laufbahn als Polizistin zu Ende.«

In ihren Ohren rauschte es, und sie bekam kein Wort hervor. Wie konnte er das wissen? Aber das Schlimmste war, dass sie

Adnan falsch eingeschätzt hatte. Nicht begriffen hatte, zu was er in der Lage war. Sie hatte geglaubt, er empfinde noch etwas für sie.

Es war so offenkundig, als wenn man es ihr auf dem Silbertablett serviert hätte. Leider war es ausgerechnet Niklas Holm, der ihr die Augen geöffnet hatte. Als er ging, ließ er sie in einem Vakuum zurück. Crippe und Vicky versuchten, sie dazu zu bringen, ein wenig Tee, Kaffee und Fertigsuppe zu sich zu nehmen.

»Bitte iss etwas. Es wird alles gut, du wirst schon sehen.« Aber die Worte halfen nicht.

Ihr Charlie. Die lieben braunen Augen. Das Lächeln mit den hinreißenden Grübchen. Er kam nachts immer zu ihr ins Bett. Kroch unter die Decke und kuschelte sich an sie. Bohrte ihr die Knie in den Rücken. Weckte sie bestimmt zwanzig Mal pro Nacht. Sie hatte schon immer Schwierigkeiten gehabt zu schlafen, wenn sie wenig Platz hatte. Wenn sie doch nur seine Knie in ihrem Rücken spüren könnte. Seine Hand halten könnte.

War Charlie überhaupt noch in Schweden?

Die Stunden zogen sich zäh dahin.

Endlich klingelte das Telefon. Mit zitternder Hand führte sie es ans Ohr.

Eine verzerrte Stimme am anderen Ende: »Du weißt, wie viel wir haben wollen. Du hast eine Woche. Wenn nicht, schicken wir dir den Jungen stückchenweise mit der Post.«

47

Sacha beendete das Gespräch und legte das Telefon auf den Küchentisch, auf dem schmutzige Teller und klebrige Gläser standen. Adnan hielt die Hände unter dem Tisch, um zu verbergen, wie sie zitterten.

»Hättest du nicht irgendwie deine Stimme verstellen sollen? Dir ist doch klar, dass sie das Gespräch aufnehmen«, sagte er.

Sacha grinste. »Ich habe eine App, die das übernimmt.« Er hielt das Handy hoch und deutete auf ein orangefarbenes Symbol.

»Schlau«, sagte Miran.

Sacha ging zum Kühlschrank und öffnete ihn. »Wir müssen einen Essensvorrat anlegen.«

Das war die Gelegenheit, und Adnan sagte: »Das kann ich erledigen.« Er musste von hier weg. Ordnung in seine Gedanken bringen. Sich schleunigst eine Lösung überlegen. »Bleiben wir eine Woche hier?«, fragte er.

»Hängt von der Bullenfotze ab. Wie schnell sie die Kohle rausrückt.« Sacha knallte die Kühlschranktür zu.

Miran mit den Fingern in einer Zigarettenschachtel: »Ich muss auch bald heim, Leute. Farida hat mir gedroht, Schluss zu machen, wenn ich heute nicht auftauche.«

»Dasselbe bei mir.« Adnan log nicht, selbst wenn er es schön gefunden hätte, wenn Sabrine ihn rausgeworfen hätte. Wäre ein Problem weniger gewesen. »Vielleicht könnten wir uns hier ja abwechseln. Ich meine, dann haben wir ein Alibi, falls etwas schiefgeht.«

Sacha schien nachzudenken. »Okay«, sagte er schließlich, »immer einer bleibt hier. Du fährst jetzt erst mal einkaufen.« Damit meinte er Adnan. Er wandte sich an Miran. »Dann kannst du zu deiner Alten fahren, wenn Adnan wieder zurück ist.«

Miran strahlte.

»Aber bis morgen früh bist du wieder da.« Sacha sah Miran mit hartem Blick an. »Und wenn du ein Wort von dem Jungen sagst …«

»Schon klar, Mann, schon klar.« Miran bekam einen Zigarettenstummel zu fassen und zündete ihn an. Trat hinaus auf die Treppe, um zu rauchen.

Adnan zog sich die Strumpfmaske über und ging zu Charlie. Sacha hatte erzählt, dass die Babysitterin, die er niedergeschlagen hatte, »Charlie« gerufen habe. Adnan hatte gefragt, wie es der Frau gehe, aber nur ein Achselzucken als Antwort bekommen. Sacha war das scheißegal. Sowohl das Schicksal der Frau als auch des Jungen. Ein schöner Bockmist, Mann, die ganze Geschichte.

Charlie blickte auf, als Adnan hereinkam. Adnan hatte ihm einen Bleistift und einen Zeichenblock gegeben, den er in einem Küchenschrank gefunden hatte.

»Was hast du gemalt? Darf ich sehen?« Adnan bemühte sich, mit hoher Stimme zu sprechen. Er wusste, dass Kinder sich gut an Stimmen erinnerten. Er hatte das mal im Fernsehen gesehen. Charlie zeigte auf das Papier. »Gespenster. Und so fliegende Tiere.«

»Vögel. Schön.« Adnan zeichnete noch ein paar weitere Vögel mit Charlie. Oder besser gesagt, weitere M, die umherflogen. Eine Sonne und ein wenig Gras. Charlie schien keine Angst mehr vor ihm zu haben, obwohl er die Strumpfmaske trug. Adnan wollte so oft wie möglich bei ihm sein, er konnte den Gedanken, dass der Junge allein und verängstigt im Zimmer hockte, nicht ertragen. Sein Sohn. Kaum zu fassen. Das war sein eigener Sohn! Adnan war sich sicher, die Augen ähnelten total den seinen. Sein Vater Hossein hatte dieselben Augen. Samir kam eher nach der Mutter. Ein Schmerz durchzuckte seine Brust, als er an sie dachte. Sie würde ihren Enkel nie sehen. Ständig hatte sie davon geredet, dass Adnan eine liebe Frau kennenlernen und heiraten solle. Doch er hatte sie enttäuscht. Immer wieder. Und am Ende hatte ihr Herz das nicht mehr mitgemacht. Sie war in dem Glauben gestorben, dass ihr ältester Sohn ein Polizistenmörder war. Das tat weh.

Es widerstrebte ihm, Charlie mit Sacha und Miran allein zu lassen. Andererseits musste er fort von hier. In der Küche war niemand. Miran hockte auf der Treppe vor dem Haus und zog noch immer an einer Zigarette. Musste irgendwo noch mehr Stummel gefunden haben.

»Wo ist Sacha?«, fragte Adnan.

»Auf dem Klo.«

Adnan ging wieder ins Haus. Schaute auf den Küchentisch. Sachas Handy lag noch dort. Adnan blickte zum Fenster hinaus. Die Klotür war zu. Er nahm das Telefon und suchte die letzte Nummer heraus, die Sacha angerufen hatte. Notierte sie mit einem Kugelschreiber auf der Handfläche. Legte das Handy wieder zurück und schaute noch einmal hinaus. Kein Sacha. Adnan zog seinen Kapuzenpullover an und ging zum Wagen.

Hinter sich hörte er Miran rufen: »Vergiss nicht, was zum Rauchen mitzubringen, Bruder. Guten Stoff.«

48

Pia bestellte einen Margarita. Thomas Kallin ein Zlatopramen. Christian Nilsson ein Starkbier. Sie hatten beschlossen, zusammen ein Glas zu trinken, anstatt sich im Büro zu treffen. Crippe, wie er genannt wurde, hatte den Vorschlag gemacht. Er müsse »den Kopf freikriegen«, hatte er gesagt.

Sie saßen auf einer Caféterrasse in der Fridhemsgatan. Es herrschte Berufsverkehr, und dicht neben ihnen rauschten Autos und Fahrradfahrer vorbei. Alle wollten an diesem Freitagabend nach Hause zu ihrer Familie. Pia nicht. Björns Papawoche begann heute, und sie sehnte sich überhaupt nicht nach Tacos und dem obligatorischen Anruf von Maria mitten beim Essen.

»Wie geht es Amanda?« Pia blickte zu Crippe.

»Ganz okay in Anbetracht der Umstände.« Er schob das Kissen auf seinem Stuhl zurecht.

»Habt ihr irgendwelche Hinweise auf den Täter?«

»Nein, leider nicht«, sagte Crippe und senkte den Blick.

Wusste er etwas über die Vaterschaftsverhältnisse? Wenn er nicht ganz blind war, musste er doch wenigstens etwas ahnen.

Crippe räusperte sich. »Sie wird erst einmal nicht zur Arbeit kommen, das versteht ihr sicherlich, aber sie wird weiterhin in die Ermittlungen mit einbezogen.«

»Ja, verdammt, was für eine Scheiße«, kam es von Thomas, der bisher geschwiegen hatte. Er winkte den Kellner heran und bestellte noch ein Bier. Pia schielte auf sein leeres Glas. Sie saßen seit höchstens fünf Minuten hier.

Crippe fasste die bisherigen Ermittlungen zu dem neuen

Kannibalenmord zusammen. Inzwischen war bestätigt worden, dass das letzte Opfer Robert Mellgård sowohl MDPV als auch Kortison verabreicht bekommen hatte. Sie hatten seine Angehörigen und seine Arbeitskollegen in der Anstalt von Norrtälje vernommen. Hatten Listen mit sämtlichen Insassen und sogar ehemaligen Insassen angefordert. Waren von Tür zu Tür in der Nachbarschaft gegangen und hatten die Leute befragt. Sie hatten die Wohnung durchsucht und die Telefone und Computer den Technikern übergeben. Überwachungsfilme von den Läden und anderen Orten beschlagnahmt, an denen er gewesen war. Als Nächstes wurden die Bankkarten überprüft, um zu schauen, ob es merkwürdige Abhebungen gegeben hatte, und den Bewegungsradius des Opfers in den vergangenen Wochen nachzuvollziehen.

»Wir wissen, dass er auf dem Nachhauseweg von der Arbeit in einer Spielhalle gewesen ist. Aber dort gab es keine besonderen Vorkommnisse. Wir haben mit dem Personal gesprochen, die Leute meinten, er habe sich wie immer verhalten. Das ist vermutlich ein Zeichen dafür, dass er selbst nichts geplant hat. Sonst ist über ihn nichts rauszukriegen.« Crippe seufzte.

»Was sagt er denn selbst?«, fragte Pia. »Robert Mellgård, meine ich.«

»Nicht viel. Er wurde in die Psychiatrie zwangseingewiesen, aber wir mussten ganz schön darauf pochen. Der Arzt sah keinerlei Selbstmordrisiko. Manchmal fragt man sich schon, wie die ticken.« Crippe nahm einen Schluck von seinem Bier und lehnte sich zurück. »Aber ich nehme an, sie haben keine Plätze frei.«

»Es wird immer seltsamer«, meinte Pia. »Wenn wir nicht bald einen gemeinsamen Nenner finden, haben wir einen Mörder, der seine Opfer nach dem Zufallsprinzip auswählt. Und das glaube ich nicht.«

»Ich auch nicht«, sagte Crippe. »Dagegen sprechen die Bilder mit dem Spruch.«

»Trotzdem kann man sich gut vorstellen, warum jemand Mellgård so etwas antun möchte. Ich meine, er ist Gefängniswärter und hat sich im Laufe der Jahre bestimmt den einen oder anderen Feind gemacht. Aber Nina und Maj-Britt …« Pia schüttelte den Kopf. »Ich werde daraus nicht klug. Wir müssen die Anstalt im Fokus behalten. Denn wir haben ja noch nicht alle vernommen, oder? Die Gefängniswärter und alle Insassen?«

»Nein, es sind ja eine ganze Menge.« Crippe klang resigniert.

»Ich weiß. Aber ich glaube, dass wir dort etwas finden können«, sagte Pia. Sie musste immer wieder daran denken, dass sie erst vor Kurzem im Gefängnis von Norrtälje gewesen war und Magnus besucht hatte. Er musste Mellgård gekannt haben.

In diesem Augenblick entdeckte sie Joakim. Er saß an einem Tisch am anderen Ende des Cafés und hob die Hand zum Gruß. Er befand sich in der Gesellschaft eines Mannes und zweier Frauen, die in seinem Alter zu sein schienen. Sie erwiderte den Gruß mit einem Nicken und wandte den Blick ab. Aber Thomas hatte ihre Verlegenheit bereits bemerkt und drehte sich um.

»Joakim Perlstedt. Sieh einer an.« Mehr sagte er nicht. Seltsam. Aber Pia dankte es ihm. Sie hatte sich gleich nach Magnus mehrere Monate lang mit Joakim getroffen und war bis über beide Ohren verliebt gewesen. Oder besser gesagt, sie hatte geglaubt, über beide Ohren verliebt zu sein. Als er sie verlassen hatte, war eine Welt für sie zusammengebrochen. Sie hatte sich eine ernste Beziehung erhofft, obwohl er deutlich jünger war als sie. Gedacht, sie würden bald Kinder kriegen. Zusammenziehen. Deshalb war sie sehr geknickt gewesen, als er verschwunden war. Aber ihr war rasch klar geworden, dass nicht er ihr fehlte, sondern das neue Familienbild, das sie sich ausgemalt hatte. Ihre Hoffnung, Mutter zu werden, hatte er mit den Abschiedworten ausgelöscht: »Ich finde, es funktioniert nicht mehr.«

Thomas hob sein Glas. »Auf eine neue Zukunft.« Er kippte die Hälfte hinunter und schmatzte. »Anita hat mich gestern verlassen.«

Peinliches Schweigen.

»Schade«, sagte Crippe schließlich.

»Echt traurig«, sagte Pia.

Und sie meinte es ehrlich.

49

Das Bett war ungemacht und die Decke zur Seite geschlagen. Das Kissen lehnte gegen das Eisengestell. Die Kuscheldecke lag zusammengeknüllt am Fußende. Typisch Charlie, er wirbelte im Schlaf herum wie ein Hubschrauber. Amanda setzte sich auf die Bettkante und griff nach der Decke. Drückte sie an die Nase und sog den Geruch ein. Saß eine Weile so da. Dann las sie die SMS erneut. *Wie steht's will dich trefen*. Sie hatte die Nachricht vor fünf Minuten bekommen, und Renée aus der Technikertruppe hatte umgehend angerufen und gefragt, von wem sie stamme. Sie hatten ihre SIM-Karte kopiert und konnten vom Revier aus alles auf Amandas Handy verfolgen. Sie hatte geantwortet, dass sie es nicht wisse. Warum hatte sie das getan? Es ging um Charlies Leben. Und womöglich war Adnan in die Entführung verwickelt. Und jetzt wollte er sich mit ihr treffen. Sie las die SMS zum x-ten Mal. *Wie steht's will dich trefen*. Eine solche SMS hatte sie von Adnan bekommen, als sie sich kennengelernt hatten. Sie hatten im Nachhinein darüber gelacht. Einer Frau konnte man wirklich keine unromantischere Nachricht schicken, noch dazu falsch geschrieben. Adnan hatte gefragt, was man denn sonst schreiben solle. Er wolle ja nicht zu aufdringlich wirken.

Sie legte die Decke zurück aufs Bett, wischte ihre nassen Wangen trocken und ging in den Keller hinab. Dort öffnete sie einen Umzugskarton voller alter Klamotten. Sie hätte sie schon längst wegwerfen sollen, hob aber alles immer ewig auf. Man konnte es ja vielleicht noch einmal brauchen. Deshalb hatte sie beschlossen, die Klamotten ein Jahr lang aufzuheben, und hätte sie in dieser Zeit keinen Gebrauch davon gemacht, würden sie entsorgt werden. Sie tastete eine Ecke im Karton ab und fand, was sie suchte. Ihr zweites Mobiltelefon mit Karte, das sie gekauft hatte, um mit Josefin Kontakt aufzunehmen. Als sie wieder oben in der Wohnung war, schickte sie Adnan eine Antwort: *Auf der Anhöhe bei meiner alten Wohnung. Jetzt!*

Die Anhöhe kannten relativ wenige. Ein kleines Holzschild wies den schmalen Weg aus, der zwischen ein paar Häusern einen Hügel hinaufführte, von wo aus man eine schöne Aussicht über die Baumwipfel hatte. In der Ferne konnte man den Råstasjön schimmern sehen. Amanda war oft hierhergekommen, als sie in Råsunda gelebt hatte, manchmal, um nach einer Joggingrunde ein wenig zu stretchen, manchmal, um ein Buch zu lesen oder einfach den Kopf freizukriegen. Sie hatte einmal Adnan mit hierhergenommen, und der Ausflug hatte damit geendet, dass ihre Klamotten über das Moos verstreut dalagen.

Er kam eine halbe Stunde, nachdem sie die SMS abgeschickt hatte. Sie hatte schon eine Weile gewartet und überlegt, was sie sagen würde. Aber alle Worte lösten sich auf, als sie ihn sah. Den Mann, der ihren Sohn gekidnappt hatte. Sie kochte innerlich. Was war er für einer? Welch ein Schwächling, der einem Kind etwas antat. Ihrem Kind!

Vor ihrem Gesicht zischte es.

Klatsch.

Ihr blieb die Luft weg. Beugte sich vor und hielt sich die brennende Wange.

»Warum hast du nichts gesagt?«, hörte sie Adnans wütende Stimme, während sie sich von dem Schock erholte.

»Was soll das?!« Sie hatte sich wieder gefasst.

»Warum?«, brüllte Adnan.

Amanda machte einen Schritt zurück. »Ich wusste nicht …« Sie holte tief Luft. »Du warst ja nicht da.«

Er starrte sie an. Die Enttäuschung stand ihm ins Gesicht geschrieben. »Du hattest nie vor, etwas zu sagen. Oder?«

»Was habt ihr mit ihm gemacht?«

»Das war Sacha. Ich schwöre, dass ich nichts gewusst habe«, sagte Adnan.

»Wie geht es ihm?« Jetzt wurde Amanda laut. Warum antwortete er nicht auf ihre Frage?

»Gut, er ist okay.«

Sie stieß einen Seufzer aus. »Warum?« Mehr bekam sie nicht heraus, ohne dass ihre Stimme zu zittern angefangen hätte.

»Ich wusste nichts, nur dass sie vorhatten, dir Angst zu machen, um die Beute vom Raubüberfall wiederzubekommen.«

»Sie?«

»Miran ist auch dabei, aber er wusste es auch nicht. Sacha ist total durchgedreht.«

»Also ist Charlie jetzt allein mit …« Amanda bekam keine Luft mehr.

»Ganz ruhig.« Adnan machte einen Schritt auf sie zu und legte die Hand auf ihren Arm. Sie schlug sie weg.

»Er muss eine unglaubliche Angst haben.« Sie bekam einen Kloß im Hals. »Wo ist er?«

»Es geht ihm gut«, antwortete Adnan.

»Aber wo ist er?«

Adnan schüttelte den Kopf. »Hattest du vor, es mir irgendwann zu sagen?«

»Ich weiß es nicht. Es ist ja ein bisschen kompliziert, das dürfte dir klar sein.« Amanda wich ein wenig zurück, um ihm in die Augen sehen zu können. Griff sich an die Wange, die noch immer heiß war. »Versprich mir, dass er wieder heil nach Hause kommt.«

»Ich habe also einen Sohn?«

»Adnan, versprich es mir.«

»Er sieht mir ähnlich.«

»Ich will ihn sofort wieder zurückhaben!«

Adnan blinzelte. »Wie viel hast du noch?«, fragte er.

»Was …«

»Ich will nichts, aber Sacha und Miran sollen ihren Anteil kriegen, damit sie die Sache vergessen. Du verstehst doch, dass ich nicht einfach hinfahren und ihn holen kann. Dann haben wir beide Sacha am Hals. Du weißt ja, wer er ist, oder?«

Und ob.

Sacha Gjoka: vorbestraft wegen Körperverletzung, kleinerer Drogen- und Verkehrsdelikte. Im Zusammenhang mit Überfällen auf Geldtransporter und Erpressung las man seinen Namen sehr häufig in den Ermittlungsakten. Als sein Bruder vor einigen Jahren erschossen worden war, hatte er seine kriminelle Karriere vorerst beendet und ein Café eröffnet, aber in jüngster Zeit tauchte er wieder öfter in Ermittlungsberichten auf.

»Wie viel hast du noch?«, fragte Adnan erneut.

»Nicht viel. Ich war alleinerziehende Mutter, weißt du. Da ging eine Menge Geld drauf.«

»Aber verdammt noch mal! Das waren ja über fünf Millionen Kronen.«

»Ich beschaffe das nötige Geld«, sagte Amanda.

Sie hatte lange darüber nachgedacht. Seit dem Treffen mit Clara.

Sie war zwar Polizistin.

Aber jetzt war die Lage ernst.

50

Die Hütte sah wieder ordentlich aus. Adnan hatte abgespült und die Teller und Tassen in den Schrank gestellt. Den Tisch abgewischt und den Boden sauber gemacht. Er war um halb sechs aufgewacht, als er Charlie schreien gehört hatte. Als Adnan die Lampe anmachte, saß Charlie im Bett und weinte. Es wohnte ein Monster darunter, und Adnan musste ihm zeigen, dass das nicht stimmte. Dann gingen sie hinaus und pinkelten gemeinsam gegen einen Baum. Charlie ließ Hose und Unterhose bis zu den Knöcheln herunter und lehnte sich unbeholfen zurück. Adnan konnte es noch immer nicht fassen, dass das sein Kind war! Verdammt schwer zu schnallen, aber es war sein eigener Junge! Scheiße, hatte er viel verpasst! Der hübscheste Kleine auf der ganzen Welt, und er hatte nichts geahnt, stattdessen in Kambodscha Drinks gemixt.

Als er Charlie zeigte, wie man sich beim Pissen hinstellte, spritzte die Soße sowohl in die Unterhose als auch auf Adnans Finger.

Gegen acht würde Miran zurückkommen und Sacha in die Stadt fahren, damit der in seinem Café arbeiten konnte. Einerseits hatte sich jemand krankgemeldet, andererseits war es das perfekte Alibi. Wenn es nach Adnan ginge, könnte Sacha ewig in der Stadt bleiben. Dann war es wenigstens ruhig.

Wie lange sollte dieser Mist eigentlich noch weitergehen? Adnan hatte überhaupt keinen Bock, noch länger in diesem Haus herumzuhängen, und auch gar keine Zeit dazu. Sebbe und Hajir hatten schon angerufen und gefragt, was zum Teufel er trieb. Miran saß auf der Treppe, rauchte Gras und jammerte rum. Seine Braut war offenbar stinkwütend, und die Beziehung stand auf der Kippe. Farida hatte ihn beschuldigt, sich mit einer anderen zu treffen.

»Was soll ich machen, Mann?« Miran zitterte. Er trug nur ein T-Shirt, und um diese Tageszeit war es noch sehr kalt.

Adnan stellte den Besen weg und leerte die Schaufel über dem Geländer aus. »Das wird schon.«

»Was weiß ich. Jedenfalls kann ich nicht die ganze Woche hier sein. Scheiße, alles hat bestens funktioniert, bis du wieder aufgetaucht bist.«

»Dann ist es also meine Schuld, dass du und Sacha plant, euch an einer Polizistin zu rächen?«, erwiderte Adnan. »Ihr habt doch nicht mehr alle Tassen im Schrank! Wir werden schon verdächtigt, einen Bullen umgebracht zu haben. Was hast du dir dabei gedacht?«

»Ich?« Miran inhalierte. »Das war Sacha, Mann.«

»Das sagst du jetzt, wo du mit einem gekidnappten Jungen dasitzt und dir hier im Wald langweilig wird. Denk das nächste Mal ein bisschen früher nach, verdammt noch mal! Ist dir eigentlich klar, was wir gemacht haben?«

Keine Antwort. Miran schnippte den Zigarettenstummel weg und ging in die Hütte.

Miran kapierte die Ausmaße nicht. Schnallte nicht, welche Konsequenzen das alles hatte. Er hatte nur Schiss, dass Farida ihn in die Wüste schickte, nachdem sie vorgehabt hatte, ihn heute ihren Eltern vorzustellen. Jetzt war sie stinksauer! Traurig.

Als Adnan gestern bei Sabrine vorbeigefahren war, hatte er seine Klamotten vor dem Balkon gefunden. Er hatte seinen eigenen Sohn gekidnappt. Scheiße! Er hätte in Kambodscha bleiben sollen.

Er ging ins Haus. Miran kam ihm leichenblass aus Charlies Zimmer entgegen.

»Wir haben ein verdammt großes Problem«, sagte er.

Adnans Gedanken überschlugen sich. Charlie war abgehauen. Sacha würde Miran und ihn mit einem Genickschuss hinrichten. Er schob Miran beiseite. Kapierte erst nicht, was Miran hatte. Charlie stand mitten im Zimmer und schaute sie an. Dann bemerkte Adnan den beschämten Blick. Und da war noch etwas. Ein merkwürdiger Geruch.

»Kacka.« Charlie deutete auf seinen Hintern.

51

Itex' weiche Nüstern kitzelten an der Hand, als er die Karotten nahm. Gertrud und Hjalmar standen daneben und schrien entzückt.

»Ich will auch! Ich will auch!«

Pia zeigte ihnen, wie sie die Hand halten sollten, ohne die Finger zu spreizen. Sie machte ein schmatzendes Geräusch und fragte Itex: »Magst du Gertrud?«

Itex nickte. Es war ein Trick, den sie ihm beigebracht hatte. Er tat das stets, wenn er wusste, dass er zu fressen bekam.

Gertrud strahlte übers ganze Gesicht, bekam aber Angst und wich zurück, als das Pferd den Kopf vorstreckte. Sie versteckte sich hinter Björn, der lachte und sie aufmunterte, es noch einmal zu versuchen. Diesmal ging es besser, und Gertrud kicherte glücklich.

Pia holte noch mehr Leckerlis. Endlich hatte sie etwas gefunden, das allen gefiel. Hierher sollten sie öfter kommen. Vielleicht könnten die Kinder beim nächsten Mal sogar reiten? Itex war zwar temperamentvoll – aber nur gegenüber geübten Reitern. Bei Anfängern blieb er immer stehen, wenn sie das Gleichgewicht verloren. Er spürte ihre Unsicherheit.

Sie trat ihre Stiefel ab, bevor sie in den Stall ging, aus reiner Gewohnheit, obwohl sie gar nicht dreckig waren. Dann öffnete sie den Schrank und nahm ein paar Scheiben Knäckebrot heraus. Schloss den Schrank wieder. Sie wollte gerade ihre Jacke ausziehen, als sie ein Geräusch vernahm. Sie hielt inne und lauschte. Hörte, wie die Kinder und Björn draußen johlten und wie sich die Pferde in ihren Boxen bewegten. Ganz natürliche Geräusche, aber ihr Herz schlug dennoch schneller. Sie war nur nervös. Bildete sich neuerdings ständig Sachen ein. Seltsame Geräusche, das Gefühl, beobachtet zu werden. Rätselhafte Autos. Aber nicht alles war Einbildung. Der abgehackte Arm. Helena Kraljevic, die ihr Portemonnaie gefunden hatte, der schnaufende Anrufer. Das war in letzter Zeit mehrmals vorgekommen, sogar auf ihrer privaten Leitung. Jemand atmete langsam in ihr Ohr, wenn sie abhob. Inzwischen drückte sie die Anrufe weg, wenn sie die Nummer nicht kannte, aber in der Arbeit ging das nicht. Dasselbe langsame Atmen. Vielleicht machte sie sich zu viele Gedanken. Kraljevic gab sich nicht mit solchen Psychospielchen ab. Er schickte klare Botschaften. Körperteile.

Sie warf ihre Jacke auf eine Bank und sah aus den Augenwinkeln, dass sie zu Boden fiel. Egal, sie war sowieso schmutzig.

Itex wartete sehnsüchtig am Zaun auf weitere Leckerlis, während die Kinder immer wieder auf einen Stein stiegen und in Björns Arme sprangen. Sie lächelte. Björn war ein guter Vater. Bald würde er vielleicht wieder Papa werden. Ob es stimmte? Sie war eine Woche über der Zeit. Allerdings hatte sie ihre Tage jetzt immer unregelmäßiger. Aber sie gab die Hoffnung nicht auf. Zugleich fürchtete sie sich vor Björns Reaktion. Sie malte sich aus, dass sie ihm erzählen würde, wie überglücklich sie war. Wohingegen er … Das machte ihr am meisten zu schaffen. Sie war jetzt an der Reihe! Kurz ließ sie ihre Hand auf ihrem Bauch ruhen, bevor sie hinausging und den Kindern das Knäckebrot gab. Pia begleitete die beiden zu Itex und lachte, als sie den Mut hatten, die Hand auszustrecken. Björn bedachte sie mit einem warmherzigen Blick und umarmte sie von hinten. Sie genoss die Wärme. Das Glück. Es war ein herrlicher Tag. Die Kinder waren guter Laune, und das färbte auf Björn ab.

Es war Zeit, nach Hause zu fahren und das Abendessen zuzubereiten. Sie hatten mal wieder Lena und Claes eingeladen. Vielleicht würde es diesmal nett werden.

Die Kinder liefen zum Wagen, und Björn folgte ihnen – ganz der stolze Vater.

Pia betastete erneut ihren Bauch und bemühte sich, ein Lächeln zu unterdrücken. Mit einem schiefen Grinsen im Gesicht kehrte sie in den Stall zurück und nahm ihre Jacke von der Bank. Ging hinaus und schloss das Tor. Auf einmal erstarrte sie. Hatte die Jacke nicht … Ja, die Jacke war auf den Boden gefallen, und sie hatte sie vorhin nicht wieder aufgehoben. Pia schaute zu Björn, der am Wagen auf sie wartete. War er im Stall gewesen? Nein, er hatte mit den Kindern die ganze Zeit an der Koppel gespielt.

Sie erschauderte.

52

Amanda bestellte einen Milchkaffee und setzte sich in einen Sessel in einer Ecke des Cafés, wo niemand sehen konnte, was sie am Computer machte. Um diese Zeit war in Solna die Hölle los. Es war Nachmittag, und die Kinder kamen aus der Schule, Schichtarbeiter gingen zur Arbeit, Väter im Elternurlaub tranken Latte. Sie hatte den Eindruck, dass alle sie beobachteten, als sie sich ins Internet einloggte.

Während der Computer hochfuhr, blickte sie verstohlen zu einem Mann, der über einen Rollator gebeugt dastand und einen Papierkorb nach Pfandflaschen durchwühlte. Er leerte die Reste auf den Asphalt aus und steckte sie in eine Plastiktüte. Sie musste an den stadtbekannten Dosensammler in Finspång denken. Es war überall dasselbe. Bettler vor jedem Laden, Obdachlose auf den Bänken, Rentner, die jede Krone zweimal umdrehen mussten.

Aber heute hatte sie eine Bettlerin um tausend Kronen reicher gemacht. Amanda war zu Willys gefahren und hatte sich neben einer jungen Frau hingekniet, die auf einer aufgeschlagenen Zeitung neben dem Eingang gesessen hatte. Sie legte eine Goldmünze in den Pappbecher und erntete ein schwaches Lächeln, das ein dunkles Loch enthüllte, wo sich einmal ein Schneidezahn befunden hatte. Sie unterhielten sich ein wenig in gebrochenem Englisch, während die Kunden hinein- und hinausgingen. Jedes Mal, wenn die Schiebetüren sich öffneten, gab es einen Windstoß. Nach einer Weile erklärte Amanda, was sie wollte. Bot zwei Tausender für den Auftrag. Die Frau stand wortlos auf, ergriff ihr Handy und rief jemanden an. Redete in einer Sprache, die Amanda nicht verstand, und bekam offenbar die Erlaubnis, da sie ihr folgte.

Amanda nahm einen Schluck von ihrem Kaffee und kontrollierte zum x-ten Mal, ob der Ton ihres Handys eingeschaltet war. Sie hatte furchtbare Angst, einen Anruf von Sacha Gjoka zu verpassen. Oder eine SMS von Adnan zu übersehen. Er hatte ihr mehrmals geschrieben und berichtet, dass alles okay sei. OKAY! Nichts war verdammt noch mal okay! Aber obwohl sie wütend war, freute sie sich über die Nachrichten. Die einzige Verbindung zu Charlie. Seit vier Tagen war er nun verschwunden. Es war die reinste Hölle. Manchmal konnte sie kaum atmen. Die Sondergruppe hatte das ganze Wochenende gearbeitet. Befragung der Nachbarn, Aufrufe in den Zeitungen, im Fernsehen, in den sozialen Medien. Verbindungsmänner setzten ihre Informanten unter Druck.

Und hier hockte sie und wusste, wer die Schuldigen waren.

Charlies eigener Vater. Der Polizistenmörder.

Aber was hatte sie für eine Wahl?

Sie konnte ihre Verbindung zu Adnan zugeben, seine Vaterschaft und damit eine große Operation zur Befreiung von Charlie in Gang setzen. Die Verantwortung für einen glücklichen Ausgang in die Hände ihrer Kollegen legen. Und dabei ihr Gesicht verlieren.

Oder – sie konnte es selbst durchziehen.

Sie blickte auf das Foto, das sie in der Hand hielt. Es zeigte die junge Bettlerin. Lange dunkle Haare, helle Haut und braune Augen. Sie waren in ein Atelier gegangen, um ein Passfoto machen zu lassen. Nachdem sie der Frau die löchrige Daunenjacke und den Schal abgenommen hatte, war Amanda überzeugt gewesen, dass es funktionieren würde. Sie hatte eine Stellvertreterin gefunden, die das beschaffen würde, was sie brauchte.

Ihr Computer schloss seine Überlegungen im selben Moment ab, in dem der Mann mit dem Rollator die letzte Pfanddose aus dem Mülleimer nahm und weiterging. Sie musterte die übrigen Cafégäste und gab dann *Swedish cards* in die Suchmaschine ein. Surfte ein wenig, bis sie die richtige Seite gefunden hatte. Clara hatte ihr erzählt, dass die Polizei sich ständig mühte, die Webseite zu löschen, aber da der Server sich in den USA befand, tauchte sie immer wieder auf. Hier konnte Amanda einen falschen Pass bestellen. Sie klickte auf den Link, um das Foto der Bettlerin hochzuladen, das sie zuvor eingescannt hatte, und gab die neue Personennummer und den neuen Namen der Frau ein.

Eine neue Identität: Helena Kraljevic.

53

Mit herausforderndem Blick stellte sie sich vor ihn. Das braune Haar fiel auf die Bluse, die sie aufknöpfte. Knopf für Knopf. Die helle Haut darunter entblößend.

Adnan versuchte, an etwas anderes zu denken, während er auf der Bettkante in der Suite des Grand Hotel saß, die sexy Frau vor sich. An den MMA-Fight, den er am Abend zuvor auf Sachas IPhone angesehen hatte. Mirans Gejammer. Charlie, der jetzt allein mit Adnans Kumpanen war. Was auch immer, um das Eigenleben in seiner Unterhose in Schach zu halten.

»Ich will, dass du etwas für mich machst.« Helena Kraljevic öffnete den letzten Knopf und ließ die Bluse zu Boden fallen. Adnan starrte auf einen weißen BH mit Spitzen, der die Brüste zusammenpresste.

Er murmelte »Okay«, wusste aber nicht, ob es zu vernehmen war.

Helenas Hände wanderten hinter ihren Rücken. Das Geräusch eines Reißverschlusses, der nach unten gezogen wurde. »Elin Dahlström. Behalte sie im Auge.«

Adnan wahrte die Fassung. Drehte den Kopf leicht. Fragender Ausdruck.

Der Rock fiel zu Boden, und Helena stieg heraus. Erst ein Bein, dann das andere. »Sie ist nicht ganz sauber.« Sie löste einen Strumpfhalter. »Josefin hat vor ein paar Tagen einen komischen Anruf von ihr bekommen. Vielleicht war es nur ein böser Trip, was weiß ich, aber ich will, dass du sie durchcheckst und mir alles berichtest.«

»Klar.« Adnan verfolgte Helenas Bewegungen, während sie den Strumpf ablegte. Dann den anderen. Was sollte er verdammt noch mal tun? Sie ficken? Er wusste nicht einmal, ob er das wollte. Klar, er hatte einen Steifen sondersgleichen. Aber Scheiße – Helena Kraljevic! Sie hatte ihn ins Hotel bestellt, und er hatte angenommen, es gehe um Geschäfte. Er hatte wichtige Sachen zu erledigen. In ein paar Stunden war sein Freigang vorbei, und er musste in die Hütte zurück. Zurück in den süßen Haschischduft, den Miran jedes Mal beim Eintreten mit hereinbrachte. Zurück zu Sacha, dessen Blick seit dem zweiten Telefonat mit Amanda immer irrer wurde. Sie hatte ihm gesagt, dass er das Geld bekommen werde, aber nicht innerhalb einer Woche. Sie benötige mehr Zeit. Sacha war ausgeflippt und kurz davor gewesen, Charlie den kleinen Finger abzuschneiden. Adnan hatte eine Stunde lang auf ihn eingeredet, das nicht zu tun. Hatte ihn überzeugen können, dass sie nicht Darsteller in irgendeinem verfluchten Film waren. Das hier war die Wirklichkeit, und sie hatten einen Jungen entführt. Sie mussten es nicht noch schlimmer machen, als es ohnehin schon war. Adnan hatte Sacha vorübergehend gestoppt. Aber dessen Blick besagte alles. Adnans Magen zog sich zusammen. Er wollte zurück zur Hütte. Bei Charlie sein, damit ihm nichts passierte.

Verfluchte Scheiße! Helena drehte sich um und hielt ihr Haar mit einer Hand hoch. Adnan schluckte. Half ihr, den BH aufzumachen. Sie zog ihn aus und wandte sich wieder ihm zu. Hielt den BH kurz in die Höhe, bevor sie ihn auf das Bett warf. Kam einen Schritt näher. Adnans Gesicht auf Höhe ihres flachen Bauchs. Wie ein Befehl, was er tun sollte. Er legte die Hände um ihre Hüfte. Berührte die weiche Haut mit seinen Lippen.

Er wollte zurück zur Hütte.

Aber er war auf eine Party eingeladen.

Sie lachte auf und machte einen Schritt zurück. Zog ihren Slip aus. Stand nackt da und beobachtete ihn. Dann ging sie ins Badezimmer.

»Ein andermal, Adnan.«

54

Pia hatte es schon am Morgen gespürt, aber sie hatte es ignoriert. Den stechenden Schmerz in der unteren Magengegend. Sie wusste, was er bedeutete. Was geschah. Aber sie verdrängte es und konzentrierte sich auf Göran Anderzons Worte. Sie saßen an einem runden Tisch in der Kammer der Staatsanwaltschaft. Dieselbe Konstellation wie neulich beim After Work, plus Göran Anderzon von der Sondergruppe. Thomas hätte eigentlich nicht unbedingt dabei sein müssen, aber da er in den vergangenen Tagen ungewöhnlich nett gewesen war, hatte sie keine Einwände. Schade, dass ihn seine Frau nicht schon früher verlassen hatte.

Göran Anderzon berichtete, dass die Kannibalendroge weiter auf dem Vormarsch war und immer mehr Opfer auf der Straße forderte. Ein Mädchen war vor einen Zug gesprungen, nachdem es Halluzinationen bekommen hatte. Ein Junge hatte sich aus einem Fenster im fünften Stock gestürzt, als seine Mutter ins Zimmer gekommen war. Er hatte ihr zugerufen, dass sie ein Vampir aus Zarozje sei. Ein weiterer Jugendlicher hatte sich ein Auge herausgerissen, zutiefst überzeugt, dass es von bösen Dämonen besetzt war. Neue Berichte lagen vor. Man vermutete eine gewisse Instabilität im inneren Kern um Kraljevic. Bojan Jelic war von seinen eigenen Leuten liquidiert worden, und es kursierten Gerüchte, wonach eine gewisse Unzufriedenheit darüber herrschte, dass Milorad Kraljevic die Leitung seiner Nichte überließ. Die Männer der älteren Generation fühlten sich überfahren und noch dazu erniedrigt, weil sie von einer

Frau Anordnungen entgegennehmen mussten. Man redete darüber, wie man sie loswerden könnte. Aber niemand traute sich, den Schritt zu tun.

»Und woher wisst ihr das alles?« Die Frage kam von Pia.

Göran lehnte sich zurück und legte den Arm auf die Lehne des Nachbarstuhls. »Du weißt, dass wir nicht sagen können, woher wir die Infos bekommen. Aber wir haben unsere Quellen.«

Pia lächelte dünn. Göran wollte sich immer wichtig machen.

»Ihr habt eure Quellen. Na, das ist ja schön.« Pia hörte selbst, wie sarkastisch sie klang, und bemerkte, wie Göran den anderen einen Blick zuwarf. »Und wie läuft es bei den anderen Untersuchungen?«, fragte sie. »Habt ihr schon alle im Gefängnis verhört? Ich konnte die Vernehmungsprotokolle nur kurz überfliegen, aber es scheint, als hätten die meisten Mellgård gemocht. Oder?«

Crippe nickte. »Ja, wir haben zumindest nichts Auffälliges entdeckt. Natürlich hat es ein paar Konflikte gegeben, aber nichts, womit sich der jetzige Vorfall erklären lässt. Der Mord wurde ja bis ins kleinste Detail geplant, das ist keine Tat im Affekt. Der Täter hat über einen langen Zeitraum Hass in sich angestaut. Das glaube ich jedenfalls. Aber es gibt noch ein paar Leute, die wir nicht verhört haben.«

»Und was sagt Blomberg?«, fragte Göran.

»Nichts Wesentliches«, antwortete Crippe. »Aber wir haben noch einmal mit Maj-Britt gesprochen, nun ja, so gut es eben ging. Sara und Mathilda waren bei ihr, und sie ist immer noch komplett neben der Spur. Aber sie ist überzeugt, dass jemand im Haus war.«

»Der Täter, meinst du?« Pia stützte die Ellbogen auf den Tisch und lehnte sich vor.

»Vermutlich. Sie redete wohl ziemlich unzusammenhängendes Zeug. Aber sie sagte immer wieder, dass jemand bei ihr gewesen ist, der ihr gesagt hat, was sie tun sollte.«

»Das klingt nach Halluzinationen«, meinte Thomas.

»Oder auch nicht«, erwiderte Pia. Sie blickte zu Crippe. »Stimmt euch täglich mit dem Arzt ab, und vernehmt sie so oft, bis ihr weitere Dinge einfallen. Diese Stimme, was meinte sie, war das ein Mann oder eine Frau?«

»Sie sagt, dass es ein Mann war«, sagte Crippe.

»Immerhin etwas. Damit halbieren wir die Anzahl der Verdächtigen.« Pia seufzte und lehnte sich zurück.

Die anderen tauschten erneut Blicke aus. Es kümmerte sie nicht.

»Wie steht es eigentlich mit Amanda?«, fragte Göran, an Crippe gewandt. »Es scheint, dass sie den Ermittlern gegenüber ziemlich einsilbig geantwortet hat.«

»Offenbar.«

»Aha.« Göran runzelte die Stirn.

»Man verlässt sich vermutlich vor allem auf sich selbst, wenn das eigene Kind gekidnappt wurde.«

Göran neigte den Kopf zur Seite. »Möglich. Oder es gibt etwas, das sie uns nicht erzählt. Das glaube ich.«

»Worauf gründet sich dein Verdacht?« Crippes Miene wurde ernst.

Göran zuckte die Achseln. »Unter anderem hat mich die Forderung der Kidnapper stutzig gemacht. ›Du weißt, wie viel wir haben wollen.‹ Ich deute das so, dass sie weiß, wer es ist und wie viel der oder die Entführer haben wollen.«

Crippe schwieg, und Göran fügte hinzu: »Und dann hat man ja so einiges gehört.«

Auch Pia hätte von ihrem Verdacht erzählen können. Aber aus irgendeinem Grund behielt sie es für sich. Vielleicht lag es an Görans herablassendem Ton, der aus seiner letzten Bemerkung herauszuhören war. Er wollte Amanda schlechtmachen. Sie hatte sich selbst einmal auf der anderen Seite befunden, war diejenige gewesen, über die sich alle hinter ihrem Rücken lustig machten. Diese Staatsanwältin, die von ihrem Mann misshandelt wurde. Wie konnte sie so etwas zulassen? Sie könnte doch einfach gehen, oder? Verächtliche Blicke, wenn sie dachten, sie würde es nicht bemerken. Diese Leute wussten gar nichts!

Und dann hat man ja so einiges gehört. Görans Worte hallten in ihrem Kopf wider.

Warum war sie wie eine alte Tratschtante sofort zu Niklas Holm gerannt?

Sie hatte überhaupt keine Lust, zu den Lästermäulern zu gehören.

Auf einmal hatte Pia das Gefühl, Göran nehme ihr die Luft zum Atmen. Sie entschuldigte sich und verließ den Raum. Im Flur atmete sie tief durch und ging auf die Toilette. Zog den Slip herab und bekam die enttäuschende Bestätigung. Sie faltete ein Stück Klopapier zusammen und bedeckte den braunroten Fleck, der ihr höhnisch verkündete, dass sie wieder einmal gescheitert war.

Sie schloss die Augen und versuchte, sich zu sammeln. Sie wollte nicht weinen. Sich nur kurz sammeln. Es sollte nicht sein, dass sie ein Kind bekam. Nicht jetzt. Sie drehte das Wasser auf und wusch sich die Hände. Stand da und redete sich ein, dass alles eine Ursache hatte. Alles hatte einen Sinn.

Die Tränen strömten über ihre Wangen.

55

Am Mariatorget stieg Amanda aus der U-Bahn und setzte die Sonnenbrille auf, als sie ins Tageslicht trat. Sie ging zu Josefins Salon. Seit ihrem unüberlegten Anruf hatten sie nicht mehr miteinander gesprochen. Sie hoffte, dass Josefin sie wenigstens nicht sofort rauswarf. Sie drückte die Handtasche fester an sich. Darin befand sich Charlies Rettungsleine, das Paket, das ihre Strohfrau mithilfe des falschen Personalausweises abgeholt hatte.

Den Ausweis hatte man wenige Tage nach der Bestellung an Amandas Postfach geschickt. Das Foto der jungen Bettlerin mit Helena Kraljevics persönlichen Daten. Mithilfe dieses Ausweises beantragte Amanda einen Onlinebanking-Zugang.

Clara hatte ihr erklärt, wie einfach es war. Viele Anbieter im Internet verlangten nur eine Kopie des Personalausweises, und ein paar Tage später holte man an der Postausgabe das E-Codegerät ab. In Amandas Fall hatte dies ihre Strohfrau erledigt und zum Dank dafür einen zweiten Tausender erhalten.

Die Glocke über der Tür des Salons bimmelte, als Amanda eintrat, und sie nahm den Duft einer Creme wahr, die Josefin einer Frau ins Gesicht massierte, die auf einem nach hinten gekippten Stuhl lag.

»Elin?« Josefin starrte sie an.

»Hallo. Ich dachte, wir könnten uns unterhalten, wenn du mal kurz Zeit hast?«

Josefin blies sich eine Haarsträhne aus dem Gesicht, die sich aus ihrem Pferdeschwanz gelöst hatte, und blickte zur Uhr an der Wand. »In einer Stunde habe ich wieder eine Kundin und muss zwischendurch etwas essen.«

»Ich kann zu dem Thai-Imbiss rübergehen und etwas holen, wenn du möchtest.«

Josefin ging zur Kasse und nahm einen 100-Kronen-Schein heraus. »Okay, mach das. Kauf mir bitte Hühnchen mit Cashewnüssen, Elin.« Sie machte eine kurze Pause. »Oder soll ich lieber Amanda sagen?« Josefin hielt den Hunderter einen Moment länger als nötig in der Hand und blickte sie eindringlich an.

Wie konnte sie das wissen?

»Wir haben eine Menge zu bereden, wie ich schon sagte«, erwiderte Amanda. Ihre Wangen wurden heiß.

»Das trifft sich gut«, sagte Josefin und ging zurück zu ihrer Kundin, die mit geschlossenen Augen dalag.

Amandas Gedanken überschlugen sich, als sie den Salon verließ. Ihre Deckung war aufgeflogen. Kannten sie ihren vollständigen Namen? Wussten sie, wo sie wohnte? Dass sie Polizistin war?

Sie bestellte bei einer breit lächelnden Thailänderin, die ein glänzendes Diadem mit einem Schmetterlingsmotiv im Haar trug. Sie bezahlte und wartete auf das Essen. Sollte sie überhaupt zum Salon zurückgehen? Plötzlich hatte sie keinen Hunger mehr. Könnte sie doch nur zu Hause mit ihren Kindern sein. Könnte alles doch ganz normal sein.

Aber in ihrer kleinen Familie war noch nie etwas normal gewesen. Amanda hatte immer fürchten müssen, dass irgendjemand herausfand, wer der Vater ihrer beiden Kleinen war. Ein Vater mit vielen Feinden.

Das Essen war fertig, und Amanda nahm die Tüte entgegen. Sie hatte sich entschieden. Josefin hatte bestimmt noch niemandem von ihrem richtigen Namen erzählt, sonst wäre sie schon tot.

Zurück im Salon, stellte sie das Essen in der Küchennische ab. Josefin schien bald mit der Kundin fertig zu sein, Amanda musste sich also beeilen.

»Entschuldige, wenn ich störe«, sagte Amanda zu Josefin, »aber hast du einen Computer, den ich kurz benutzen kann? Ich muss ein paar Mails schicken, und der Akku von meinem Handy ist leer.«

Josefin schien zu überlegen. Hoffentlich wollte sie vor ihrer Kundin nicht zu ablehnend erscheinen. »Klar«, sagte sie schließlich. »Du kannst mein iPad nehmen. Es liegt in der Schublade da drüben.« Sie deutete auf den Tresen am Eingang.

Amanda holte das Gerät und setzte sich an den Tisch in der Küchenecke. Holte den E-Code-Reader aus ihrer Tasche. Tat das, weswegen sie gekommen war, während sie hörte, wie Josefin mit der Kundin redete. Fünf Minuten. Zehn Minuten. Die Kundin bezahlte, und Amanda vernahm das Bimmeln der Türglocke. Zum Schein loggte sie sich rasch in ihren Mailaccount ein. Josefin kam zu ihr und schlug vor, sich in den Hinterhof in die Sonne zu setzen. Amanda schloss die Webseite und hoffte, dass alles geklappt hatte. Nahm das Essen mit und folgte Josefin. Sie setzten sich an einen Holztisch mit weißen Plastikstühlen.

»Du fragst dich bestimmt, woher ich es weiß, oder?«, sagte Josefin und lehnte sich zurück. Sie machte keine Anstalten, von ihrem Essen zu kosten.

Amanda nickte und öffnete ihre Schachtel.

»Mach dir keine Sorgen. Ich habe niemandem etwas gesagt.« Josefin blickte Amanda kalt an. »Noch nicht.«

»Ich danke dir.«

»Jovan wird dich umbringen, wenn …«

»Ich weiß«, unterbrach Amanda sie. Und deshalb hast du ihm auch noch nichts gesagt.« Sie griff nach ihrem Besteck und stocherte im Reis herum. »Du lebst ein Leben, das du eigentlich nicht willst, du fühlst dich eingesperrt. Du liebst Jovan vielleicht und glaubst, dass du bei ihm in Sicherheit bist. Aber irgendwo ist dir klar, dass das nicht stimmt. Dass du eines Tages allein dastehen wirst, wenn alles auffliegt. Denn das wird passieren, und bis dahin musst du dich für eine Seite entschieden haben.« Amanda spielte den einzigen Trumpf aus, den sie hatte. Josefins schlummernde Sehnsucht nach einem normalen Leben, in dem sie über ihr eigenes Schicksal bestimmte.

Josefin stützte die Ellbogen auf den Tisch. »Ich habe ihm erzählt, dass du angerufen und gedroht hast, ihn umzubringen.«

»Okay.«

»Und?«

»Es ist etwas passiert«, erwiderte Amanda, »mehr kann ich dir nicht sagen.«

»Elin, Amanda, wie soll ich dich eigentlich nennen, verdammt noch mal?«, sagte Josefin. »Dir scheint nicht klar zu sein, wie sehr du in der Scheiße sitzt.«

Amanda legte die Gabel weg. »Das ist mir mehr als bewusst. Aber ich …«

»Wenn du mir nicht sagst, warum du dich Elin genannt hast und warum du mitten in der Nacht bei uns anrufst und uns bedrohst, wirst du bald tot sein. Kapierst du das?« Josefin starrte sie an. Wartete auf eine Antwort.

Amanda fluchte innerlich. Schluckte. »Ich bin Polizistin.«

Die Farbe wich aus Josefins Gesicht.

»Ich habe mich mit dir angefreundet, um an Milorad Kraljevic heranzukommen. Und jetzt hat jemand meinen Sohn entführt. Ich dachte, dass ihr es wart.«

Josefin schwieg. Starrte sie nur hasserfüllt an. Schließlich sagte sie: »Ich hoffe, du siehst ihn nie wieder.«

»Einmal lasse ich dir das durchgehen!«, erwiderte Amanda. »Aber wenn du noch ein einziges böses Wort über ihn äußerst, werde ich dafür sorgen, dass du so viele Jahre in den Knast wanderst, dass du dich selbst nicht wiedererkennen wirst, wenn du rauskommst. Vergiss nicht, dass du dank mir nicht mit den Drogen erwischt wurdest. Alles ist dokumentiert. Es gibt Videobeweise von dir und mir zusammen im Wagen. Seine Fingerabdrücke auf der Tasche. Sollte mir etwas zustoßen, hockst du am nächsten Tag hinter Gittern.«

»Wenn Jovan erfährt …«, begann Josefin.

»Das wird er nicht, weil du noch heute Abend deine Familie in Serbien besuchen wirst. Ich glaube nicht, dass Helena Kraljevic sich freut, wenn sie hört, dass du eine Polizistin bei ihnen eingeschleust hast. Oder was meinst du?«

Josefin lachte auf. In ihren Augen flackerte Unsicherheit.

»Mach einfach, was ich dir sage.« Amanda war kurz davor, beschwichtigend die Hand auf Josefins Arm zu legen, hielt sich aber zurück. »Es wird bald knallen, und glaub mir, ich will nicht, dass dir etwas Schlimmes passiert.«

Sie hatten sich nichts mehr zu sagen.

Amanda erhob sich. »Wie hast du eigentlich meinen richtigen Namen herausgefunden?«

Josefin sah auf. »Du hast vergessen, dass du dich als Elin ausgeben wolltest, als du das Zirkeltraining im Fitnessstudio gebucht hast.«

Amanda nickte. Es war das zweite Mal, dass sie einen Fehler in Bezug auf ihren Namen begangen hatte.

Noch mehr solcher Fehltritte durfte sie sich nicht erlauben.

Als sie ging, standen die beiden Speisen noch auf dem Tisch. Weder Josefin noch sie hatten einen Bissen davon gegessen.

Helle Krankenhausflure. Das Quietschen von Sohlen, wenn Krankenschwestern zu ihren Patienten eilten. Der Geruch von Desinfektionsmitteln. Amanda zog den Vorhang um Elsas Bett zu, um ein wenig Privatsphäre zu schaffen. Ihre Nachbarin teilte sich den Raum mit zwei anderen Frauen. Amanda war schon einmal vorbeigekommen, aber da hatte Elsa geschlafen. Jetzt war sie wach und hatte die Kraft, sich ein wenig zu unterhalten.

»Sie meinen, dass ich vielleicht in ein paar Tagen nach Hause gehen kann«, sagte Elsa und kratzte sich mit dem Ringfinger, der aus einem Gipspaket ragte, an der Nase. Den Ärzten zufolge hatte jemand ihre Hand zertreten wie eine Zigarette. »Aber ich weiß nicht, ob ich mich wieder in meine Wohnung traue. Oh, gütiger Himmel, kannst du mir jemals verzeihen?« Ihre Augen füllten sich mit Tränen.

»Denk so was nicht.« Amanda rutschte mit dem Stuhl näher heran und ließ den Arm auf der Bettkante ruhen. »Sie hätten ihn genauso gut in der Kita entführen können, aber sie haben eben dich ausgewählt.«

»Eine alte Oma wie mich. Armer Charlie.« Elsa zupfte die Decke zurecht und holte tief Luft. »Wie geht es denn Greta?«

»Sie hatte ein paar Albträume und so, aber es geht ihr besser. Ich habe sie schon eine Weile nicht gesehen, sie ist bei meinen Eltern.« Amanda bemühte sich, nicht allzu düster zu klingen, aber sie merkte, dass Elsa sie durchschaute. »Ich werde ihn heute Abend holen.«

»Was hast du gesagt?«, fragte Elsa verblüfft.

Amanda nickte, und bei dem Gedanken wurde ihr innerlich warm. Zugleich: panische Unsicherheit. Was war, wenn etwas schiefging? Sie konnte sich nur auf sich selbst verlassen, da sie allein ein Treffen mit den Kidnappern vereinbart hatte.

»Charlie wird heute Nacht in meinem Bett schlafen.« Amanda ergriff Elsas Hand.

»Hat die Polizei das Geld beschafft?«, fragte Elsa.

Amanda antwortete mit einem Lächeln. Damit log sie Elsa immerhin nicht ins Gesicht.

56

Solvallas riesiger Parkplatz war um diese Tageszeit verlassen, aber die Umgebung wurde von den Straßenlaternen und den Scheinwerfern der beiden Wagen erhellt. Weiße Markierungen zeigten an, wo man parken sollte, aber es gab keinen Grund, sich jetzt daran zu halten. Adnan saß allein in einem gestohlenen Ford Escort. Daneben Sacha und Miran mit Charlie in einem Audi.

Adnan kratzte sich unter der Sturmmütze, die sein Gesicht bedeckte. Mann, bloß gut, dass die ganze Sache jetzt bald vorbei war! Die Stimmung in der Hütte war in den vergangenen Tagen alles andere als top gewesen. Sacha war gestresst, weil sich das Ganze so lange hinzog und Amanda so viel Zeit herausgeschunden hatte. Endlos hatte Miran Adnan die Ohren vollgejammert: Farida hier und Farida da. Miran wollte nach Hause, er wollte mehr Gras, er wollte eine richtige Toilette. Scheiße, was hatte der Typ rumgeheult!

Adnan blickte zur Uhr. Sie müsste eigentlich schon da sein.

Seine Gedanken rasten. Sie hatte ihn doch wohl nicht reingelegt? Was, wenn sie von Bullen umzingelt waren? Bullen in jedem Busch, die sie beobachteten. Scharfschützen. Hubschrauber, die auf ein Zeichen warteten, um abzuheben. Hunde! Adnan erschauderte. Nichts war schlimmer als diese verfluchten Hunde.

Er blickte noch einmal zur Uhr, obwohl ihm klar war, dass nicht einmal eine Minute vergangen sein konnte. Sie würde doch wohl nicht Charlies Leben riskieren? Adnan sah sich um.

Dunkelheit. Mehrere Ausfahrten, falls irgendetwas schieflief. Oder sie versteckten sich im Wald, wenn sie zu Fuß flüchten mussten. Er trug Turnschuhe. War vorbereitet. Für alle Fälle hatten sie ein Fluchtauto in Bällsta abgestellt.

Adnan setzte sich auf. Scheinwerferlichter kamen auf sie zu. Ein Auto, das an dem angewiesenen Platz stehen blieb. Zweihundert Meter von ihnen entfernt. Der Motor wurde ausgeschaltet. Er drehte das Seitenfenster herab, und Sacha tat es ihm auf dem Fahrersitz des Audis gleich. Eigentlich hätte Miran fahren sollen, aber der war zu zugedröhnt und saß mit Charlie auf der Rückbank.

Adnan bemerkte, wie Sacha an seinem Handy herumfingerte und es in Höhe des Ohrs an die Sturmmütze hielt. Er sprach mit jemandem.

»Stell die Tasche zwischen die beiden Autos. Dann gehst du zurück. Und wenn du eine einzige falsche Bewegung machst, ist der Junge tot. Hast du das kapiert?«, sagte Sacha.

Adnan blickte zu Sacha. Sein Ton war noch rauer als sonst. Hatte er etwa vergessen, diesen Stimmenverzerrer zu aktivieren?

Plötzlich fluchte Sacha und drehte sich zu Adnan um. »Sie will den Jungen sehen.«

»Ich?« Adnan zeigte auf sich.

Sacha fuchtelte mit dem Arm, als wäre Adnan ein Idiot. Adnan stieg aus und öffnete die hintere Tür des Audis. Nahm Charlie auf den Arm, der sich sofort verschlafen an ihn klammerte. Adnan flüsterte ihm ins Ohr: »Sch, es ist alles gut.« Er ging auf den unbekannten Wagen zu. War darauf gefasst, eine Kugel in die Stirn zu bekommen. Dass ein Trupp von Elitesoldaten aus ihrem Versteck sprangen. Nichts passierte. Er versuchte, einen Blick auf den Fahrer zu erhaschen, aber der Wagen war zu weit weg. Adnan ging zurück und übergab Charlie wieder Miran. Hörte, wie Sacha erneut das Wort ergriff.

»Jetzt hast du ihn gesehen«, sagte er.

Schweigen.

Dann Sachas laute Stimme. »Was zur Hölle!«

Wieder Stille.

Was zum Teufel war da los?

Sacha mit ans Ohr gepresstem Handy: »So haben wir das nicht ausgemacht, du …« Er verstummte. Schien zuzuhören.

Was trieb sie bloß? Adnan schaute sich um. Alles war wie zuvor. Dunkel und still. Nur die Autos, die in der Ferne auf der Schnellstraße vorbeirauschten, waren zu vernehmen, und das leise Weinen von Charlie, der mit Miran auf der Rückbank saß.

»Geh ihr entgegen, und durchsuche sie«, befahl Sacha auf einmal.

»Was ist los?«, fragte Adnan und steckte den Kopf durch das Fenster.

»Die Fotze hat die Knete in Bitcoins.«

»What?«

»Die Fotze …«

»Ich hab's gehört!« Wie um alles in der Welt hatte sie das angestellt? Klar war es besser, als das Geld in bar zu kriegen. Virtuelle Kohle – unmöglich zurückzuverfolgen, hatte er gehört. Das ausgeklügelte System war ein Traum für Berufsverbrecher. Adnan: nicht so ganz auf der Höhe in Sachen Technologie. »Wie funktioniert denn der Scheiß?«, fragte er.

»Schau einfach, ob es die richtige Summe ist«, gab Sacha genervt zurück.

Adnan presste die Lippen zusammen und ging wieder auf den Wagen zu. Von Weitem sah er eine schlanke Gestalt aussteigen. Eine Frau mit langen Haaren. Sie ging mit entschlossenen Schritten auf ihn zu. Jeans und Turnschuhe. Er spähte nach links und rechts. Dann standen sie sich gegenüber.

Sie hob die Arme, ohne dass er etwas gesagt hatte. Drehte

sich langsam, während er sie abtastete. Entlang der Beine. Unter den Armen. Am Rücken. Nichts. Nur ihr bohrender Blick. Er machte einen Schritt zurück, und sie holte ihr Handy hervor. Zeigte ihm die Überweisung in Bitcoins auf einer Seite, von der er nicht mal die Hälfte kapierte.

»Ihr braucht nur das Passwort zu ändern«, sagte sie. »Dann gehört das Geld euch. Aber ich gebe euch nichts, bevor ich nicht Charlie habe.«

Adnan musterte ihr Gesicht, um zu sehen, ob sie vielleicht bluffte, sah aber nur die Furcht unter der harten Oberfläche.

Er ging zurück zu Sacha. Sachas Fingerknöchel traten weiß hervor, als er das Lenkrad umklammerte. Schließlich sagte er: »Wir beide gehen zusammen hin und nehmen den Jungen mit.« Er drehte sich zu Miran um. »Du fährst. Schau, dass du sofort startklar bist.« Dann stieg er aus, öffnete die Tür zur Rückbank und zerrte den kreischenden Charlie heraus. Sachas Hand verschloss den kleinen Mund. Adnan ballte die Fäuste und öffnete sie wieder. Er durfte nicht durchdrehen.

Als sie bei Amanda anlangten, übergab Sacha den Jungen an Adnan.

»Mama!« Charlie trat wild um sich.

Adnan hielt ihn fest und legte ihm die Hand auf den Mund. Er bemerkte, wie es in Amandas Augen blitzte.

Sacha stierte Amanda an. »Wir regeln das jetzt.«

Adnan unterbrach ihn. »Ich will sehen, welches Passwort du nimmst.«

Ein Schnauben, dann sagte Sacha: »Klar.«

Sobald Amanda fertig war, bekam Sacha das Handy und hielt es so, dass Adnan zusehen konnte, während er ein neues Passwort eingab. Ein zweites Mal zur Bestätigung.

»Bist du jetzt zufrieden?«, fragte er.

Adnan nickte und prägte sich die Kombination ein.

»Gut. Dann kannst du den Jungen töten.«

Fassungslos blickte Adnan Sacha an. Der irre Blick war zurück.

Aus den Augenwinkeln bekam Adnan mit, dass Amanda die Arme nach Charlie ausstreckte, der sich in seinem Griff wand.

Bevor er reagieren konnte, packte Sacha Amanda von hinten. Ein Arm um den Hals erstickte ihren Schrei. Ein Arm um die Hüfte hinderte sie, sich loszureißen.

»Töte den Jungen, damit die Hure sieht, was passiert, wenn man die Anweisungen nicht befolgt.«

»Das war so nicht ausgemacht.« Adnan versuchte, ruhig zu klingen.

»Für Alex.« Sacha umfasste Amandas Hals fester.

Alex. Sacha ließ Namen fallen, die sie verraten konnten. Er verfolgte einen eigenen Plan, in den er Adnan nicht eingeweiht hatte. Der stellte Charlie auf den Boden und hielt ihn mit einer Hand weiter fest. Zog das Messer mit der doppelten Klinge hinten aus der Hose.

Sacha war davon nicht begeistert. »Erwürg ihn doch einfach.« Ein grunzendes Lachen.

Adnan biss die Zähne zusammen und packte Charlie.

Setzte die Klinge an den Hals des Jungen.

Ein paar Stunden später grüßte er den Türsteher und ließ den Blick durch den Raum schweifen. Gedämpfte Beleuchtung, Hintergrundmusik in einer Lautstärke, die es erlaubte, dass man sich unterhielt, nur halb gefüllt mit fein gekleideten Menschen. Unter der Woche gingen die Leute wohl zeitig nach Hause. Hinter dem Tresen stand der Barkeeper und spülte Gläser. Das Lokal schloss bald. Da saß sie auf einem hohen Stuhl und wartete. Wirkte irgendwie natürlicher. Adnan konnte nicht recht sagen, woran es lag. Vielleicht trug sie keine Schminke. Hatte er sie mit seiner SMS geweckt?

»Ich hoffe, es ist wichtig.« Helena sah ihn an und nahm einen Schluck direkt aus ihrer Bierflasche.

Er setzte sich neben sie und bestellte auch ein Bier. Hoffte, dass er nicht nach Schweiß stank. Er hatte sich noch umgezogen, in Sachas Wagen hatte er Sachen zum Wechseln dabeigehabt, aber zum Duschen war keine Zeit mehr geblieben. Um genau zu sein, hatte er auch keine Möglichkeit gehabt. Wo zum Henker sollte er in dieser Nacht pennen?

Er schielte zu einem Tisch in der Nähe, bevor er antwortete. Helenas Leibwächter hockte gelangweilt vor einem Glas Mineralwasser. Hatte Adnan nicht einmal zugenickt, um zu zeigen, dass sie sich schon mal getroffen hatten. Der Wachposten in dem Puppenhaus auf Ljusterö. Der Hüne, der Helena überallhin zu folgen schien, zuletzt hatte er vor ihrem Hotelzimmer gestanden.

»Ich habe Infos für dich über Elin Dahlström«, sagte Adnan.

Helena hob die Augenbrauen und drehte sich zu ihm um. Legte die Hand auf seinen Oberschenkel. »Schieß los.«

»Ich hab ein paar Nachforschungen angestellt und herausgefunden, wo sie wohnt und wo sie arbeitet.«

»Sie ist keine Stewardess, ich wusste es.«

»Stimmt. Und sie heißt nicht Elin Dahlström.«

Helenas Augen wurden schmal.

»Sie heißt Amanda Paller, falls dir der Name etwas sagt.«

»Hab ich schon mal gehört.« Helena nahm noch einen Schluck und stellte die Flasche auf den Bartresen. »Jetzt komm schon.«

Adnan beugte sich vor. Seine Lippen berührten ihr Ohrläppchen. »Sie ist Polizistin.«

57

Pia saß Magnus im Besucherraum der Anstalt von Norrtälje gegenüber. Sie fühlte sich ebenso unwohl wie beim ersten Mal und wusste eigentlich nicht, weshalb sie hergekommen war. Oder doch. Sie suchte Antworten und stieß überall auf Magnus.

»Ich bin so froh, dich zu sehen.« Magnus' Gesichtsausdruck machte deutlich, dass er meinte, was er sagte.

Pia hatte keine Ahnung, wo sie anfangen sollte. »Ich habe das Protokoll deiner Vernehmung gelesen«, sagte sie zögernd, »du weißt schon, über den Beamten, der hier gearbeitet hat.«

Ein Anflug von Enttäuschung huschte über sein Gesicht. »Ach, ich dachte, du wolltest mich besuchen.«

»Will ich ja auch«, erwiderte Pia. »Ich war nur neugierig, weil du ihn kennst. Aber ich habe ja das Protokoll gelesen.«

»Robert Mellgård, ja. Nun ja, kennen. Es war schon so, dass wir uns ab und zu unterhalten haben, aber …« Magnus beugte sich über den Tisch und senkte die Stimme. »… mit meiner Vergangenheit. Wenn das rauskommt, ist es vorbei. So einen wie mich bringen sie um.«

Pia zuckte zusammen. Sie wusste, wie Polizisten von den übrigen Insassen behandelt wurden.

»Keine Sorge«, sagte Magnus. »Ich bin besser zurechtgekommen, als ich gedacht hätte. Und ich habe ja auch zweimal die Anstalt gewechselt. Aber das will ich jetzt nicht mehr. Es dauert, bis man es sich einrichtet. Auch hier drin hat man Freunde, weißt du. Nicht fürs Leben vielleicht, aber hier drin ist das trotzdem wichtig.«

»Hatte er irgendwelche Feinde?«, fragte Pia.

»Meines Wissens lebt er noch, auch wenn es dem Armen nicht so gut geht.« Magnus blinzelte ihr zu. »Aber nein, nicht dass ich wüsste. Er war einer der Netteren hier. Ich hoffe, er kommt zurück.«

Pia nickte. Hatte eigentlich überhaupt keine Lust, über die Ermittlungen zu reden.

»Wie still du bist.« Magnus lächelte. »Denkst du über etwas Spezielles nach?«

Pia nahm all ihren Mut zusammen. »Was hat Amanda, das ich nicht habe?«

»Aber Liebling … Entschuldige. Es gibt keine Erklärung für all das, was ich getan habe. Ein Fehler führte zum nächsten. Ich war jemand anderes, und ich weiß nicht, wie es so kommen konnte.« Er legte seine Hand auf die ihre. Hob sie kurz und legte sie wieder hin.

Diesmal zog sie ihre Hand nicht weg. Seine Ticks waren ein Teil von ihm, von seiner Persönlichkeit. Ihre Haut fing an zu brennen.

Sanft strich er mit dem Daumen über ihre Hand. »Dabei waren wir am Anfang so glücklich«, sagte er. »Ich weiß nicht, was passiert ist.«

»Ich bin froh, dass du die Schuld nicht bei jemand anderem suchst.« Pia räusperte sich. »Weder bei ihr noch bei mir.«

»Wenn ich etwas gelernt habe, dann, dass ich für meine eigenen Fehler geradestehen muss. Ich habe alles verloren, dich, den Beruf, mein Leben. Wenn ich wieder rauskomme, muss ich bei null anfangen, aber ich habe mich damit abgefunden. Auch wenn ich nicht mehr mit dir zusammen bin.«

Als Pia im Wagen saß und nach Hause fuhr, war sie verwirrter als je zuvor. Wie hätte ihr Leben ausgesehen, wenn sie sich nie kennengelernt hätten?

58

Amanda zupfte Charlies Decke zurecht und küsste ihn immer wieder. Sog den Duft seines frisch gewaschenen Haars ein. Das war so herrlich, wenn Kinder eingeschlafen waren, man konnte an ihnen riechen, ohne dass sie aufwachten. Es hatte lange gedauert, bis er zur Ruhe gekommen war, er war rastlos gewesen und hatte Angst gehabt, die Augen zu schließen. Die Jungen ohne Gesicht könnten kommen. Einer war nett, aber unheimlich. Einer war dumm und unheimlich. Der Dritte nur unheimlich. Amanda wagte gar nicht, sich auszumalen, welche Spuren die Ereignisse bei Charlie hinterlassen haben mochten. Erst ein Tag war vergangen, und sie konnte nur abwarten und Charlie beobachten.

Sie ließ eine Lampe im Zimmer brennen und ging hinaus zu Crippe, der Tee und belegte Brote auf den Wohnzimmertisch gestellt hatte. Ihre Dankbarkeit kannte keine Grenzen. Er hatte ihr angeboten, ein paar Tage bei ihm zu übernachten, bis sich alles beruhigt hatte. Seine Kinder waren diese Woche bei seiner Mutter, danach würden sie weitersehen. Dass Amanda wegen ihrer Verwicklungen mit dem Kraljevic-Clan nicht zu sich gehen wollte, hatte sie ihm gegenüber nicht erwähnt. Noch nicht. Aber die Sache war ins Rollen gekommen, und nun konnte sie nur noch zusehen. Sie hoffte, dass Josefin das Land verlassen hatte.

»Schlafen sie?«, fragte Crippe. Er saß auf dem Sofa.

Sie nickte. Greta war schon beim Zähneputzen auf Amandas Schoß eingeschlafen. Vollkommen erschöpft nach dem Glücksrausch, ihre Mutter und ihren Bruder wiederzusehen.

»Was hat Holm gesagt?«

»Du meinst wohl eher, was er nicht gesagt hat«, sagte Amanda und lachte auf. »Er findet, dass ich unerhört verantwortungslos agiert habe. Aber er hat ja schließlich keine eigenen Kinder, habe ich ihm gesagt. Allerdings auf eine etwas nettere Weise. Aber er behauptete steif und fest, dass er sich an meiner Stelle anders verhalten hätte.«

»Manchmal musst du dich taktisch ein bisschen klüger anstellen.« Crippe strich dick Butter auf zwei Scheiben Knäckebrot.

Amanda verzog das Gesicht. »Puh, wie kannst du das essen?«, sagte sie.

»Das ist doch lecker. Manchmal darf man sich etwas gönnen.« Er nahm einen Bissen und redete weiter, während er kaute. »Wann wirst du wieder arbeiten?«

»Ich kann anfangen, wann ich möchte, aber Holm hat mir sogar angeboten, dass ich eine Woche bei voller Bezahlung zu Hause bleiben darf.«

»Der Knaller! Aber er hat schon immer eine Schwäche für dich gehabt.«

Auweia! Wenn Crippe wüsste. »Vielleicht«, antwortete sie.

»Dann lief die Vernehmung gut, nehme ich an«, sagte er.

Amanda nickte und blies in den heißen Tee. Gut war vielleicht ein bisschen übertrieben, aber sie hatte es immerhin geschafft, halbwegs glaubhafte Erklärungen zum Ablauf der Ereignisse zu liefern, als Göran Anderzon sie wenige Stunden zuvor bei ihr zu Hause am Küchentisch befragt hatte. Mit von der Partie war Ulrika Svensson von der Abteilung für interne Ermittlungen gewesen, die fröhlich angemerkt hatte, sie sei nur aus formalen Gründen dabei. Die lächelnde Kommissarin sollte ruhig versuchen, Amanda mit ihren »formalen Gründen« hinters Licht zu führen. Es war allgemein bekannt, dass bei solchen

Vernehmungen die Kollegen oft entspannt Dinge ausplauderten und sie dann eine Anklage am Hals hatten.

»Sie haben uns erzählt«, sagte Göran und beugte sich über den Tisch, »dass Sie gegen 23 Uhr einen Anruf erhalten haben, bei dem der Kidnapper Ihnen mitgeteilt hat, dass Charlie in zehn Minuten bei Eggeby geholt werden könne?«

Amanda nickte.

»Und es war dieselbe Stimme wie zuvor. Aber nun rief er Sie auf dem neuen Handy an, das er Ihnen geschickt hatte«, fuhr Göran fort.

»Das stimmt.«

»Ja, das mit den Telefonen ist ja eine Sache für sich.« Das Trommeln von Görans Stift auf dem Notizblock erfüllte den ganzen Raum. Es war nicht zu übersehen, was er dachte. »Und warum haben die Entführer sich Ihrer Meinung nach plötzlich entschlossen, Charlie ohne Lösegeld freizulassen?«, hakte er nach.

Amanda holte tief Luft und atmete langsam wieder aus. »Ich nehme an, ihnen ist klar geworden, dass sie kein Geld bekommen würden. Und wenn dieser Sacha darin verwickelt war, dann ist offenbar etwas schiefgegangen. Das waren ganz einfach Amateure. Amateure, die sich nicht einigen konnten.«

»Nun wissen wir nicht mit Sicherheit, ob der Mord in Solvalla etwas mit dem Kidnapping zu tun hat, auch wenn es naheliegend scheint. Wir wissen ehrlich gesagt noch nicht einmal mit Sicherheit, ob das Opfer wirklich Sacha Gjoka ist. Das Gesicht der Leiche sah ja fast so aus wie eine von einer Dampfwalze überrollte Comicfigur. Die Techniker mussten die Haut vom Asphalt kratzen.«

Amanda verzog keine Miene.

Sie hatte Adnan eine Gelegenheit zum Angriff gegeben, als sie mit der Hand in die Hosentasche gegriffen, das Chilipulver herausgezogen und Sacha in die Augen gestreut hatte. Er brüllte und lockerte den Griff, sodass sie sich losreißen konnte. Was in den darauffolgenden Sekunden geschah, wusste sie nicht genau, da sie mit Charlie zu ihrem Wagen rannte. Aber sie hörte die Schläge und Tritte. Ein Ringkampf auf dem Asphalt. Ein Wagen fuhr mit heulendem Motor los. Als sie sich umwandte, sah sie, wie Sacha von dem Audi erfasst und auf die Motorhaube geschleudert wurde. Wie ein Crashtest-Dummy knallte er zu Boden, wo er reglos und blutüberströmt liegen blieb. Adnan stand fassungslos daneben. Miran stieg aus dem Audi und lief laut fluchend auf und ab. Amanda hielt Charlie die Augen zu. Strich ihm übers Haar und flüsterte ihm beruhigende Worte zu. Als sie sich ein wenig aufrichtete, registrierte sie eine Bewegung. Sacha hob den Arm. Nur wenige Zentimeter über dem Boden – aber das reichte. Amanda wusste, was sie tun musste. Sie war gezwungen, Charlie kurz allein zu lassen. Sie zog ihre Jacke aus und legte sie ihm über den Kopf. Versprach ihm, dass sie gleich wieder zurück war. Rannte zum Audi, sprang hinein und drückte das Gaspedal durch. Es holperte, als sie über den Körper fuhr. Sie bremste scharf, legte den Rückwärtsgang ein. Gab Gas. Holper, holper. Scharfe Bremsung. Wenn sich Adnan ihr nicht in den Weg gestellt hätte, wäre sie noch einmal drübergefahren. Der zweiwöchige Horror entlud sich über das Gaspedal.

Göran Anderzon lehnte sich zurück und warf seinen Kugelschreiber auf den Tisch. »Ja, da war jemand richtig zornig, das ist klar.«

Amanda hielt den Kugelschreiber fest, bevor er in ihren Schoß rollte. »Habt ihr den Wagen gefunden?«, fragte sie.

»Wahrscheinlich, aber er war völlig ausgebrannt und voller Löschwasser. Wenn wir Glück haben, kriegen wir die Fahrgestellnummer noch raus.«

»Das ist ja schade.« Amanda blickte zu Ulrika Svensson, die bislang nur zugehört hatte. »Und Sie sind zufrieden mit dem, was Sie erfahren haben?«

»Ja, ja, absolut.«

»Gegen mich wird also kein Verfahren eingeleitet?«

»Nein, nein. Ich wollte nur sichergehen, dass …« Ulrika verstummte, als Göran sich räusperte.

»… ich meinen eigenen Sohn nicht gekidnappt habe«, vollendete Amanda den Satz. »Oder?«

»Etwas in der Art, ja. Oder nein, ich weiß nicht.« Nervöses Lachen.

»Na, dann sind wir jetzt durch.« Göran schob seinen Stuhl zurück und erhob sich. »Die Kollegen melden sich, wenn sie mit Charlie sprechen können.« Er rieb sich das Kinn. »Seine Klamotten haben wir bekommen, oder?«

»Ja, die habe ich Håkan gegeben«, antwortete Amanda, »er war heute morgen da.«

Håkan hatte Klamotten aus dem Wäschekorb bekommen. Sie hatte eine Jeans und ein T-Shirt gewählt, die Charlie in der Kita schmutzig gemacht hatte und die der Beschreibung ähnelten, die sie gegeben hatte. Die Kleider, die er angehabt hatte, waren längst in der Mülltonne gelandet.

»Ja«, hatte Göran gebrummt, »dann hoffen wir, dass die Analyse etwas ergibt.«

Amanda schilderte Crippe die Vernehmung in groben Zügen. Sie blies wieder in ihren Tee und probierte. Earl Grey, ihre Lieblingssorte. Eigentlich zog sie normalerweise Kaffee vor, aber an diesem Abend wollte sie nicht riskieren, sich schlaflos im Bett zu wälzen. Crippe bestrich eine weitere Scheibe Knäckebrot mit viel zu viel Butter.

»Ich habe die Protokolle mit den Vernehmungen der Wärter von der Anstalt in Norrtälje ausgedruckt, falls du ein bisschen

Lektüre haben möchtest«, sagte er. »Du bekommst ja diese Woche noch dein Gehalt.«

»Super.« Amanda grinste. Er kannte sie zu gut. Wusste, dass sie es nicht aushalten würde, tatenlos herumzusitzen, obwohl sie auch unbedingt Zeit mit ihren Kindern verbringen wollte.

Im Bad machte sie sich bettfertig. Dann ging sie mit dem Protokollstapel in das Zimmer, in dem sonst Crippes Tochter schlief. Nahm die Teddys und bunten Kissen vom Bett und kroch unter die Decke. Als sie die Protokolle durchblätterte, stieß sie auf den Namen von Magnus Blomberg. Daran hatte sie zuvor nicht gedacht: Er saß in Norrtälje ein. Auf einmal erinnerte sie sich daran, dass er dorthin verlegt worden war.

Amanda glaubte nicht an Zufall.

59

Helena Kraljevic hatte in der Villa in Nacka ein großes Treffen angesetzt. Adnan verstand, dass dies nicht üblich war. Sie saßen um einen riesigen Konferenztisch. Acht Männer in Anzügen, einschließlich er selbst und Sebbe. Helena am Tischende in einem schwarzen Kleid. Kein Milorad. Helena stand auf und blickte sie nacheinander an. Adnan versteifte sich, als ihr scharfer Blick über ihn hinweghuschte. Er ahnte, um was es bei dem Treffen gehen würde, er selbst hatte ja verraten, dass eine Polizistin ihre Gruppe infiltriert hatte. Trotzdem wurde er unsicher. War er selbst entlarvt worden? Wusste jemand von der Kidnapping-Geschichte? Schließlich war er eine ganze Weile in der Hütte und nicht greifbar gewesen und hatte Sebbe einen vom Pferd erzählen müssen. Bemerkte Helena, wie nervös er war?

»Unter uns befand sich eine Polizistin.« Helenas Worte durchschnitten die Luft wie ein Messer. »Amanda Paller, kennt jemand von euch den Namen?«

Kopfschütteln. Adnan regte sich nicht.

»Sie hat sich als Elin Dahlström ausgegeben, schon mal von ihr gehört?«

Gemurmel am Tisch. Jovan erblasste. Aber Helena blickte zu Adnan. Konnte sie die Schweißtropfen sehen, die seinen Rücken herabliefen?

»Ihr habt euch ja eine Weile bei Jovan unterhalten, oder?«, fragte sie Adnan.

Sein Puls raste, und er wollte gerade antworten, als sie auflachte und sich zu Jovan umdrehte.

Der bullige Mann rutschte auf seinem Stuhl hin und her. »Wie ist das möglich? Bist du sicher?«, fragte er.

»Stellst du meine Fakten infrage?«

»Ich wollte nur wissen, wie sicher …?«

»Wo ist Josefin?«, wollte Helena wissen.

Jovan zuckte zusammen, dann explodierte er: »Beschuldigst du mich, mit der Polizei zusammenzuarbeiten?« Er schaute in die Runde. Suchte Rückhalt. Bekam keinen. »Für wen hältst du mich?«

»Findest du es nicht auch seltsam, dass Josefin plötzlich das Land verlässt? Oder war es geplant?«, erwiderte Helena.

Jovan biss die Kiefer zusammen.

Helena umrundete den Tisch und blieb hinter seinem Stuhl stehen. »Dann fiel mir eine Sache ein. Wieso ist Elin Dahlström mit deinem Auto gefahren, als du die Lieferung verschlampt hast? Sie konnte der Polizei entkommen. Gibt es außer mir noch jemanden, der das komisch findet?«

Alle brummten und nickten.

»Jetzt ist uns klar, weshalb.«

»Das war …«, begann Jovan.

»Ruhe!« Helena beugte sich zu ihm vor. »Ist dir klar, was du angerichtet hast? Wahrscheinlich haben sie einen GPS-Sender an der Lieferung angebracht und seitdem jede unserer Bewegungen verfolgt. Und alles spricht dafür, dass du ein Judas bist. Oder aber du bist einfach nur total bescheuert.«

Jovan sprang auf. Sein Stuhl krachte zu Boden.

Helenas Leibwächter legte Jovan ein Seil um den Hals, während zwei andere ihn auf einen Stuhl zwangen. Ein junger Typ band Arme und Beine mit einem silberfarbenen Tape fest.

Waren alle vorgewarnt gewesen? Alle außer ihm und Sebbe? Und Jovan natürlich. Oder reichte ein Nicken von Helena aus?

Sie war Hitler in einem schwarzen Kleid. Adnan fürchtete sich vor dem, was jetzt kommen würde. Die Bilder tauchten vor seinem inneren Auge auf: die Sauna auf Ljusterö. Das Handtuch über dem blutüberströmten Kopf. Die Schläge. Die Geräusche einer Säge.

Ein Schauer lief ihm über den Rücken. Er spähte zu Sebbe und bemerkte die Andeutung eines Grinsens in dem narbigen Gesicht? Erregung? Sebbe war schon immer ein komischer Kauz gewesen.

Jovan wehrte sich nicht mehr. Hockte nur reglos auf dem Stuhl, während ihm der Speichel aus dem Mund rann. Kapierte vermutlich, dass er verloren hatte. Er konnte nichts tun. Nur auf das Urteil warten.

Helena zog einen Stuhl heran und setzte sich vor Jovan hin. »Dann ist da noch eine Sache.« Sie ließ sich Zeit. »Von meinem Konto sind über fünf Millionen Kronen verschwunden.«

Adnans Herzschlag setzte aus. Was hatte sie da gesagt?

Jovan schüttelte den Kopf wie ein Hund nach einem unfreiwilligen Bad.

»5,3 Millionen verfluchte Kronen!« Helena sprach übertrieben deutlich. Strich Jovan über die Wange.

»Helena.« Jovans Stimme bebte. »Ich würde dir niemals etwas wegnehmen. Du und Milorad, ihr seid wie meine Familie. Du glaubst doch wohl nicht, dass ich das getan habe?«

Adnans Gehirn arbeitete auf Hochtouren. 5,3 Millionen?

Helena beugte sich zu Jovan vor und umarmte ihn.

5,3 Millionen? Adnans Fuß wippte unter dem Tisch.

Die anderen beobachteten schweigend, was geschah. Einer strich sich über seinen Anzug. Ein anderer fuhr sich mit der Hand durch die Haare.

Helena schnippte mit den Fingern, und der Leibwächter reichte ihr etwas. Ein iPad.

»Kennst du das hier?«, fragte sie.

Jovan starrte es an. »Das ist mein altes … Josefin hat es im Salon.«

»In meinem Salon, ja. Wie konntest du so dumm sein?«

»Das ist …«

Helena legte ihm den Zeigefinger auf den Mund. »Sch. Ich bin beeindruckt. Ich wusste nicht, dass du über solch ein Talent verfügst. Denn das war doch wohl nicht Josefin, oder?«

»Ich weiß nicht, wovon du sprichst«, entgegnete Jovan mit lahmer Stimme.

»Ich gebe dir eine letzte Chance. Hast du das Geld genommen?«

»Ich schwöre es. Ich war dir gegenüber immer loyal.«

Adnan legte die Hand auf den Oberschenkel, weil sein Bein zuckte. 5,3 in Bitcoins umgewandelte Millionen.

Helena sah nicht mehr wütend aus. Vielmehr traurig. »Ich muss zugeben, dass ich in diesen Dingen keine Expertin bin, aber ich habe Leute, die sich damit auskennen. Und ich weiß, was ein Cookie ist. Weißt du das?«

Jovan nickte.

»Dann müsstest du wissen, dass so eine Überweisung Cookies auf dem Computer hinterlässt. So deutlich wie DNA-Spuren.«

Jovan riss die Augen auf. »Jemand hat mir eine Falle gestellt. Helena! Scheiße, ich würde nie …«

»Willst du das deiner lieben Freundin in die Schuhe schieben?«, entgegnete Helena. »Klingt ja logisch, wenn man bedenkt, dass sie abgehauen ist.«

»Hör mir zu! Jemand will mich ans Messer liefern!«, rief Jovan.

5,3 Millionen in Bitcoins! Verflucht! Fuck! Fuck! Fuck!

»Jovan, mein Lieber. Jetzt hör du mir mal zu.« Helena neigte sich vor. »Du hast in meinem Namen eine Onlineüberweisung durchgeführt. Meine Identität geklaut! Ich gebe dir nur noch eine Chance, weil du mir gegenüber so loyal gewesen bist, wie du sagst. Gib mir die Log-in-Daten, dann lasse ich dich vielleicht am Leben.«

Adnan wusste, dass Jovan keine Chance hatte. Wusste, dass sie ihn endlos quälen würden.

Die Log-in-Daten hatten sich in Adnans Gehirn gebrannt.

60

Pia blickte auf, als es an die Tür klopfte, die ausnahmsweise einmal geschlossen war.

»Herein«, sagte sie und verkleinerte das Fenster auf dem Bildschirm. Thomas Kallin steckte den Kopf durch die Tür. »Kommst du mit zur Ecke?«

Er meinte ein Restaurant in der Hantverkargatan, in das sie inzwischen regelmäßig gingen. Es war nicht weit weg und bot sowohl Hausmannskost als auch Pizza.

»Ich hab heute was dabei«, antwortete Pia.

»Heb es dir für heute Abend auf.«

Sie schüttelte den Kopf und lachte. Thomas hatte seine Einstellung komplett verändert. Es war schon das zweite Mal in dieser Woche, dass er sie fragte, ob sie mit zum Mittagessen kommen wolle.

Sie wandte sich wieder dem Bildschirm zu und vergrößerte das Fenster. Las:

Wir bieten alle Formen von Fertilitätsbehandlungen an. Wie wähle ich einen Spender? Wie muss ich vorgehen?

Sie klickte sich durch die Seite. Die Klinik befand sich in Kopenhagen, und die Preise waren halbwegs im Rahmen.

Was trieb sie da eigentlich? Sie schloss die Seite und nahm ihre Handtasche. Lief in den Flur hinaus und drückte auf den Aufzugsknopf. Thomas konnte noch nicht allzu weit sein. Pia entschied sich, die Treppe zu nehmen. Eilte die Straße entlang und entdeckte Thomas mit ein paar Kollegen. Sie wollte gerade rufen, als sie ein Auto sah, das in eine Querstraße einbog. Ein dunkler BMW. Eines der Bremslichter funktionierte nicht.

Der Ruf blieb ihr im Hals stecken.

61

Sie saßen im Garten auf der Rückseite des Hauses zusammen mit Robert Mellgård. Er in einem Sessel, Amanda und Crippe auf einem Sofa. Jemand hatte sich Mühe gegeben, die Wohnung gemütlich einzurichten. Ein Buddhakopf ruhte auf einem kleinen Betontisch, einige Kerzen standen auf dem Holzboden, Bambusgras und Blumen in Töpfen. Ein eindeutig asiatischer Einfluss.

Ein paar Freunde waren gekommen, um Robert beim Packen zu helfen, er wollte nicht länger in der Wohnung bleiben. Aus verständlichen Gründen. Armer Kerl! Amanda blickte ihn an. Eingesunkene Wangen, graue Haut. Er war vor ein paar Tagen aus dem Krankenhaus entlassen worden, man hatte ihm Tabletten mitgegeben. Die Psychiatrie war zu der Einschätzung gekommen, dass er nicht in die geschlossene Abteilung gehörte, und er wollte nicht freiwillig bleiben. Amanda fand das nicht sehr klug, aber es war seine Entscheidung, dagegen konnte sie nichts machen. Die Polizei ermittelte bei Verbrechen und sorgte dafür, dass die Opfer zu ihrem Recht kamen. Den Heilungsprozess verantworteten die Ärzte. Dazwischen gab es eine Lücke, in der Robert Mellgård nun gelandet war. Er war kein gewöhnliches Opfer, ihm war nicht ins Gesicht geschlagen oder der Geldbeutel gestohlen worden. Er hatte seine Familie ermordet, war aber dennoch kein Täter. Amanda gab ihm den Hinweis, sich doch an die Beratungsstelle für Opfer von Verbrechen zu wenden, was ihr in diesem Fall jedoch eher schwer über die Lippen kam.

Eine von Robert Mellgårds Bekannten, die sich als Erika vorgestellt hatte, kam mit einer Kanne Kaffee ins Freie und entschuldigte sich, dass es nichts anderes gebe.

»Niemand hat eingekauft, seit …« Erika verstummte und blickte zu Robert.

Amanda bedankte sich und schenkte ihre und Crippes Tasse voll. Robert hob abwehrend die Hand.

»Wo werden Sie wohnen?« Amanda blies in ihren Kaffee.

»Ich miete vorübergehend ein Hotelapartment. Danach sehen wir weiter.« Robert Mellgård starrte beim Reden auf die Tischplatte.

Amanda nickte. »Sie erinnern sich also an nichts?«

Robert schwieg.

Amanda blickte zu Crippe. Dieser zuckte die Achseln.

»Was ist das Erste, an das Sie sich erinnern, nach …« Wie sollte sie es formulieren? An was erinnerte sie sich eigentlich, als sie in Vickys Häuschen wieder zu sich gekommen war? An nicht viel, sie wusste nur, dass sie höllische Kopfschmerzen gehabt hatte und ihr Herz so sehr gerast war, dass sie geglaubt hatte, sterben zu müssen. Dieses Gefühl hatte noch mehrere Tage lang angedauert. »Hatten Sie auch Halluzinationen?«, fragte Amanda. »Also, ich meine, die meisten scheinen welche zu bekommen.«

Robert nickte. »Ich dachte, ich würde den Verstand verlieren. In den ersten Tagen war es am schlimmsten, aber das ist jetzt eine Weile her. Ich habe nur furchtbare Angst davor, dass es wieder passieren könnte.«

Amanda verstand, was er meinte. »Können Sie uns noch einmal sagen, an was Sie sich erinnern?«

Robert presste beide Hände an die Schläfen und gab einen kummervollen Laut von sich. »Ich bin alles Tausende Male durchgegangen. Ich kann bald nicht mehr.«

»Ich verstehe das«, erwiderte Amanda.

»Nein, tun Sie nicht«, sagte Robert ruhig. »In meinem Kopf herrscht das pure Chaos. Ich sehe, wie sie dahängen, ich spüre die Panik, ich bin auf dem Polizeirevier, ich weiß nicht.« Er ließ die Hände sinken. »Ich weiß nicht.«

»Stammen die Sachen an … wie soll ich sagen … dieser Hänganordnung von hier?«, fragte Crippe.

»Nein, ich habe sie noch nie gesehen.« Robert wirkte resigniert.

»Und was ist das Letzte, an das Sie sich erinnern, bevor es passierte?«, unternahm Amanda einen neuen Versuch.

»Ich weiß noch, dass ich von der Arbeit nach Hause gefahren bin. Ich habe am Kiosk angehalten, um einen Lottoschein abzugeben. Dann ist alles sehr verschwommen. Aber Pelle aus dem Kiosk hat ja erzählt, dass alles normal schien, als ich dort war. Und jemand meinte auch, dass ich allein weitergefahren bin.«

Amanda nickte. »Das stimmt. Aber dann wissen Sie nichts mehr.«

»Tut mir leid.«

»Das ist ja nicht Ihr Fehler. Aber ich dachte noch an etwas anderes. Wie gut kennen Sie Magnus Blomberg, der bei euch einsitzt?«

»Was soll ich sagen?«, erwiderte Robert. »Er hat nicht gerade dieselben Voraussetzungen wie die anderen. Wenn herauskommt, dass er Polizist ist, dann wisst ihr selbst, was passiert, und er hat wohl schon zweimal die Anstalt gewechselt, wenn ich mich nicht irre. Er redet gern, und ich bin ein guter Zuhörer. Jedenfalls ist das normalerweise …« Die Worte erstarben, und er starrte wieder auf den Tisch.

»Aber ihr habt euch täglich unterhalten? Auch über private Dinge, meine ich?«

Robert hob den Kopf und sah Amanda an. »Warum stellen Sie so viele Fragen über ihn? Er sitzt doch ein.«

»Stimmt. Ich habe nur vorher mit ihm zusammengearbeitet, deshalb frage ich mich, wie es ihm geht.«

Verwundert schaute Crippe sie an.

Robert schnaubte. »Na, gut geht es ihm nicht. Aber wem geht es dort schon gut?«

Er schien Amandas Notlüge geschluckt zu haben.

Sie tranken den Kaffee aus, und Crippe fragte Robert ein letztes Mal, ob er sich an irgendetwas erinnere, das ihm in letzter Zeit nicht normal erschienen sei. Robert schüttelte den Kopf, entschuldigte sich, keine größere Hilfe zu sein.

Als Crippe sich bedankte und aufstand, sagte Robert mit einem Mal: »In unserer Auffahrt parken ständig Wagen, die hier nichts zu suchen haben. Es liegt an der zentralen Lage. Die Leute sind geizig und wollen keine Parkgebühren bezahlen. Oft schreibe ich Zettel und klemme sie an die Windschutzscheibe. Ein bisschen peinlich, wenn ich darüber nachdenke, aber na ja. Ein paar Tage vorher stand ein dunkelgrüner BMW da …«

»… der keine Nummernschilder hatte«, ergänzte Amanda.

Crippe saß am Steuer. Amanda starrte durch die Scheibe und überlegte, in welchem Zusammenhang ein dunkelgrüner BMW aufgetaucht war.

»Wie konntest du wissen, dass der Wagen keine Nummernschilder hatte?«, fragte Crippe.

Amanda konnte auf keinen Fall den Wagen erwähnen, der mit quietschenden Reifen von der Gröna Stugan weggefahren war, als sie sich dort mit Adnan getroffen hatte. Stattdessen sagte sie: »Pia Blomberg fühlte sich verfolgt von einem dunklen BMW, und der Wagen, der sie und ihre Tochter fast überfahren hat, hatte ein falsches Kennzeichen.«

»Hat sie Kinder? Das wusste ich nicht.«

»Zwei Stiefkinder.«

»Ach herrje«, meinte Crippe.

Amanda wusste nicht, ob er sich über die Stiefkinder wunderte oder darüber, dass Pia einen Wagen gemeldet hatte, auf den eine ähnliche Beschreibung passte. »Sie ist jetzt mit einem Arzt zusammen«, sagte sie.

»Ich weiß. Aber sie hat nie erwähnt, dass er Kinder hat, das ist ja schön. Sie und Magnus haben ja nie welche bekommen.«

»Vielleicht wollten sie nicht.« Amanda blickte zu Crippe.

»Was?« Er konzentrierte sich auf die Straße.

»Ach, was weiß ich. Aber apropos Magnus: Ich habe das Vernehmungsprotokoll gelesen, und was er dort sagt, stimmt überhaupt nicht mit Mellgårds Version überein.«

»Inwiefern? Soweit ich weiß, hat er bei der Vernehmung so gut wie nichts gesagt. Lasse und Stefan fanden es verdammt merkwürdig, einen ehemaligen Kollegen zu vernehmen.«

»Aber er erzählte immerhin, dass er Mellgård kaum kannte. Bei Mellgård hingegen klang es so, als hätten sie sich jeden Tag ziemlich vertraulich unterhalten«, sagte Amanda.

»Das liegt bestimmt an einer unterschiedlichen Auffassung von Freundschaft«, erwiderte Crippe.

»Vielleicht.« Amanda ließ die Gedanken schweifen, während sie an Bäumen und Steinwällen vorbeifuhren. Der dunkle Wagen, die Tage ohne Charlie, die Morde. Elsa, ihre Eltern – welch ein Glück, dass sie sie hatte. Magnus und Robert Mellgård.

»Wir müssen den Wagen finden«, brach Crippe das Schweigen.

»Ja. Ein dunkler BMW in der Stockholmer Gegend, von dem wir das Kennzeichen nicht haben. Wie viele Treffer werden wir deiner Meinung nach kriegen?«, fragte Amanda.

»Irgendwie müssen wir die Suche eingrenzen.«

Sie nickte. In Gedanken hatte sie die Suche bereits eingegrenzt. Nach dem Vorfall an der Gröna Stugan hatte sie jeden einzelnen Gast unter die Lupe genommen, der bei Jovan und Josefin gewesen war. Wer war ihr und Adnan gefolgt? Die meisten Namen und Personennummern derer, mit denen sie auf der Party nicht gesprochen hatte, hatte sie über das Polizeiregister und die sozialen Medien gefunden. Zwei besaßen einen dunklen BMW, einen braunen und einen blauen. So weit war sie in ihren Ermittlungen gekommen, bevor Charlie gekidnappt worden war. Und nun meinte Mellgård, dass der Wagen grün sei.

Und wenn alle von demselben BMW sprachen?

Wie schon gesagt, Amanda glaubte nicht an Zufall.

62

Im ersten Geschoss des Hauses brannte kein Licht, aber dafür im Erdgeschoss. Das war logisch, wenn man bedachte, wer dort wohnte. Sebbe hatte im Internet nachgeschaut, bevor sie hergefahren waren. Unten: ein etwa fünfzigjähriges und ein jüngeres Paar. Oben: Amanda Paller und eine Alte namens Elsa Yngvesson.

Adnan und Sebbe schlichen sich an. Adnan mit einer Leiter unter dem Arm, Sebbe hatte den altbewährten Glasschneider dabei. Sie gingen zur Rückseite, klappten die Leiter aus und lehnten sie gegen den Balkon. Kletterten hoch und mussten sich am Geländer hochziehen, weil die Leiter nicht bis ganz nach oben reichte. Das Ganze dauerte maximal eine Minute. Adnan lugte durch das Fenster und sah die Umrisse von Möbeln, aber sonst nichts. Keine Bewegung. Amanda war natürlich weg. Sie wusste, dass alle hinter ihr her waren.

Sebbe schnitt einen Kreis in das Glas der Balkontür und klopfte vorsichtig dagegen. Platzierte einen Saugnapf und entfernte das Glas. Der Saugnapf war Adnans Idee, nachdem vor ein paar Wochen auf Lidingö ein Einbruch fast schiefgegangen wäre. Das Glas war nach innen gefallen, und das klirrende Geräusch hatte das ganze Haus geweckt. Um ein Haar wären sie geschnappt worden. Aber mit einer riesigen Portion Glück waren sie entkommen, und die Familie hatte ihre Karre behalten dürfen.

Sebbe streckte den Arm durch das Loch, fummelte am Schloss herum, und schließlich ging die Tür auf. Adnan machte sich innerlich bereit. Helena Kraljevics Anweisungen waren deutlich gewesen: »Stellt die ganze Wohnung auf den Kopf. Ihr müsst die Log-in-Daten finden! Oder noch besser – findet Amanda!«

Da Jovan trotz Scheinhinrichtungen, abgeschnittener Finger und zertrümmerter Kniescheiben nicht geredet hatte, war Helena immer verzweifelter geworden. Der Tag der großen Lieferung näherte sich, und Helena wurde zunehmend nervöser, weil sie keine Ahnung hatte, wie viel die Polizei von ihren Plänen wusste. Sie hatte zu Adnan gesagt: »Vielleicht haben sie alles zusammen ausgeheckt, Jovan, Josefin und Amanda? Sie wissen, dass sie Polizistin ist, und sie schlich sich bei uns ein, um mich kaltzustellen. Wenn mir Jovan die Log-in-Daten nicht verrät, müssen wir Josefin oder Amanda finden!«

Adnan und Sebbe zogen in der Wohnung Schubladen heraus und entleerten sie auf den Fußboden. Blätterten in Notizblöcken. Suchten in Schränken, unter dem Teppich, durchwühlten Klamotten. Wo versteckte man die Log-in-Daten? Adnan fühlte sich wie ein Vergewaltiger, als sie das Laken und die Decke von Amandas Bett zerrten. Sebbe zerriss Kissen und Bezüge. Adnan ging behutsamer vor. Sie hatte zu Grautönen gewechselt, früher hatten sie darüber gescherzt, dass sie nur rosafarbene Bettsachen verwendete. Scheiße, wie unnötig das alles war! Aber das konnte er wohl kaum offen sagen.

Dann blieb nur noch ein Zimmer, das Charlies sein musste. Adnan spürte einen Stich in der Brust, als Sebbe die Tür öffnete und hineinging. Verdammt, das konnte Sebbe allein machen. Adnan wollte sich gerade umdrehen, als er sah, wie Sebbe mitten im Raum stehen blieb. Er stand reglos da und starrte auf etwas.

»Komm mal her.« Sebbes Stimme aus dem Zimmer.

Widerwillig ging Adnan zu ihm. Kapierte erst gar nichts.

Dann sah er die Betten, eines mit blauer und eines mit rosa Decke.

Adnan räusperte sich. »Sie hat Kinder.«

»Ich weiß.« Sebbe rührte sich noch immer nicht. »Das hab ich gesehen, als ich ausgekundschaftet habe, wer hier wohnt.«

Adnans Gehirn schob Überstunden. Zwei Betten? Eines für Gäste vielleicht? Aber es war klein. Rosa Decke. Scheißegal! Er wollte es hinter sich bringen und wieder abhauen. Er blickte zu Sebbe, der noch immer wie festgefroren dastand. Adnan schaute zu dem Schreibtisch. Dort stand ein eingerahmtes Foto. Zwei lächelnde Kinder mit dunklen Haaren. Eines davon war Charlie. Das andere …

Sebbe lachte auf: »Man könnte verdammt noch mal denken, dass du der Vater bist.« Er verpasste Adnan einen Schlag auf den Rücken. »Los jetzt! Bringen wir's hinter uns.«

Adnans Gedanken überschlugen sich, während Sebbe Körbe mit Spielsachen auf dem Boden entleerte. Sebbe riss einer Puppe den Kopf ab, trat auf einen Hubschrauber und riss die Seiten aus einem Buch.

Adnan ballte die Fäuste, konnte aber nur zusehen. Etwas in seiner Brust tat so verflucht weh, dass er nicht wusste, wo er hinsollte. Er wollte das Arschloch bewusstlos schlagen. Ihm den Schädel zertrümmern. Aber nicht in Charlies Zimmer. Bei nächster Gelegenheit würde er das nachholen.

Seine Gedanken wurden von einem merkwürdigen Geräusch unterbrochen. Einem Plätschern. Sebbe stand mit dem Rücken zu Adnan da und drehte sich nach rechts und nach links.

Es dauerte einen Moment, bis Adnan checkte, was er tat.

Sebbe wandte sich grinsend zu Adnan um und schloss seinen Hosenschlitz.

Adnan starrte in die hässliche Visage, auf die er am liebsten eingeprügelt hätte. Aber nach außen hin bewahrte er Ruhe: »Das war echt unnötig. Du hinterlässt ja DNA und alles.«

Sebbe stierte ihn an. »Keine Sorge, Mann. Die finden nur was im Urin, wenn man krank ist. Und ich bin kerngesund.« Er schubste einen Blumentopf vom Fenstersims, der zu Boden krachte. »Was für ein geiles Gefühl! Kommt nicht jeden Tag vor, dass man bei einem Bullenschwein die Wohnung vollpissen kann.« Er musterte Adnan. »Scheiße, mir hat sie echt gefallen. Sie hatte was. Gib zu, dass du auch scharf auf sie warst.«

Adnan hatte sich im Griff. »Pff, eine verfickte Bullennutte! Wir hauen jetzt ab.«

Eine Stunde später suchte Adnan den richtigen Namen auf der Liste und versuchte, die Zahlen an der Wechselsprechanlage einzugeben. Seine Hand zitterte zu sehr, und er ließ sie sinken. Scheiße! Er sah sich um wie ein Einbrecher. Der Friedhof nebenan verstärkte das Gefühl, dass er jemanden mitten in der Nacht störte. Er hob die Hand wieder und gab den Zahlencode ein. Es klingelte. Das gellende Geräusch musste das ganze Haus wecken. Er blickte zu den Fenstern hoch.

Schließlich ertönte ein Klicken. »Hallo?« Die Stimme klang müde.

Adnan bekam kein Wort heraus.

»Hallo?« Diesmal genervter.

»Ich bin's.«

Stille. Nur der Wind, der in den Bäumen rauschte.

Adnan wartete. Er hätte nicht herkommen sollen. Aber was sollte er machen? Er saß auf der Straße. Miran war sauer, weil er keine Kohle bekam, und Adnan traute sich noch nicht, die Bitcoins zu benutzen. Wusste nicht, ob Helena Kraljevic den Weg des Geldes irgendwie zurückverfolgen konnte. Und ganz ehrlich – er war sich nicht darüber im Klaren, wie das überhaupt funktionierte. Und was war, wenn Amanda bluffte? Das Problem mit Sacha hatte sich hingegen gelöst. Check.

Hajir blickte besser durch als Miran, der in seinem Drogennebel dachte, dass er Adnan vor einem ausgeflippten Sacha gerettet hatte. Hajir hatte mehr Grips und Hintergrundinfos. Als er hörte, dass die Beute in den Händen einer Polizistin namens Amanda Paller gelandet war, zählte er eins und eins zusammen. Amanda Paller beim Fluchtwagen zeitgleich mit Adnan und Alex. Nur zwei kamen lebend aus der Sache heraus. Hajir war stinkig. Adnan hätte ihm das sagen sollen.

Hätte er das wirklich? Hätte Hajir ein Einsehen gehabt, wenn er gewusst hätte, dass Adnan Alex für eine Polizistin geopfert hatte?

Die Stille wurde vom Summen des Schlosses unterbrochen, und Adnan zog die Tür auf. Die Lampe im Eingangsbereich hatte einen Bewegungsmelder und schaltete sich automatisch an. Er ging zur Treppe. Sein Herz raste. Die Beine waren schwer. Er wollte umdrehen und wegrennen. Der Erniedrigung entkommen. Der Scham. Aber er ging weiter. Nach oben. Auf eine Tür im dritten Stock zu, die angelehnt war. Er schob sie auf und blickte in den Flur. Sein kleiner Bruder war jetzt groß. Stand da in Unterhose und T-Shirt und starrte ihn mit undurchdringlicher Miene an. Dann zogen sich die Augenbrauen zusammen, und Adnan sah, wie sein Bruder gegen die Tränen ankämpfte, bis er sie nicht mehr zurückhalten konnte. Sein Mundwinkel zuckte, und er breitete die Arme aus.

Adnan war willkommen.

63

Sie hatten sich zur sogenannten Frühstücksbesprechung eingefunden: Pia und Thomas, der Polizeichef Niklas Holm, Göran und Viktoria von der Sondergruppe, Crippe und Amanda aus Västerort. Und Pia traute ihren Ohren nicht. Hier saßen sie zusammen an einem Tisch im Innenhof des Polizeigebäudes, und nun deuteten die anderen an, dass Magnus in die Kannibalenmorde verstrickt sein könnte. Sie brainstormten und kamen zu dem Schluss, dass Magnus als Mörder infrage kam, nur weil er zufällig in derselben Anstalt einsaß wie eines der Opfer. Ein unerschütterliches Alibi reichte für jemanden nicht aus, der sich sowieso bereits in einer schwierigen Lage befand. Nein, natürlich nicht, womöglich handelte es sich um zwei Täter, wobei Magnus der Anstifter war!

»Aber wir haben noch immer kein Motiv, was Nina Liljedahl und Maj-Britt Åkerlund betrifft.« Es war Amanda, die an diesem Tag zwischen zwei Bissen von einem Käsebrot die erste vernünftige Bemerkung abgab.

»Haben wir überhaupt ein Motiv bei Robert Mellgård?« Pia konnte sich nicht mehr zurückhalten.

Amanda schüttelte den Kopf. »Eigentlich nicht. Nur dass Magnus und er unterschiedliche Angaben machen, wie gut sie einander kennen.«

»Ach«, erwiderte Pia und lachte auf. »Und das kommt ausgerechnet von dir?« Sie blickte Amanda in die Augen. Wusste nicht, woher sie die Kraft nahm.

»Alle hier wissen, wozu Magnus imstande ist, auch du«, entgegnete Amanda ruhig und erwiderte ihren Blick. »Ich hoffe, wir können uns auf das Berufliche beschränken und die alten Geschichten hinter uns lassen.«

Pia merkte, dass sie sich zu sehr von ihren Gefühlen hatte leiten lassen. »Natürlich weiß ich das«, sagte sie. »Ich kann nur nicht erkennen, wie diese Mordfälle mit Magnus in Zusammenhang stehen sollen. Kein Motiv und ein wasserfestes Alibi.« Sie bemühte sich, sachlich zu klingen. »Wir befinden uns auf einer falschen Spur, davon bin ich vollkommen überzeugt.«

»Sie haben vielleicht recht«, meinte Holm, »aber wir müssen alles in Betracht ziehen. Außerhalb gewohnter Bahnen denken.« Er tat so, als hätte er diesen Ausdruck erfunden.

Pia nickte lächelnd. Holm versuchte, es allen rechtzumachen. Wovor hatte er Angst? Sie blickte zu Amanda und dann zum Polizeichef. Angesichts dessen, was Pia ihm über den Vater von Amandas Zwillingen mitgeteilt hatte, wäre es für Holm ein Leichtes gewesen, Amanda zu versetzen. Das war nicht allzu ungewöhnlich. Aber irgendetwas hinderte ihn daran.

»Okay.« Pia setzte sich auf. »Mal angenommen, es ist Magnus zusammen mit einem weiteren Täter …« Sie sah, dass sie die Aufmerksamkeit aller hatte. »Wer könnte dann das nächste Opfer sein?«

Totenstille.

Alle Augen waren auf sie gerichtet.

Sie kam in dem Augenblick auf die Antwort, als Amanda sagte: »Du.«

Ihr wich das Blut aus dem Kopf, und es dauerte ein paar Sekunden, bis Pia sich wieder gefangen hatte und entgegnen konnte: »Oder du.«

Ausnahmsweise widersprach Amanda nicht. Magnus hätte ein starkes Motiv, sich an ihr zu rächen. Sie hatte ihn mehrerer

Verbrechen überführt, und er hatte sowohl sein Gesicht als auch seinen Job verloren.

»Genauso gut könnte es Holm sein«, spekulierte Crippe. »Oder ich. Es gibt bestimmt viele, von denen er enttäuscht ist und die seiner Meinung nach sein Leben zerstört haben.«

»Es ist ja schon vorgekommen, dass jemand, der seine Arbeit verloren hat, Rache nehmen will«, sagte Holm. »Beispielsweise vor nicht allzu langer Zeit einer in Manhattan. Jeffrey, oder wie er hieß, hat einen ehemaligen Arbeitskollegen erschossen, wobei er es eigentlich auf den Arbeitgeber abgesehen hatte.«

»Und der eine, der bei seiner Abschiedsfeier Giftpilze in den Kuchen gemischt hat, von denen alle Halluzinationen bekommen haben«, fügte Viktoria hinzu.

»Es kam raus, dass es bloß ein Scherz sein sollte«, berichtigte Holm sie.

»Vielleicht. Aber auf so eine bescheuerte Idee muss man erst einmal kommen.«

Pia hörte nur mit halbem Ohr hin. In ihren Augen waren die Beschuldigungen gegen Magnus völlig abstrus. Aber trotzdem gab es den BMW, der überall auftauchte. War das Einbildung? Der Arm auf dem Badezimmerteppich. *CCCC*. Das war keine Einbildung, sondern das waren harte Fakten. Und Helena Kraljevic hatte ihren Geldbeutel entwendet und war auf einem Überwachungsfilm in der Nähe von ihrem Haus zu sehen.

»Helena Kraljevic und Magnus.« Pia merkte zunächst gar nicht, dass sie laut gesprochen hatte. »Vielleicht gibt es eine Verbindung zwischen ihnen.«

Alle schauten nachdenklich drein.

»In diesem Fall wäre Magnus der Anstifter von Helena Kraljevic oder Milorad, oder was meinst du?«, fragte Amanda.

»Ich weiß es nicht. War nur ein Gedanke.«

»Sie haben jedenfalls Zugang zu MDPV«, sagte Viktoria.

»Stimmt, aber so schwer ist es nicht, sich das Zeug zu beschaffen«, meinte Amanda. »Man muss allerdings wissen, welche Wirkung es in Verbindung mit Kortison hat.«

»Um das zu wissen, hat der Täter es selbst ausprobiert.«

»Oder mit jemandem experimentiert.«

»In einem geordneten Rahmen. Mit jemandem, der das Ganze überwacht.«

Pia blickte zu Amanda und Viktoria, die ihren Assoziationen freien Lauf ließen. Aber vielleicht hatten sie ja eine Spur. »Aber kann man wirklich jemanden dazu bringen, einem anderen so etwas anzutun?«, fragte Pia. »Nehmen wir zum Beispiel Robert Mellgård, er hätte genauso gut den Erstbesten überfallen können.«

»Das hat er ja auch getan. Er hat die Erstbesten überfallen.« Amanda schien sich ihrer Sache sicher zu sein.

Viktoria spann den Faden weiter. »Der Täter hat ihm die Opfer überlassen.«

»Er ist also für die Verbrechen mitverantwortlich, setzte seine Opfer unter Drogen und führte sie sozusagen in die gewünschte Richtung«, warf Crippe ein.

»Und wenn sie einmal begonnen haben, gibt es kein Zurück mehr«, sagte Viktoria. »Sie verfallen in einen Rausch wie ein Vampir, der seine Opfer aussaugt, bis kein Tropfen Blut mehr in ihnen ist. Man kann sie dann nur noch außer Gefecht setzen, um sie zu stoppen.«

Holm zog die Augenbrauen hoch. »Jetzt wollen wir aber nicht übertreiben.«

»Das tue ich ja auch nicht. So funktioniert es doch«, erwiderte Viktoria.

»Jaja.« Holm winkte ab.

Pia pflichtete Holm innerlich bei, dass Viktoria eine lebendige Fantasie hatte. Vielleicht hatte sie zu viele Fernsehserien geschaut?

Sie beendten die Besprechung und beschlossen, der Hypothese nachzugehen, dass es sich um mehr als einen Täter handeln könnte. Västerort würde noch einmal sämtliche Listen mit Gefängnisinsassen überprüfen, mit denen Robert Mellgård zu tun hatte, und Magnus noch einmal eingehender unter die Lupe nehmen. Pia schüttelte nur mit dem Kopf. Aber gut, wenn sie unbedingt ihre Zeit damit verschwenden wollten. Außerdem mussten sie den dunkelgrünen BMW finden, was ihr ein wenig Angst machte.

Beim Hinausgehen zupfte Amanda Pia am Ärmel und nahm sie beiseite.

»Ist zwischen uns alles okay?«, fragte sie.

Pia blickte in ihre blauen Augen und lachte auf. »Ich weiß nicht, was ich sagen soll, Amanda«, antwortete sie. »Ich habe mir die Ermittlungsarbeiten zu Magnus angesehen. Gründlich. Und ich weiß beispielsweise, wer Sanna Dahlström ist.« Amanda zuckte zusammen, und sie fuhr fort: »Und ich habe in einem Bericht gelesen, dass du mit Adnan Nasimi gesehen wurdest. Du hast Zwillinge, deren Alter und Aussehen darauf hindeuten, dass Adnan der Vater sein könnte.«

»Warte mal …«

»Nein«, unterbrach Pia sie, »lass mich ausreden. Bei einem Raubüberfall, an dem vermutlich dein Freund beteiligt war, oder zumindest dein damaliger Freund, tauchst du zufällig beim Fluchtwagen auf. Man schießt auf dich, und der Täter entkommt mit der Beute. Da frage ich mich, wie es sich anfühlt, wenn der Geliebte auf einen schießt?«

»Wenn du dir so sicher bei alldem bist«, entgegnete Amanda mit fester Stimme, »warum gehst du dem dann nicht nach?«

Pia grüßte ein paar Kollegen von der Staatsanwaltschaft, die vorbeigingen, und wartete, bis sie außer Hörweite waren, bevor sie antwortete.

»Zwei Gründe. Der eine ist, dass andere es schon versucht haben, aber nichts beweisen konnten. Es sind Spekulationen. Aber der Hauptgrund ist, dass ich nicht wie alle anderen bin. Ich glaube, dass du es nicht immer leicht gehabt hast, und so ging es mir auch. Also, du fragst, ob zwischen uns alles okay ist.« Pia schüttelte den Kopf. »Ich weiß es nicht. Aber ich weiß, dass es viele auf dich abgesehen haben, und ich will keiner von diesen Leuten sein. An diesem Punkt stehen wir heute.«

Amanda blickte sie an. »Vielleicht ist es ja mal an der Zeit für das Glas Wein, von dem wir vor einer Weile gesprochen haben?«

64

Die Fähre pflügte durch das Wasser, und Amanda musste Charlie festhalten, der auf die Reling geklettert war, um die schäumenden Wellen zu beobachten. Greta hingegen stand dicht neben Amanda und umklammerte ihr Bein. Die Fähre näherte sich dem Land, und es war an der Zeit, sich wieder in den Wagen zu setzen. Charlie protestierte wild, als sie ihn von der Reling herabhob. Sie schnallte die Kinder in ihren Sitzen fest und setzte sich ans Steuer. Neigte den Kopf hin und her. Sie hatte einen steifen Nacken von dem weichen Bett bei Crippe. Oder war sie nur nervös? Amanda schaute auf die Uhr, fünf vor neun. Sie hatten entschieden, dass sie sich gleich früh am Morgen auf den Weg machte, weil das weniger auffiel. Das Unternehmen, dem die Hütte gehörte, beraumte selten frühe Zusammenkünfte an, vor allem nicht auf Ljusterö. Tabak und Spiele in Nacka AG. Geschäftsführerin: Helena Kraljevic. Amanda hatte die Eigentumsverhältnisse überprüft, nachdem sie das Treffen vereinbart hatten. Zwei Fliegen mit einer Klappe, vielleicht sogar drei, wenn sie Glück hatte. Sie warf einen Blick auf die schwarze Tasche auf der Rückbank. Schaute in den Rückspiegel zu den Kindern. Hinter ihr hupte jemand, und sie fuhr über die Rampe auf die asphaltierte Straße. Die Schlange der wartenden Autos, die in die andere Richtung wollten, war ziemlich lang. Nach der Wegbeschreibung war die rote Hütte leicht zu finden. Nur etwa drei Kilometer auf der Hauptstraße. Sie lag in einer scharfen Kurve, und man konnte von dort das Wasser sehen. Die Hütte wurde teilweise von einem hohen Holzzaun verdeckt, aber Amanda hatte eine Telefonnummer, die sie anrufen konnte, wenn sie nicht hinfand. Sie hielt sich an die Geschwindigkeitsbegrenzung und tuckerte mit siebzig Stundenkilometern dahin.

»Sind wir gleich da?«, fragte Greta und trat von hinten gegen Amandas Rückenlehne.

»Hör bitte auf damit. Gleich, Liebes.«

Amanda hatte eine Tasche für ein Picknick gepackt. Sie wusste, dass die Kinder sich darauf freuten. Sie würden einen Freund von Mama treffen. Das mit dem Freund hatte sie bei Crippe nicht erwähnt, sondern erst unterwegs.

»Wen denn?«, hatten sie im Chor gefragt.

»Nur einen Freund«, hatte Amanda geantwortet. »Ihr werdet schon sehen.«

Sie atmete tief durch. Hielt das Lenkrad fest, damit die Hände nicht zitterten. Immer wieder blickte sie in den Rückspiegel auf ihre Kinder. Der Moment war gekommen, unausweichlich. Sie würden ihrem Vater begegnen.

Adnan hatte ihr ein Ultimatum gestellt: »Sonst erzähle ich den Bullen alles, und mir ist es scheißegal, ob ich auch in den Knast wandere.«

Amanda hatte sich nicht widersetzt. Adnan besaß die Macht, ihren bereits schlechten Ruf unter ihren Kollegen vollends zu ruinieren, auch wenn er nichts beweisen konnte, außer natürlich seine Vaterschaft. Was vollkommen ausreichte. Deshalb erfüllte sie ihm seinen Wunsch.

Sie stieg auf die Bremse, als sie ein rotes Haus hinter einem Zaun ausmachte. Bog nach rechts ab und parkte neben einem braunen Toyota. Sie holte einen Stift aus dem Handschuhfach und notierte das Kennzeichen auf einer Serviette, die verdächtig benutzt aussah.

Während Amanda den Kindern half, die Gurte zu lösen, schaute sie sich um. Sie konnte Adnan nirgends entdecken, aber er hatte ihr eine SMS geschickt, um ihr zu sagen, dass alles in Ordnung war. Sie gingen über den Rasen. Charlie hopste voran, Greta hielt Amandas Hand. Auch wenn sich die Hütte gleich neben der Straße befand, war die Lage direkt am See idyllisch. Eine schwimmende Sauna war am Steg verankert. Der Tatort. Adnan hatte ihr versprochen, alles zu erzählen. Das war ihre Gegenforderung gewesen. Charlie lief zu einer Schaukel, die an einem Baum hing. Aus den Augenwinkeln nahm sie eine Bewegung war. Sie drehte den Kopf und erblickte Adnan, der sich von der Steintreppe am Eingang der Hütte erhob.

»Wer ist das, Mama?« Greta zog an Amandas Arm.

»Der Freund, mit dem wir picknicken werden«, antwortete Amanda und blickte zu ihrer Tochter hinab, die große Augen machte.

Adnan blieb ein paar Meter von ihnen entfernt stehen und kniete sich hin. »Hallo, und wie heißt ein süßes Mädchen wie du?«

Greta verbarg ihr Gesicht in Amandas Hose.

»Sie ist manchmal ein bisschen schüchtern.« Amanda fuhr mit der Hand durch Gretas Haare. »Willst du nicht sagen, wie du heißt?« Greta schüttelte den Kopf, das Gesicht weiterhin in Amandas Kniekehle. Seltsamerweise entspannte es Amanda etwas, dass Greta so schüchtern reagierte. Da konnte sie sich auf sie konzentrieren und zugleich ihre Nerven beruhigen.

»Ich heiße jedenfalls Adnan.« Er erhob sich. »Ist das dein Bruder da drüben?« Adnan blickte zu Charlie, der auf der Schaukel saß und versuchte, hin- und herzuschwingen.

Greta nickte, ohne ihn anzusehen.

»Dann begrüße ich ihn mal in der Zwischenzeit«, sagte Adnan.

»Warte«, sagte Amanda. »Was ist, wenn …« Sie verstummte. Bestimmt begriff Greta nicht viel von dem, was geschehen war, aber man konnte nie wissen. Kinder waren klüger, als man glaubte.

Adnan schüttelte den Kopf. »Wird er nicht, ich verspreche es.«

Amanda blieb mit Greta stehen und beobachtete, wie Adnan Charlie anschubste. Charlie johlte, als er durch die Luft sauste. Eigentlich sollte er nicht so hoch schaukeln, aber Amanda beherrschte sich. Alles schien gut zu gehen. Charlie erkannte Adnan nicht wieder und hatte auch keine Angst vor dem neuen Bekannten. Sie wunderte sich über Adnans Gespür für Kinder, wenn er jedes Mal Gespenst spielte, sobald Charlie zu ihm zurückschwang, und sie war überrascht, als sie auf einmal merkte, dass sie breit lächelte. Kurz hatte sie die Umstände vergessen, die alles unmöglich machten.

»Komm, wir bereiten das Picknick vor«, sagte Amanda zu Greta, die rückwärtsging, um nicht zu verpassen, wie viel Spaß ihr Bruder mit dem Freund von Mama hatte.

Amanda setzte sich auf einen der Baumstümpfe, die um die Reste eines Lagerfeuers herumstanden. Es erinnerte sie an ihre Kindheit bei den Pfadfindern. Sie war nie gerne hingegangen, und ihre Mitgliedschaft hatte nur kurz gedauert. Sie holte Saft, Brötchen und die Reiswaffeln für die Kinder hervor und stellte eine Thermoskanne mit Kaffee daneben. Schenkte sich eine Tasse voll und atmete den wundervollen Duft ein. Sie bewunderte die Aussicht. Es war schwer, sich vorzustellen, was einen Monat zuvor hier geschehen war. Dass eine Leiche in dem glitzernden Wasser in der Nähe des Stegs gelegen hatte. Vielleicht gab es auch noch andere interessante Dinge zu entdecken? Wenn man bedachte, wem das Grundstück gehörte. Amanda sah einen Leichenhund vor sich, der mit den Vorderpfoten auf dem Rand eines Bootes stand und die Wasseroberfläche abschnüffelte. Taucher, die den See durchkämmten. Kriminaltechniker, die in der Umgebung jeden Stein umdrehten. Sie schaute sich nach einem geeigneten Platz für ihre Tasche um. Beim Steg befand sich eine kleine Hütte, die vermutlich für Gäste gedacht war. Die würde sie sich später genauer ansehen. Weiter oben stand eine baufällige Scheune, hoffentlich voll mit Brennholz. Dort könnte sie ein passendes Versteck finden, das glaubwürdig erschiene und bei einer kriminaltechnischen Untersuchung leicht entdeckt werden würde. Sie ließ den Blick weiter zum Wohnhaus schräg hinter sich wandern. Es sah unschuldig hübsch aus, rote Holzwände mit weißen Ecken. Vermutlich besaß Adnan keine Schlüssel. Irgendwie würde sich aber eine Lösung finden.

Sie sah, wie Charlie von der Schaukel sprang und zu einem Gebüsch rannte. Er hüpfte auf der Stelle, während er die Hose runterzog. Amanda stellte die Kaffeetasse beiseite und lief hinüber, um ihm zu helfen.

»Ganz ruhig.« Adnan legte ihr die Hand auf die Schulter. »Er kann es allein.«

Amanda beobachtete, wie ihr kleiner Junge die Hose bis zu den Knöcheln herabzog und den Strahl hin- und herwandern ließ. Wo hatte er das gelernt?

Adnan blinzelte ihr zu. »Siehst du? Man muss sie ab und zu allein machen lassen.«

Sie gingen über den Rasen und setzten sich um die Picknickdecke. Adnan und Charlie nebeneinander auf einen Baumstumpf, Amanda und Greta auf einen weiteren daneben. Adnan bekam ein Brot mit Eiern, und sie nahm eines mit Leberwurst. Die Kinder wollten wie üblich lieber Reiswaffeln als belegte Brote, und Amanda musste sie ermahnen, alles aufzuessen. Greta gewöhnte sich nach und nach an den Fremden, und nach einer Weile rannte sie mit Charlie auf Abenteuersuche in Richtung Schaukel davon. Zurück blieben Amanda und Adnan.

Nun hatte sie nichts mehr, auf das sie ihre Aufmerksamkeit lenken konnte.

»Warum hast du nichts gesagt?«, fragte Adnan.

»Damit du noch ein Kind hättest kidnappen können?«

»Jetzt bist du ungerecht.«

»Vielleicht. Aber ich sah damals keine Veranlassung dazu.«

»Wann hattest du vor, es mir zu sagen?«

Amanda zuckte die Achseln. »Ich weiß es nicht.«

»Ich bin auf einmal Vater von zwei Kindern. Ist dir klar, wie sich das anfühlt? Wie viel ich verpasst habe?«

»Du bist abgehauen«, sagte Amanda, »und ich wusste nicht, wo ich dich suchen sollte.«

Adnan schnaubte. »Als ob das irgendeine Rolle gespielt hätte.«

»Vielleicht nicht.« Sie schaute zu den Kindern hinüber, die sich gegenseitig die Schaukel zuschubsten. »Du kennst ja die Umstände.« Sie wandte sich wieder zu Adnan um. »Es darf niemals herauskommen, dass du der Vater bist. Ich hoffe, dass dir das klar ist.«

»Machst du Witze oder was?«

»Das schnallst du doch wohl selber. Wie würde das von meinen Kollegen aufgenommen werden?«

»Weißt du was, darüber hättest du dir früher Gedanken machen müssen.« Sein Blick war steinhart.

Diese Reaktion hatte sie von ihm nicht erwartet. Hätte nicht gedacht, dass er Verantwortung übernehmen wollte. Was hatte er vor? »Ich habe die Tasche vom Raubüberfall aufgehoben«, sagte sie rasch. »Darin liegt die Sturmmütze, die du getragen hast, voll mit DNA.«

Er lachte auf. »Mach es doch! Lass mich verhaften. Dann ziehst du dich selbst mit in die Scheiße, und die Kinder müssen ohne ihre Eltern aufwachsen, weil wir beide im Knast hocken.«

Amanda wusste, dass er recht hatte. Panik hatte sie erfasst, als sie an die möglichen Folgen gedacht hatte. Sowohl für sich als auch für die Kinder. Adnan hatte gefährliche Freunde. Oder besser gesagt, Feinde. Sie entschied, die Taktik zu wechseln.

»Okay, das Beste wird sein, wenn wir zusammenarbeiten. Aber erst müssen wir noch einiges klären. Du wirst noch immer als Polizistenmörder abgestempelt. Denk an die Kinder.«

Adnans selbstsichere Miene verschwand. »Diesen Ruf werde ich nie mehr los«, erwiderte er.

»Sei da nicht so sicher.«

»Was meinst …«

Greta fing an zu schreien. Sie lag auf dem Boden. Amanda lief hin und nahm sie in die Arme. Tröstete sie und erklärte ihr, dass man nicht zu nah an die Schaukel rangehen durfte. Als sie aufhörte zu weinen, kniff sie ihrer Tochter in die Nase. »Welch ein Glück! Sie ist noch dran«, sagte sie.

Ein kleines Lächeln erhellte Gretas tränennasses Gesicht. »Will auch.« Greta deutete auf Charlie, der auf Adnans Schultern hockte und mit seinen kleinen Händen Adnans Mund und Auge bedeckte.

»Okay. Komm her.« Amanda hob Greta hoch und setzte sie auf ihre Schultern. »Es muss gerecht zugehen.«

Sie gingen zum Steg hinab. Mama, Papa und zwei Kinder. Eine durchschnittliche glückliche Familie. Niemand, der sie jetzt so sähe, würde ahnen, wie es sich wirklich verhielt. Amanda drehte sich zum Haus um. Und was war, wenn doch jemand kam?

Adnan zeigte aufs Wasser hinaus. »Ich würde auf ungefähr zweihundert Meter tippen, da drüben auf Höhe der Felsen.«

»Was denn?«, fragte Charlie neugierig.

Adnan stellte ihn auf den Steg. Auch Amanda hob Greta von

den Schultern. Ihr Nacken schmerzte ein wenig, und sie streckte sich.

»Lauft noch einmal zur Schaukel hoch, wir kommen gleich nach«, sagte sie.

Greta protestierte.

»Doch, los. Ihr könnt euch verstecken, dann suchen Adnan und ich euch.«

Charlie und Greta rannten wieder zurück.

»Komm her.« Adnan stellte sich hinter sie und packte ihre Schultern. »Du bist ganz steif.« Er massierte sie, und sie versuchte, sich zu entspannen. Er erzählte, was Bojan Jelic zugestoßen war. Wie er selbst unfreiwillig in einen Mord verwickelt worden war. Wie sie Bojan mit einem Handtuch um den Kopf erschlagen hatten. Dass auch Adnan zugehauen, ihm aber nicht den tödlichen Schlag versetzt hatte. Das Geräusch einer Säge, als sie im See gebadet hatten. Er deutete auf die Sauna. Der Wachtyp war mit einem schwarzen Müllsack herausgekommen und hatte ihn mithilfe von Steinen in einem Netz versenkt. Adnan ließ kein Detail aus.

Amanda wurde ganz warm, während er sie massierte. Er drückte fester und fester, es tat fast schon weh.

Mit einem Mal vernahm sie das Motorengeräusch eines Autos. Sie hatte schon mehrere vorbeifahren hören, aber diesmal war es anders. Es bremste, und dann war es still. Als wäre ein Wagen von der Straße abgefahren und hätte auf dem Rasen hinter dem Haus gehalten. Als Amanda sich zu den Kindern umdrehen wollte, schubste Adnan sie plötzlich an den Rand des Stegs. Bevor sie begriff, was geschah, hatte er ihr die Hand auf den Mund gelegt und erstickte ihren Schrei. Sie versuchte, sich loszureißen, aber er war viel stärker.

Ein Gedanke blitzte auf. Die Kinder! Wer kümmert sich um die Kinder?

Durch Adnans Körpergewicht wurde sie in die Knie gezwungen. Das Wasser kam näher und näher. Sie schaffte es, über die Schulter zu linsen und einen Blick zu erhaschen, während er sie weiter nach unten drückte.

Eine junge Frau kam auf sie zu. Dunkle, lange Haare. Ein schwarzes Kleid und Schuhe mit hohen Absätzen.

Niemand trug hohe Absätze hier draußen auf dem Land!

Er drehte ihr Gesicht zum Wasser. Aus der Nähe erschien es dunkler. Wie ein glucksendes schwarzes Loch, das darauf wartete, sie zu verschlingen.

65

Der Schlamm schmatzte unter den Turnschuhen, und Adnan war froh, dass er nicht sah, wie schmutzig sie waren, auch wenn er sie jetzt in die Tonne treten konnte. Er hatte sie erst vor zwei Tagen gekauft! Weiße Nike für tausendfünfhundert Kronen! Scheiße! Er blickte hinab auf den Mann, der im Dreck lag. Jovans Augen glänzten vor Angst in der Dunkelheit. Früher einmal hatte Adnan selbst hilflos im Wald gelegen, während die Tritte auf ihn herabgehagelt waren. Ohne zu wissen, wie es ausgehen würde. Er erinnerte sich an die Erniedrigung, als sie auf ihn gepinkelt hatten. Milorad und seine Leibwächter. Die Jugo-Schweine. Sie hatten ihn am Leben gelassen. Vielleicht hatten sie ihn deshalb so sehr gekränkt, sobald sie die Chance dazu bekommen hatten.

Adnan hatte nicht vor, so tief zu sinken.

Er fuhr sich mit der Zungenspitze über den Gaumen. Schmeckte die Mischung aus Minze und Knoblauch nach Helenas Kuss. Sie hatte keinen Hehl daraus gemacht, was sie später tun wollte, nachdem die Sache hier erledigt war.

Helena hatte entschieden. Die Folter brachte nichts, Jovan sollte hingerichtet werden. Der Beschluss schien ihre Hormone beeinflusst zu haben. Sie war ja vorher schon auf Adnan scharf gewesen, aber jetzt hatte sie es ganz offen gezeigt. Hatte sich an ihn gepresst und ihm die Zunge in den Mund gesteckt. Vor ihrem Leibwächter, der mitgeholfen hatte, Jovan hierherzuschaffen. Letzterer war bis zur Nase mit Tape verschnürt wie eine Mumie. Der Leibwächter und Adnan hatten sich endlos abgemüht, um ihn zum Lieferwagen zu schleppen. Es war zwar nicht weit, aber Jovan war schwer und hatte sich nach Kräften gewehrt. Bei der halbstündigen Fahrt in Richtung Süden waren dumpfe Schläge von hinten zu hören gewesen, aber das hatte sie nicht gekümmert. Von dem Klebeband konnte man sich nicht befreien.

Adnan nahm die Pistole. Eine 98er Beretta. Er zog den Schlitten zurück und ließ ihn wieder zurückschnalzen. Das metallische Geräusch hallte zwischen den Bäumen wider. Dann war es erneut still. Nur der Wind, der im Laub raschelte. Vogelgezwitscher. Jovans erstickte Schreie unter dem Tape, zusätzlich hatte er noch einen Strumpf im Mund.

Helena hatte Adnan allein gelassen, als der Zeitpunkt gekommen war, Jovan zu erledigen. Weil sie angeblich keine Blutspritzer auf ihr Kleid bekommen wollte. Eine schlechte Ausrede. Sie war nicht stark genug. Konnte Jovan, den sie seit ihrer Kindheit kannte, in den letzten Sekunden nicht in die Augen sehen. Helena hatte Adnan erzählt, wie sehr sie sein Verrat verletzt hatte. Er war wie ein Bruder für sie, Josefin wie eine Schwester. Nun war sie gezwungen, die beiden zu liquidieren. Um nicht den Respekt der anderen zu verlieren.

Adnan war damit beauftragt worden.

»Deine erste Feuerprobe«, hatte sie gesagt. »Danach feiern wir.«

Adnan legte den Zeigefinger an den Abzug. Er hatte nichts zu verlieren. Er hatte Kambodscha verlassen, um sein Leben zurückzuerobern. Seine Ehre. Jetzt war Sacha tot. Hajir und Miran waren wütender auf ihn als die Bullen. Papa Hossein weigerte sich, ihn zu sehen. Samir hatte versucht, mit ihm zu reden, aber Adnan wurde auf immer verstoßen. Seine Mutter fehlte ihm mehr, als er zugeben wollte. Und Amanda … Er verdrängte den Gedanken. Wollte nicht schon wieder alles durchkauen. Nicht hier. Nicht jetzt.

Jovan aalte sich im Morast. Ein letzter verzweifelter Versuch, der ewigen Finsternis zu entkommen. So war es immer. Alle lebten von der Hoffnung bis zum letzten Augenblick. Taten alles, um weiterzuleben. Alles.

Vogelgezwitscher.

Der Wind rauschte in den Blättern.

Adnans Finger zog am Abzug. Langsam. Die Beretta war auf *double action* eingestellt. Der Widerstand war dadurch ein wenig größer.

Der Knall kam überraschend, so sollte es sein. Ein unter Stress abgefeuerter Schuss landete oft daneben. In diesem Fall spielte es keine Rolle. Das Ziel war so nah, dass er es nicht verfehlen konnte. Er schoss noch zweimal.

Um sicher zu sein.

66

Pia starrte in die Dunkelheit und packte die Decke, die Gertrud ihr im Schlaf weggezogen hatte. Konnte das Kind denn nie still liegen? Pia seufzte. Lauschte den Atemzügen der anderen. Björn, Gertrud und Hjalmar. Alle schliefen tief und fest. Es schien sie überhaupt nicht zu stören, dass es mit vier Personen in einem Doppelbett furchtbar eng war. Und sie musste am nächsten Morgen früh aufstehen und arbeiten! Sie drehte sich um und streckte die Hand nach dem Handy auf dem Nachttisch aus. Schaltete es ein: 02.17 Uhr. Sie machte es wieder aus und rollte sich zusammen, mit den Knien über der Bettkante. Schloss die Augen. Sie bemühte sich, ruhig und vernünftig über das nachzudenken, was vor wenigen Stunden geschehen war, aber der Schmerz und die Enttäuschung übermannten sie. Björn war wieder auf ihrem Bauch gekommen. Hatte ihn geradezu panisch herausgezogen, als er so weit gewesen war, und damit den schönen gemeinsamen Moment zerstört. Das, was sie zusammenschweißen sollte, endete mit einer Erniedrigung. Wie lange sollten sie noch warten? Einen Monat? Ein Jahr? Bis sie in die Wechseljahre kam und es keine Gelegenheit mehr gab? Oder kein Risiko. So würde Björn es vermutlich ausdrücken. Ein verdammt großes Risiko.

Sie schlief gerade wieder ein, als sie einen Schlag auf den Hinterkopf bekam. Gertruds Arm? Bein? Egal. Pia schob die Bettdecke weg und nahm das Kissen mit. Ging hinaus und legte sich mit einer dünnen Decke aufs Sofa. Sie roch komisch, aber sie hatte nicht die Energie, eine andere zu holen.

Sie musste schlafen. Früh aufstehen und arbeiten.

Die Straßenbeleuchtung tauchte das Wohnzimmer in ein trübes Licht. Zu hell zum Schlafen. Das Brummen des Kühlschranks in der Küche störte. Das rote Stand-by-Licht am Fernseher nervte. Pia stand auf und zog den Stecker raus. Schaute auf die Uhr: 02.52 Uhr.

Sie ging in den Flur und zog das Kuvert aus der Jackentasche. Erneut ein Brief von Magnus. Sie kroch aufs Sofa und las ihn.

Hallo, Pia!
Entschuldige, dass ich schon wieder schreibe. Sag Bescheid, wenn du keinen Kontakt mit mir haben willst, ich würde das verstehen und respektieren. Ich wollte nur sagen, dass mir dein Besuch sehr viel bedeutet hat. Ich habe mehr und mehr das Gefühl, dass ich nach meiner Entlassung vielleicht doch wieder ein würdiges Leben führen kann, auch wenn ich noch einen langen Weg vor mir habe. Am Freitag habe ich Ausgang, und ich hoffe auf gutes Wetter, um ein bisschen in einem Park spazieren gehen zu können. Allein oder zusammen mit dir?
Hoffnungsfroh
M

Jedes Mal, wenn sie den Brief las, verspürte Pia ein Kribbeln in der Magengegend. Sie legte sich hin und las die Zeilen noch einmal. Dann schloss sie die Augen und schlief endlich ein.

67

Die Sonne verschwand langsam am Horizont, und das Wasser glitzerte orangefarben. Amanda genoss die Aussicht auf der Veranda von Vickys Sommerhaus. Sie nippte an einem Glas Rosé, endlich konnte sie ein wenig ausspannen. Die Kinder schliefen bereits. Sie lagen in einem Etagenbett, Kopf an Fuß auf der unteren Matratze. Da konnten sie nicht herunterfallen.

Gestern war Amanda zu ihrer Wohnung gefahren und hatte das Nötigste geholt. Adnan hatte sie vorgewarnt, aber sie hatte dennoch einen Schock bekommen, als sie eingetreten war. Es war kein normaler Wohnungseinbruch, sondern eine totale Schweinerei. Sie hatte sich brutal entwürdigt gefühlt, und die Tränen waren ihr stumm über die Wangen gelaufen.

Sie stellte das Glas weg und machte die Tür auf. Wollte nur nachsehen, ob sie noch dalagen und schliefen. Die Decke hing halb über die Bettkante. Es war warm im Haus, und sie öffnete ein Fenster, vor das ein Mückennetz gespannt war. Auch wenn es nur ein Plumpsklo und kein fließendes Wasser gab, hatte Amanda Vicky gefragt, ob sie eine Weile in dem Häuschen wohnen könnten. Bei ihrer Freundin bekam sie nicht das Gefühl, sich aufzudrängen, obwohl Crippe beteuert hatte, dass es ihm gar nichts ausmache, wenn sie bei ihm blieben. Sie freute sich, dass sie mit den Kindern allein war, und so kurz vor Mittsommer konnten sie viel Zeit am Meer verbringen. Wenn sie nachdachte, waren die drei Jahre seit der Geburt der Kinder rasend schnell vergangen. Die Kinder zum Kindergarten bringen, arbeiten, die Kinder holen, Essen zubereiten, die Kinder baden, ins Bett bringen, erschöpft aufs Sofa sinken. Und dann am nächsten Tag dasselbe Programm. Sie fand sich im Alltagstrott wieder. Amanda ging wieder auf die Veranda und trank einen Schluck von dem Wein. Überlegte, ob das gut oder schlecht war. So sah das Leben bestimmt bei allen aus, die Kinder hatten, oder? Ob alleinerziehend oder nicht, spielte dabei gar keine Rolle. Auch wenn es manchmal nicht einfach gewesen war, das Logistische zu stemmen. Aber immerhin brauchte sie nicht auf einen Ex Rücksicht zu nehmen, darüber hatte sie schon von Kollegen Horrorgeschichten gehört. Verbitterte Streitigkeiten, bei denen es eher um die verletzten Gefühle der Erwachsenen ging als um die Bedürfnisse der Kinder. Sie nahm einen weiteren Schluck und stellte das Glas weg. Unruhe befiel sie wie eine wütende Wespe. Adnan wollte die Kinder sehen. Damit war ihre ganze Existenz bedroht. Ihre Arbeit, die kleine Familie, die sie geschaffen hatte, ihr Leben. Auf der anderen Seite spürte sie wieder diese Spannung. Ein Kitzeln, das Ausbrechen aus dem Alltagstrott. Und das hatte gute und schlechte Seiten. Die Kinder bedeuteten ihr alles, das war ihr gestern so deutlich wie nie zuvor klar geworden, als Adnan ihren Kopf hatte unter Wasser drücken wollen. Das hatte sie in der Panik zumindest geglaubt. Dass er die Kinder nehmen und abhauen würde, jetzt, wo er Geld hatte. 5,3 Millionen, genauer gesagt. Ihre Gedanken hatten sich überschlagen, während das Wasser immer näher gekommen war.

Auch Adnan war in Panik geraten, weil er gedacht hatte, dass Helena gekommen war und sie entlarvt waren. Deshalb hatte er Amanda über den Rand des Stegs gedrückt. Ein verzweifelter Versuch, sie zu verstecken. Dann hatte er gesehen, dass es nur eine Touristin war, die sich verfahren hatte und mit einer Karte winkte.

Ein paar Sekunden lang war Amanda überzeugt gewesen,

dass die Kinder ihre Mutter verlieren würden. Den einzigen Fixpunkt, den sie hatten. Es war verlockend, den Gedanken zu Ende zu denken. Wenn sie nicht mehr da war, würde Adnan sich dann um sie kümmern? Oder kämen sie in ein Waisenheim und würden vielleicht getrennt werden? Das war ihre größte Furcht. Ihre Großeltern lebten noch, aber hätten sie die Kraft?

Was war das Beste für die Kinder? Sie kannte die Antwort, dachte aber nicht weiter darüber nach, sondern stand auf und holte sich ein Badelaken. Sie zog sich nackt aus und wickelte das Handtuch um den Leib. Nahm eine Seife mit und ging über den Rasen, der gemäht werden müsste, kroch durch eine Lücke im Zaun der Kuhweide und kletterte auf die Felsen. Es gab keinen natürlichen Badeplatz, aber sie hatte eine Stelle entdeckt, an der man relativ problemlos ins Wasser hinein- und wieder herauskam. Wegen Greta und Charlie hatte sie keine Zeit gehabt, auf dem Revier zu duschen. Da weiterhin die Gefahr bestand, dass man ihre beiden Kinder kidnappte, wagte sie es nicht, sie in den Kindergarten zu bringen. Und Elsa hatte sich von den Strapazen noch nicht erholt, weder psychisch noch körperlich.

Amanda steckte also in einem Dilemma, besonders heute Morgen, als sie rasch hatte aufbrechen müssen.

Die Notrufzentrale hatte einen anonymen Anruf erhalten, dass ein gefolterter Mann im Wald lag. Zwei Stunden darauf fand eine Streife Jovan Blaku. Mit einem Tape gefesselt, badete er im Schlamm und im eigenen Urin. Und er verlangte, mit einer Beamtin zu sprechen: Amanda Paller.

Adnan musste es mehr als gut gelungen sein, ihren Anweisungen zu folgen. Abwarten, bis Jovan durch die Folter nur noch einen einzigen Ausweg sieht: den Tod. Ihm den Film mit Josefin zeigen und ihm Hoffnung geben. Ihm das Ultimatum stellen, dass er am Leben bleibe, wenn er als Zeuge aussagen werde.

Josefin war nicht schwer zu überzeugen gewesen. Sie wollte sich und Jovan retten. Kraljevics Leute waren bereits bei ihrer Familie in Serbien gewesen und hatten – milde ausgedrückt – nach ihr gefragt. Sie hatte Todesangst und tat, was Amanda von ihr verlangte. Nahm für Jovan ein Video auf, in dem sie erklärte, dass es für sie beide an einem anderen Ort ein gemeinsames Leben geben könne. Sie werde auf ihn warten, wenn er zusehe, dass er überlebe. Wenn er tue, was Adnan sage.

Amanda hatte Jovan im Krankenhaus vernommen, wo vor seiner Tür eine Wache postiert worden war. Sie wusste nicht, wie er auf sie reagieren würde, aber die Folter schien ihm sämtliche Kraft genommen zu haben. Mit den zahllosen Bandagen und dem geschwollenen Gesicht ähnelte er einem Vogelküken, das aus seinem Nest gefallen war. Ein Knie war nur noch Brei, und mehrere Finger völlig zermalmt. Mehr wollte Amanda nicht von dem Arzt wissen, der die Verletzungen fröhlich herunterratterte wie das Tagesmenü eines Restaurants. Sie bat ihn, alles ausführlich im Krankenbericht zu vermerken.

Amanda setzte sich auf einen Stuhl neben das Krankenhausbett und schaltete das Aufnahmegerät ein. Jovan ignorierte sie zunächst. Dann fing sein Mund an, sich zu bewegen, und er erzählte vom Drogenhandel und Kraljevics anstehender Lieferung. Von Morden und wo die Leichen begraben lagen. Dass alles auf Befehl von Milorad oder Helena Kraljevic geschehen war. Und er berichtete von dem Überfall auf den Geldtransporter in Kista vor über drei Jahren. Wie er, Milorad und einige andere die Räuber überrumpelt und die Taschen mit den Geldscheinen an sich genommen hätten. Wie Milorad danach geprahlt habe, dass er in dem anschließenden Chaos Alex Ryass hinterhergerannt sei. Ein Hundeführer sei ihnen gefolgt, und Milorad habe ihn abgeknallt. Sei dann abgehauen, während Ryass versucht habe, den Hund loszuwerden.

So war es abgelaufen. Jovan starrte aus dem Fenster, als er fertig war.

Amanda überprüfte noch einmal, ob das Tonbandgerät funktionierte. Es hätte sie nicht überrascht, wenn es sie ausgerechnet jetzt, wo sie die Zeugenaussage ihres Lebens aufnahm, zum ersten Mal im Stich gelassen hätte. Ein Scoop, der Adnan reinwaschen würde. Er hatte Jovan offenbar sehr gut weichgekocht.

Sie balancierte auf einem rutschigen Stein, das Wasser reichte ihr bis zu den Knien. Das Meer war eiskalt und alles andere als einladend. Amanda versuchte, sich ein wenig an die Temperatur zu gewöhnen, bevor sie sich nach vorn warf. Ein paar Schwimmzüge, dann tauchte sie mit dem Kopf unter. Sie hievte sich wieder auf die Felsen und seifte sich von oben bis unten ein, während sie im Wind zitterte. Ein zweiter Sprung ins Wasser. Dieses Mal war es angenehmer, und sie schwamm ein paar Meter im Lichtstreifen der untergehenden Sonne. Sie wollte gar nicht mehr raus, weil es sich jetzt an Land kälter anfühlen würde, aber sie konnte die Kinder nicht länger allein lassen, falls sie aufwachten. Normalerweise taten sie das zwar kaum in den ersten Stunden, aber man konnte nie wissen.

Sie schlang das Handtuch um die Hüfte und stieg vorsichtig über die Steine. Kroch durch den Zaun und blickte zum Haus. Stand die Tür offen? Sie ging näher, tatsächlich. War er schon da? Sie fuhr sich mit der Hand durch die Haare und schlich sich an, um ihn zu überraschen. Aber die Holzplanken knarrten zu laut, und Adnan tauchte in der Türöffnung auf. Zog sein Hemd aus und warf es über einen Stuhl. Bevor sie reagieren konnte, stand sie wie festgenagelt an der Wand. Er hielt ihre Arme fest, den einen über dem Kopf, den anderen am Po. Presste sich an sie. Küsste sie auf den Hals. Knabberte an ihrem Ohrläppchen.

Sie merkte, dass sie das Handtuch fallen gelassen hatte. Aber es war ihr egal.

68

Sein Arm war eingeschlafen, und die Haut fühlte sich an, als wäre sie mit Nadelstichen übersät. Er bewegte die Finger, aber es half nichts. Vorsichtig schob er ihren Kopf beiseite, um sich auf dem engen Sofa anders hinzulegen. Sie wachte auf und blickte ihn keck an.

»Noch einmal?«

Adnan lächelte und gab ihr einen langsamen Guten-Morgen-Kuss. Sie drückten sich aneinander, und er streichelte sie. Spürte, wie ihre Brustwarzen hart wurden. Auch er war sofort wieder erregt.

»Das war ein Witz. Die Kinder können jeden Moment aufwachen.« Amandas Hand wanderte über seinen Brustkorb, hinab zum Bauch, weiter hinunter.

»Ein Glück, ich bin fix und fertig«, sagte Adnan.

Sie lachten beim Gedanken an die vergangene Nacht, doch sie verstummte auf einmal und sah ihn mit diesem eigenartigen Blick an.

»Hast du mit Helena geschlafen?«

Die Frage überrumpelte ihn. Was zum Teufel sollte er sagen? »Vielleicht. Ein bisschen.«

Sie nahm die Hand weg. »Ein bisschen?«

»Du meintest doch, dass ich alles Menschenmögliche unternehmen soll.«

Seufzend drehte Amanda sich auf den Rücken und blickte zur Decke. »Ich hoffe, es war gut«, sagte sie.

Gut? Nun ja. Helena hatte ihn im Prinzip vergewaltigt, als

sie von Jovans Hinrichtung zurückgekommen waren. Ihre Forderungen waren immer extremer geworden. Es hat mit einem Schal um den Hals geendet, bis er ernsthaft gedacht hatte, sie sei tot. Und da war sie gekommen. Er auch.

»Natürlich nicht«, erwiderte Adnan. »Aber sie hätte was gemerkt, wenn ich nicht mitgemacht hätte.« Er hörte selbst, wie doof das klang.

»Mmm.« Amanda rutschte hin und her, und er musste sich mit der Hand auf dem Boden abstützen, um nicht vom Sofa zu fallen.

»Ich hab es gemacht, weil …«

»Sei still. Ich will es nicht wissen.« Sie legte sich auf ihn und zupfte an seinen Haaren. »Milorad taucht also heute auf, ja?«

»Er wird …« Adnan schaute zur Uhr an der Wand. »In genau fünf Stunden kommen.«

»Und sie werden das Geschäft durchziehen, trotz all der Ausfälle?«, fragte Amanda.

»Was haben sie für eine Wahl? Das Zeug ist schon im Land, und der Lieferant hat sich geweigert, den Plan zu ändern. Aber Helena hat Schiss, das kann ich dir garantieren. Und wenn ich jetzt auch nicht auftauche, ich weiß nicht …«

»Aber sie hatte vor, dich zu liquidieren?«

»Das meinte Jovan, ja«, antwortete Adnan.

»Sie muss herausgefunden haben, dass du die ganze Zeit von meiner wahren Identität wusstest. Vielleicht hält sie dich sogar für einen Spitzel.«

»Kann sein, sofern Jovan das nicht nur gesagt hat, um mich unsicher zu machen.«

Amanda schüttelte den Kopf. »Sie werden ganz bestimmt den Plan ändern.«

»Glaubst du?« Er fuhr mit den Fingerspitzen über ihren Rücken. Hinab bis zur Pofalte und wieder hinauf. Er spürte, wie sie sich anspannte, wenn es kitzelte.

»Was würdest du tun, wenn du wüsstest, dass jemand alles direkt an die Polizei weitergibt?«, fragte sie.

»Stimmt. Was wollt ihr machen?«

»Glaubst du im Ernst, dass ich dir das erzähle?« Sie lachte auf und küsste ihn. »Oh, da ist jemand aufgewacht.«

»So komisch ist das nun auch wieder nicht …« Er verstummte, als er sah, dass Charlie neben dem Sofa stand und sie anblickte.

»Meine Mama!« Nach dem Ausdruck in seinen Augen zu urteilen hätte Charlie Adnan verprügelt, wäre er größer gewesen.

»Hey, mein Kleiner, bist du schon auf?« Amanda strich Charlie über die Wange, und er kletterte auf ihren Rücken und legte sich hin.

Adnan wusste nicht, wo er hinsollte. Er hörte Greta nach ihrer Mutter rufen, und bald war auch sie aufs Sofa gestiegen und hockte zwischen ihnen. Kleine Arme und Beine fuchtelten und strampelten herum. Das Ganze war irreal. Das war seine Familie. Seine Kinder. Aber er wusste nichts über sie, und Amanda wollte es so. Er begriff, warum, aber er fand es verdammt ungerecht. Er war ja unschuldig. Zumindest in den meisten Fällen Shit! Konnte aus ihm ein guter Vater werden? So wie aus Hajir. Sein Kumpel hatte es geschafft, er hatte jetzt eine Familie und ein festes Einkommen. Aber Scheiße, Hajir hockte im Rollstuhl und vertickte geklaute Autos. Er war ja wohl auch nicht perfekt. Die Gedanken an seine Kumpels schmerzten. Aber um die Probleme mit Hajir und Miran musste er sich später kümmern. Erst einmal galt es, die Familie Kraljevic auszuschalten. Einen nach dem anderen.

Als die Kinder sich von dem ersten Schock erholt hatten,

ihre Mutter mit einem nackten Adnan zu sehen, aßen sie zusammen Frühstück. Dann liefen sie auf die Wiese hinaus und bewunderten die Kühe, die auf dem schmalen Streifen zwischen dem Zaun des Grundstücks und dem Wasser standen. Adnan wollte den Kindern zeigen, wie man sie streichelte, aber shit, waren die Tiere riesig. Respekt. Und der Zaun sah ziemlich wackelig aus. Er zog es vor, einen Sicherheitsabstand beizubehalten, und sah sich nach einer Rückzugsmöglichkeit um, falls die Viecher auf sie losgingen. Charlie und Greta wirkten völlig sorglos. Wie schön es doch wäre, wieder klein zu sein. Kein Kummer. No problemas.

Amanda kam aus dem Haus, geschminkt und die Haare zu einem Pferdeschwanz gebunden. »Ich muss jetzt los.« Dann rief sie Charlie und Greta, die herausgefunden hatten, dass man im Gras Purzelbäume schlagen konnte.

»Bringst du sie in den Kindergarten?«, fragte Adnan.

Amanda schüttelte den Kopf. »Sie kommen mit mir zur Arbeit. Ich bin offiziell im Urlaub, aber ich möchte deswegen nicht alles verpassen.«

»Klappt das?«

»Mittelmäßig, aber was soll ich machen? Im Kindergarten sind sie momentan nicht sicher.«

Er sprach es aus, bevor er darüber nachgedacht hatte. »Ich kann auf sie aufpassen.« Er bemerkte ihren zweifelnden Blick. Ein verräterisches Zucken der Augenbrauen. Scheiße, wenn sie jetzt Nein sagte! »Ich mache ihnen mittags was zu essen und so. Kein Ding«, sagte er und schob einen Zapfen, den er im Gras entdeckt hatte, mit dem Fuß hin und her. Er hatte sich neue Turnschuhe gekauft, nachdem die anderen dem Schlamm zum Opfer gefallen waren. Es hatte ihn sehr geärgert, dass er sie wegwerfen musste, aber er sagte sich, dass es die beste Lösung war, falls die Bullen Schuhabdrücke fanden und Jovan plötzlich seine Meinung änderte und die Wahrheit erzählte.

»Aber sie kennen dich nicht gut«, sagte Amanda.

»Genau deshalb. Ich muss Zeit mit ihnen verbringen, und du musst dich auf die Arbeit konzentrieren. Du verfügst über die meisten Infos in der Sache.«

Er sah, wie sie zögerte. Nachdachte. »Okay.«

»Okay?«

»Pass auf, dass sie nicht allein zum Wasser gehen. Oder geh am besten überhaupt nicht mit ihnen dort hin, sie könnten hinfallen und sich den Kopf aufschlagen. Und sie dürfen nicht auf dem Stockbett herumklettern.« Er nickte, zum Zeichen, dass er verstanden hatte.

»Im Kühlschrank sind Bouletten«, sagte sie, »aber du musst sie klein schneiden, damit sie ihnen nicht im Hals stecken bleiben. Und sie dürfen keine Limo zum Essen trinken, das dürfen sie nur samstags. Verstanden?«

Er lachte nur und umarmte sie. So schwer konnte das doch wohl nicht sein, oder?

Eine Stunde später hatte er Charlies Unterhose gewechselt, nachdem der sich in die Hose gekackt hatte; er hatte Früchte geschält und eine Höhle aus Decken, Kissen und einem alten Mückennetz gebaut. Greta hatte sich einen Finger eingeklemmt und ein Tape als Pflaster bekommen. Sie hatte sich fünfmal umgezogen, und er hatte ihr beim Haarekämmen geholfen. Als Adnan ihr erklärt hatte, dass er keine Zöpfe flechten konnte, hatte sie ihn angestarrt, als wäre er ein Ufo. Greta und Charlie triezten sich, schubsten sich gegenseitig um und stritten sich um ihr Spielzeug. Sonst war alles gut. Wie zum Teufel sollte er es schaffen, etwas zu essen zu machen?

Sein Handy klingelte, und Adnan sah, dass es Sebbe war. Er ging nicht ran. Er mied lieber jeglichen Kontakt mit den anderen, er tauchte später sowieso nicht auf. Er steckte das Telefon wieder in die Tasche.

Sollte er Sebbe warnen, dass die Bullen von der Lieferung wussten? Bloß nicht, Mann! Dann wäre alles am Arsch. Jetzt bestand endlich die Möglichkeit, dass ein paar dieser Schweine geschnappt wurden. Sebbe hatte es sich mit ihm verscherzt, als er die Betten der Kinder vollgepisst hatte. Auf der anderen Seite: Adnan war kein Verräter. Sebbe hatte sich korrekt verhalten, ihn ins Business eingeführt. An dem Typen war eigentlich nichts verkehrt. Er hatte eine schwierige Kindheit gehabt mit Pflegeeltern und der ganzen Kacke. Aber darauf konnte man ja nicht ewig alles schieben, oder?

Scheiße! Sebbe hatte es absolut verdient, wieder in den Knast zu wandern.

Fuck! Fuck! Fuck!

Er holte das Telefon wieder hervor und suchte den verpassten Anruf heraus.

69

Die Frau lag in unnatürlich verrenkter Stellung im Bett. Das dunkle Haar ausgebreitet über der weißen Bettwäsche, eine Strähne war in dem trockenen Mund hängen geblieben. Sie starrte mit jungen, leblosen Augen in die Kamera. Auf Pias Armen bildete sich eine Gänsehaut. Was dachte man kurz vor dem Todesaugenblick? Pia hatte selbst Todesangst gehabt, wenn Magnus' Augen schwarz geworden waren und er die Kontrolle verloren hatte. Sie hatte nicht gewusst, wie es enden würde. Aber das hier war etwas anderes. Helena Kraljevic musste geahnt haben, dass das Ende bevorstand.

Göran Anderzon machte kleine Kreisbewegungen mit der Maus, um den Cursor auf dem Bildschirm zu finden. Er saß den anderen gegenüber, die eilig zusammengerufen worden waren. Sondergruppe, Västerort und die Staatsanwaltschaft.

Göran zoomte die Tote heran und fuhr mit dem Mauspfeil am Hals entlang, auf dem sich ein dunkler Streifen abzeichnete. »Alles deutet auf Erwurgen als Todesursache hin«, sagte er und wanderte mit dem Pfeil zu einem gemusterten Stück Stoff, das auf dem Bett lag. »Vermutlich wurde dieser Schal verwendet, der mit großer Wahrscheinlichkeit dem Opfer gehörte.«

»Aber in einem so großen Hotel muss es doch irgendwelche Zeugen geben, oder?«, fragte Amanda, die neben Pia in dem Tagungsraum saß.

Göran nickte. »Wir haben das Personal und einige Gäste vernommen, und wir hören uns weiter um. Wir haben die Beschreibung von zwei Männern, die in den letzten vierundzwanzig Stunden mit Helena gesehen wurden. Die Beschreibung des einen stimmt mit Goran Sorovic überein. Jovan Blaku zufolge fungierte er als ihr Leibwächter. Von dem anderen haben wir keinen Namen, aber er soll arabisch aussehen, kurze Haare haben und groß und muskulös sein.«

»Und wo war Goran?«, fragte Pia.

»Das verstehe ich auch nicht«, antwortete Göran. »Eine Putzfrau hat sie gefunden, also hat der Leibwächter entweder einen schlechten Job gemacht, oder aber er ist selbst der Täter.«

»Helena wurde doch im Prinzip nie ohne Leibwächter gesehen, oder?«, fragte Crippe.

»Genau. Dies deutet darauf hin, dass er etwas damit zu tun hat. Oder aber sie fühlte sich mit dem Mörder sicher und hat Goran freigegeben. Die zweite Person war vermutlich jemand, mit dem sie Geschlechtsverkehr hatte. Die Techniker haben Sperma in Helenas Unterleib gefunden, hoffentlich gibt das einen Treffer.«

»Wurde sie vergewaltigt?«, fragte Pia.

»Das wissen wir nicht. Sie hatte einen Slip und einen BH an, und ihre Kleidung war nicht zerrissen, aber wir müssen abwarten, was die gerichtsmedizinische Untersuchung ergibt. Ich persönlich glaube es nicht. Es muss ein Auftragsmord gewesen sein, der Killer ist nicht gekommen, um zugleich ein bisschen Spaß zu haben. Vielleicht ein Sexspiel, das aus dem Ruder lief. Wir haben einen internationalen Haftbefehl für Goran Sorovic ausgestellt. Wäre ich an seiner Stelle, würde ich das Land schleunigst verlassen. Ganz egal, ob er nun in die Sache verwickelt ist oder nicht, er hat sich im Kraljevic-Clan Feinde geschaffen.«

»Ich glaube, dass bei der Drogenlieferung etwas schiefgelaufen ist«, spekulierte Viktoria. »Entgegen unserer Informationen ist am Übergabeort niemand aufgetaucht, also denke ich, Helena hat ihre Meinung geändert und im letzten Augenblick einen Rückzieher gemacht. Das hat den Lieferanten verärgert, und er hat sie umgebracht.«

»Und Jovan weiß nicht, wer der Lieferant ist?«, sagte Crippe. »Nehmt ihr ihm das ab?«

Göran ließ die Computermaus los und lehnte sich in seinem Stuhl zurück. »Nie und nimmer, aber es bringt ihm nichts, wenn er es uns erzählt. Sollte es aber so sein, wie Vicky sagt, dann können wir uns auf einen Krieg gefasst machen.«

Pia rutschte auf dem harten Stuhl hin und her. »Wir müssen uns auf das konzentrieren, was wir haben. Wir müssen Goran Sorovic finden und den Mann, der Sex mit Helena Kraljevic hatte. Wir gehen vor wie immer: Telefonlisten, Hausdurchsuchungen und so weiter. Wie sieht es eigentlich mit dem Tatort auf Ljusterö aus?«

Göran schüttelte den Kopf. »Kein Fund im See bislang, aber wir arbeiten auf Hochtouren. Dagegen haben wir in einem Nebengebäude eine Tasche voller gefärbter Scheine gefunden, ich bin mal gespannt, woher sie stammen.«

Pia nickte und sah zur Uhr. Sie musste rechtzeitig los, da sie Gertrud und Hjalmar versprochen hatte, wieder mit ihnen zum Stall zu fahren. Björn hatte ein Geschäftsessen, und da war es besser, etwas zu unternehmen, als zu Hause herumzusitzen. So verging die Zeit schneller. Sie seufzte und schielte zu Amanda hinüber, die in den vergangenen Minuten auffällig still gewesen war. Heute Abend wäre perfekt gewesen, um zusammen mal ein Glas Wein zu trinken, wie sie es ausgemacht hatten. Aber jetzt würde sie stattdessen mit den Kindern zum Stall fahren. Herrlich! Und eigentlich hatte Björn versprochen, sie einen zusätzlichen Tag zu nehmen, weil Maria zu irgendeinem Gesundheits-Hokuspokus wollte. Pia biss die Zähne zusammen. Sie musste positiv denken und nicht nur die Nachteile sehen. Und mit Magnus konnte sie sich auch nicht treffen. Nicht, dass sie es vorgehabt hatte, aber jetzt war es wirklich unmöglich. Gut. Sie zog ihr Handy aus der Tasche und sah, dass sie zwei Mails bekommen hatte. Ihr Herz schlug schneller. So war es heute jedes Mal, wenn sie das Handy hervorholte. Sie drückte auf die App und entdeckte seinen Namen im Posteingang.

Magnus Blomberg.

70

Amanda und Crippe parkten auf der Rückseite des gerichtsmedizinischen Instituts und klingelten.

»Klingle noch mal«, sagte Crippe leise.

»Vielleicht sind sie gerade beim Mittagessen.« Amanda flüsterte. Das machte sie immer, wenn sie hierherkam. Sie dämpfte ihre Stimme, und ihre Bewegungen wurden bedächtiger. Als wäre es respektlos, in der Nähe der Toten zu viel Platz einzunehmen.

Ein Polizeiwagen hielt vor dem großen Eingang, und zwei Männer stiegen aus. Einer war älter, und der andere wirkte sehr jung, wahrscheinlich ein Ferienjobber. Schweigend öffneten sie die Kofferraumtür, hoben eine Bahre mit einem Leichnam heraus, der unter einem gelben Tuch verborgen war, und rollten die Bahre in den Kühlraum. Amanda fragte sich unwillkürlich, wer das wohl war. Wie war derjenige gestorben? War er alt gewesen, oder hatte er einen Unfall gehabt? Sie hoffte, dass sie heute nicht in den Kühlraum mussten und der Gerichtsmediziner Helenas Leichnam schon für den anstehenden Besuch vorbereitet hatte.

Milorad Kraljevic würde bald eintreffen. Er wollte seine Nichte sehen.

Die Ermittlungsgruppe hatte beraten, wie sie mit Milorads Wunsch umgehen sollten. Die gerichtsmedizinische Untersuchung von Helena war noch nicht abgeschlossen. Andererseits bot dies eine einmalige Gelegenheit, die sie sich nicht entgehen lassen durften. Sie konnten sich an die Fersen des Mannes heften, der die Polizei mehrere Jahre lang an der Nase herumgeführt hatte. Eines Mannes, der immer unsichtbar blieb, aber an den man immer wieder erinnert wurde, wenn jemand auf der Straße an einer Überdosis starb. Eine große Lieferung stand an, und die Polizei wusste nur eins mit Gewissheit: dass Helena sie nicht mehr entgegennehmen konnte.

Milorad Kraljevic hatte höchste Priorität. Manche wollten ihn einbuchten für den Polizistenmord, über den Jovan ausgesagt hatte. Den Erfahreneren war klar, dass Milorad schon wieder auf freiem Fuß wäre, noch bevor der Haftbefehl überhaupt ausgestellt wäre. Es gab keine Beweise. Nur einen Aussteiger als Zeugen, der gefoltert worden war.

Die einzige Möglichkeit, Milorad anzuklagen, bestand darin, ihn auf frischer Tat zu ertappen.

Die Tür schwang auf, und ein hochgewachsener Mann mit wirrem Haar blickte sie kauend an. Amanda erklärte ihm, wer sie waren, und der Mann streckte die Hand aus.

»Hans Wiberg.«

Amanda schüttelte ihm die Hand und hoffte inständig, dass er sie sich nach seinem letzten Auftrag gewaschen hatte. Doch davon war auszugehen, weil er offenkundig gerade beim Essen gesessen hatte. Sie rieb die Hand an ihrer Jeans ab, während sie ihm durch einen Korridor folgten. Sie kamen an mehreren Büroräumen und einem Speisesaal vorbei. Sie erwartete, den durchdringenden Geruch toter Menschen wahrzunehmen, aber stattdessen roch sie den Duft von in der Mikrowelle aufgewärmtem Essen und abgestandenem Kaffee.

»Sie sieht wunderschön aus.« Hans öffnete die Tür zu einem großen Saal und ging zu einer Bahre.

Helenas Gesicht war weiß, die Augen geschlossen. Das braune Haar schien frisch gekämmt. Amanda bemühte sich, durch den Mund zu atmen, aber der ganze Raum war von dem typischen Geruch erfüllt.

»Waren Sie schon mal bei einem Angehörigenbesuch dabei?«, fragte Hans.

»Ja«, antwortete Amanda. Crippe nickte.

»Ich hatte nicht viel Zeit, aber ich habe ein Laken und ein Kissen untergelegt, wie Sie sehen können.« Hans rückte Helenas Kopf zurecht. »Es soll friedlich aussehen, als würde sie schlafen. Es ist nicht so toll, eine geliebte Verstorbene auf einer Stahlbahre zu sehen.« Er nickte stolz. »Sobald die Angehörigen da sind, muss sie nur noch dort rübergeschoben werden. Ich muss jetzt fertig essen. Rufen Sie mich einfach, falls etwas ist.« Hans ging davon.

Amanda blickte sich um. Am Fenster stand eine zweite Bahre, auf der zwei Füße unter einem gelben Tuch hervorlugten. An einer Wand befanden sich die Kühlfächer. Amanda lief ein Schauer über den Rücken. Einerseits wegen der unwirklichen Umgebung, aber auch, weil es hier so kalt war.

»Ich hoffe, er kommt bald.« Sie rieb sich die Arme. Schaute wieder zu Helena, die vom scharfen Licht der Neonröhren an der Decke angestrahlt wurde.

Bei der Besprechung vorhin hatte Amanda eine quälende Unruhe ergriffen.

Immer wieder wiederholte sie Göran Anderzons Worte in ihrem Kopf. *Vielleicht ein Sexspiel, das aus dem Ruder lief*

Amanda stellte sich Adnan und Helena vor. In dem großen Hotelbett. Helena in dieser sexy Unterwäsche. Adnan, der … Nein! Sie wollte daran nicht denken. Verdammt. Sollte sie ihn anrufen und ihn fragen? Nein, sie wollte ihm dabei in die Augen sehen. Er würde ihr gefälligst jedes Detail schildern! Das mit dem Sperma würde sie verschweigen. Dann würde sich zeigen, ob er log, wenn seine DNA mit den Proben übereinstimmte.

War sie eifersüchtig? Sie konnte doch wohl nicht eifersüchtig auf eine tote Frau sein. Adnan hatte Helena nicht umgebracht. Oder? Natürlich hatte er ein Motiv, wenn seine Tarnung aufgeflogen war. Und eine Gelegenheit hatte er offenbar auch gehabt.

Auf einmal erblickte Amanda durchs Fenster einen schwarzen Mercedes, der die Schranke passierte. Milorad Kraljevic war angekommen.

Crippe schob Helena in den Aufbahrungsraum. Auf einem Nebentisch hatte jemand eine Kerze angezündet, deren Flamme in dem gedämpft beleuchteten Raum flackerte. Als Amanda die Tür öffnete, die nach draußen führte, stieg Milorad gerade hinten aus dem Wagen. Obwohl sie ihn noch nie getroffen hatte, fühlte es sich so an, als würde sie ihn bestens kennen. Sie hatte ihn über viele Jahre studiert. Er hatte ihre Schwester mit Drogen versorgt, er hatte Adnan erpresst, sodass der einen Geldtransporter überfallen hatte. Der Überfall war komplett aus dem Ruder gelaufen und hatte die Ermordung eines Polizisten zur Folge gehabt. Und jetzt stand er vor ihr. Ein grobschlächtiger älterer Mann mit rasiertem Schädel. Dunkler Dreitagebart. Schwarzer Anzug. Unter anderen Umständen hatte sie verstehen können, warum er auf viele Menschen Furcht einflößend wirkte. Nun aber bewegte er sich wie ein schwer kranker Mann.

Sie war unsicher, was sie tun sollte. Streckte die Hand aus.

Er ging mit gesenktem Blick an ihr vorbei. Zu Helena. Beugte sich über sie und gab einen Laut von sich, bei dem Amanda erstarrte.

Milorad Kraljevic hatte eine Kostprobe seiner eigenen Medizin abbekommen.

Amanda wartete auf die Freude, die sie nun verspüren müsste.

Mehrmals blinzelte sie.

Sie weigerte sich, Tränen für ihn zu vergießen.

71

»Scheiße, echt cool, Bruder. Oh Mann.« Adnan ließ Samir ins Haus, und Charlie und Greta schauten den Unbekannten neugierig an. Die beiden saßen am Küchentisch, tranken Milch und aßen belegte Brote, die Adnan gemacht hatte.

»Samir bleibt ein bisschen bei euch, während ich kurz was erledige. Okay?«

Die Kinder antworteten nicht. Bebte Gretas Unterlippe? Verdammte Kacke! Aber er musste los.

Samir sah misstrauisch drein. »Ich kapiere echt nicht, was du treibst. Ich kapiere gar nichts, um ehrlich zu sein.«

»Ich erkläre dir alles später, Bruder. Du weißt …« Adnan deutete mit einem vielsagenden Nicken auf die Kinder. »… große Ohren. Ich melde mich, sobald ich weiß, was los ist.«

Er ließ Samir allein mit den Kindern. Oder die Kinder allein mit Samir. Hing davon ab, wie man es sah. Er war nicht zufrieden mit der Situation. Nicht einmal einen Tag lang hatte er sein Versprechen halten können, sich um die Kinder zu kümmern, ohne dass es Ärger gab.

Amanda würde ihn dafür hassen.

Alles war gut gelaufen bis zu diesem verdammten Anruf von Sebbe, der die Blase, in der er sich befand, wieder platzen ließ. Er hatte sich in die Rolle als Papa eingelebt. Kapierte, wovon Hajir immer redete. Dieses Vatergefühledings. Adnan hatte eine kleine Kostprobe davon bekommen. Total irre! Er hatte den ganzen Scheiß beiseitegeschoben und war in Gedanken davongeschwebt: Vielleicht könnten sie zu viert nach Kambodscha abhauen? Einen Bungalow mieten, ein hübsches Restaurant eröffnen. Ragnar und Arun würden ihnen am Anfang bestimmt helfen. Papierkram und bürokratisches Zeugs waren nicht gerade Adnans starke Seite.

Dann klingelte sein verdammtes Telefon, und alles war kaputt.

Sebbe berichtete ihm, dass Helena tot war. Ermordet!

Sebbe wusste, dass Adnan und sie zusammen ein wenig Spaß gehabt hatten.

Wohl besser, wenn er an diesem Tag die Lieferung nicht vermasselte.

Wäre ja blöd, wenn Milorad herausfände … Die Drohung schwebte in der Luft.

Wie konnte ihn das Leben nur so hassen?

Er stieg in den silberfarbenen Renault, den er von Sebbe geborgt hatte, und fuhr mit quietschenden Reifen los. In diesem Punkt war der Kerl in Ordnung. Adnan durfte den Wagen schon seit ein paar Tagen ausleihen. Vielleicht lag es daran, dass Sebbe eine Menge Autos hatte. Das eine illegaler als das andere. Fahrverbot. Kein TÜV. Abgemeldet. Adnan musste froh sein, wenn die Kiste, mit der er gerade fuhr, nicht geklaut war.

Hatte er Sebbe vielleicht falsch verstanden? Er hatte solch einen Schock bekommen, als er von Helenas Tod gehört hatte, dass er nicht mehr klar denken konnte. Sebbe schnallte, dass er total in der Tinte saß. Dass man ihn sogar als Mörder bezichtigen könnte. Und es würde umso schlimmer für ihn aussehen, wenn er heute nicht auftauchte. Sebbe versuchte sicher nur, ihm zu helfen.

Adnan fuhr, so schnell es ging, ohne dass die Schwedenheinis aufmerksam wurden. Vorbei an Täby und Bergshamra. Järva Krog. Er bog in Richtung Solna ab. Hielt schließlich ein wenig abseits neben einem Container auf dem Parkplatz des Einkaufscenters.

Er tippte mit dem Fuß auf die Kupplung, während er wartete. Klappte den Sonnenschutz herab, um nicht geblendet zu werden. Beobachtete die Menschen, die Einkaufswagen hin und her schoben.

Am liebsten hätte er Amanda angerufen, war aber zugleich erleichtert, dass sie sich auch noch nicht gemeldet hatte. Was sollte er ihr schon sagen? Er musste das hier jetzt lösen. Das Problem ausradieren.

Auf der anderen Seite des Parkplatzes bog ein grüner BMW von der Straße ab und kam auf Adnan zu. Eine Gedanke blitzte auf: Er hatte den Wagen schon einmal gesehen.

Dann sah er Sebbes Rotschopf am Steuer und lachte laut auf. Noch eine der vielen Karren von dem Typen.

72

Pia parkte neben einem mit Graffiti beschmierten Brückenpfeiler. Auf der Autobahn über ihr rasten die Autos vorüber. Sie ließ die Sonnenblende herab und musterte sich im Spiegel. Wischte mit einem Finger ein wenig Mascara weg, das unter ihrem Auge verlaufen war. Klappte die Sonnenblende wieder hoch und beobachtete ein paar Mädchen, die zur Kajakvermietung gingen. Es war Pias Idee gewesen, sich am Restaurant Pampas Marina zu treffen. Von ihrer Arbeit aus war es nicht weit, und danach konnte sie die Kinder abholen und weiter zum Stall fahren.

Was in Gottes Namen trieb sie eigentlich? Ihr war doch eigentlich völlig klar, dass sie sich mit Magnus nicht treffen durfte, aber als sie seine letzte Mail gelesen hatte, packte sie das schlechte Gewissen. Warum sollten sie sich nicht sehen? Nur ganz kurz, bevor sie die Kinder abholte. Es gab Dinge, die er ihr erklären wollte, und diese Möglichkeit sollte sie ihm geben. Trotz allem waren sie ja fünfzehn Jahre lang verheiratet gewesen.

Sie trommelte mit den Fingern auf das Lenkrad. Klappte die Fahrersonnenblende wieder herab und musterte sich erneut im Spiegel. Zupfte an einer Strähne, worauf sich mehrere Haare lösten. Sie fluchte. Nun musste sie ihre Frisur wieder neu richten. Sie nahm die Haarspange heraus und steckte sie in den Mund. Drehte die Haare zu einem Knoten. Zuckte zusammen, als jemand gegen die Scheibe klopfte.

Er stand vor dem Wagen. Weißes T-Shirt und hellblaue Jeans. Lächelnd öffnete er die Tür. »Am hübschesten bist du, wenn du das Haar offen trägst.« Er blinzelte.

Sie errötete, ließ die Haare los und steckte die Spange unauffällig ins Handschuhfach.

»Kriege ich keine Umarmung?«, fragte er.

Sie schaute sich um. Niemand in der Nähe. Stieg aus. Sie umarmten sich, und Pia setzte sich wieder ins Auto. Der Duft eines starken Parfums umgab sie. Ihr Herz schlug wild. Bemerkte er das?

Magnus schien zu zögern. »Ich dachte, wir könnten einen Spaziergang machen.«

»Dazu ist die Zeit zu knapp. Ich muss gleich die Kinder holen«, sagte Pia.

»Okay.« Der hoffnungsvolle Ausdruck in seinen Augen verschwand für einen Moment.

»Willst du dich nicht in den Wagen setzen?«, fragte sie.

»Wir könnten doch wenigstens bis zum Wasser runtergehen.«

Sie schüttelte den Kopf. »Ich muss gleich wieder los.« Das war nur die halbe Wahrheit. Denn sie wollte möglichst verhindern, mit ihm zusammen gesehen zu werden. Wie sollte sie das erklären? Sie hatte jetzt Björn. Eine gesunde Beziehung, in der sie nicht überlegen musste, was sie sagte oder was sie machte. In der alles sanft dahinströmte wie ein ruhiger Fluss. Keine Stürme mit hohen Wellen.

Magnus umrundete das Auto und setzte sich auf den Beifahrersitz. Das Wageninnere wurde vom Duft seines Parfums erfüllt. Sie bemerkte, dass er ein Lederhalsband trug, das sie ihm einmal geschenkt hatte. Schwarz mit einem Stab aus rostfreiem Stahl. War es ein Geschenk zu seinem Vierzigsten gewesen?

»Ich freue mich wirklich, dass du dich heute mit mir treffen wolltest. Das bedeutet mir sehr viel«, sagte Magnus.

Sie lächelte gezwungen. Wusste nicht, was sie antworten sollte.

»Du holst gleich die Kinder ab, meintest du?«

»Ja«, antwortete sie kaum hörbar.

»Okay. Schön. Wie alt sind sie?«

»Fünf und acht.«

»Toll. Wirklich.« Er drehte sich zu ihr um. »Ich weiß, wie gern du eigene gehabt hättest. Wenn ich mir etwas wünsche, dann, dass wir selbst ein paar Kinder bekommen hätten. Das wären bestimmt richtige Prachtexemplare geworden.« Er lachte auf.

»Hat aber nicht geklappt«, sagte Pia.

»Nein.« Er fuhr mit dem Zeigefinger über das Armaturenbrett. Eine Linie zeichnete sich im Staub ab. »Funktioniert das denn gut?«, fragte Magnus. »Ich meine, Stiefmutter zu sein und alles. Ich kann mir vorstellen, dass dabei manchmal Konflikte entstehen.«

»Ich sehe mich nicht als Stiefmutter, ich bin eher eine Erwachsene in ihrem Leben. Aber es ist toll.« Sie blickte auf ihre Hände herab. Rieb sie aneinander.

»Wie schön.«

Schweigend saßen sie eine Weile da, während über ihnen die Autos vorüberrauschten.

Sie merkte, dass er sie ansah, und blickte auf. Schaute ihm in die Augen.

»Was meinst du, wie alles gelaufen wäre, wenn wir Kinder bekommen hätten?«, fragte er.

»Das weiß ich nicht.«

»Ich wünschte mir wirklich, wir hätten welche gekriegt. Zwei Jungen und ein Mädchen.« Seine Augen glänzten.

Pia verspürte einen Stich in der Magengegend. Er war genauso traurig wie sie. Wünschte sich nichts lieber, als eine Familie zu haben wie alle anderen. Und sie hatte ihm das nicht geben können. Aber es war noch nicht zu spät. Sie strich eine Träne von seiner Wange, und er nahm ihre Hand. Beugte sich vor. Sein Mund näherte sich. Es kribbelte in ihrer Brust, dann trafen sich ihre Lippen. Weich, sanft. Dann hungriger und hungriger. Himmel, wie hatte sie sich nach diesem Sturm gesehnt! Nach dieser großen Welle, die sie erfasste. Doch es war nicht richtig. Verboten. Gefährlich.

Er stöhnte und murmelte. »Pia, ich liebe dich.« Sagte es noch einmal. »Pia, ich liebe dich.«

Die Welle schlug über ihr zusammen, und sie schnappte nach Luft. Sie war wieder mit dem alten Magnus zusammen. Magnus mit seinen Tics. Er machte alles zweimal, wenn er die Kontrolle verlor. Und er schlug sie, wenn er die Kontrolle verlor. Verhöhnte und verspottete sie.

Als sie ihn wegstieß, bemerkte sie seine selbstzufriedene Miene, die Verwunderung Platz machte.

»Ich muss jetzt los«, sagte Pia.

»Aber …«

»Ich will, dass du jetzt gehst.« Ihre Hände zitterten.

»Ich dachte, du wolltest … Entschuldige, ich wollte es nicht überstürzen«, erwiderte Magnus.

Sein Blick verfinsterte sich, und sie war wieder in ihrem alten Haus. Allein mit ihm. Nur er und sie. Wo niemand bemerkte, was geschah. Niemand da war, der die Schläge hörte. Das Porzellan, das auf dem Boden zerschellte. Die Schreie. Das Weinen.

Nun galt es, geschickt vorzugehen. »Das macht nichts«, sagte Pia. »Es liegt an mir. Du weißt, ich bin ja jetzt mit Björn zusammen, und du musst mir Zeit zum Nachdenken geben.« Sie registrierte, dass sein Gesicht sich wieder aufhellte.

»Natürlich. Es ist meine Schuld.«

»Ich muss wirklich …«

»Klar.« Er öffnete die Tür und stieg aus.

»Wohin gehst du jetzt?«, fragte sie, um nicht zu rüde zu erscheinen.

Er beugte sich ins Wageninnere. »Ich werde ein bisschen spazieren gehen. Dann treffe ich mich mit jemandem, mit dem ich im Gefängnis gesessen habe. Ein guter Junge, der die Reise, die mir noch bevorsteht, schon hinter sich hat. Du weißt schon, raus aus dem Knast und wieder zurück in die Gesellschaft. Er hat es hingekriegt.«

»Okay. Bis bald.« Pia hob die Hand zum Gruß.

»Ja, bis dann.« Magnus zwinkerte und schlug die Tür zu.

Sie griff nach dem Zündschlüssel und drehte ihn um. Fuhr rückwärts und winkte ihm noch einmal zu. Legte den ersten Gang ein und fuhr davon. Zweiter Gang. Dritter.

Sie hyperventilierte vor Erleichterung.

Sie hasste es, wenn er ihr so zuzwinkerte. Wie einer blöden Tussi, die er aufgerissen hatte.

73

Amanda setzte sich mit einer Tasse schwarzen Kaffee an den Schreibtisch. Normalerweise trank sie ihn immer mit Milch, aber jetzt brauchte sie das stärkste Mittel, das an einem Arbeitsplatz erlaubt war. Wie konnte Pia sich nur mit diesem Idioten wieder treffen?

Göran Anderzon hatte angerufen und berichtet: Seine Leute hätten beobachtet, wie Pia am Pampas Marina in einem Auto mit Magnus Blomberg herumgeknutscht hatte.

Amanda lehnte sich in ihrem Bürosessel zurück und starrte in die Luft. Es gab viel auf einmal zu verdauen. Helena Kraljevic im Leichenhaus. Ihre erste Begegnung mit Milorad. Und Adnan war in alles irgendwie verwickelt. Warum hatte er denn in aller Welt Sex mit Helena gehabt? Reichte es ihm nicht, dass er verdächtigt wurde, einen Polizisten umgebracht zu haben? Und jetzt war er auch noch Babysitter. Ihr ging auf, dass das ja gar nicht stimmte. Es waren seine eigenen Kinder. Das machte es auch nicht einfacher. Das Lügenkonstrukt war kurz davor, in sich zusammenzufallen. Niklas Holm und Pia wussten Bescheid. Darüber hinaus machte Pia mit einem Verdächtigen herum. Zwar befand sich Magnus Blomberg ziemlich weit unten auf der Skala der Verdächtigen, vieles beruhte auf Spekulationen. Aber die Verdachtsmomente reichten aus, um zu veranlassen, dass sich bei seinem Freigang ein Überwachungsteam an seine Fersen heftete. Pia war davon nicht unterrichtet worden. Man sah sie als befangen an. Und nach dem, was beim Pampas Marina vorgefallen war, konnte Amanda nur zustimmen. Es war besser, wenn Pia nicht eingeweiht wurde. Traurig, aber wahr.

Amanda stieß einen tiefen Seufzer aus und setzte sich gerade hin. Sie konnte Pias Situation nachvollziehen. Sie waren beide in einer ähnlichen Lage. Waren Männern verfallen, die ihnen nicht guttaten. Adnan war zu Beginn nur ein Auftrag gewesen, aber dann hatte Amanda die Kontrolle verloren. Oder … Ach, was sollte das – nicht einmal jetzt konnte sie sich selbst gegenüber ehrlich sein. Sie war schon bei ihrer ersten Begegnung verloren gewesen. Warum gab sie es nicht einfach zu?

Sie drehte am Lautstärkeregler ihres tragbaren Funkgeräts, um zu sehen, ob es funktionierte. Die Beamten, die Milorad verfolgten, waren ungewöhnlich leise während ihres Einsatzes. Hoffentlich konnten sie ihn bald festsetzen, aber es würde schwierig werden, weil Milorad sehr gerissen war und ungebetene Gäste schnell entdeckte.

Amanda legte das Funkgerät wieder weg und nahm die Liste mit den Gefängnisinsassen von Norrtälje zur Hand. Sie überflog sie nun bestimmt schon zum fünften Mal, aber irgendetwas musste sie tun, um sich abzulenken.

»Hast du nicht auch die Liste für Kumla?«, rief sie Crippe zu, der an seinem Computer saß.

Crippe sah auf. »Ja, ich hab sie gestern per Mail bekommen. Soll ich sie ausdrucken?«

»Mach das.« Amanda ging in den Flur hinaus zum Drucker und wartete, während die Maschine die warmen Blätter ausspuckte. Sie setzte sich wieder an den Schreibtisch und umschloss die Kaffeetasse mit einer Hand. Eigentlich gehörte sie nicht zu denjenigen, die glaubten, dass Magnus mit den Kannibalenmorden zu tun hatte, aber es schadete nicht, ihn trotzdem eingehend zu überprüfen. Er hatte schon ein halbes Jahr in Kumla abgesessen, als jemand verraten hatte, dass er ein ehemaliger Polizist war. Daraufhin wurde er von den übrigen Insassen so hart angegangen, dass er in ein anderes Gefängnis gebracht werden musste. Es wäre schön, wenn sie ihn von der Liste der Verdächtigen streichen könnte. Nicht zuletzt wegen Pia.

Amanda trank einen Schluck Kaffee und las weiter. Blätterte zur nächsten Seite.

Sebastian Maga. Ihr Blick blieb bei dem Namen hängen. Das war Sebbe. Er stand auch auf der Liste des Norrtälje-Gefängnisses, und sie hatte ihn wie alle anderen im Straf-, Fahrzeug-, Fahndungs- und Polizeiregister überprüft. Aber dass er gleichzeitig mit Magnus in Kumla eingesessen hatte, war interessant. Mehr als interessant.

»Crippe«, rief Amanda, »wir müssen Magnus herholen! Kannst du dich darum kümmern?«

Crippe hob die Augenbrauen. »Warum?«

»Um zu sehen, was er über einen gewissen Sebastian Maga zu sagen hat. Sie haben beide gleichzeitig in Kumla und Norrtälje gesessen, irgendwas muss er uns erzählen können.«

»Ist das eine heiße Spur?«

»Na ja, ich weiß es nicht. Aber eine Überprüfung ist es auf jeden Fall wert.«

»Ich rufe Göran an«, sagte Crippe.

Noch einmal ließ Amanda Sebbe durchs System laufen und stellte dasselbe fest wie beim letzten Mal. Er tauchte in Fahndungsberichten auf, hatte Drogendelikte und weitere kleinere Straftaten begangen. Sie klickte auf die Liste der Fahrzeuge, die er besaß, und war erleichtert, dass sie beim letzten Mal nichts übersehen hatte. Er hatte noch immer einen blauen Volvo 740 und einen silberfarbenen Renault. Sie seufzte und hörte, wie Crippe mit jemandem telefonierte. Warum schafften sie nur keinen Durchbruch in den Ermittlungen? Das Letzte, was sie nun gebrauchen konnten, war ein weiterer Mord. Dennoch verspürte sie Erleichterung, dass es nicht Sebbe war; dann wäre sie dem Mörder so nahe gewesen, ohne etwas zu ahnen. Sie waren ja sogar zusammen auf einer Party gewesen und … Verdammt! Sie hatte ihm am Hauptbahnhof das Drogenpaket gegeben. Wenn sie ihn vernehmen würden, hätte er einiges in der Hinterhand! Er wusste mehr über sie als sie über ihn. Sie klickte auf das Verzeichnis der Angehörigen. Die Mutter hatte keinen festen Wohnsitz, vermutlich obdachlos. Vater verstorben. Zahlreiche Drogengeschichten. Außerdem fand Amanda einen ebenfalls verstorbenen Bruder und eine Schwester namens Ann-Sofi, die in Årsta wohnte. Sebbes Familie schien einiges durchgemacht zu haben. Ann-Sofi hatte mehrere Kleindiebstähle begangen und eine Drogenvergangenheit, aber die letzten Einträge lagen einige Jahre zurück. Vermutlich hatte sie ihr Leben auf die Reihe bekommen. Sie hatte einen Partner und zwei Kinder. Aber eine Sache erweckte Amandas Aufmerksamkeit. Ann-Sofi hatte keinen Führerschein, aber im Fahrzeugregister stand, dass sie einen Wagen besaß. An und für sich war das nicht ungewöhnlich, wahrscheinlich fuhr ihr Mann damit. Amanda klickte auf den Link.

Ein grüner BMW.

Sie starrte auf den Bildschirm.

Erst als Crippe den Hörer auflegte und sie ansprach, merkte sie, dass sie die Luft anhielt.

»Du wirst es nicht glauben. Unsere Leute haben Blomberg aus den Augen verloren.«

Sie versuchte, sich auf diese neuen Informationen einen Reim zu machen. Aber eine Sache war klar. Für sie bedeutete es die denkbar schlimmste Option. Sie zog ihr Handy aus der Tasche und schrieb eine SMS an Adnan. *Sebbe kann unser Täter sein. Erkläre es später. Wo können wir ihn finden, wenn er nicht zu Hause ist? Wichtig!*

74

Adnan wusste verdammt noch mal nicht, was er erwidern sollte. Er hatte null Bedenkzeit. Wenn sein Blick flackerte, war er geliefert. Stattdessen sah er geradewegs in Sebbes pigmentlose Augen, die ihn aus einer Armlänge Abstand anstarrten. Leute gingen in den Supermarkt und kamen heraus. Parkten ihre Autos. Sie waren mit ihrem eigenen Leben und ihren Einkaufslisten beschäftigt. Wie lange würde es dauern, bis jemand die angespannte Stimmung in der Nähe der Container bemerkte? Adnan und Sebbe standen sich gegenüber wie zwei Stiere. Bislang noch ohne Matador. Bislang noch ohne Publikum. Solange sie nur mündlich miteinander kämpften, war alles okay. Wenn er aber gezwungen sein sollte, die Fäuste einzusetzen, wäre es nur eine Frage der Zeit, bis jemand zum Telefon griff und die Bullen herbeieilten. Er wusste nicht, was besser war.

Die Bullen oder Sebbe?

Sebbe oder die Bullen?

Kam zu dem Schluss, dass er sich aus der Geschichte rausreden musste. Wenn die Polypen antanzten, hockte er ruck, zuck wieder in einer stinkenden Zelle. Des Mordes an Helena Kraljevic verdächtigt. Genau, wie Sebbe sagte. Adnan und Helena hatten ein bisschen Spaß gehabt. Kurz darauf war sie tot.

Was für eine Kacke! Warum hatten sie ausgerechnet an dem Tag ficken müssen? Alles war Helenas Schuld. Und jetzt glaubten die Bullen und Milorad, dass er es getan hatte. Ganz sicher war er sich in Bezug auf die Bullen nicht, aber das war bestimmt nur noch eine Frage der Zeit. Fuck! Er hätte echt einen Gummi benutzen können. Aber das hätte auch nichts gebracht. Sie fanden die DNA bestimmt auch im Speichel. Haare und das ganze Zeug.

Natürlich dachte Milorad, dass er es getan hatte!

Und Sebbe hatte die ganze Zeit von ihm und Amanda gewusst. Dieser Drecksack! Seit sie sich nach Jovans Party getroffen hatten. Sebbe war es gewesen, der sie bis zur Gröna Stugan verfolgt hatte. Der in einem dunklen BMW ohne Nummernschilder davongerast war. War es dieselbe Karre, mit der er heute hierhergekommen war? Und jetzt beschuldigte er ihn, ein Spitzel zu sein. Ein Verräter. Ein Informant. Jemand hatte über die Lieferung geplaudert, und Milorads Männer sahen an jeder Ecke Zivilfahnder. Typen, die dachten, sie würden nicht auffallen mit ihren viel zu großen Jacken. Oder Weiber mit Turnschuhen und sackförmigen Hosen mitten in der City. Amanda habe sich immerhin besser angestellt, fand Sebbe. Sich Mühe gegeben mit den Klamotten und so.

Was zum Teufel sollte er auf die Anschuldigungen erwidern? Dass die Info von Jovan stammte? In Sebbes Welt war Jovan tot. Von Adnan im Wald hingerichtet.

Zu wenig Zeit zum Nachdenken.

»Ich wusste nicht, dass sie Polizistin war«, sagte Adnan und richtete den Blick fest auf Sebbes zerfurchtes Gesicht.

»Und auch nicht, dass sie dunkelhaarige Kinder hat, was?«

Adnan zuckte zusammen. Erinnerte sich, dass Sebbe die Fotos bei Amanda gesehen hatte. Aber Sebbe konnte nicht mit Sicherheit Bescheid wissen. Er bluffte nur.

Adnan tat ungerührt. »Vielleicht hat sie dunkelhaarige Kinder.«

»Die beiden sind drei Jahre alt und heißen Greta und Charlie.«

»Aha.« Adnan schluckte. Sebbe bluffte nicht.

»Weißt du, ich habe nicht geahnt, dass der Wärter lachen würde, als ich ihm gesagt habe, dass ich seit meinem siebzehnten Lebensjahr keine Freundin mehr gehabt habe.«

Wovon redete er, verdammt noch mal? Adnan hatte Sebbe schon öfter durchgeknallt erlebt, aber das war ein neues Level. War er verwirrt?

»Weißt du, was ich gemacht habe?«, sagte Sebbe.

Adnan rührte sich nicht. Stand nur schweigend da. War bereit, die Fäuste hochzunehmen.

»Sie durfte das Ganze selbst erleben, das verfluchte Luder.«

»Wer?«, fragte Adnan.

»Meine Freundin. Gib mir dein Handy.« Sebbe streckte die Hand aus.

Die Bullen oder Sebbe?

Adnan blieb nichts anderes übrig, als zu kapitulieren. Es gab zu viele Zeugen auf dem Parkplatz. Er musste Sebbe das verdammte Telefon geben. Der wusste ja eh schon alles.

Er biss die Zähne zusammen, als er Sebbe das Handy reichte. Hörte, dass er in diesem Augenblick eine SMS bekam. Hoffentlich nicht Amanda, die fragte, wie es den Kleinen ging!

Sebbe fuhr mit dem Finger über das Display. Starrte eine Weile darauf.

Dann blickte er mit einem Grinsen auf, bei dem Adnan instinktiv einen Schritt rückwärts machte.

75

Langsam kroch Pia die Döbelnsgatan entlang und suchte nach einem Parkplatz. Genau aus diesem Grund hasste sie die Innenstadt. Wie viele Male war sie jetzt schon im Kreis gefahren? Schließlich stellte sie sich auf einen Behindertenparkplatz. Scheißegal. Es würde nur wenige Minuten dauern. Als sie den Motor abstellte, klingelte ihr Telefon. Björns Name leuchtete auffordernd. Sie kniff die Augen zusammen. Blickte wieder auf das Display und meldete sich gezwungen fröhlich.

»Hallo, Liebling«, sagte er am anderen Ende. »Ist alles in Ordnung?«

»Ja, ich stehe gerade vor der Kita und hole die beiden gleich.«

»Ah.« Sie hörte die Verwunderung in seiner Stimme. »Ich dachte, ihr wärt bereits im Stall.«

»Nein, bei der Arbeit ist mir noch etwas dazwischengekommen.«

»Okay. Ja, ja. Ich glaube nur, dass Maria sie heute für drei Uhr abgemeldet hat. Es ist ja Freitag, weißt du.«

Pia öffnete die Fahrertür und stieg aus. »Dann sollte sie die Kinder vielleicht selbst holen, anstatt wegzufahren, wenn es ihr Wochenende ist.«

»Ja, stimmt«, sagte Björn. »Aber wir haben ihr versprochen, heute auszuhelfen.«

»Du hast es versprochen. Nicht wir. Das ist ein verdammter Unterschied. Ich habe einen Job zu erledigen!« Sie sah sich um und überquerte die Straße.

»Tut mir leid«, erwiderte Björn, »ich wollte nicht vorwurfsvoll klingen. Ich weiß, dass es nicht ganz optimal gelaufen ist. Wir können später noch drüber reden. Okay?«

»Klar.«

»Ich liebe dich, Schatz.«

»Ich dich auch.« Sie steckte das Telefon in ihre Handtasche und ging auf das hohe Holztor zu, hinter dem der Innenhof der Kita lag. Gab den Zugangscode ein und hörte, wie das Schloss klickte. Wurde von einer ungewöhnlichen Stille empfangen, wo sonst normalerweise die Kinder spielten. Aber wie gesagt, es war Freitagnachmittag, und alle tüchtigen Eltern hatten ihre Kleinen vermutlich schon abgeholt. Es war erst Viertel vor vier! Was für Jobs hatten die Leute eigentlich? Sie war genervt, das Blut pochte in ihren Schläfen. Man sah ihr sicherlich an, was sie getan hatte. Sie war untreu gewesen. Oder …? So schlimm war es doch wohl nicht gewesen. Ein Kuss. Aber es war Magnus gewesen. Der letzte Mann auf Erden, mit dem sie wieder zusammen sein wollte. Dessen war sie sich jetzt sicher. Was war nur in sie gefahren? Sie konnte noch immer seine Zunge in ihrem Mund spüren. Bei dem Gedanken erschauderte sie. Bereute, so hart zu Björn gewesen zu sein. Welch einen wunderbaren Freund sie doch hatte. Als ihr Telefon erneut klingelte, war sie erleichtert. Sie würde Björn um Verzeihung bitten. Sie wühlte in ihrer Handtasche und runzelte die Stirn, als sie sah, dass es nicht Björn war.

Hob ab.

Legte schon bald wieder mit zitternder Hand auf.

Das konnte doch nicht wahr sein!

76

Amanda und Crippe bogen in die breite Rissneleden ein und hielten vor dem Tor, das zu der Garage unter dem großen Häuserkomplex führte. Sie hatten von dem Eigentümer eine Schlüsselkarte erhalten, denn er war froh, wenn die Polizei öfter Kontrollen vornahm, weil der Ort als bekannter Treffpunkt für Drogendealer galt. Als Amanda die Karte an das Lesegerät hielt, glitt das Tor auf. Sie hatte den anderen im Büro Aufgaben erteilt. Lasse und Stefan befanden sich auf dem Weg zu Maj-Britt, die noch immer in der Psychiatrie war, um sie zu Sebastian Maga zu vernehmen. Kannte sie ihn? Sara und Mathilda fuhren nach Årsta, um Ann-Sofis grünen BMW ausfindig zu machen, ein Touring Jahresmodell 2011. Amanda und Crippe hatten dieselbe Mission und waren zu Sebbes Adresse in Rissne gefahren.

Langsam rollten sie im Uhrzeigersinn durch die Garage. Amanda stieg aus und überflog ein Infobrett. Rief den Eigentümer an und erfuhr, dass Sebastian Maga den Parkplatz mit der Nummer 59 angemietet hatte. Sie ging dort hin. Der Platz war leer.

»Komm«, sagte Amanda zu Crippe, »schauen wir uns auch auf der Straße um.« Sie stieg wieder ins Auto und rief Sara an.

»Wie läuft es?«, fragte sie.

»Hier negativ«, antwortete Sara am anderen Ende.

»Ganz sicher.«

»Hundertpro. Entweder sind sie mit dem Wagen unterwegs, oder sie haben ihn verdammt weit weg geparkt.«

»Oder sie nutzen ihn gar nicht.«

»Wahrscheinlich nicht. Wir haben mit einem Nachbarn aus dem Haus gesprochen, und er hat nie einen grünen BMW bemerkt.«

Sie legten auf, und Amanda und Crippe überprüften die umliegenden Straßen.

»Da ist der Volvo«, sagte Amanda nach einer Weile und zeigte auf einen kleinen Parkplatz, wo der Wagen zwischen zwei anderen eingekeilt stand. »Fahr dort hin.«

Crippe tat wie geheißen, und sie stieg aus. Umrundete den Volvo und blickte durch die Scheiben. Sah ein Paar Handschuhe. Eine Parkscheibe. Sie musterte das Schloss. Musste seitlich gehen, weil die Autos so eng nebeneinanderstanden.

»Nichts Auffälliges«, sagte Amanda zu Crippe, »er ist abgeschlossen.«

»Was machen wir? Hier warten, bis er auftaucht?«, fragte Crippe durch das heruntergelassende Seitenfenster.

Amanda gefiel der Gedanke, herumzusitzen und zu warten, überhaupt nicht. Sie war viel zu ruhelos, um stunden- oder gar tagelang auf ein Garagentor zu starren. Eine neue Möglichkeit kam ihr in den Sinn, als sie einen silberfarbenen Ford sah, der in die Garage bog, aus der sie soeben gekommen waren. »Fahr dem hinterher.« Sie rannte über die Straße, während Crippe ihr mit dem Wagen folgte.

Eine Frau in langem Rock und mit einem Tuch um den Kopf stieg aus dem Ford. Amanda und Crippe gingen zu ihr und stellten sich vor.

»Sie wissen nicht zufällig, was für ein Auto normalerweise dort drüben steht?« Amanda zeigte auf Nummer 59.

Die Frau schüttelte den Kopf. »Keine Ahnung. Aber der Parkplatz daneben gehört einem Verwandten, er müsste es wissen. Wollen Sie, dass ich ihn anrufe?«

»Unbedingt.«

Die Frau holte ihr Telefon hervor und wechselte die Sprache. Es klang wie Arabisch.

»Er fragt, warum Sie das wissen wollen.« Die Frau blickte Amanda an.

»Wir ermitteln in einem schweren Verbrechen und können leider nicht mehr dazu sagen.«

Die Frau sagte etwas ins Telefon, und die Stimmen wurden lauter. Sie blickte erneut zu Amanda. »Er will da nicht hineingezogen werden.« Sie sagte wieder etwas ins Telefon und legte auf.

»Aber wusste er denn, was für ein Auto es ist?«, fragte Amanda.

»Ich erzähle es Ihnen, weil ich finde, dass man der Polizei helfen soll. Aber ich will auch in nichts hineingezogen werden, und ich habe nie jemanden angerufen. Okay?«

»Das ist völlig okay.«

»Er glaubt, dass das Auto illegal ist, weil es manchmal so ein Schild dran hat und manchmal nicht.«

»Ein Nummernschild, meinen Sie?«, erwiderte Amanda.

»Ja, genau. Ich weiß es nicht, aber es ist ein grüner BMW. Jetzt habe ich es Ihnen gesagt, aber ich will anonym bleiben«, antwortete die Frau und ging. Sie drehte sich noch einmal um. »Sie wissen nicht, wer ich bin. Okay?«

Amanda suchte Rat bei Crippe. »Was denkst du?«

»Ich hab ein verflucht schlechtes Gefühl.« Crippe kratzte sich an den Bartstoppeln.

»Ich auch.«

»Aber ich kapiere nicht, was Magnus damit zu tun haben soll, ich meine, er ist ja nicht durchgeknallt. Oder doch, das ist er an und für sich schon, aber wohl nicht so durchgeknallt, dass er etwas bei seinem Freigang anstellt. Damit macht er ja sein Alibi zunichte.«

»Vielleicht ist es ihm egal«, meinte Amanda. »Es ist Zeit für das große Finale, und sie haben geplant, es zusammen durchzuziehen.« Während sie das sagte, spürte sie, wie die Farbe aus ihrem Gesicht wich. Sebbe hatte sie und Adnan an dem Abend nach der Party an der Gröna Stugan gesehen. Er war es gewesen, der in einem grünen BMW ohne Nummernschild davongefahren war. Und jetzt wusste er, dass sie eine Polizistin war. Wie viel hatte Sebbe sich zusammenreimen können?

»Warte, ich muss mal kurz telefonieren.« Sie ging ein Stück zur Seite und tippte Adnans Nummer ein. Es klingelte einmal, dreimal. Sie hörte den AB: »Sie sind bei null sieben …« Sie legte auf. Schluckte und dachte nach.

»Lasse und Stefan haben mit Maj-Britt gesprochen, und weißt du was?«, sagte Crippe, als sie zurückkam. »Sie weiß haargenau, wer Sebastian Maga ist. Sie hat ihn und seine Geschwister in verschiedenen Pflegefamilien untergebracht, und es gab da wohl eine Menge Probleme, sein Bruder wurde in der neuen Familie misshandelt und alles. Hörst du zu?«

Amanda bekam kaum noch Luft. »Wir müssen in die Wohnung rein.«

»Ich fordere einen Durchsuchungsbefehl an.«

Amanda war bereits auf dem Weg zur Tür, die ins Treppenhaus führte. »Wir müssen jetzt rein.« Crippe folgte ihr.

»Sollte ich irgendetwas wissen?«, fragte er.

»Du weißt doch, wie das bei der Staatsanwaltschaft funktioniert, es ist die reinste Lotterie, je nachdem, an wen man gerät. Wenn wir Pech haben, bekommen wir ein Nein, und dann stehen wir da. Wir gehen rein, weil Gefahr im Verzug ist.«

»Meinetwegen gern«, sagte Crippe.

Amanda blieb im Eingang an der Übersichtstafel stehen und fand Sebastians Namen im fünften Stock. Sie lief die Treppen hoch und nahm stets zwei Stufen auf einmal, während in ihrem

Kopf die schlimmsten Szenarien abliefen. Warum ging Adnan nicht ans Telefon?

Die Tür lag zur Linken, und sie las *S Maga* auf dem Türschild. Hob den Deckel des Briefschlitzes an, der ein lautes Quietschen von sich gab. Sie lauschte. Konnte nichts hören.

»Wir klingeln«, flüsterte Crippe keuchend in ihr Ohr. »Er weiß von nichts, wenn er zu Hause ist, merken wir es.« Er drückte auf die Klingel, worauf ein schriller Ton durch die Wohnung hallte.

Amanda lugte durch den schmalen Schlitz. Registrierte einen schwarzen Flurteppich und ein Paar Turnschuhe, die schräg rechts standen. Der Flur war mit hellem Laminat ausgelegt und führte zum Wohnzimmer, wo die Armlehne eines Sofas oder Sessels zu erkennen war. Sie richtete sich wieder auf.

»Es ist niemand zu Hause. Diese Wohnungen haben doch einen Balkon, oder?«

»Ich glaube schon.«

Amanda ging zur Tür der Nachbarwohnung und klingelte. Nach einer Weile wurde geöffnet, und sie erkannte die Frau, die ihnen in der Garage geholfen hatte. Sie verdrehte die Augen, als sie Amanda und Crippe erblickte.

»Ich habe Ihnen doch gesagt, dass ich anonym bleiben möchte«, sagte sie.

Unauffällig stellte Amanda den Fuß auf die Schwelle, falls der Frau einfallen sollte, die Tür zuzuschlagen. »Das werden Sie auch. Ich muss nur Ihren Balkon benutzen. Niemand wird etwas erfahren, das verspreche ich Ihnen.«

»Warum?«

Amanda hatte sich bereits vorbeigedrängt und stieß auf zwei Kinder, die sie mit großen Augen anstarrten. »Ich bin nur eine Freundin von eurer Mama«, sagte sie zu ihnen. Sie ging auf den Balkon, Crippe war hinter ihr.

»Es ist ganz schön weit zum anderen Balkon. Ich rufe lieber den Schlüsseldienst.«

»Mach das«, erwiderte Crippe, »ich spreche in der Zwischenzeit mit den Kindern. Vielleicht haben sie Angst bekommen.«

Crippe ging hinein, und Amanda setzte einen Fuß auf das Geländer. Sollte sie springen oder versuchen hinüberzuklettern?

»Was machen Sie da?«, ertönte die Stimme der Frau hinter ihr. »Sind Sie verrückt? Ich möchte da nicht hineingezogen werden.«

Amanda hörte den Schrei der Frau, als sie absprang. Bekam das Geländer zu fassen und knallte gegen den Balkon. Hing dort, um Kraft zu schöpfen. Vermied es, nach unten zu gucken. Wusste, dass ihr nur ein Versuch blieb, um sich hochzuziehen. Sie setzte die ganze Kraft ihrer Arme ein und schwang erst ein und dann das andere Bein über das Geländer. Lugte erst durch die Gardinen, bevor sie die Balkontür öffnete. Sie war unverschlossen, niemand rechnete mit einem Einbruch im fünften Stock. Mit einer Hand am Pistolengriff durchquerte sie die Wohnung. Ein Wohnzimmer, das Schlafzimmer links davon, durch den Flur gelangte man in die Küche schräg auf der anderen Seite, und gleich gegenüber lag das Badezimmer. Eine ganz normale Mietwohnung mit Renovierungsbedarf. Sie kontrollierte die Wandschränke, schaute unter dem Bett und hinter dem Duschvorhang nach, ehe sie Crippe, der im Treppenhaus stand, die Tür aufmachte. Er zuckte zusammen, entspannte sich aber sogleich wieder, als er Amanda erblickte.

»Aha, dann sage ich dem Schlüsseldienst wieder ab.« Er schloss die Tür hinter sich.

Amanda schaute sich genauer um. In der Wohnung war es ordentlicher als gedacht. Entlang einer Wand im Wohnzimmer stand ein Bücherregal, das vom Boden bis zur Decke reichte. Davor befand sich ein Ledersessel mit Fußschemel und Leselampe. Es fiel ihr schwer, sich Sebbe in ein Buch vertieft vorzustellen. Aber was wusste sie eigentlich? Im Schlafzimmer war das Bett säuberlich gemacht, eine Tagesdecke und mehrere Kissen lagen darauf. Sie zog die Schubladen einer Kommode heraus. Unterhosen, Strümpfe, T-Shirts. Fotoalben. Sie nahm das oberste heraus und blätterte darin. Der junge Sebastian, vielleicht achtzehn Jahre alt. Mittsommer, Weihnachten. Gerade wollte sie das Album wieder zuschlagen, als ihr auf einem Foto ein Mädchen mit blonden Haaren ins Auge sprang – die Aufnahme stammte von einer Abiturfeier. Sebastian stand neben ihr und hatte den Arm um ihre Hüfte gelegt.

»Crippe, komm mal her!«, rief Amanda.

Er tauchte hinter ihr auf. Hielt eine Dose in der Hand. »Prednisolon. Das stand im Badezimmerschrank«, sagte er.

»Was ist das?«

»Kortison.«

»Nicht zu fassen. Schau mal. Woher kenne ich das Mädchen?«

Crippe nahm das Album. Schüttelte das Röhrchen mit den Tabletten, während er das Foto musterte. Er lachte auf. »Das ist Nina Liljedahl.«

Er gab Amanda das Album zurück, und sie betrachtete das lächelnde Paar. Ninas Eltern hatten auch Fotos von Ninas Abiturfeier gehabt.

»Wir müssen die Wohnung absperren und eine Fahndung rausgeben«, sagte Crippe.

Amanda nahm ihr Telefon und rief erneut Adnan an, obwohl Crippe neben ihr stand. Sie musste Adnan unbedingt erreichen. Hören, dass alles in Ordnung war. Sie zog die nächste Schublade heraus, während sie sich das Telefon zwischen Ohr und Schulter klemmte. Wühlte in Papieren, einem Schuhkarton, alten CDs herum.

Geh doch ran! Mit jedem Wählton beschleunigte sich ihr Puls.

Sie ging in die Küche und sah sich um. Wählte Adnans Nummer immer wieder, landete aber nur auf dem verfluchten Anrufbeantworter.

Las einen handgeschriebenen Zettel, der an ein Brett geheftet worden war: *Hier ist Parken nicht erlaubt. Danke!*

»Den hat Robert Mellgård an die Scheibe gesteckt.« Crippe schaute über ihre Schulter.

Sie drückte das Handy fester ans Ohr. Geh ran! Versuchte, sich einzureden, dass es in Vickys Ferienhaus keinen Empfang gab. Geh ran!

»Wen rufst du an?«, fragte Crippe.

»Niemand. Es muss hier irgendwo sein.« Amanda legte auf und starrte auf den Zettel. Die Buchstaben flossen zu einem verschwommenen Brei zusammen. Sie ging zurück in den Flur und blieb wie angewurzelt stehen.

»Was ist?« Crippe stellte sich neben sie.

»Es ist Zeit für das Finale.« Sie blickte zu Crippe, ohne ihn zu sehen. Das Einzige, das sie vor Augen hatte, waren Greta und Charlie. Ihre unschuldigen Gesichter. Hilflose Kinder.

Es hing neben der Hutablage schief an einem Nagel. Das Bild in der Originalversion mit dem säuberlich gestickten Spruch.

Verlierst du einen, dann bleiben dir noch tausend andere.

77

»Ich sitze voll in der Scheiße, Bruder.« Adnan stand an der Tür des Ferienhauses und blickte zum Sofa, wo Samir mit Greta auf dem Schoß hockte. Neben ihm saß Charlie. Sie blätterten in einem Buch mit einem Streifenwagen auf dem Umschlag. Vermutlich hatte es Samir ausgesucht. Er sah auf.

»Ja, das habe ich geschnallt.« Samir hob die Augenbrauen und blickte vielsagend zu den Kindern.

»Das auch. Aber es ist schlimmer als das.« Adnan setzte sich an den Küchentisch.

»Wissen sie es?«

»Nein, verdammt.«

»Wissen sie was?« Greta schaute von dem Buch auf und zupfte an Samirs Ärmel.

»Wir haben nur darüber gesprochen, wie spät es ist«, antwortete Samir.

Greta gab sich mit der Antwort zufrieden und blätterte weiter.

Adnan unternahm einen neuen Versuch. »Ich sitze echt total in der Scheiße.«

Er brauchte die Unterstützung seines Bruders. Seinen Rat. Jemanden, mit dem er über die Probleme reden konnte. Sonst hatte er niemanden.

»Was ist los?« Samir hatte es gecheckt und sah nicht mehr entspannt aus. »Kinder, ihr könntet ein bisschen rausgehen auf die Wiese. Wollt ihr das?«, fragte er.

Greta und Charlie schüttelten protestierend den Kopf.

»Wisst ihr was, ihr könnt Purzelbäume üben, wie wir es vorhin gemacht haben, dann kriegt ihr danach Popcorn.«

Sofort änderten die Kinder ihre Meinung, hüpften vom Sofa und rannten zur Tür hinaus. Shit! Samir hatte Talent.

Adnan überlegte fieberhaft. Wo sollte er anfangen?

Samir half ihm auf die Sprünge. »Ich bin also Onkel?«, sagte er. »Kaum zu fassen.«

Adnan nickte.

»Wie lange weißt du es schon?«

»Nicht lange. Aber wir müssen eine Weile untertauchen. Kapierst du? Um Amanda zu helfen.«

Samir goss Cola in ein Glas. »Wie zum Teufel stellst du das nur immer an? Du bist echt unglaublich.«

»Ich weiß.« Adnan erhob sich, um zu sehen, was Greta und Charlie machten. Sie spielten Fangen auf der Wiese. »Aber es geht um was anderes.« Er schluckte und legte los. Erzählte die Story mit Helena Kraljevic. Von Jovans Scheinhinrichtung. Die Miene seines Bruders wechselte währenddessen von grimmig über fragend zu skeptisch.

Samir nahm einen Schluck von seiner Cola und stellte das Glas wieder auf den Tisch. »Und warum musstest du dich mit diesem Sebbe heute treffen?«

»Er hat gedroht, zu verraten, dass ich mit Helena zusammen war.« Adnan schüttelte den Kopf. »Aber ich kapiere nicht, worauf er aus ist.«

Sebbe war krass komisch. Warum hatte er nichts gegen ihn unternommen, wenn er ernsthaft dachte, dass er ein Verräter war? Sebbe würde ja wohl kaum ein Geschäft durchziehen, wenn die Bullen Bescheid wussten. Schlussfolgerung: Sebbe hatte nie die Absicht gehabt, heute einen Drogendeal mit Kraljevic zu machen. Er war auf etwas anderes aus. Adnan beschlich ein unbehagliches Gefühl. Auf was wartete Sebbe? Er hatte die

Möglichkeit gehabt, auf dem Parkplatz vor dem Supermarkt. Aber er war einfach davongefahren. Hatte ihm das Handy weggenommen und war abgedüst. Hatte Sebbe Muffensausen bekommen? Gecheckt, dass er keine Chance gegen ihn hatte? Mann gegen Mann. Vielleicht waren zu viele Leute in der Nähe gewesen. Zu viele Zeugen.

»Wie zum Henker wirst du …«, begann Samir

»Sei mal leise.« Adnan beugte sich zum Fenster. »Hörst du?«

»Was?«

»Die Kinder. Ich höre nichts.«

Es war still draußen. Zu still. Keine lachenden Kinder. Keine streitenden Kinder. Nichts. Adnan riss die Tür auf und rief laut:

»Kinder! Wo seid ihr?«

Sein erster Gedanke: Das Wasser!

»Mein Gott!« Er drehte sich zu Samir um. »Ihnen würde doch nicht einfallen, allein ans Wasser zu gehen?« Er versuchte, Ruhe zu bewahren, während er über die Wiese rannte. »Charlie! Greta!« Er sprang über den Zaun. Hörte Samir hinter sich. Rannte über den Kiesweg und sprang auf die Felsen. Starrte auf die ruhigen Wellen. Sein Puls raste.

»Wo sollen wir suchen, verdammt noch mal?« Seine Stimme stieg ins Falsett.

Denk nach! Denk nach! Denk nach! Sie konnten nicht beide gleichzeitig ins Wasser gefallen sein. Aber was, wenn der eine gestolpert war und den anderen mit reingezogen hatte? Oder hatten sie sich vielleicht nur hinter dem Haus versteckt, um ihm und Samir einen Streich zu spielen?

Das Wasser? Das Haus? Das Wasser?

Mitten in der Panik: schnelle Schritte auf dem weichen Boden hinter ihnen. Aus den Augenwinkeln sah er jemanden, der größer, schneller war als Kinder.

Ein Mann brüllte.

Samir sank zusammen.
Was zur Hölle war los?

78

Gertrud hüpfte auf Itex' Rücken und zerrte an den Zügeln, um das Gleichgewicht zu halten. Pia litt mit ihrem Wallach, aber beide bissen die Zähne zusammen. Die Reitstunde war gleich zu Ende. Gertrud sah mächtig stolz aus. Sie traute sich, das große Pferd zu reiten! Hjalmar nicht, er meinte, er habe keine Lust. Stattdessen sprang er im Hof auf einem Kieshaufen herum und hatte sich schon beide Hosenbeine zerrissen. Was würde wohl Maria dazu sagen? Aber egal, die Kinder hatten ihren Spaß an diesem Abend. Mehr als Pia jedenfalls. Warum zur Hölle beschatteten sie Magnus, ohne sie darüber zu informieren? Korrektur: Sie hatten sie per Anruf informiert! Jetzt war es bereits zu spät, und Pia konnte nur gestehen, dass sie sich mit Magnus in der Tat getroffen hatte. Ihr Magen zog sich zusammen, als sie daran dachte. Diese Erniedrigung, alle wussten Bescheid. Sie wollte ihnen erklären, dass sie es hatte tun müssen, um endlich, nachdem sie zwanzig Jahre lang mit ihren widersprüchlichen Gefühlen zu kämpfen gehabt hatte, zu einem Abschluss zu kommen. Aber wer würde das verstehen?

Als sie Gertrud herunterhalf, blickte sie verstohlen zum Kieshaufen hinüber. Ihr war, als hätte sie ein Motorengeräusch gehört, aber sie konnte nichts entdecken. Pia packte die Zügel und führte Itex zum Stall. Vielleicht bekamen Siv und Bengt auf dem Nachbarhof Besuch.

Itex schnaubte, als er den Stallgang betrat, den Pia zuvor mit den Kindern zusammen sauber gefegt hatte. Er stand ruhig da, während sie ihn absattelte und seine Beine abtastete. Als sie fertig war, schnalzte sie mit der Zunge, und er ging in seine Box. Drehte sich herum und stupste Pia mit dem Maul an der Schulter an.

»Bist du heute verschmust, mein Schatz?« Sie strich über das braune Fell. Es beruhigte sie, bei Itex zu sein. Er war der Einzige, der sie verstand.

Das Pferd schnaubte erneut. Hob den Kopf und weitete seine empfindlichen Nüstern.

»Es sind nur die Kinder, die da draußen spielen. Du bist hungrig, stimmt's?«, sagte Pia.

Sie blickte durchs Fenster hinaus und sah, dass Gertrud jetzt auch am Kieshaufen herumrannte und dann sogar versuchte, auf dem Hosenboden hinabzurutschen.

»Kinder, ihr macht eure Klamotten kaputt!«, rief Pia von der Tür her. »Kommt und helft mir lieber, Itex zu füttern.«

»Okay!«, riefen beide im Chor.

»Ich habe auch Hunger.« Hjalmar verzog schmollend den Mund, als er in den Stall kam.

»Du meine Güte, wie siehst du aus. Geh und wasch dich am Waschbecken dort drüben. Wir fahren gleich, Itex muss nur noch sein Fressen kriegen.« Der Wallach wieherte in seiner Box und schabte mit dem Huf über den Boden.

»Jaja, gleich.« Pia schaute wieder zum Fenster hinaus. Warum war Itex so aufgedreht? Normalerweise war er, nachdem er bewegt worden war, zufrieden und ruhig. Allerdings hatte Pia ihn nur ein paar Runden auf der Koppel an der Longe geführt, damit Gertrud das Reiten ausprobieren konnte. Sie sah ihn an. »Morgen darfst du mehr arbeiten. Okay?« Sie ging zur Futterkammer und füllte eine Ikeatasche mit Heu. Sog den Duft ein, während sie so viel wie möglich hineinpresste.

Vernahm, dass die Kinder die Stalltür öffneten und wieder hinausliefen.

»Kinder, bleibt in der Nähe, ich komme gleich!« Hoffentlich hörten die beiden auf sie, denn sie hatte keine Lust, ihnen nachzulaufen und sie zu suchen. Wäre lustig, wenn sie Björn anrufen und ihm erklären müsste, dass die Kinder verschwunden waren. Sie lächelte unwillkürlich, als sie sich vorstellte, wie Björn daraufhin Maria anriefe. Welch ein Zirkus! Aber Pia machte sich keine Sorgen, sie wusste, dass sie höchstens bis zur Koppel gingen.

Doch es war ungewöhnlich still. Nur die Scharniere der Stalltür quietschten leise.

Sie ging zurück und stellte die Tasche an Itex' Box ab. Seine großen Augen folgten ihren Bewegungen, als sie zur Tür ging, um nachzusehen, was die Kinder machten.

Sie waren nicht am Kieshaufen.

Nicht an der Koppel.

Sollte sie sich Sorgen machen? Es war noch hell draußen und würde erst in ein paar Stunden dunkel werden.

»Gertrud! Hjalmar!«, rief Pia.

Sonst gingen sie nie weiter als bis zur Koppel.

Sie formte die Hände zu einem Trichter und rief noch einmal nach ihnen.

Stille.

Da vernahm sie ein Kichern drüben bei der Scheune und merkte, wie Erleichterung sie durchströmte. Ein wenig Sorgen hatte sie sich doch gemacht.

Als sich plötzlich von hinten ein Arm um ihren Hals legte, war Pia völlig unvorbereitet. Die Panik verlieh ihr erstaunliche Kräfte. Aber die Person hinter ihr war stärker. Sie packte sie, und sie schleifte mit ihren Reitstiefeln über den Boden. Ihr Schrei wurde von einem Stück Stoff erstickt. Nach was roch es? Nein! Das durfte nicht geschehen! Aber es war unmöglich, dem beißenden Geruch auszuweichen.

Hinter der Tür stand eine Heugabel.
Gleich würde sie das Bewusstsein verlieren.
Der Kieshaufen im Hof verfloss mit dem Blau des Himmels.
Wenn sie nur die Heugabel zu fassen kriegte.
Die Kinder kicherten, aber dann war das Geräusch weg.

79

Greta und Charlie waren in Sicherheit!

Als Amanda die Nachricht über Polizeifunk hörte, sank sie auf dem Beifahrersitz in sich zusammen, während ihr Tränen in die Augen stiegen.

Greta und Charlie waren unverletzt. Zwei Männer verhaftet. Adnan Nasimi und Samir Radogoshi.

Greta und Charlie waren in Sicherheit! Das war das Wichtigste. Die Kollegen waren schneller gewesen als Sebastian.

Verlierst du erst einen, dann bleibt dir niemand mehr.

Als sie in Sebbes Flur gestanden hatte, war ihr alles klar geworden. Sebbe wusste, dass sie von Adnan zwei Kinder hatte. Die Frage war nur, auf was er gewartet hatte. Ja, auf eine Gelegenheit, in der Adnan mit den Kindern allein war. Eine Gelegenheit für sein großes Finale. Sie hatte umgehend die Einsatzzentrale alarmiert und gefordert, dass die erstbeste Streife zum Ferienhaus geschickt wurde. Amanda fuhr sich über die Stirn.

Gott sei Dank waren Adnan und die Kinder unversehrt. Natürlich hatte sie jetzt ein neues Problem. Wie sollte sie ihren Kollegen erklären, dass Adnan Nasimi ihre Kinder beaufsichtigt hatte, zusammen mit seinem Bruder? Was um alles in der Welt hatte Samir eigentlich dort zu suchen gehabt? Sie hatte ihn noch nie getroffen, aber er hatte sie vor langer Zeit mal angerufen und um Hilfe gebeten. Hatte sie angefleht, dafür zu sorgen, dass Adnan nicht von Milorad Kraljevic ermordet wurde. Samir hatte ihr verraten, dass Adnan drauf und dran war, einen Geldtransporter in Kista zu überfallen. Wusste Adnan, dass Samir ihn verpfiffen hatte? Dass er ein Informant des damaligen Polizeikommissars Magnus Blomberg gewesen war? Wohl kaum. Aber das war lange her.

Crippe hatte bisher geschwiegen, nur den Fuß ein wenig vom Gaspedal genommen.

»Jetzt ist es also raus«, sagte er plötzlich.

Sie hob den Kopf und sah ihn an.

Er konzentrierte sich auf die Straße. »Natürlich habe ich es die ganze Zeit über schon irgendwie geahnt, aber gehofft, dass es nicht stimmt.«

»Hasst du mich?«, stieß sie hervor.

Er lachte auf. »Das ist vermutlich der Punkt. Man verschließt die Augen vor dem, was man nicht sehen will.«

»Ich werde dir später alles erklären.« Sie sah zum Fenster hinaus.

Wie würde es auf der Arbeit weitergehen? Scheißegal. Das war nicht das Wichtigste. Bei Weitem nicht.

»Was meinst du, wo könnte Sebastian hingefahren sein?«, fragte sie.

Crippe zuckte nur die Achseln. Er war enttäuscht, das war ihr klar. Vielleicht würde er es eines Tages verstehen.

Als sie ankamen, sprang sie aus dem Wagen, noch bevor Crippe angehalten hatte. Sie rannte zum Ferienhaus und zu den Kindern. Kollegen standen herum und beobachteten sie, aber das nahm sie kaum wahr. Greta und Charlie waren überglücklich, ihre Mama zu sehen. Sie hatten den ganzen Tag mit einem Onkel verbracht, der Samir hieß. Aber er war sehr lustig. Amanda wusste nicht, wie oft sie die runden Wangen küsste, bevor sie sich wieder von ihnen trennen musste. Aber diesmal nur für kurze Zeit.

Sie verließ das Haus und überquerte die Wiese. Ging zum

Wasser. Dort lagen zwei Männer auf dem Boden, die Hände auf dem Rücken gefesselt. Vier uniformierte Kollegen bewachten sie. Sie hatten gute Arbeit geleistet, aber sie musste ihnen eine enttäuschende Nachricht überbringen.

»Ich möchte gern allein mit den beiden sprechen«, sagte Amanda.

»Meinst du, das ist klug?«, wandte der älteste Kollege ein.

»Gegen die beiden liegt kein Haftbefehl vor, was soll denn schon passieren.«

»Ich habe es über Funk gehört. Was ist denn eigentlich los, verdammt?«

»Besprecht das bitte mit Christian Nilsson da drüben.« Sie deutete mit einem Kopfnicken zu Crippe, der am Zaun stehen geblieben war. »Er kann es euch erklären.«

»Wir haben bei dem einen sogar Pfefferspray eingesetzt«, fuhr der Kollege fort. »Deswegen kriegen wir bestimmt Riesenärger!«

Amanda schüttelte den Kopf. »Keine Sorge. Ihr hattet ja nur die Fakten. Niemand wird euch dafür belangen.«

»Na klar, verdammte Scheiße«, sagte Adnan und murmelte noch etwas auf Arabisch. Dem Ton nach zu urteilen, nichts Nettes.

Murrend gingen die Kollegen zu Crippe. Amanda holte die Schlüssel hervor und beugte sich zu Adnan hinab. Schloss eine Handschelle auf. Adnan zog den Arm zu sich heran und setzte sich auf. Finsterer Blick. Der Abdruck von Grashalmen auf der einen Gesichtshälfte. Schmutziges T-Shirt.

»Was geht hier verdammt noch mal ab?«, fragte er. »Und diesmal will ich nicht hören, dass ich die Fresse halten soll!«

»Ich dachte, die Kinder wären in Gefahr.«

»Nur weil ich sie ein paar Stunden meinem Bruder überlassen habe?«

Überraschter Gesichtsausdruck. »Was? Nein. Das wusste ich bis jetzt gar nicht.« Sie zeigte mit einem Kopfnicken auf seinen anderen Arm. »Soll ich die nicht auch aufmachen?«

Adnan streckte den Arm aus.

»Bei mir bitte auch«, kam es von Samir.

Amanda ging zu ihm. Er lag schniefend auf dem Boden, und der Rotz lief ihm aus der Nase. »Tut mir echt leid. Das geht schnell vorüber.« Sie löste seine Handschellen, und er rieb sich die geröteten Augen.

»Scheiße, brennt das!«

»Was war los?«, fragte Adnan und massierte sich das Handgelenk.

Wie sollte sie das erklären? »Ich hatte solch eine Angst. Wir ermitteln gerade in mehreren Mordfällen, bei denen der Täter seine Opfer unter Drogen setzt und dazu bringt … Egal, ich kann das nicht in allen Einzelheiten schildern, aber wir haben eben herausgefunden, wer der Täter ist, und ich dachte, du wärst das nächste Opfer. Also, dass du unter Drogen gesetzt und den Kindern etwas antun würdest.«

»Was zum Teufel redest du da?« Zitternd stand Adnan auf.

»Wir gehen davon aus, dass es Sebastian ist. Oder besser gesagt, wir wissen, dass es Sebbe ist. Er benutzt eine Droge, die Kraljevic importiert, und mischt sie mit Kortison. Er hat schon vier Leute umgebracht. Und wir denken, dass er noch nicht fertig ist. Du musst uns helfen, ihn zu finden. Hast du vor Kurzem mit ihm gesprochen? Weißt du, wo er sich aufhält, wenn er nicht zu Hause ist?«

»Sebbe?«, erwiderte Adnan verblüfft.

»Ja, Sebastian Maga. Jetzt komm schon, es ist dringend! Ich erkläre dir alles später.«

»Also Sebbe, der Sebbe?«

»Er hat uns nach der Party zusammen gesehen, deshalb

dachte ich, er hätte es auf uns abgesehen. Wann hast du das letzte Mal mit ihm gesprochen?«

»Du hast dich doch heute mit ihm getroffen«, warf Samir ein.

»Heute?« Amanda starrte Adnan an. »Los, raus mit der Sprache.«

Adnan sah verwirrt aus. »Er wollte mich sehen. Deshalb musste ich meinen Bruder holen. Sebbe wusste, dass ich mich mit Helena getroffen hatte. Er meinte, dass Milorad denkt, ich hätte sie umgebracht und alles. Shit, Mann! Echt, er wirkte komplett neben der Spur. Hat mir das Handy weggenommen, dann ist er einfach abgehauen.«

Ihr Magen verkrampfte sich, als er Helena erwähnte. »Die Spurensicherung hat Sperma in ihrem Unterleib gefunden. Nur, damit du Bescheid weißt.« Sie konnte es sich nicht verkneifen.

»Das war nicht ich, verdammt«, entgegnete Adnan. »Denkst du das etwa?«

»Ich sage nur, wie es ist. Falls du …« Amanda verstummte, als sie merkte, dass Crippe sich näherte. Es musste etwas passiert sein.

»Ich habe gerade mit Mathilda gesprochen.« Crippe blickte erst zu Amanda und dann zu Adnan und Samir, als versuchte er, abzuschätzen, ob es okay war, wenn sie zuhörten. »Pia vertrat die Staatsanwaltschaft in einem Drogenprozess, in dem Sebastian Maga zu fünf Jahren Haft verurteilt wurde.«

»Was sagst du da?«, fragte Amanda verdattert.

»Du hattest sowohl recht als auch unrecht. Im Moment läuft tatsächlich das Finale, aber er ist nicht hinter dir und Adnan her.«

»Der grüne BMW, von dem sich Pia verfolgt fühlte!« Warum hatte sie nicht schon früher daran gedacht? Sie hatte den Überblick verloren, als sie glaubte, dass ihre Kinder in Gefahr seien. Hatte die Details übersehen. Das letzte Puzzleteil. Sie drehte sich zu Adnan um. »Wann hat er dein Handy genommen? Hast du meine SMS gelesen, in der ich dir geschrieben habe, dass wir nach Sebbe suchen?«

»Welche SMS?«, fragte Adnan.

Verdammt!

Sebbe wusste, dass er entlarvt worden war. Also hatte er es eilig.

Eilig, sein Werk zu vollenden.

80

Adnan bemühte sich, das Geschehene irgendwie zu verarbeiten. Er saß im Hyundai seines Vaters, den Samir sich geliehen hatte. Dieselbe Karre, die Adnan früher oft selbst gefahren hatte. Der Unterschied war, dass Samir einen Führerschein hatte. Dass er auf die Polizeischule ging. Dass er der Sohn war, aus dem etwas Ordentliches geworden war. Was hatte er selbst denn bitte zustande gebracht?

Sie hatten das Ferienhaus verlassen. Endlich fort von den Bullen, die ihn anstierten.

»Scheiße, das fühlt sich an wie Kies in den Augen.« Samir hielt mit der einen Hand das Lenkrad, während er sich mit der anderen über das Gesicht rieb.

»Hör auf zu jammern, Mann. Das ist nur Chili«, sagte Adnan. Er wusste, wie weh das tat. Aber es ging vorbei.

»Ich jammere nicht. Es wäre vielleicht besser, wenn du fährst.«

»Damit die Bullen noch einen Grund haben, um mich niederzuschlagen, meinst du.«

»Ist doch wohl in der Situation auch egal, oder?«, erwiderte Samir.

Vielleicht hatte sein Bruder ja recht. Spielte es eine Rolle, wenn sie ihn ohne Führerschein erwischten? Die Polizei war kurz davor, Sebbe zu fassen.

Und Sebbe wusste alles: dass Adnan an der Ermordung von Bojan Jelic beteiligt gewesen war. Dass Adnan sich mit Helena getroffen hatte, kurz bevor sie umgebracht worden war. Von den

Drogengeschäften. Welche Luxuskarossen Adnan geklaut hatte. Hajirs Business. Dass Amanda Kraljevics Drogen aufbewahrt hatte.

Also was spielte es da für eine Rolle, wenn die Bullen ihn ohne Führerschein schnappten?

Überhaupt keine, wenn Sebbe gefasst wurde und auspackte.

Adnan starrte zum Fenster hinaus. Die Sonne ging gerade unter. Das galt im übertragenen Sinn auch für ihn. Finsternis wartete. Er hätte in Kambodscha bleiben sollen! Aber damals hatte er nicht einmal gewusst, dass er Vater war.

Aber nun wusste er es.

Und er würde das tun, was am besten war.

Für Amanda und die Kinder.

81

Sie packte die Heugabel, die hinter der Stalltür stand. Ging mit ihren Reitstiefeln über den geputzten Boden. Sie wusste, wo sie war. Dennoch fühlte sich alles anders an. Als gehörte der Stall ihr nicht mehr. Jemand hatte das Ruder übernommen. Jemand, der sie leitete und ihr sagte, was sie tun musste, um den riesigen Hunger zu bekämpfen. An der Wand hingen Halfter, die miteinander tanzten. Sättel, die sie auslachten und verhöhnten.

Verlierst du erst einen, dann bleibt dir niemand mehr.

Sie hörte die barsche Stimme wieder und wieder.

Waren es die Sättel, die mit ihr redeten?

Sie hielt inne. Drüben bei der Futterkammer entdeckte sie eine zweite Heugabel. Größer. Mit schärferen Zinken. Sie ging hin und legte die Handfläche darauf. Drückte zu. Nahm die Hand weg und blickte auf das Schauspiel. Ein Vulkan, der ausgebrochen war. Rote Lava, die herausgepumpt wurde und in mehreren Rinnsalen herabrann. Sie leckte sie ab. Schmeckte und schluckte. Leckte erneut. Sog. Jetzt war Eile geboten. Sie ergriff die Heugabel und ging zurück.

Die Kinder schliefen in einer Box. Sie waren fröhlich gewesen. Dann traurig. Endlich schliefen sie. Sie konnte erkennen, dass sie süß waren, wenn sie schliefen. Sehr süß sogar.

Und sie war unglaublich hungrig.

Um sie schwebten Dinge in der Luft. Ein Pferd schnaubte. Die Kinder atmeten, ohne dass man es hörte. Vielleicht ging ihr Atem nur in allen anderen Geräuschen unter, die in ihr und um sie herumbrausten.

Sie packte die Heugabel fester. Hob sie.

Und stieß zu.

Einmal. Zweimal. Hörte auf zu zählen.

Wollte wieder zustoßen, als mehrere Hände den Stiel ergriffen.

Starke Hände, die sie zurückhielten.

Sie drehte den Kopf und schaute geradewegs auf das Lederband.

Das sie einmal als Geburtstagsgeschenk gekauft hatte.

Schwarz mit einem Stab aus rostfreiem Stahl.

82

Amanda überprüfte den Lautstärkeregler des tragbaren Funkgeräts, obwohl sie wusste, dass er bereits voll aufgedreht war, und legte es zurück auf den Sofatisch.

»Warum sagen sie nichts?«, fragte sie.

»Nur mit der Ruhe.« Vicky stellte den Wasserkocher ab und schenkte zwei große Tassen voll, in die sie jeweils einen Teebeutel gehängt hatte. »Willst du Milch?«

»Nur Honig, danke. Oh! Was ist nur los?« Amanda ließ sich auf dem Sofa nach hinten fallen und fuhr sich mit den Händen durch die Haare. Setzte sich ordentlich hin, als sie ihren Tee bekam. Sie hatte beschlossen, im Ferienhaus zu bleiben, als Crippe und die anderen wieder in die Stadt gefahren waren. Noch einmal ließ sie die Kinder nicht allein. Vicky leistete ihr Gesellschaft, und Amanda war ihr sehr dankbar dafür. Sie blickte zu den Kindern hinüber, die beide Kopf an Fuß im unteren Etagenbett lagen. Charlie auf dem Rücken, die Arme über dem Kopf. Greta hatte sich zusammengerollt. Zum Glück hatten sie nicht viel mitgekriegt, sondern es in erster Linie cool gefunden, als zwei »richtige« Polizisten aufgetaucht waren und gefragt hatten, ob sie den Streifenwagen anschauen wollten. Später am Abend sprachen sie immer noch davon. Dass »richtige« Polizisten vorbeigekommen waren. Mama hatte ja immer nur normale Klamotten an.

Adnan und Samir waren gegangen, sobald sie die Erlaubnis erhalten hatten. Sie hatte nicht einmal Zeit gehabt, sich von Adnan zu verabschieden. Oder vielleicht hatten sie beide das in der unangenehmen Situation eher vermieden, die entstanden war, als den Kollegen nach und nach aufgegangen war, wie sich alles verhielt. Sie wusste selbst nicht, wie sie damit umgehen sollte. Aber jetzt musste sie ihre Sorgen hintanstellen und sich um wichtigere Dinge kümmern. Um Pia und die Kinder. Sie hatten Björn erreicht, der ihnen gesagt hatte, dass Pia mit Gertrud und Hjalmar zum Stall fahren wollte. Streifen wurden losgeschickt und vorher darüber aufgeklärt, was sie womöglich dort erwartete. Amanda wollte es sich nicht ausmalen. Sie litt mit Pia.

Der Polizeifunk meldete sich: »Hier 33–3410. Zwei Personen haben wir gesichert. Kommen.«

»Zwei Personen gesichert. Verstanden«, sagte Amanda. »Ist jemand verletzt? Sollen wir einen Krankenwagen schicken? Kommen.«

Sie beugte sich vor, um besser verstehen zu können.

»Wartet mit dem Krankenwagen, drei null.«

Schweigend sahen Vicky und Amanda sich an. Amanda wusste, dass Vicky dasselbe dachte wie sie. Es war zu spät.

»Verstanden. Wir warten. Over and out.«

»Was zum Teufel ist da los?« Amanda sprang auf und packte das Funkgerät. Ging auf und ab. »Warum sagen sie nichts?«

»Du weißt doch selbst, wie nervig es ist, wenn die Leute bei einem Zugriff reden«, sagte Vicky. »Sie durchsuchen wahrscheinlich gerade das Gebäude.«

»Ich weiß, aber blöd ist es trotzdem. 9100 an 33–3410«, sprach Amanda wieder in das Funkgerät. »Haben wir die Identität der gesicherten Personen? Angaben zum Zustand? Kommen.« Los jetzt! Warum dauerte das so lange?

»Wir haben keine Ausweispapiere gefunden, aber der Mann sagt, dass er Magnus Blomberg heißt, und die Frau heißt angeblich Pia Blomberg. Bitte warten.«

Magnus Blomberg! »Hat er Magnus Blomberg gesagt?«

»Ein Kollege bestätigt mir soeben, dass es Magnus Blomberg ist, offenbar ein früherer Kollege.«

»Okay. Und der Zustand?«, fragte sie.

»Die Frau blutet an der Hand, aber es ist nichts Ernstes. Allerdings ist sie sehr aggressiv und steht offenbar unter Drogeneinfluss. Kommen.«

»Aber verflucht noch mal! Was ist denn mit den Kindern? Und mit Sebbe?« Amanda streckte den Finger nach dem Sprechknopf aus, aber jemand war schneller. Sie vernahm Crippes Stimme.

»Hier ist die Kripo. Der Täter heißt Sebastian Maga. Wenn ihr ihn nicht habt, ist er auf der Flucht. Und ich will den Zustand der Kinder erfahren. 33–3410. Kommen.«

»Die Kinder sind unverletzt, stehen aber unter Schock, sonst ist niemand hier. Wir haben inzwischen die ganze Umgebung abgesucht. Kommen.«

»Danke für die Infos. Drei null – damit suchen wir nach Sebastian Maga, ihr findet ihn auf der Fahndungsliste. Wahrscheinlich fährt er einen grünen BMW Touring ohne Nummernschilder. Gebt ihr das an alle raus? Kommen.«

»Drei null verstanden. Wir geben das raus. Over and out.«

»Und 9100«, fuhr Crippe fort, »dann können wir ja einen Krankenwagen zu den Kindern schicken, oder?«

»Absolut, bin schon dabei.«

»Ich bin gleich vor Ort. Over.«

»Crippe ist gleich da«, sagte Vicky.

Amanda merkte, dass sie auf das Funkgerät starrte. Als bekäme sie alles besser mit, wenn sie das Signallämpchen leuchten sah. Der Einsatz ging weiter. Der Tatort wurde abgesperrt. Streifenwagen nahmen die Verfolgung des Fluchtwagens auf. Der Krankenwagen war unterwegs. Dann:

»Drei null. Gerade wird uns ein Verkehrsunfall mit Personenschaden gemeldet. Bromma-Kreisverkehr. Ein Pkw ist in einen Baum gerast. Offenbar ein grüner BMW. 33–9120, ich sehe, dass ihr gleich in der Nähe seid. Kommen.«

»9120, wir treffen in einer Minute ein. Kommen.«

»Dem Anrufer zufolge lieferte sich der BMW eine Verfolgungsjagd mit einem anderen Wagen, und beide sind zusammengestoßen. Die Umstände sind nicht ganz klar. Aber es soll sich um einen dunklen Hyundai handeln, der die Unfallstelle verlassen hat und in Richtung Spånga weitergefahren ist. Kommen.«

Amanda schnappte nach Luft. Ein dunkler Hyundai! Samir hatte einen blauen Hyundai.

»Denkst du dasselbe wie ich?« Vicky blickte zu Amanda.

Sie konnte nicht antworten. Lauschte. Sie wollte Adnan anrufen und hören, dass alles okay war. Dass sie bei Samir hockten und fernsahen. Aber er hatte kein Telefon mehr.

»33–9120 an drei null. Kommen.«

»Bitte, 9120.«

»Wir sind vor Ort. Eine Person schwer verletzt. Wahrscheinlich tot. Einem Zeugen zufolge hat ein Mann das andere Auto verlassen und nach der Person gesehen, stieg dann aber wieder ein und fuhr in Richtung Spånga davon. Es könnten weitere Personen im Wagen gewesen sein, und der Zeuge ist sich sicher, dass es ein Hyundai Sonata war. Kommen.«

Amanda stellte das Funkgerät auf die Anrichte. Auf dem schwarzen Plastik zeichneten sich Flecken von ihren feuchten Händen ab.

»Was wirst du machen?«, fragte Vicky.

»Keine Ahnung. Wir wissen ja noch nichts Genaues.«

»Immerhin gut, dass den Kindern nichts passiert ist. Oder?«

»Mm.«

Warum hatte sie keine Nummer von Samir? Die war bestimmt nicht schwer aufzutreiben. Aber sollte sie anrufen? Vielleicht war es besser zu warten, bis sie mehr wusste. Ein dunkler Hyundai Sonata mit mindestens einem Insassen. Magnus Blomberg am Tatort gefasst. Sebastian Maga konnte fliehen. Warum hatte er es geschafft, abzuhauen, bevor die Polizei kam, aber nicht Magnus? Sie zog ihr Telefon hervor und rief Crippe an.

»Ich hab gerade wenig Zeit, aber schieß los«, antwortete Crippe.

»Hast du mit Blomberg geredet?«, fragte Amanda.

»Ja, ganz kurz. Er behauptet, er sei hierhergefahren, um mit Pia zu sprechen. Er wusste, dass sie zum Stall wollte, weil sie sich vorher getroffen hatten. Er war sauer gewesen, weil sie ihn hatte überwachen lassen, ohne ihm etwas zu sagen. Und als er ankam, war Pia dabei, das Pferd abzustechen.«

»Was hast du gesagt?«

»Wusstest du das nicht? Die Kinder stehen total unter Schock.«

»Das habe ich gehört, aber nicht die Sache mit dem Pferd. Lebt es noch?«

»Nein. Ein Kollege musste es erschießen, sonst hätte es die Box zertreten.«

Amanda seufzte. »Und was ist mit Magnus? Hast du ihn dazu befragt?«

»Blomberg sagt, dass ihm ein BMW Touring auf dem Feldweg zum Stall entgegengekommen ist, aber er hat angeblich nicht gesehen, wer am Steuer saß. Sebastian kennt er von Kumla und Norrtälje. Blomberg hat ihn als Einzelgänger beschrieben, der sich aber sehr für ihn interessierte.«

»Also was denkst du?«, fragte Amanda.

»Schwer zu sagen im Moment. Blomberg ist ein Drecksack.«

Amanda nickte mit dem Handy am Ohr. »Und sehr durchtrieben. Er weiß, was er sagen muss.«

»Genau.«

Sie legten auf. Vicky sah sie mit großen Augen an, und Amanda berichtete das Wenige, das sie erfahren hatte.

»Vermutlich war es Glück, dass sie nur auf das Pferd losgegangen ist.« Vicky setzte sich aufs Sofa.

»Die Frage ist nur, warum.« Amanda bemerkte, dass sie ihre Teetasse noch gar nicht angerührt hatte, und trank einen Schluck.

»Hast du wirklich keine Erinnerung daran, was du dachtest, als du es ausprobiert hast?«, fragte Vicky. »Vielleicht irgendein Gefühl.«

»Ich bilde mir ein, dass ich keine Angst hatte. Es war mehr so, als würde ich alles tun, was du mir sagst.«

»Das hast du auch.« Vicky lachte auf. »Du hast sehr schön gesungen.«

»Nicht wahr?«

»Glaubst du, er hat ihr befohlen, das Pferd zu töten?«

»Nein, was hätte er davon?«, antwortete Amanda.

Vicky zuckte die Achseln. »Haben sie da draußen eigentlich auch so ein Bild gefunden?«

»Ich weiß es nicht.« Amanda sah den Satz vor sich.

Verlierst du erst einen, dann bleibt dir niemand mehr.

Mit Aquarellfarben gemalte Buchstaben. Ihr fiel ein, was sie vor einiger Zeit zu Crippe gesagt hatte: dass der Täter jemand verloren hatte, den er liebte. »Weißt du, was ich glaube? Sebbe hatte es diesmal eilig und hat ihr nur gesagt, was sie tun soll.«

»Das Pferd töten, meinst du?«, sagte Vicky.

Amanda schüttelte den Kopf. »Nein, dass sie die umbringen soll, die sie liebt. Er sorgte dafür, dass Mellgård seine Lebensgefährtin und seinen Sohn umbrachte, aber diesmal konnte er nicht bis zum Ende bleiben.«

Vicky pfiff kurz. »Er rechnete damit, dass sie die Kinder nehmen würde.«

»Genau. Es wird interessant sein, zu hören, was sie später erzählt.«

Amanda hoffte, dass sie sie bald vernehmen konnten, aber das würde vermutlich dauern, wenn man bedachte, in welchem Zustand sich die anderen Opfer befunden hatten.

Nach einer Weile wurde per Funk bestätigt, dass der Fahrer des BMW tot war. Identifiziert als Sebastian Maga.

Amanda wurde von einer quälenden Unruhe erfasst. Ein dunkler Hyundai war in den Unfall verwickelt gewesen. Und sie hatte keine Ahnung, wie das alles enden würde.

Der Schutzwall war eingerissen.

Amanda klingelte an der Tür und wartete. Hörte Schritte in der Wohnung. Jemand schloss auf. Pia stand im Flur und lächelte, aber ihre Augen verrieten, dass sie immer noch nicht wiederhergestellt war. Amanda ging es ähnlich. Die vergangenen zwei Wochen waren hart gewesen.

»Komm rein. Schön, dich zu sehen«, sagte Pia.

Sie umarmten sich, und Amanda gab ihr die Weinflasche, die sie mitgebracht hatte.

»Oh, danke.« Pia las das Etikett. »Ein Amarone.«

»Magst du den?«

»Hm. Ich will ganz ehrlich sein, es ist ja wohl an der Zeit.« Pia blickte Amanda vielsagend an. »Das hier ist Magnus' Lieblingswein, deshalb ist er heute Abend vielleicht nicht so passend. Aber keine Sorge, ich habe noch einen anderen da.«

»Oje. Voll daneben«, sagte Amanda.

»Du konntest es ja nicht wissen. Deine Jacke kannst du hierhinhängen.« Pia deutete auf einen Kleiderhaken an der Wand. »Hat er bei der Vernehmung eigentlich noch mehr gesagt?«

»Nein, er hält an dem fest, was er von Anfang an gesagt hat. Und wir haben nichts gefunden, das darauf hindeutet, dass er mit Sebastian in Kontakt stand.« Amanda stellte ihre Handtasche auf den Boden und zog ihre Jacke aus. »Was denkst du?«

»Was ich schon die ganze Zeit sage. Dass er mit dieser Sache nichts zu tun hat.«

Sie gingen in die Küche, wo Pia einen Riesling entkorkte und zwei Gläser vollschenkte. Sie stießen miteinander an. Endlich trafen sie sich einmal in einem entspannteren Rahmen. Pia war seit der Attacke im Stall krankgeschrieben und fürchtete die nachwirkenden Halluzinationen, die auftraten, wenn sie am wenigsten damit rechnete. Amanda verstand, was sie meinte, verschwieg aber ihre eigenen Erfahrungen. So ehrlich traute sie sich gegenüber Pia doch nicht zu sein.

Sie gingen weiter ins Wohnzimmer, das, so schätzte Amanda, etwa doppelt so groß wie ihr eigenes war. Hohe Decke und große Fenster. Zwei sich gegenüberstehende Sofas in der Mitte des Raumes. Sie setzten sich.

Amanda bemerkte in einer Ecke einen Stapel Umzugskartons. »Zieht ihr um?«

»Nur ich.« Pia nickte. »Ich lasse mich künstlich befruchten.« Während sie erzählte, kam Leben in ihre Augen. Sie hatte eine Klinik in Kopenhagen kontaktiert und einen Termin für ein erstes Treffen vereinbart. Es war traurig, dass es so zwischen ihr und Björn endete, aber sie dachten beide, dass es das Beste war. Björn wollte keine weiteren Kinder. Das war ihr eigentlich die ganze Zeit über klar gewesen, aber sie hatte es verdrängt. Sie wollte nicht länger warten.

»Genug von mir geredet«, sagte Pia. »Wie geht es dir? Für dich ist das alles sicher auch nicht leicht.«

Amanda lachte. »Was soll ich sagen? Ich habe ganz normal gearbeitet, aber in der Truppe gab es eine Menge Diskussionen. Einige haben Verständnis dafür, dass ich gelogen habe, aber viele nicht.« Sie seufzte. »Was ein bisschen die Situation entschärft hat, war Jovan Blakus Zeugenaussage gegen Milorad. Dass er es war, der den Kollegen erschossen hat.«

»Aber vor Gericht hat das nie im Leben Bestand. Ihr habt ja keine konkreten Beweise, oder?«

»Nein, aber ich habe immerhin keine Kinder mit einem Polizistenmörder.« Amanda hob ihr Glas. »Prost.« Sie nippte am Wein. »Jetzt ist er nur ein gewöhnlicher Mörder.«

Pia runzelte die Stirn.

Amanda berichtete, dass das Sperma, das man in Helena gefunden hatte, Adnans DNA hatte. Aber man hatte auch Haut unter Helenas Fingernägeln gefunden, und die stammte von ihrem Leibwächter Goran Sorovic. Es gab also zwei mögliche Täter. Amanda hatte eine Vermutung, wie alles abgelaufen war. Goran hatte Helena erwürgt, nachdem Adnan gegangen war. Es war ein Auftragsmord von jemandem aus Kraljevics engstem Kreis, der sich übergangen fühlte, oder von dem Drogenlieferanten, der dachte, dass man ihn übers Ohr gehauen hatte. Vielleicht kamen auch noch andere infrage. So oder so war es für Amanda kompliziert, zu erklären, was Adnan dort überhaupt getrieben hatte.

»Dann wird also sowohl nach Adnan als auch nach Goran wegen Mordes gefahndet«, fasste Pia zusammen. »Unter uns, hast du etwas von ihm gehört?«

Amanda änderte ihre Sitzposition und zog ein Bein unter sich. »Nein.« Es schmerzte in ihrer Brust, als sie es aussprach. Wohin war er verschwunden? Warum meldete er sich nicht? Sie hatte herausgefunden, wo Samir wohnte, und war dort gewesen und hatte geklingelt, aber niemand hatte aufgemacht. Sie verstand, dass Adnan sich wegen der Geschichte mit Helena versteckte, aber er sollte sie wirklich kontaktieren. Sie konnte ihm helfen und würde alles tun, um seine Unschuld zu beweisen.

Als Amanda nach ein paar Stunden aufbrach, waren sie sich einig, dass sie das Treffen gern wiederholen würden. Amanda versprach, beim nächsten Mal keinen Amarone mehr zu kaufen.

Draußen auf der Straße kam ihr ein Händchen haltendes Paar entgegen. Sie lächelte, obwohl sie sich sehr einsam fühlte. Aber sie hatte ihre Kinder. Ohne die beiden war sie nichts.

Als sie ihr Telefon hervorholte, um Vicky mitzuteilen, dass sie gleich zu Hause sein werde, entdeckte sie, dass sie eine SMS bekommen hatte. Von einer Nummer, die sie nicht kannte.

Las: *Will dich trefen. Am Hügel jetzt.*

Diesmal war ihr Lächeln echt.

Bis dorthin dauerte es eine Viertelstunde mit der U-Bahn, und das letzte Stück ging sie zu Fuß. Der Sommer war endlich gekommen, und sie trug ihre Jacke über dem Arm.

Ihre Gedanken überschlugen sich. Sie mussten über so viele Dinge sprechen. Vielleicht war es am besten, wenn er sich stellte und die Sache mit Helena erklärte? Sie wollte seine Version über den Unfall hören, bei dem Sebastian ums Leben gekommen war. Denn Adnan und Samir waren darin verwickelt, und auch die Polizei ging dieser Theorie nach. Aber man hatte bislang weder den beschädigten Hyundai Sonata noch Adnan oder Samir gefunden. Falls sie den Wagen hatten verschwinden lassen, würden sie heil aus der Geschichte herauskommen. Dann waren sie besser dran als Amanda. Sie wusste, was unter den Kollegen geredet wurde.

Ihr Herz pochte wild, als sie den Pfad entlangging. Hinauf auf den Hügel. Sie würden eine Lösung finden, zusammen. Einen Weg finden, wie sie trotz aller Hindernisse ein gutes Leben führen konnten.

Sie erblickte ihn. Er saß da und hatte ihr den Rücken zugewandt. Die Arme um die Knie gelegt. Er trug einen Pullover und hatte die Kapuze aufgesetzt. Sie lächelte. Er versteckte sich gern in seinen Pullovern. Sogar hier in der Dunkelheit, wo sie allein waren. Wo nur der Mond zusah. Oder was hatte er noch einmal auf dem Stein vor der Gröna Stugan gesagt?

Sie räusperte sich, und er zuckte zusammen. Stand auf und machte ein paar Schritte auf sie zu.

Das Merkwürdigste war, dass sie es sofort merkte. Trotzdem dauerte es ein paar Sekunden, bis sie es begriff.

Das war nicht er.

Samir schob die Kapuze nach hinten. Wortlos stand er vor ihr. Eine lange rote Wunde lief quer über seine Wange. Es würde eine hässliche Narbe werden.

Amanda neigte den Kopf zur Seite. Sag doch was!

Samirs Mund bewegte sich. »Er ist abgehauen. Er meinte, es sei das Beste. Für alle.«

Der Mond als einziger Zeuge.

Derselbe Mond, den alle sahen.

Wo auch immer auf der Welt man sich befand.

DANKSAGUNG

Ich danke allen, die am und für das Buch gearbeitet haben.

Der Nordin Agency, die für mich Leser im Ausland findet.

Johan Stenström, Professor der Literaturwissenschaft, der das Manuskript gelesen und kluge Beobachtungen angestellt hat.

Anna-Lena Tapper, Freundin und Kollegin bei der Polizei, die mir trotz vieler Verbrechen den Weg weist.

Lise Hauerberg Tamm, Freundin und Staatsanwältin. Dein Wissen ist unschätzbar wertvoll.

Caroline Jepsen, Freundin und Ärztin, die alle Präparate kennt.

Meiner Familie – ich bin so glücklich, dass es euch gibt und dass ihr meine Zerstreutheit ertragt, wenn ich ganz in das Schreiben eintauche.